新萬有文庫
New Variety

漂鳥

加拿大華文女作家選集

MIGRATING BIRDS:

Contemporary Chinese-Canadian Women's Writings

林婷婷・劉慧琴◎主編

臺灣商務印書館發行

萬卷書籍，有益人生
——「新萬有文庫」彙編緣起

臺灣商務印書館從二〇〇六年一月起，增加「新萬有文庫」叢書，學哲總策劃，期望經由出版萬卷有益的書籍，來豐富閱讀的人生。

「新萬有文庫」包羅萬象，舉凡文學、國學、經典、歷史、地理、藝術、科技等社會學科與自然學科的研究、譯介，都是叢書蒐羅的對象。作者群也開放給各界學有專長的人士來參與，讓喜歡充實智識、願意享受閱讀樂趣的讀者，有盡量發揮的空間。

家父王雲五先生在上海主持商務印書館編譯所時，曾經規劃出版「萬有文庫」，列入「萬有文庫」出版的圖書數以萬計，至今仍有一些圖書館蒐藏運用。「新萬有文庫」也將秉承「萬有文庫」的精神，將各類好書編入「新萬有文庫」，讓讀者開卷有益，讀來有收穫。

「新萬有文庫」出版以來，已經獲得作者、讀者的支持，我們決定更加努力，讓傳統與現代並翼而翔，讓讀者、作者、與商務印書館共臻圓滿成功。

臺灣商務印書館董事長 王學哲

從歷史發展條件看華文文壇成為世界最大文壇之可能性

——寫在《漂鳥——加拿大華文女作家選集》卷前

根據統計，現今華人人口占世界第一位。中國大陸二〇〇七年公佈的數字是十四億零六百多萬，臺灣是兩千三百多萬，世界各地華僑、華裔估計約五千萬，所有這些人，都是說華語的。也就是說，全球有四分之一的人使用中文。說中國、中華民族是語言大國、語言大族，不是誇張之詞。

中文又稱漢語，從初民結繩記事起，少說也有六千年的歷史。通常，一種文字年代久了，就會趨於老化甚至死亡，只有中文，可以與時俱進，歷久彌新，它就像一棵神木，老幹加新枝，永遠保持強壯的生命力。中文有精密完整的構成體系，經過悠久時間的演化始告完成，它彈性大，韌力強，可以大破大立，經得起任何新生事物與社會變遷的挑戰。單就文學上來說，中國先秦的詩經・楚辭。兩漢的賦和樂府的民歌，魏晉南北朝的詩和駢文，隋唐五代的詩和民間的歌賦，宋代的詩詞，遼金元的雜劇和散曲，明清的詩和傳奇，直到五四新文化運動的白話文學，一路發展下來，早已把中文鍛冶成表述力、形象性最強的美文，而每一個時段，都對我們的民族語言產生了更新和提高的作用。二十世紀五、六〇年代的臺灣，文學傾向西化，中文以中流砥柱之姿，與歐美各國的語言交鋒，經過了一番碰撞，在「取」和「與」、「迎」和「拒」之間作了最正確的選擇，充分證明中文這世界語種的老前輩，一點也不古板、僵化，它有很大的空間，可以吸納任何新的內容。當年「現代主義」新銳作家主張語言創新，實踐經驗證明，中文的延展性完全可以因應此一變化；任你拉長、壓扁、扭斷、打碎，但一經重組，就可以創造出新的可能，煥發出新的光輝。如此靈敏活潑的語言機能，最適合文學的表達，世界上大概只有法文才能跟它媲美。我們發展華文文學最重要的依仗，非漢語莫屬。

一般人的印象，認為中文難學，其實並非如此。中文有屬於自己的邏輯系統，但並不古奧，它肌理明朗，親切而家常，絲毫沒有拒人於千里之外的感覺，初學者只要找到其中的訣竅，就可以循序漸進，登堂入室，領略箇中三昧。也有人說，中文不重視文法，是一種粗糙的語言，其實這是錯誤的印象，中國是世界古典語言學三大發軔國之一，另外兩個國家是古希臘和古印度。不過我們的語言學是另一類的、獨特的，著名語言學家張至恭研究發現，漢語屬非形態語言，形態變化上的限制極少，表面上似乎不特別強調文法，但卻是一種「無法勝有法」之法，使人在自然的學習中領悟出表述的奧祕。

中文的另一特點，是歷代累積的成語成句特別豐厚，形成所謂的「名言」，供後學者採擷，懂得活學活用的人，只要把古人名言重新鑄造，就可以生發出新意。寫作者尊敬這個規範，熟悉這套名言的語彙，寫文章就不愁技術上的出格犯規。

文化符碼的概念，是中國古典詩詞研究者們常常強調的。他們發現，詩詞中的語彙每每超出文字表面意義而另有指涉，一個詞彙就是一個符碼。譬如說「終南捷徑」，並非指在長安大雁塔上可以遙見的終南山下的那條小路，而是別有象徵；唐代文人每每對自己的人生規劃舉棋不定，究竟是隱居好還是出仕好，所有的矛盾掙扎，都在「終南」這個字眼上打轉，這就是所謂文化符碼。

中文與世界其他語文最大的不同點，是中文是帶思想的文字，帶感情的文字，學習它的人，不可能是不黏鍋，任何人只要熟稔了它，進入它的世界，就不可能僅僅將之視作純粹的工具來使用，一定會同時感染到語字背後的歷史、哲學、倫理、文學意象等等的象徵，在潛移默化中，自然而然地，涵泳在中國文化宏大的氛圍中，令外邦人著迷、沉醉，有時使人懷疑學習者是不是忘了當初研習中文的目的，簡直在進行「精神移民」了。君不見很多漢學家比中國人還中國人，從語言貫穿到思想，從思想貫穿到生活，徹底「漢化」，如果再娶個中國太太，最後連穿章打扮、舉手投足都是「老中」的樣子了。在北京、臺北已經有外國人以字正腔圓的京片子來說相聲、數來寶，用流利的中文寫文章。我們夢想中的「世界最大文壇——華文文壇」，將來要加上他們的身影了。

我不知道別的國家的文字有沒有如此大的魅力，如此具有「侵略性」。當然，當年的上海十里洋場，也有人學了幾句「番話」就變成假洋鬼子的，但更多的中國知識分子，都能以相看兩不厭的心態面對西方文化，並且從外文的學習中，體會到中文在世界眾多語文中占有怎樣的獨特位置，從而更寶愛自己的母語。在我交往的朋友中有兩位大師級的作家，文壇前輩梁實秋和詩人盧飛白（筆名李經），他們「走向西方又回歸東方」的心路歷程，令我敬佩。梁先生是散文大家，學貫中西，他是翻譯莎士比亞、撰寫英國文學史，編纂英文大字典的人，但除了有絕對的必要，他從不說英語，與他交往那麼多年，沒聽他說過半句英語；憶起梁老，我印象最深刻的還是他那襲穿舊了的中國長衫。李經與我相識於美國愛荷華大學，兩人一見如故，徹夜論詩，不知東方之既白。他的英文造詣，好到可以到倫敦造訪大詩人T.S.艾略特，他著名的那首詩〈倫敦市上訪艾略特〉，寫的就是與艾氏見面對談的感受。李經的學問和詩創作雖然如此「高蹈」，但生活簡樸，像個農夫，我向朋友介紹他，說他旅美幾十年，任何時候就像昨天剛從杭州來的一樣。從人格深處散發出來的芬芳，應該才是我們想像的「大文壇」的作家風範。

二〇〇六年九月，廣東韶關舉行「山海相約」詩歌活動，我因事不克與會，寫了一段祝詞，發在大會編的特刊上。我說：「華文文壇是世界上最大的文壇，在兩岸三地、兩岸多地、多岸多地一家親一盤棋的概念下。讓我們為漢語詩歌描繪新的藍圖，締造一個輝煌的文學盛世。我期望那集納百川、融合萬匯的大行動之出現！」我發飆的這段話，並非故作壯言慷慨，而是在非常激動的情形下有感而發。去國十餘載，心中一直埋藏著這樣的想望：使華文文壇成為世界的大文壇，不管這樣的想法成不成熟，也不怕別人笑我淺陋，把它勇敢地說出來吧。經過兩三年的沉思，我堅信這夢想有一天會變成理想，概念沒有問題，以我們的人口（當然更重要的是文學寫作人口），以及漢字傳播的普遍，加上我們在國際文壇上的熱烈參與，我們有足夠的條件，建立一個世界文學史上從來沒有出現過的漢語大文壇。

語文是思想居住的屋宇，高屋建瓴，睥睨四鄰總難免給人以張狂的聯想，但為我們自己營造一間大屋子遮風蔽雨，絕對是必要的。杜甫詩「安得廣廈千萬間，大庇天下寒士俱歡顏」我們有杜工部同樣的心情，同樣的盼望！在這個超大號的精神大屋頂下，我們可以展開很多工作：編刊物，辦出版，開大會，組織各種基金會照顧作家生活，更要創設一個像諾貝爾文學獎那樣國際性的文學獎，獎勵全世界的優秀作家，不讓那位發明炸藥的瑞典老頭專美於前。得中國諾獎者或許是位外邦人，但總歸也是「寒士」，也要讓他盡「歡顏」！

或者有人擔心，世界各地有那麼多寫作團體，擠在一個大屋子裏，大家處得來嗎？我認為這是不必擔心的。世界上的族群數猶太人最團結。團結的原因，主要是靠猶太教會的整合。咱們的國家沒有國教，如以文化的方式促進團結，絕對可以達到同樣的功效。目前各地作家儘管生活在不同的政治制度下，但提到孔子孟子，李白杜甫，誰也不會有異議。一言以蔽之，文學（文化）是我們共同的標準，也是唯一的標準。只要諸「岸」的領導人不亂加干涉就好了。

有人認為，世界上使用最多、傳佈最廣的語文不只中文，英文（印度、澳洲、紐西蘭等）、西班牙文（中南美洲諸國）、法文（非洲的一些國家），也同樣是大語文的幅員範圍，如果把那些語言相同的國家加在一起，他們豈不也可以躋身世界的「最大」？我想這些國家語言環境跟我們是完全不同的。試將我們要組織世界最大文壇的條件加以歸納，可以舉出下列四點：一、人口眾多，二、語言優秀，三、情份交感，四、文化共融。這四大條件我們一樣都不缺，而英文、西班牙文和法文卻不具備。我們是王道，西方是霸道，根本上是兩碼子事。以別國語言為官方語言的國家，有些是自己的國家族群太多，語言文字無法統一，不得已而借用外邦語言，以別人的喉嚨發自己的聲音。更多的國家是因為殖民的結果，殖民國以侵略的手段進行語言殖民，被殖民國心不甘情不願地屈從了語言的現實。可以肯定的是，印度人說英文，拉丁美洲各國的人說西班牙文，非洲一些國家說法文，只不過是把它當作純工具使用而已，工具是沒有色彩的，沒有立場的，似乎人人可以得而用之。泰戈爾用自己的母語寫作，也曾用英文表達，聶魯達和博爾赫斯也向西班牙語文借過火，但他們所彰顯的卻是自己民族的心魂。

華文文壇——世界最大文壇的建構，工程浩大，要把各種條件集中起來才可以畢其功。其實我們還有別的仗持，追溯以往，我們發現，早期中國留學生留學日本、歐陸的年代，華文文壇的奠基工作就已經開始了，當時是無意識的，不自覺的，如今把那些先驅者的文學活動連成一個整體來觀察，就有深刻的意義了。

先說日本。日本由於明治維新的成功，吸引了中國青年的目光，留學東瀛成為當年的潮流。魯迅去的最早，一九〇二年就東渡了。周作人一九〇六年前往，一生迷上了日本。

一九〇六年李叔同（弘一法師）、歐陽予倩等人在東京創立「春柳社」，演出《茶花女》等新劇，開中國話劇運動之先河。一九一四年，郭沫若、郁達夫、張資平、田漢籌組的「創造社」成立於東京，該社成員回國後，對五四新文學運動產生了很大的影響。從此日本的華人作家形成文化氣候。這種情形一直到抗戰開始才停頓下來。

美國方面，胡適一九一〇年赴美，創辦《留學生季刊》，並試寫新詩，出版《嘗試集》，接著陳衡哲、聞一多、梁實秋，加上「五大臣出洋」（康白情、汪敬熙、羅家倫等），也形成了一種聲勢，而白話文學的提倡，使胡適成了整個新文化運動的領頭雁。

歐陸各國，一九一九年間有「勤工儉學」的留學生赴歐，李金髮、林風眠、王光祈在先，徐志摩、袁昌英、梁宗岱、朱光潛稍後，以巴黎為活動場域，這些人中有作家也有畫家、雕刻家，中國美術家留歐的傳統由此開始。

東南亞方面，第二次世界大戰前後，東南亞各國的星華（新加坡）、馬華（馬來西亞）、菲華（菲律賓）、印華（印尼）、泰華（泰國）、越華（越南）文壇如雨後春筍相繼誕生，由於此一地區距祖國較近，與大陸文藝界淵源深厚，生活在本土的作家也有很多遠赴南洋，或創辦報紙，或主辦刊物，如郁達夫、胡愈之在新加坡，巴人（王任叔）在印尼，都留下了可觀的文學業績，影響深遠。這種互通聲氣的雙向交流，使海外文壇與本土文壇形神相通，創造了同其血緣卻各具風格的文學風貌，而海外華文文學的特殊情調與異國風味，也豐富了中國原鄉文學的內涵。這幾年由於大馬青年作家群在臺灣旋風式的出現，使兩地文壇的互動更為頻繁，有些馬華作家往返於臺馬之間，同時參與兩個文壇的文學建設，成為「世界華人文學一盤棋」的最佳樣板。

近三十年來的美加華文文壇相當蓬勃。五、六〇年代，臺灣掀起留學熱，「留學生文學」應運而生，主要的活動場域在美國的舊金山、紐約和洛杉磯這三個華人最多的城市，普遍設有文學社團，也有文藝刊物的創辦，蔚然形成洋溢青春氣息的文風。報紙副刊方面，作家的發表園地多集中在《世界日報》、《明報》和《星島日報》。《世界日報》社長馬克任，辦報之外也主導美國華文文學活動，建樹甚多。加拿大華文寫作活動較美國為遲，近二十年成立的加拿大華裔作家協會（溫哥華）、加拿大華人作家協會（多倫多）、加拿大中國筆會（加東地區）以及詩人洛夫組織的「漂木藝術家協會」活動很積極。他們在深化華文文學主題思想方面新猷甚多，近年更特別重視與其他地區的華人社團的橫向連繫，邀請聶華苓、劉再復、葉嘉瑩、洛夫、瘂弦、王健擔任這些社團的顧問，把文藝活動提升到文藝運動的層次，影響自是不同。

以上的簡述，旨在說明世界華文文學已有近百年的發展歷史，顯然，事實的存在先於理論的提出，建立世界最大文壇的倡議，雖屬隱形宣言，但先驅者們的開拓之功不可或忘。

老子認為，任何人與事，若是分裂就會崩解，存在著重整合。老子曰：「昔之德一者：天得一以清；地得一以寧；神得一以靈；谷得一以盈；萬物得一以生；侯王得一以為天下貞。」西哲也有共相殊相，大我小我，大宇宙小宇宙的概念。共相是一般，殊相是各別；大宇宙（大我）是世界，小宇宙（小我）是個人；大我小我得到統一，變成一個大意志，才是一個民族，一個大民族，一個大民族如中華民族者應有的作為。建構大文壇，與其說是為了自己，不如說是為了世界。它代表華文文學的邁入了成熟，有了文化擔當，如此才可以激動潮流，引領時代。

老子所說的「一」與西方哲學家說的「大意志」同理，但並非一般所說的定於一尊，對文學來說，定於一尊是危險的。文學貴在聯合，聯合不是無意見的凝結，而是眾聲喧譁；不是文學思想或創作路線一致化，更不是強調群性，壓抑個性。聯合的精神是：不同文學觀念的彼此尊重，不同文學作品的兼容並包，不同文學理想的異中求同，不同文學道路的並行不悖；在和諧的氣氛下，以相敬相重來替代孤芳自賞、唯我獨尊，以共存共榮替代各立門派，黨同伐異，這方是大意志大文壇應有的宏偉氣象。那麼多不同的作品蜂湧匯集，一定會亂，我的看法是，真正的文學大家族不怕「五胡亂華」。亂，常常是繁榮昌盛的另一表象，是新事物、新生命孕育的必然過程，所謂亂中有序，那個序，歷史老人自然會為吾人爬梳整理出來，一部文學史就是這麼寫成的。

謹以此文向以《漂鳥》一書為世界最大文壇華文文壇巨廈添磚加瓦的女作家們致敬。

瘂弦

二〇〇九年十一月一日寫於溫哥華

我們都是漂鳥嗎？

——《漂鳥：加拿大華文女作家選集》代序

今年年初，林婷婷到臺北來，在臺北來來飯店向曾茂川先生與我談到，她想要編一本加拿大華文女作家的選集。當時我也很贊成，並希望她趕快進行。結果，她很快就找到旅居加拿大的華文女作家劉慧琴女士，共同主編這本旅居加拿大華文女作家的作品選集《漂鳥》。

林婷婷是我於二十多年前擔任中央社駐菲律賓特派員期間認識的文藝界朋友，曾茂川則是新聞局與教育部的駐菲代表。二十多年來，因為工作的關係，我們各自漂泊不定，但是，我們一直都保持連繫。對於菲律賓，我們有共同的感受與體驗。我們所認識的菲律賓華人，或已移民他鄉，或仍堅守在蕉風椰雨的南國，都讓我們倍感親切與懷念。

我也曾去溫哥華與洛磯山脈一帶旅行，對於加拿大，我也有一份特殊的感覺。我們繞著地球來來去去，我們也是漂鳥嗎？我們心靈如果沒有安定感，是否也像漂鳥一樣，總是想要移棲驛動？華人移民在海外，是否心繫家鄉？她們藉著文字散發出來的心聲，是否像漂鳥的呢喃？

無論如何，當我閱讀過這本書的每一篇文章後，心中感到充實。她們來自各方，因緣際會相遇在加拿大，又藉此出書的機緣，留下了她們心中的感動。或許他日在一個不知名的地方，有人會讀到這些心靈的撼動，感受到漂鳥的心情。

漂鳥也有今天與明天，把每一天都過得充實，人在何方，又有何妨？漂鳥的心情，透過文學與出版，好比把心聲裝在玻璃瓶，讓它傳到天涯海角。讓我們打開來看看吧，或許我們也會有一些感動吧。

臺灣商務印書館總編輯方鵬程 謹序

二〇〇九年九月二十四日

徐學清

一九八二年畢業於復旦大學中文系。獲復旦大學現、當代文學碩士學位後在中國作家協會魯迅文學院任助理研究員。一九九〇年應邀赴多倫多大學東亞研究系為訪問學者，後獲多倫多大學文學博士學位。現為約克大學文學語言學系副教授，中文教研室主任。出版《孔子的故事》，主編《楓情萬種》，發表中英文文學評論數十篇。主要從事中國現當代文學、加拿大華裔文學和婦女文學研究。目前研究的中心課題是加拿大華裔文學。

前言

呈現在讀者面前的是加拿大華文文學首部女作家作品選集，全書選入當代加拿大華人女性作者、學者的小說、散文、隨筆、詩評共五十篇。本書作者遍佈楓葉國東西諸省，及在大陸和美國居住的加拿大華裔，其中有好幾位是英漢雙語作家、學者，她們都有多年豐富的寫作歷史，更有眾多作者榮獲加、中國家級和臺灣、香港各種文學大獎。

加拿大的華文女性作家比男性作家多，作品也比她們的異性多，藝術成就亦不讓鬚眉。雖然由於版權的原因，已經收入各種文集的女作家的代表作不能被編入，這部選集仍然從廣角度真實地展現了她們十多年來的創作實績。除了個別散文遊記之外，作品大都以女性為主角，描繪她們作為女兒，妻子，母親，和獨立女性在不同的社會文化和家庭環境中的喜怒哀樂和生活感受。她們在異國他鄉的文化身份的定位在這部集子中形成了一個特殊的加拿大華人濃烈的女性話語，暈染著多元文化多色多歧和作者個性多姿多態的斑斕。

作為女作家作品集，很自然地，這部集子在很大篇幅上表達了女作家對女性問題、女性的獨立意識，女性與男人之間的關係的見識，尤其是那些對在楓葉國裏的婚姻，愛情，家庭生活的描寫的篇章，形象地反映了這些女作家的深沉思考。葛逸凡的小說〈醜女奔月〉是一篇對純情女性的禮贊，雖然主角「我」在婚姻上被丈夫利用後被迫離婚，但是主角的善良、寬厚、和母愛最終讓她得到了真正愛情。與此好人有好報的母題相反，曾曉文的小說〈氣味〉是對女性反抗的欣賞。珉珉的婚姻插入了第三者，對於丈夫的背叛和欺騙，率真的珉珉並沒有像〈醜女奔月〉中的女主角那麼寬容，逆來順受，相反地，她運用智慧使前夫及其新妻用欺騙的手段占去的房子奇臭無比，臭味似咒語般始終伴隨著他們。涯方的〈瓶〉的敘述角度很特別，小說從一個細瓷花瓶的視角來觀察一個移民家庭的裂變，刻畫主婦從依附轉為自立的雖然痛苦然而最後解脫的過程。

女性一旦具有了獨立意識，就能坦然地面對丈夫有了外遇的現實。寄北的散文〈丈夫有了外遇以後〉顯示了女性與生俱來的寬容和超越男性的更高境界，從多方面討論了如何處理「有了外遇」以後出現的各種狀況，與上述小說所表現的女性觀不謀而合。

原志的〈與女權活躍分子們相處的日子〉生動描述了她所接觸的加拿大女權主義者的形象，她們激進的平等權益的觀點，她們為爭取女性權利的不懈努力的成果，已經成為當代加拿大文化不可或缺的一部分，也在潛移默化中影響著華裔女性，使她們在與以男性為中心的文化傳統的抗爭中尋找到了自己，同時也從男人的附庸中解放了自己。

不甘心附屬于男人的女性往往能充分發揮自己的才華和能力，從而在事業上有所成就。那麼成功的女性是否就能保證婚姻愛情的穩定呢？安琪的小說〈回家〉，秋萌的〈遲來的醒悟〉，沈可全的〈婚惑〉均描寫成功的女性與她們相對來說不那麼成功的丈夫之間的關係，在向「男主外，女主內」的傳統觀念挑戰的同時它們揭示出了女性在成功以後的兩難境地。面對著女人應該依傍著男人寬厚肩膀的習俗，女性似乎別無選擇，要麼重新依附男人，要麼失去自己的丈夫（〈婚惑〉）。然而，女性自己是否也拘束于男人必須比女人強的這一觀念呢？自己比丈夫更有成就應該為自己的價值得到承認而感到自豪還是煩惱？〈遲來的醒悟〉傳達的是女主角的未免有些晚到的懺悔，小說的反諷性在于女主角為了要求丈夫同樣功成名就，卻最終逼走了丈夫。小說〈回家〉為讀者提供了比較理想的結局，在家庭、感情與世俗觀念的天平上，女主角更珍惜的是相濡以沫的夫妻感情，它不應該成為傳統觀念，外界說三道四的犧牲品。既然女性能成為家庭的頂樑柱，男性又為何不能做家庭「煮夫」？〈回家〉的意義在於打破了以男性為中心的傳統文化秩序，女性真正的獨立不僅建立在失去所依附的丈夫後能找到自己的精神支柱，還在於能成為被依附的主體。黃綿的散文〈楓葉又紅了〉亦傳達了這一母題。而陳蘇雲的小說〈原色〉則塑造了一位在精神上讓男人「依附」的女性形象，她的超脫，她的獨立見解，使男士們不由自主地要找她來指點迷津，解脫煩惱。

張翎的〈母親〉和朱小燕的〈哭泣的小蜜麗〉在題材上擴展了這本集子的廣度。母親和祖母帶著濃厚的文化習俗來到加拿大與兒子的一家一起生活，文化衝突竟然也不可避免地發生在二，三代家庭成員之間。兩部作品以淡淡的傷感描繪了母親，祖母所具有的傳統女性的種種美德，充滿著愛，自我犧牲，任勞任怨，奉獻和寬容，以及她們在文化錯位中所感到的憂傷。

有著豐厚的中華文化背景的女作家們，浸淫在加拿大的多元文化中若干年後，除了女性意識的強化，還在異鄉的風情民俗中，培育起文化交叉的視野，選入在這本選集中有很多散文，是作者們在楓葉國與其他族裔之間的友情的生動記敘，和對加國人文景觀濃彩重墨的描繪。孫白梅的〈情同手足〉、張金川的〈裘娣的週末〉、趙廉的〈水土〉、鄭羽書的〈孩子，你又惹禍了(外一篇)〉、陳華英的〈美好的故事〉，以女性的細膩和善解人意為讀者勾勒了多幅加拿大人的人物素描畫像；而西岸海豚的〈當溫州人遭遇猶太人〉則展示了在加拿大房地產商場上有「中國猶太人」之稱的溫州人跟猶太人之間錙銖必較的耐力和智力的格鬥；為力的〈北方——訪印第安居住地〉和劉蕊的〈悠悠白石鎮〉，牧歌似地悠揚著迤邐壯闊的北部自然景色裏的加拿大原住民習俗人情，和西海岸海天一色中的小鎮風光。王潔心的〈詩意〉在加拿大的自然景觀中，體驗到中國古代詩人所描繪的人與自然和諧、物我兩忘的幽遠意境。阿木的〈一個士兵之死〉通過敍述一位服役在阿富汗士兵的戀愛故事讚頌加拿大戰士為保護和平而作出的犧牲。故事雖無硝煙，卻感人至深地讓人感受到戰爭的殘酷和給人心靈帶來的永久的創傷。

作為漂泊者的女作家們，對於自身文化身份的認同並不是一蹴而就的。溫安娜的〈撒絲基亞，撒絲基亞〉，王平的〈閬苑祖屋〉，和申慧輝的〈風箏〉，從不同階段真實反映了加籍華裔在融入加拿大文化社會過程中的艱澀步驟：她們如何在祖裔文化和居住國多元文化之間的倘徉後，最終形成了自己的開放的，多向的，多元的文化身分觀。

收入在集子裏的還有若干篇遊記，記錄作家在各國旅遊采風的蹤跡，如海倫的〈神秘駭人的埃及之旅〉，諾拉的〈Aloha!夏威夷〉，劉慧心的〈駕車自由行〉，曹小莉的〈義大利的吉普賽扒手〉，雪梨的〈牛舌鎮之秋〉等。這些作品以流暢的文筆，風趣的筆觸給讀者介紹著作者在異國他鄉的所見所聞和奇遇驚歷，為集子增添了異國情調和風韻。

散文篇章中結構上頗具特色的是江嵐〈味道的珠鏈〉，林婷婷〈保姆〉，慶慶〈告別即是相會〉，和汪文勤〈會唱歌的土豆〉，它們均圍繞著各自的主題由點及面，層層深入，或者攫取最為動人的細節作多方面的鋪陳（〈味道的珠鏈〉、〈會唱歌的土豆〉），或者歷數古典詩句以鑒別離情別意的不同境界（〈告別即使相會〉），或者遞進式地逐層闡發描寫主體的本義和延伸義，最後把主體內涵擴展提升到文化的最高層次（〈保姆〉），立意新穎別致。

這部文集中最突出的是葉嘉瑩的〈說李清照詞二闋〉，因為它是唯一的一篇學術文章，也因為它的鞭辟入裏和洞幽燭微。文章一再顯示了作者深厚的古典文學功力，深入淺出的文本分析讓讀者深切體會中國女詞傑李清照兩首詞《南歌子》和《漁家傲》抒情的含蓄精妙和意境的遼闊高遠。

法國著名女性主義理論家克利斯特娃認為女性語言是符示的（semiotic），非象徵性的（symbolic），有韻律的（rhythmic），它與所描繪的對象之間並沒有被限制的關係，相反，有著豐富的啟發讀者想像的互動關係。縱覽全書，雖然作品的題材豐富多樣，但是女性話語的特徵非常鮮明，無論是小說，還是散文，抑或是詞論，作品的語言富於生動的意象，形象，和詩意，它們能綿延出許多遐想，不同的讀者能根據自己的生活經歷產生出相對應的審美感受和聯想。《漂鳥》的題目亦如此，它給予人的想像空間，海闊天高，任憑扶搖翱翔。飛出國門的女性作者，在不同文化的碰撞中，回顧審視，前瞻比較，經歷了與傳統習俗決斷的陣痛，獲得了對女性本身生命意義的感悟和對自身價值的認識，也許李清照的詞句「九萬里風鵬正舉。風休住，蓬舟吹取三山去」恰可以用來表現她們的跨文化，跨國界追求生命終極意義的英姿。最後，我想借用葉嘉瑩教授對李清照《漁家傲》分析中的精闢論斷來結尾：她們「實已突破了現實中一切性別文化的拘限」，她們對人生的思考和追求「是對普世文化的人生究詰的反思，做作出了一種飛揚的超越。」正如南來北往的鵬鳥，她們所擁有的是整個青天。

徐學清

二〇〇九年六月寫於多倫多

目錄

散文類

小說類

散文類

葉嘉瑩

出生於北京。馳名中外的中國古典詩詞專家，加拿大籍華人學者，現為南開大學古典文化研究所所長。

五〇年代初任臺灣大學專職教授，淡江大學、輔仁大學兼職教授。培養了一大批中國傳統文化和古典文學專業人才。一九六六年，由臺灣大學派往美國講學，先後任美國密西根大學、哈佛大學客座教授。一九六九年定居加拿大溫哥華，任加拿大不列顛哥倫比亞大學終身教授。一九八九年退休後，應邀在北京大學、南開大學、復旦大學等幾十所大學講學。

葉嘉瑩以她對於中國古典詩詞創作、教學、研究所作出的傑出貢獻，得到了最高榮譽。一九九〇年被選為加拿大皇家學會院士。一九九七年，河北教育出版社出版了《迦陵文集》十卷，二〇〇〇年臺灣桂冠圖書公司又出版了《葉嘉瑩作品集》二十四卷。

說李清照詞二闋

李清照自號易安居士，《宋史・藝文志》著錄其作品有《易安居士文集》七卷、易安詞六卷。雖然宋志所著錄的李氏原著早已失傳，但僅就其既有別號又曾刊印有多卷著作而言，固已足可見出李氏之大不同於當時之一般婦女。因為在傳統社會中既原以「無才」為女子之「德」，所以即使是具有著相當才慧的婦女，也難以獲致足以培養其才慧和展現其才慧的環境，李清照的出現，則似乎乃是中國婦女文學史中，第一個具有想要以創作來肯定自己，而且更有著想要與男性作者一爭短長之意念的女性作者。她既生而具有才力敏慧過人的優勢，又因身為女性而有著纖柔細膩的感受和情思，所以確實曾經寫出了不少男性作者所未曾有過的清詞麗句。諸如「寵柳嬌花」、「綠肥紅瘦」、「被冷香消新夢覺」、「人比黃花瘦」之類，這些佳句固早已傳誦眾口，昭昭在人耳目，自不須在此更為辭費。私意以為李清照詞所更值得注意者，實在應該乃是她在靖康之難中親身經歷了破國亡家之巨變以後的一些作品。早在我撰寫《良家婦女之不成家數的哀歌》一節文稿時，就曾提出說：「一個女子若想寫出既具深度又具廣度的作品，乃必須遭遇一種雙重的不幸，也就是說，不僅是個人之不幸，而且還需要結合大時代的國家之不幸，如此方能造就一個婦女成為偉大的作者。」就李清照而言，當靖康二年徽、欽二宗相繼被俘北去之時，她的年齡是四十四歲。是年，趙明誠曾起知江甯府。未幾，金人陷青州，趙氏青州故第所保存之書冊文物「凡所謂十餘屋者」，乃「皆為煨燼」矣。再次年，趙明誠罷知江甯，被旨知湖州，是年八月明誠至行在，「途中奔馳，冒大暑，感疾」，李清照自池陽奔往視疾，是月之十八日明誠病歿。時清照年四十五歲。自此以後，一直過著流離輾轉的生活，在她所撰的《金石錄・後序》中曾說：「三十四年之間，憂患得失，何其多也。」但我們今日所見的易安詞中則完全沒有正面寫及亂離之作，這自然與她認為「詞別是一家」，以為在詞中不可以寫激昂豪放之作的觀念有關。但她畢竟親身經歷了戰亂流離，而且她的才慧過人，所以她乃獨能以其過人之才慧與女性之銳感，在並不正面觸及亂離的小詞之寫作中，透過一些極為纖細銳敏的女性之感覺與情思，而隱現了一份離亂滄桑之痛，因而達致了詞之幽隱深微的一種特美。私意以為這一類作品，應該才是易安詞中最值得注意的一種特殊的成就。

下面我就將把我所認為她的詞中之特別具有詞之幽隱深微之意境者，抄錄兩闋下來一看：

（一）南歌子

天上星河轉，人間簾幕垂。涼生枕簟淚痕滋。起解羅衣聊問夜何其？
翠貼蓮蓬小，金銷藕葉稀。舊時天氣舊時衣。只有情懷不似舊家時。

（二）漁家傲

天接雲濤連曉霧。星河欲轉千帆舞。彷佛夢魂歸帝所。聞天語。殷勤問我歸何處。

我報路長嗟日暮。學詩謾有驚人句。九萬里風鵬正舉。風休住。蓬舟吹取三山去。

先看第一闋《南歌子》，這闋詞初看起來，並不見有什麼特別出色之處，開端二句似亦不過泛寫閨閣庭院中所見的一般秋宵涼夜中的尋常景物而已。蓋以在唐人詩作中，寫天上之星河及人間之簾幕屏風者，原非鮮見，即如杜牧之《秋夕》一詩，即曾寫有「銀燭秋光冷畫屏，輕羅小扇撲流螢。天街夜色涼如水，坐看牽牛織女星」之句；李商隱的《嫦娥》一詩，也曾寫有「雲母屏風燭影深，長河漸落曉星沈。嫦娥應悔偷靈藥，碧海青天夜夜心」之句。可見李清照此詞首二句所敘寫者，固應本為閨閣庭院中所見之尋常景物。所以在易安詞的一些附有輯評及參考資料的版本中，此一闋詞所附之資料，除注釋及校記等材料外，竟不見前人評說之語。此較之清照之其他名作如《聲聲慢》（尋尋覓覓）之附有資料二十八則，《醉花陰》（薄霧濃雲）之附有資料十九則及《念奴嬌》（蕭條庭院）之附有資料十七則等名篇而言，此一闋詞之未被一般讀者所欣賞和注意自可想見。只是我個人卻對這闋詞有一種特別的賞愛，這可能與我童年時在北京舊家庭院中的生活環境有著密切的關係。我的老家是一所有三重院落的大四合院，中間一重的院落頗大。每當夏天的夜晚，我就會隨著家人們搬一些椅子或小凳，甚至是躺椅或竹席，坐臥在院中乘涼，一邊指認著天上的星辰，一邊背誦一些唐人的小詩。「臥看牽牛織女星」和「長河漸落曉星沈」等，就都是那時經常吟誦的詩句。而每當我注意到天上北斗和銀河的方位逐漸轉變了的時候，天氣就也逐漸轉涼了。這時老一輩的家人就會叨念起北京的一句俗語說：「天河掉角，要穿棉襖了。」於是我們就也不再在院中乘涼，而且還把原來在夏天懸掛在房門前的可以舒卷的竹簾摘下，換上了沈重而下垂的棉簾。而也就正是這種尋常景物，當時就曾給予了我很強烈的時序推移節候如流的感受。當然，我當年所有的只不過是一個天真少女的節候之感而已，但當年的感受卻在我歷經憂患以後重讀李清照這兩句詞時，給了我很大的震撼。私意以為李清照所寫者表面看來雖然也只是閨閣庭院中的尋常景物，但她卻在一句「天上」與一句「人間」的空間之對舉，和一個「轉」字與一個「垂」字兩個表示節候轉變的動詞之聯舉中，表現出了一種籠罩天地的無可逃避也無可挽留的永逝無常的哀感。然後在下一句她卻以女性的極為柔細的感覺，把這種籠罩天地的永逝無常的哀感歸結到了自己所處身的一床枕簟之上。而枕簟上的淒寒孤寂之感則是最為切身的感受，李商隱在詩中就曾經寫有「只有空床敵素秋」和「欲拂塵時簟竟床」之句，朱彝尊在回想起當年一段苦戀時，也曾寫有「小簟輕衾各自寒」之句。而李清照在此詞中寫難耐的淒寒之感卻只用了委婉的「涼生」二字，寫破國亡家後的悲哀也只用了「淚痕滋」三字。「淚」而只曰「痕」曰「滋」，其中本應有多少難言之痛，而最後她卻只寫了一句「起解羅衣聊問夜何其」，把所有長夜無眠的悲苦，都只借用了《詩經》的「夜何其」三個字輕輕帶過。真是含蓄蘊藉之極，蓋正有如陳廷焯所云「發之又必若隱若見、欲露不露，……終不許一語道破」者。

至於下半闋開端的「翠貼蓮蓬小，金銷藕葉稀」二句，表面看來其所寫者蓋也不過只是秋天的尋常景物而已。「翠」之色固應指「貼」水之蓮蓬；至於「金」則應並非指顏色，而是指秋季之節令「於時為金」，而秋氣之「金」則有肅殺之氣，故曰「銷」，在此肅殺秋氣中，所以「藕葉」乃有凋落稀疏之感，故曰「藕葉稀」也。這本是極易理解和想見的眼前景物，但後面所接的「舊時天氣舊時衣」一句，則使得前面兩句寫氣候節令的語言，都立刻與「衣」相連，而有了雙重的意蘊。於是前面一句的「翠貼」二字也立刻除了蓮蓬貼水之聯想以外，而有了衣服之「貼繡」的含義。而次句之「金銷」二字也立刻除了時令之「金」的銷亡凋落的聯想以外，而有了衣服上之金線的破損零落的含義。我對這兩句詞的情境，也有一種極親切的回憶。原來我家既是故都之舊家，家中一些箱櫃中一直存放有很多先輩舊存的衣物。其中有所謂「貼繡」者，蓋如後世俗稱「補花」的一種女紅，是把一些材料剪裁為各種花樣而貼繡在衣服上的一種裝飾。而這些裝飾往往周邊都是用金線固定在衣服上的。我就親眼見過這些金線脫落的舊日的繡衣。於此我們若再一回顧前二句的「翠貼蓮蓬小，金銷藕葉稀」二句，則在此景物節候依然，而舊衣之貼繡則半皆脫落之情境中，固應有多少「物猶如此，人何以堪」的今昔滄桑之感。所以李清照在其另一闋《武陵春》（風住塵香花已盡）的詞中，就曾明白寫出過「物是人非事事休，欲語淚先流」的句子。只不過這一闋《南歌子》詞的結尾卻寫得更為委婉更為含蓄，在「舊時天氣舊時衣」的今昔哀感中，只是平平地做了一句敘述說，「只有情懷不似舊家時」，全無傷感淚流的字樣，而其哀感乃盡在言外。所以私意以為這一闋《南歌子》詞，雖在過去未曾引起人們的重視，卻實在應是易安詞中最具有如我所說的詞之幽隱深微之特美的一篇作品。

下面我們再要看的是她的一闋表現了特殊風格的名作《漁家傲》。我們說這闋詞表現了一種特殊風格，主要是因為在唐宋詞中，一般說來其所寫的景物情事大多是現實中之所實有者，而這首詞整體來看，卻表現有一種非現實的理想之意味。先看上半闋：「天接雲濤連曉霧，星河欲轉千帆舞。仿佛夢魂歸帝所。聞天語，殷勤問我歸何處。」以前王國維在《人間詞話》中曾經提出過「造境」與「寫境」之說，謂「有造境，有寫境，此理想與寫實二派之所由分」。又說，「然二者頗難分別，因大詩人所造之境，必合乎自然，所寫之境，亦必鄰於理想故也」。李清照此數句詞中的「聞天語」及「歸帝所」等敘寫，其景物情事自非現實中之所能實有，而且其所謂「帝所」，自應是指天帝所居之所，而所「聞」之「天語」是「殷勤問我歸何處」，則正是對人生終極之歸宿與意義的一種反思。所以私意以為李清照此詞，實大有象喻之意味。本來早在八〇代中，當我撰寫《靈谿詞說》中〈論秦觀詞〉一文時，也曾提出過「寫實」與「象喻」之說，以為少遊的一闋極為著名的《踏莎行》詞，其開端所寫的「霧失樓台，月迷津渡，桃源望斷無尋處」諸句，是已經「進入了一種含有豐富象徵意義的幻想中之境界了」，並且說「這在小詞的發展演進中，實在是一件極值得注意的開拓和成就」。不過若以李清照此詞之上半闋與秦觀《踏莎行》詞之開端數句相比較，則李詞之意境較秦詞之意境實更可注意。蓋以秦詞所寫的「霧失」、「月迷」的既失去了高遠之期望又失去了津渡之出路的悲哀，還可以說是一種由現實生活之失落所產生的悲哀，因為秦觀少懷大志，早年應舉不第，曾一度意志消沈，其後得蘇軾等友人之勉勵，於元豐八年登第，次年哲宗即位，宣仁皇太后用事，蘇軾等友人薦之於朝，曾與黃庭堅等人同任國史院編修官，而未幾宣仁太后薨，秦觀遂與蘇軾等人同被貶出。秦觀先貶處州，又貶郴州，其《踏莎行》詞，就是貶郴州後的作品。我在此處之所以瑣瑣敘寫秦觀之生平，其目的蓋在說明李清照此《漁家傲》一詞與秦觀《踏莎行》一詞，其象喻性的根本差別之所在，以及此種差別與性別文化之關係。蓋以若就人生之目的及其價值與意義而言，男性文化原來早就對自己所追尋之目的做好了一種安排。修、齊、治、平，當然是現世所追求的理想目標，除此現世的目標以外，他們還為自己的身後安排了一種立德、立功、立言的不朽的理想。而無論是現世的目標或身後的不朽，就女子而言則都是全然被摒除在外的。而也正因為此種區別，所以一般而言，男子在其失意之中所寫的理想落空的悲哀，往往都是屬於現世的事功無成的悲慨；至於一般女子則大多以持家事親、相夫教子為人生唯一的意義，而極少有人想到個人一己之生命的意義與價值。但李清照這首詞，卻寫出了一個有才慧的好勝爭強的女子在生命面臨終盡之時，對於自己之生命的終極價值與意義的最後的究詰與反思。

此詞開端兩句「天接雲濤連曉霧，星河欲轉千帆舞」真是寫得高遠廣闊氣象萬千。若問此一景象之為實為虛，則就其下面所寫的「歸帝所」、「聞天語」等非現實之情事而言，固應是虛擬的象喻之景象，而且以「夢魂」為言，所以亦有寫夢境之可能。但我們在前面敘寫李清照遭難後的生活時，原曾引述過她的《金石錄・後序》中的自敘，她曾經因為要追隨行朝而「雇舟入海」，此詞開端所寫，及下半闋的「蓬舟」之形象，當然也可能是她行舟海上時所見到的一些實景。不過王國維說得好，「大詩人所造之境必合乎自然，所寫之境亦必鄰於理想」，李清照既曾經有過行舟海上的生活體驗，則當其欲表達自己的某種理想時，自然可以取之於現實生活體驗之所得，將之轉化為非現實之理想的喻象。不過，李氏此詞佳處之所在，還不僅只是在於其所象喻的對人生究詰之追問為向來唐宋詞中所未曾有而已，而且更在其所表現之意境有一種極為寥闊而高遠之氣象。首句「天接雲濤連曉霧」，一開端便顯示了一種從天上直到人間的一片無際的混茫。在此天地混茫之中，自然可以使人引生無窮的遐思。天上既布滿了如波濤般的雲影，則在雲影流移之際，那一條橫亙於高空上的星河自然就隨之也有了一種流轉之勢。至於「千帆舞」則似乎有兩種可能，其一是天上流移的白雲在飄過星河之際本可以有如「千帆舞」的可能；其二是地面上的許多船，在迷茫之海霧中，亦可以使人有「千帆舞」的想像。在此二種可能中，我比較傾向於兩者的結合，因為此詞前半闋之意象固全在天上，但李清照所乘之舟船則固應本在人間也。而下一句的「仿佛夢魂歸帝所」，則正是將天上之雲帆與地上之舟船相結合起來的詞人之一種想像。仿佛自己所乘之舟船亦隨天上飛舞轉動的雲帆一起翔入了高空中的天帝之所了。於是乃有下一句的「聞天語」，表面上寫的是我仿佛聽見了天帝之詢問，其實正表現了我想要向天帝究問的一種情懷。屈原豈不是就曾將其所有欲向天究問的困惑總結之曰「天問」嗎？於是李清照最後乃鄭重地寫出了天帝之問語曰：「殷勤問我歸何處。」而這實在也就正是作者對人生終極之目的與意義的一種鄭重的反思，所以形容此一大問曰「殷勤問」。昔況周頤之論晏幾道詞，曾對其《阮郎歸》中的「殷勤理舊狂」一句極致讚賞，就正因為「殷勤」二字原蘊含有無限鄭重關懷之意。李清照此處寫天帝之問而曰「殷勤問」，亦足可見此一問之關係重大而並非等閒矣。那就正因為其所欲究詰者，固原為作者本人內心中之最大的困惑，而此一困惑則正是作者對自我生命之價值與意義的最後究詰。

以上前半闋既然從天地混茫的追尋中提出了對我之終「歸何處」的大問，所以下半闋李清照乃努力嘗試著要對此一人生大問做出反省和答複。首先曰：「我報路長嗟日暮。」是作者首先反思自己一生之經歷，其「路長」二字，表面似只說路途之長，但若就個人之一生言，則當指自我生命之經歷。據前引李清照《金石錄・後序》開端所云，「余建中辛巳始歸趙氏」，又在篇末言「余自少陸機作賦之二年，至過蘧瑗知非之兩歲，三十四年之間，憂患得失，何其多也」，而在篇末則署云「紹興二年」，以此上推，李清照應生於宋神宗元豐七年甲子（一〇八四），卒年不詳。若就其作品之可系年者考之，則據周密《浩然齋雅談》卷上曾載云，「李易安紹興癸亥在行都，有親姻為命婦者，因端午進帖子」云云，知其在高宗紹興十三年（一一四三）依然健在，當時應年六十歲。又據陸遊之《渭南文集》卷三十五所載〈夫人孫氏墓誌銘〉曾記敘云：「故趙建康明誠之配李氏，以文辭名家，欲以其學傳夫人。時夫人始十餘歲，謝不可，曰：『才藻非女子事也。』」據陸氏銘文，此一位孫夫人蓋卒于光宗紹熙四年（一一九三），「享年五十有三」，若依此上推四十年，則孫夫人年十三歲時倘李清照仍在，則李氏享年當為七十歲。雖然此一闋《漁家傲》詞寫作之年代不可確考，但詞中既有「路長」、「日暮」之言，則必為其晚年之作無疑。是所謂「路長」者依本意固當指生命經歷之長，而若就李清照之經歷國破家亡的種種顛沛流離之苦言之，則此所謂「路長」者，固應亦隱有所經歷的患難痛苦之多的含義。而如今「日暮」，是其自知已經來日無多，然則一生遍歷此憂患苦難若果無任何意義與價值，豈不彌堪歎息，故曰「嗟日暮」也。若於此而做一最後之反思，則李氏固嘗以才慧文采過人而自許，故繼之乃曰「學詩謾有驚人句」也。曰「驚人句」，足見李清照雖在暮年其爭強好勝的自詡之心固依然尚在也。但再一深思則立即便會發現，縱然有「驚人」之「句」，又更有何種意義與價值乎？故乃於「有驚人句」四字之上加「謾」字。「謾」字在詩詞中是表示一種徒然無益的口氣，即如周邦彥《解連環》詞就曾有「謾記得當日音書，把閑語閑言，待總燒卻」之句可以為證。然則就李清照之反思而言，則是盡管其自詡曾寫有「驚人句」，亦復徒然有何意義乎？關於此種對人生終極意義之究詰，在古代並無一種固定的宗教信仰之時，其下焉者固是蒙昧而生蒙昧而死，至於上智者如孔子則是以「盡己」及「反求諸己」為先，故曰：「未知生，焉知死？」又曰：「不怨天，不尤人，下學而上達，知我者其天乎！」陶淵明兼有儒道之修養，故於死生之際能有「聊乘化以歸盡，樂夫天命複奚疑」之曠觀。若夫一般才人志士則往往不甘於生命之落空，所以杜甫失意在秦州時，就曾寫有「老去才難盡，秋來興甚長」之句，陸遊晚年也曾寫有「形骸已共流年老，詩句猶爭日月光」之句。至於天才詩人李白則不僅於生命之落空有所不甘，而且甚至以為其天才可以戰勝一切，所以在《上李邕》詩中就曾寫有「大鵬一日同風起，扶搖直上九萬里。假令風歇時下來，猶能簸卻滄溟水」之句，其後又寫有一首《臨路歌》（按李華《墓誌》謂太白賦《臨終歌》而卒，或以為此詩題「臨路」乃「臨終」之訛），仍以大鵬自喻，歌辭曰：「大鵬飛兮振八裔，中天摧兮力不濟。」其所寫的自然是已經自知其「力不濟」以後的更深一層的悲哀。但才人李白於此仍有不甘，故乃寄望於後世曰：「餘風激兮萬世。」但畢竟此生已矣，所以在「後人得知傳此」的遙遠之期待一句以後，最終還是落到了此生之寂寞哀傷，而結之曰：「仲尼沒兮誰為出涕。」李清照此一闋《漁家傲》詞，也同樣表現了一個才慧之人，在走向人生之終點時，對於生命之終極意義與價值的一種究詰的反思。雖然未能達到如孔子之聖者的知命與達道，也未能像淵明之能有乘化歸盡的曠觀，但她所表現的既不像杜甫之傷感，也不似放翁之逞氣，頗具太白之健筆豪情，但又未落入太白之對現實失敗的考量。她是全以想像之筆，在「謾有驚人句」之後，突然翻起，而寫下了「九萬里風鵬正舉。風休住，蓬舟吹取三山去」三句，表現了一片鵬飛高舉的飛揚的氣勢。這種想像和理想，實在已突破了現實中一切性別文化的拘限，而是對普世的人生究詰的反思，作出了一種飛揚的超越。這首詞中所表現的境界和美感，是易安詞中極可注意的一種特殊的成就。

節錄自《從性別與文化談女性詞作美感特質之演進》一書中之第四節，〈宋代兩位傑出的女詞人李清照與朱淑真〉

原志

本名蔡遠智，福建晉江人。畢業於廈門大學，曾任廈門大學化學系講師，現從事中文教學。一九九九年以來，在《世界日報》、《僑報》等北美報刊發表一百多篇散文、小說和評論。曾獲《世界日報》舉辦的徵文比賽冠軍和佳作獎，以及《人民日報》（海外版）徵文三等獎。其多篇散文、小說被收入多種文集。二〇〇三年出版長篇小說《不一樣的天空》。加拿大中國筆會理事。

與女權活躍分子們相處的日子

這兩天在電視和報紙上陸續看到一些零星報導加拿大和中國大陸慶祝「三八國際婦女節」的消息，才意識到一年一度的「三八國際婦女節」又來臨了。

其實，在加拿大住久了以後，對「三八國際婦女節」的概念也就越來越模糊。因為在國外，「三八國際婦女節」類似「五一國際勞動節」，說是「國際」，實際上幾乎是屬於社會主義國家的節日，只有少數左翼團體或女權活動組織才會舉辦一些規模不大的象徵性慶祝活動，有些活動甚至是抗議形式的示威活動，遠不像在國內有半天法定假日，有單位組織女同胞上公園遊玩，或是上飯館會餐一頓。這一點，連加拿大的女權活動家們都很羨慕。十多年前我在溫哥華的時候，就有幸認識了一些這樣的女權活躍分子。

那時我在ＵＢＣ（卑詩大學）的一個實驗室，給一個教授打工（做RA/Technician研究助理／技術員），由於老闆申請的下一年經費沒批下來，我只好一邊找其他相關的工作，一邊做好申請失業保險的準備。正在那段時間我聽說有一個叫「Women in Science」的工作培訓Program，專門吸收那些在加拿大以外的國家拿到大學本科學歷以上主修理工科的移民女性參加，是由加拿大聯邦政府資助的項目，為期半年，待遇很好，主要培訓英語、電腦和加拿大歷史政治知識。這個項目已經辦過兩期，每期只招十二個人，報名的卻有上百個人。我憑著UBC那份實驗室打工經歷順利進入這個Program。

進去後才知道，主辦者是一群女權活躍分子，從專案經理到老師，及至秘書，全是女性（怪不得沒有男同胞的份）。不過，也許是因為我們班上有些同學曾經公開表示不喜歡那些極端女權主義分子（Feminist）們的作風，這些老師們並不太主動承認她們是女權主義者（所以我才稱她們為女權活躍分子），她們只是說她們的理想是爭取女性應該與男性具有同等權益。有一個教口語的菲律賓裔老師還是加拿大全國少數族裔婦女協會的領導人，上課期間特地曠了一個星期課飛到渥太華參加全國少數族裔婦女大會。另一個來自UBC的老師也是溫哥華一個婦女組織成員。不知道是巧合還是她們女權意識高漲的必然，這些經理、老師、秘書們，除了一個教社會心理學的華裔女老師Susan外，全是離婚的單身女性，而且她們一點兒也不避諱公開談論她們的婚姻狀況。教電腦的老師第一堂課就大講特講她跟她的前夫如何配合默契，把兩個男孩子教育得很優秀的經驗給我們聽。

有一天我和一個前蘇聯女眼科醫生和一個波蘭來的女工程師一塊兒聊天，波蘭女生說起今天是國際婦女節，鄰座的秘魯女醫生和西班牙來的女同學都不知道這個節日，於是我們分別講述了我們在國內慶祝婦女節的特權。來自SFU大學教英語寫作和歷史的老師Diana以及項目經理Leah聽了都挺嚮往地問這問那。波蘭女同學頗為得意地告訴她們，這就是女人生活在社會主義國家享有的優越性。但是另一個伊朗來的女獸醫和西班牙女生卻不屑一顧地說，這種優越性會培養女權主義分子，她們最不喜歡女權主義者了，像溫哥華那些激進的女權主義者，天天叫囂裸露上身遊行，簡直不堪入目，有傷風化。

Diana聽了後意味深長地瞥了一眼那伊朗女生裹得嚴嚴實實的黑頭巾，然後笑了笑，便開始為裸體跑步辯護。她說那些裸體跑步遊行的女人並不是真想裸體，只是以這樣一種行動來宣示婦女與男人具有同等權利，其良苦用心應該受到理解和支持。這下我們所有人都表示以這樣的方式來爭取同等權利實在讓人無法理解也難以支持。於是Diana專門花了半節課來解釋加拿大的婦女在歷史上所受的壓迫，包括沒有投票權和男女同工不同酬的問題，沒有墮胎的自由，還有工作地點的性騷擾問題等等。一句話，哪裏有壓迫哪裏就有反抗，所以女權運動就此興起。她講起加拿大風起雲湧的女權運動歷史和幾個著名的加拿大女權活動家如特蕾絲、卡斯格蘭、艾蜜莉、斯托等人的生平和成就，簡直如數家珍。Diana是我最尊敬的老師，她的豐富學識和良好教養總讓我覺得上她的課是一種極大的精神享受。

我那時突然想起了剛到加拿大最初兩年，常可以從電視上看到全國選「Miss Canada（加拿大小姐）」活動，那是我最愛看的電視節目之一，可是最近兩年卻再也看不到了，就問她是不是女權活動家們把選美給反掉了。Diana立刻得意洋洋地說，那就是加拿大女權活躍分子們引以自豪的成果。她說，別看美國的女權活動比加拿大開展得早，比加拿大轟轟烈烈，處處像個老大姐似的，但在不尊重女性的選美問題上遠不如小妹妹加拿大女權活動家們堅決和卓有成效。

到了六月十四日那天，我剛一進辦公室，就看到Leah和Diana正眉飛色舞地拿著當天的溫哥華《太陽報》熱烈談論著。她們一看到我，立刻興奮地舉著報紙宣布，加拿大終於出了第一個女總理了。原來當時的加拿大總理兼進步保守黨領袖馬爾羅尼辭職下臺，由溫哥華出身的女律師，當時任國防部長的Kim Campbell（金寶爾）繼任進步保守黨領袖，並順理成章地登上總理寶座。那時，全加拿大的女權活躍分子們都無比歡欣鼓舞，額手稱慶，她們認為金寶爾開創了加拿大歷史新篇章，是加拿大婦女的驕傲。

第二天，時任自由黨領袖，後來的總理克雷蒂安對金寶爾當上加拿大總理專門發表了一通評論。他不無刻薄地說，金寶爾不過是得到了一份暑期工（She's just got a summer job）。這句話可把Leah和Diana等人氣壞了，她們大批克雷蒂安是個「Lazy guy」（懶漢），就會耍嘴皮子。

那時候加拿大有個叫「真正婦女會（REAL Women）」的婦女組織也極力反對金寶爾當總理。「REAL Women」這個組織誕生於右翼勢力根深蒂固的阿爾伯塔省，後來成了全國性組織。雖然「REAL」這個單詞代表Realistic（真實）、Equal（平等）、Active（活躍）、for Life（生活），表面上看起來很中性，其宗旨是重視家庭的價值，強調家庭是社會中最重要的元素，婦女必須同工同酬，但她們本質上希望婦女回歸家庭做好家庭主婦，把工作機會讓給男人，同時爭取政府給予留在家裏做主婦的婦女們津貼。「REAL Women」在自己辦的會刊中對金寶爾極盡抨擊、抹黑、取笑，要嘛說她是女同性戀者，要嘛說她是反家庭的激進女權主義分子（因為金寶爾離過兩次婚）。而一些女權主義者們卻跳出來和「REAL Women」針鋒相對，在溫哥華《太陽報》和《BC省報》上撰文批判她們，一時間戰火紛飛，硝煙彌漫，熱鬧非凡。Diana把兩邊的文章都複印下來給我們當課外閱讀材料。她對「REAL Women」那批女人歷來嗤之以鼻，講過很多她們如何極端保守（Ultra-conservative）的奇聞笑話給我們聽。因此我們那一段時間每天的話題，甚至寫作題目幾乎都是圍繞著左右翼婦女組織的辯論，當然主要是批判「REAL Women」的觀點而寫。

後來進步保守黨在緊接著的聯邦競選活動中，為了打敗克雷蒂安，不惜採用醜化手段，拿克雷蒂安因小時候得過小兒痲痹症而弄歪的嘴巴作文章，不論是電視廣告還是競選標語牌，到處都是克雷蒂安歪嘴齜牙的畫面。聰明過人的Diana馬上意識到進步保守黨大勢已去，連連痛斥金寶爾的競選班子太Stupid，「It is unbelievable that they are so stupid」（他們簡直愚蠢得令人無法相信），她不住地搖頭歎息著。不久電視上就播出患過同樣病症的選民對進步保守黨利用身體缺陷攻擊對手的惡劣手段表示極大憤慨，並表達了堅決支持克雷蒂安的決心。果然不出Diana所料，年底競選結果自由黨大熱勝出，不僅把進步保守黨打得落花流水，幾近斬草除根，使其在國會二百九十五個席位中僅剩下兩席（原有一五五席），連身為現任總理的金寶爾竟然都沒能保住席位，總共只當了一三二天總理便黯然下臺，成為加拿大歷史上任期最短的總理，恰恰不幸應驗了克雷蒂安「Summer job」的咒語。

Diana和Leah及所有「Women in Science」的老師及工作人員們的失望自不待言。不過，好在同時有五十三個女性被選入二百九十五個席位的國會中，創下了加拿大有史以來女性進入國會的最高記錄，並有好幾位婦女擔任了聯邦和省政府的部長，尤其是Sheila Copps女士被新總理克雷蒂安任命為加拿大副總理，對這些女權活躍分子們來說也算是失之東隅，收之桑榆的一種安慰。

實際上她們這些女權活躍分子們並沒有太強烈的政治傾向，她們左批保守黨右傾政策，右批新民主黨的極左路線，為任何一個傑出女性取得的成績而歡呼喝彩，為任何一個受到不公正待遇的女性大聲疾呼，為捍衛婦女權益作出自己的努力和貢獻。加拿大婦女擁有今天的地位，首先應該歸功於她們長期鬥志昂揚和鍥而不捨的努力。

「Women in Science」只辦了三期，也就是到我參加的這一期，便因聯邦政府削減開支經費不足而停辦，並成了永遠的絕唱。我常為自己能夠加入這個班，並瞭解和學習到許多有關加拿大政治歷史人權等各方面的知識，尤其是對加拿大婦女地位和女權運動有了初步的瞭解而感到幸運。

後來我雖然把家搬到了多倫多，與這些女權活躍分子老師們徹底失去了聯繫，但這麼多年來，我心底深處從不曾忘記她們。值此「三八國際婦女節」之際，特撰此文以紀念之。

本文刊登於二〇〇五年三月二十日北美《世界日報》之〈世界週刊〉

海倫

本名王詠虹，海外華文女作家協會會員。曾任北京群眾出版社《啄木鳥文學》雙月刊編輯部副主任，法律出版社《文藝書刊》編輯室副主任，多次在上海《文匯報》、《北京晚報》、《八小時以外》等報章雜誌發表連載小說。出版了《法醫楊波》、《告密者》、《金三角》、《苦澀的禁果》、《邊境上的金孔雀》、《隱形蜈蚣》、《沉默的持劍官》等書。

一九八七年移民加拿大溫哥華，在海外《世界日報》等報章雜誌發表了〈飄洋過海〉、〈重建家園〉、〈連說三個不〉等雜文、遊記和短篇小說。二〇〇三年出任《女友》雜誌北美版主編。二〇〇五年與朋友同仁創辦北美多元文化交流基金會並任副會長，組織製作了小型電視紀錄片、DVD華裔母親的心等。目前在潛心創作長篇小說《天涯何處是我家》。

神秘駭人的埃及之旅

二〇〇八年早春

僑居加拿大多年，始終以祖國悠久文化歷史為自豪。但旅行歐洲後，不得不感嘆天外有天。而去了埃及，最令人驚駭的，不僅是金字塔、宏偉神殿和地宮，那蔓延在現代化的開羅市內，長達六公里，活人與死人混居的「死人城」，更令人瞠目結舌！

一、神秘莫測的金字塔

加拿大人喜歡冬季去熱帶國家旅行，在那裏住久了，不免染其習。是年二月飛往埃及，到了開羅已過午夜，機場大廳有許多計程車司機用英文兜攬生意，但他們個個看來像阿里巴巴四十大盜，望著漆黑的夜幕，誰敢上他們的車？

最後，我和旅行伴侶——加拿大朋友G乘坐了酒店的計程車，一路夜景很美，寬闊的公路兩旁矗立著高大的伊斯蘭建築，清真寺的半球形拱頂，伴著雕花鏤空、細細高高的塔樓。裝飾著情人節腥紅色的西式花店奪人眼目，十分不協調地夾在伊斯蘭傳統建築群中。計程車駛上尼羅河的跨河大橋，星空映照下的河水波光粼粼，比想像中寬闊得多。過了橋，古老塵封的狹窄街道開始出現在昏黃的路燈下。雖已是淩晨一點多，街上仍有穿長袍的居民行走。簡陋破舊的、用玻璃罐裝著糖果的小店，依然店門洞開，很像魯迅小說中描述的街邊小鋪。

金字塔在那邊！一路沉默不語的埃及司機，突然用英語說。循他手指的方向拼命看，朦朧夜色中什麼也沒看見。誰料清晨拉開酒店厚重的落地窗幔，神秘莫測的金字塔驚現於晨光中，近得似乎伸手可及！

落榻的酒店庭院很華麗，現代樓宇環繞著曲徑通幽的熱帶花園。高大的椰子樹下，游泳池的水比天空還藍。兩座筆挺雄偉的古老金字塔矗立其後，將現代豪華與遠古文明十分和諧地融於一景，令人感覺異常奇妙。

GIZA金字塔，是唯一沒有被歷史塵埃湮沒的世界七大建築奇觀之首。本以為是建在遙遠的杳無人煙的沙漠中，不曾想從酒店乘車五分鐘左右就看見了三座金字塔，穩穩坐落在金黃色的沙漠中。導遊說這是祖孫三代法老的墳墓。站在高聳藍天的GIZA金字塔下，伸手觸摸塔身巨石，心中無限感慨。這座有四千多年歷史的金字塔，是古埃及法老庫孚（Khufu）為自己修建的陵墓。大約建於西元前二五六〇年。塔身建成時高達一四六・六米，歷經幾千年的風蝕，目前高度為一三八・八米。其底部每邊長二三〇米，總面積五·二七公頃，共用二百三十萬塊巨石疊成，每塊磚石約重二·五噸，全部建築用巨石共重五百九十萬噸。據說為了建築這一座金字塔，動用了二十萬奴隸，前後二十多年才建成。

GIZA大金字塔曾雄踞世界最高建築三千八百年，直至西元一三〇〇年，高一百六十米的英國Lincoln Cathedral取代其位。在沒有起重機的遠古時期，埃及奴隸們是怎樣將二·五噸重的二百三十萬塊巨石，根據幾何的黃金分割線原理，疊成金字塔的呢？我們的埃及導遊回答說，石塊是在尼羅河氾濫期使用船隻運載的，而向上吊舉石塊是潑灑牛、羊奶，以增加滑潤度。他很遺憾祖先沒有留下有關的文字記載，對外星人建造金字塔的說法十分反感。這我理解，有洋人說中國長城不可能是秦人所造，而是外星人的遺跡，我們對此還不是同樣嗤之以鼻。

在大金字塔西南方幾百米的地方，是稍微矮小一點的法老Khafre（庫孚兒子）的金字塔。Khafre下令建造了聞名於世的巨大獅身人面像（Sphinx），數千年來雄臥在金字塔前圓睜雙眼，漠然凝視著廣袤無垠的大沙漠。法老為什麼要把自己的頭像安置在獅子身上呢？導遊說因為人面代表著智慧，而獸中之王獅子代表著不可征服的兇猛暴力。庫孚孫子Menkaure的金字塔，只有爺爺的一半高度，是當時我們唯一可以購票入內的金字塔。

我不敢進入金字塔，怕墳墓內有邪氣，或其他目前不被我們認知的怪東西損害健康。G笑我葉公好龍，隨導遊進入金字塔，出來後喊腰疼，說裏面的隧道又窄又矮，只能彎腰行走，有時還要爬行，而殉葬寶物早已被盜空，只看見空空的墓室黑洞。我很驚奇，本以為金字塔內很寬闊，就像拉斯維加斯的樂蜀（Luxor）金字塔模擬酒店，沒想到裏面是實心的。更令人不可思議的是，G的自動機械錶進入金字塔後就突然停擺，出來後才恢復工作！

二、沙漠的生命源泉尼羅河

在空中俯瞰埃及的大沙漠，看到的多是起伏的大沙山，頂端被風吹蝕得渾圓。沙漠裏無數乾涸的河床，從空中望去，酷似大大小小的乾枯葉脈。偶而會看見座標線般筆直的輸油管，橫貫沙漠折向紅海海岸。緩緩奔流的尼羅河，像一條光亮的綠色緞帶，在昏黃的大沙漠中閃爍。河邊綠洲的農田和樹木碧綠蔥蘢，充滿生氣。

我們乘坐的遊艇在寬闊的尼羅河上緩行，兩岸的莊稼碧綠茁壯。田野裏傳來悠遠、無處不在的阿訇唱經聲，卻看不見清真寺和唱經塔樓。現在的阿訇們已不需再憑好嗓門去登高塔唱經，只需用高音喇叭每天唱經五次，連在田野裏耕作的人們都可以聽得見。

遊艇在碧綠的尼羅河上航行了數日，很多遊客包括身體強健的我和G都患了流感，輕的喉嚨痛持續不癒，重的發高燒。儘管人人都喝瓶裝水，包括刷牙的水都不能用非瓶裝，但還是有人患了急性腸炎，一般人二十四小時即可恢復。本以為是水土不服，沙漠中溫差很大，二月份白天平均溫度二十多度，夜晚最低可達零度。後來才知道病源是生物污染，西方人免疫力差，因此很容易染病。

美麗的沙漠生命源泉尼羅河，由於缺少跟進時代的污水和垃圾處理系統，正在變成可怕的污染帶菌、帶病毒的水流。G喜歡游泳，上了遊艇就說要在碧波蕩漾的尼羅河暢遊，即刻被一位素不相識的團友PAUL制止。PAUL說，尼羅河水中充滿有類似血吸蟲的寄生蟲卵，不要說游泳，就是把手放在河水裏，都可能被感染。蟲卵可穿透皮膚，進入血液，流入肝臟、腎臟、甚至心臟。我問，為什麼當地人仍然在河裏游泳、洗衣呢？他回答：當地人大部分從出生以來就被感染，大概已經習慣了。可我們不同，就是與他們握手，也有可能被感染呢。

尼羅河就像我們的長江、黃河，滋育了埃及古老的文化。河兩岸的神廟遺址，高大宏偉得驚人。在樂蜀（Luxor）的阿蒙（Amun）神廟，幾公里外就有幾十對人面獸身石雕面對面排列形成的甬道，就像北京明陵十三陵地下宮殿地面上的石雕駱駝、大象和臣官。為什麼古埃及帝王陵和中國帝王陵的建築設計、裝飾如此相像呢？是因為在遠古不為世人認知的文化交流？是因為他們有淵源流長的血緣關係？還是東方文化中人性的共識？

神廟中的砂石雕塑有著堅實的骨骼、肌膚，異常巨大生動。神廟的幾十根石柱，粗大得一人圍不起來，十幾米高的石柱全部紋飾著鳥獸和有關法老、眾神的單線平面圖。石柱頂端圍合著石雕的巨大蓮花瓣，令人想起中國神廟的蓮花寶座，納悶它們之間是否有關聯。塗在石柱石樑浮刻上的顏色，雖逾千年風吹日曬，卻依舊可見其紅、黃和藍色，據說那是因為表面塗了蜂臘保護的緣故。

古埃及人認為太陽升起的東方，是生命的起源地；而落日的西方，是死人的居所。因此金字塔和帝王谷地下宮殿，都建在尼羅河西岸。帝王谷建在西岸附近起伏的沙山群中，一個個巨大的砂石山包，外形很像天然的墳包。地下宮殿深藏在哪一座山包下，是世人難破的迷，卻難不倒那些盜墓人。目前那裏被挖掘出的幾十個地下宮殿，內部的金銀財寶早被盜竊一空，只有一個童王King Tut的地宮，因為被壓在另一個法老地宮之下，而逃脫了被劫的厄運。一九二二年被英國考古家HowardCater發掘挖開時，殉葬的寶物依然塵封。

走進地下葬宮的寬大高闊甬道，目睹宏偉巨大的地下鑿石工程，頓時感到我們的十三陵地宮在規模巨大方面變成了小兒科。只是那地下葬宮奢侈豪華的殉葬祭寶，巨大棺槨的外觀和層次，石壁浮刻勾畫的十二層地獄對陰間生活的設想，都與中國帝王不謀而合。眾神裏那位位會七十五變的太陽神，與中國古典小說那位會七十二變的美猴王又是如此相似！

在參觀帝王谷地下宮殿回來的路上，導遊指點著公路旁的高土山坡上屋頂呈半球型的孤零零的房子，說那就是英國考古學家Howard Cater（一八七四～一九三九）的故居。據說Cater從十七歲起就參與埃及法老墓的挖掘工作，不過他參與挖掘的大部分法老墓，最後都發覺早已被盜劫。他用了整整十五年的時間，終於挖掘出一個完好無缺的地宮。據導遊講，與Cater一起破門進入童王法老墓的七名埃及人，一年後同時高燒不退，恐怖地大喊胡話而死亡。而Cater卻沒有受到法老的詛咒，雖然他在迫不及待地撬開童王重十一公斤的純金面具時，令乾屍碎裂成十八段，而且還私自隱藏了一些殉葬寶物，他卻依然順利地退休回到英國，十六年後才患淋巴癌，享年六十四歲。這在當時是破除迷信的例證，卻不禁令人猜想，是不是埃及法老的幽靈，也和中國皇帝一樣欺內懼外呢？

三、非洲最興旺都市開羅和城中的「死人城」

開羅市建在尼羅河入海的三角洲分叉口，有長達六千多年的歷史！一九九八年人口統計時有一千六百萬居民，現在每天人口都在膨脹。

古開羅在十三世紀時便聞名於非洲、亞洲和歐洲，十四世紀時因黑死瘟疫的流傳而消沉一時。十五世紀時（一八四一年）被Meshullam Menahem譽為「如果將羅馬、米蘭、帕多瓦、佛羅倫斯等所有的義大利城市，外加四個其他城市加在一起，都無法敵過開羅一半的財富和人口」。

開羅最宏偉的要屬Mohammad Ali清真寺，居高臨下就像座古城堡。寺內有炮臺，據說曾用來抵禦十字軍的入侵。清真寺內很華麗，很多精美的雕刻和燙金的圖案，都令人喚起對歐洲教堂的回憶。雖然它並不是最典型的埃及寺廟，受到穆斯林、歐洲，特別是法國建築的影響，但卻是Mohammad Ali Pasha（土耳其佔領軍首領，治理埃及一百四十七年，成為埃及最後的王室家族）統治下的埃及加入穆斯林世界，從中世紀走向現代文明的標誌。

埃及國家博物館至今已有一百多年的歷史，其展品之宏偉巨大，堪稱世界之最。館內展示的巨大石人塑像，有的面孔很像羅馬雕塑，大概是以當年的羅馬人為模特兒。但放在入口處左側約五米高的遠古石像，鼻樑不高眼窩淺，臉相對扁平，模樣很像亞洲人，頗耐人尋味。

博物館內大大小小的木乃伊棺木、出土文物不計其數，令人印象最深的還是皇家木乃伊館，裏面千年不朽的乾屍令人咂舌。西元前十三世紀著名法王、統治了埃及六十七年的拉美西斯二世（Ramesses II）的乾屍，歷經了三千三百多年，看上去依然高大。皇家阿訇的木乃伊有所不同，大概知道眼珠無法防腐，便在眼窩內安裝玻璃球，似乎死後仍想洞觀人世。

從酒店開往機場時，導遊指著開羅市內那夾在兩條公路之間、被長長的圍牆圍住的地方，說那就是有一千二百年歷史的「死人城」（The City of the Dead）。埃及穆斯林埋葬死人的傳統風俗，是為死人建築房子式的墳墓，將屍體裹好，封在墳墓中，因此不稱墓園而稱「城」。我一直好奇圍牆內聳出的圓拱形古建築，想起旅遊哈瓦那的第一站，就是參觀佈滿美麗雕塑的古墓園，不禁想去參觀。導遊說「死人城」很大，綿延六公里，旅遊車進不去，必須雇用專門的徒步導遊，否則很容易迷失或出危險。因為那裏住著很多活人，有從沙漠遷移來、負擔不起高昂房租的貧窮家庭，也有逃避法律的罪犯。

活人與死人共居？導遊說是啊，迅速膨脹的人口給開羅住房帶來巨大危機，估計「死人城」的人口有三十萬到一百萬。居民用退色的墓碑當桌子，拉起繩子晾衣服，架起篝火煮飯。那裏沒有下水道和自來水，垃圾腐爛的臭味很大，生活環境惡劣。這就是說，孩子們放學後，要在墓碑上寫作業！太不可思議了！原來沙漠中的埃及人，有在自家墓地招待客人的風俗。他們對死亡的信仰與我們不同，在他們眼裏，死亡是新生命的開端。

有人說，活人居住死人城，這就是埃及這個數千年前金碧輝煌的古國衰敗貧窮，只能靠展示祖宗輝煌吃飯的有力證據。但我相信，埃及和中國都曾有過文明古國的輝煌，都曾忍受過歷史的屈辱，也都具有風水輪迴、重新崛起的希望！

寄北

本名陳紅韻，江西臨川人。一九八四年畢業於上海第二軍醫大學軍醫系，一九九〇年獲新布朗威克大學分子生物學博士學位。曾在兩家製藥公司做過高級研究員和部門主任，現居溫哥華。作品散見於國內外中英文報紙和電子雜誌，部分散文和小說入選中國社會出版社出版的《美利堅的天空下》，美國天涯文藝出版社的《當代世界華人詩文精選》和加拿大大大出版社的《你知道怎麼愛嗎？》等選集；其小說和散文曾兩次在美國獲獎。

丈夫有了外遇以後

離了婚以後，電話反倒多了起來：不少朋友也因為丈夫的外遇而惶然不知所措。勸過合也勸過離。

如果夫妻本來就分居兩地，短時間也沒有可能重聚，小孩又不至於受到太大的傷害，那就離了吧。

我自己就屬於這種情況。丈夫海歸，在「小秘」們的醬缸裏變了顏色。徬徨了近半年後決定離婚，從頭再來。幾年過去，終於又有了一個家，兒子也算得上健康成長，甚至還和前夫不鹹不淡地做著半個朋友。

很多人都下不了離婚的決心，尤其到了一定的年紀。一個朋友也是老公在國內有了情人，她打電話向父母傾訴，父母的第一句話卻是：「你不年輕了，睜一隻眼閉一隻眼吧。」她為了不滿八歲的孩子忍了兩年，比以前溫柔了許多，幾乎天天打電話去噓寒問暖。可是她發現丈夫的情緒變幻莫測，有時甜得像蜜，有時狠得像魔。後來才知道，他狠的時候就是情人在旁邊的時候。她慢慢地死了心，終於分手了。前不久她打電話來，說在網上找到一個情投意合的，還是個醫生。筆談了四個月後見了面，現已到了談論婚嫁的地步。不過講起以前受的屈辱，她還是忍不住哽咽。

現在流行姐弟戀，年紀大實在也不是問題。國內不是也有幾個六十多歲的老太太嫁了三十幾歲的男人嗎？醜一點也沒有關係，情人眼裏自會出西施。我有好幾位相貌不怎麼樣的朋友一個個嫁了大帥哥，婚姻還特穩定。天生我才必有用，天生我人必有愛，這點信心總是要有的。

即使找不到好的男人，或者要受點窮，也還是比拖著好。丈夫有情人這個事實就像一個毒瘤，不割掉的話遲早都會把你的自尊耗得一乾二淨。自尊沒有了，錢財空名又有何意義？

還有的因為恨拖著。反正你背叛了我，我也不讓你有好日子過。這也並非良策。恨到最後總是連自己也恨了，何不給人給己一個機會？再說他現在背叛了你，並不等於他過去就沒有真心對待過你，你們以前在一起的快樂也不一定就一筆勾銷。況且他還是你小孩的父親，小孩無罪，能不傷害到他們就盡量不要去傷害。

還有的拖著是因為錢談不攏，花了錢打了官司也還是沒法了斷。一個朋友在法院花了兩萬多，還在爭。我自己開頭也想過爭，結果把日子弄得很煩，因為最不會跟人爭鬥。後來我就問自己：當初到加拿大的時候才幾百塊錢一個月，不也過得好好的？吃虧就吃虧吧。即使一切從零開始，有胳膊有腿的，也不是天大的難事。想開了，也就好了。再說逼著自己出去找工作，接觸和瞭解男人的機會還更多一些，沒準就成就一樁新姻緣。

如果真是浪子回頭呢？那就再給他一次機會吧。

朋友黎是個言談風趣但大大咧咧直來直去的女子。她老公當初追她的時候頗費了些功夫，黎被他的真心打動，就嫁了。婚後有了一個胖嘟嘟活潑潑的女兒，一家人柴米油鹽醬醋，日子過得挺順溜。就在他們結婚六週年的前兩天，她突然在老公的口袋裏掏出一張一百多塊錢的花店發票。還從沒見老實巴交的他給她買過花，黎苦想了半天，得出結論說可能他良心發現，要在他們結婚紀念日那天給她一個驚喜，沒準是九十九朵玫瑰呢。誰知兩個星期過去，花的影子沒瞧見半個，她不得不開審了：「用不著打馬虎眼了，招吧。」原來是戀上辦公室的女同事了。那女人黎見過的，典型的「陰陽」人：見了女人又陰沉又冷酷，見了男人又陽光又狐媚。德性，黎第一眼就把嘴撇到了一邊。「罷，罷，罷。」自己的老公居然會愛上這種人，她長嘆一聲，幫他收拾了一個箱子，趕他出了門。半年後，他回來了，說了一句「離開了才真知道你的好」便再不多言。黎怎麼趕他也不走。「你不走我走。」她狠聲說，真的就跑出來給我打電話。

「饒了他吧，」我說：「聖人都不能做到無過，何況是人。如果有人來刻意引誘你，你也難保就一點都不動心。再說浪子回頭真成了金子也不一定。以後溫柔點，也別太粗枝大葉了，看牢他。」

兩年過去，他們倆相安無事，女兒也更活潑可愛了。

丈夫有外遇不是問題，離婚不離婚也不是問題，最可怖的是從此把男人看穿了：「男人沒一個好東西，我死也不要再相信他們了。」

這種把男人簡單地籠統為「天下烏鴉一般黑」，是對女人自己很不負責的行為。拒絕愛情絲毫不能顯示自己高明或是有見識，更不能說明從此就安全無憂。有壞男人就有好男人，有醜陋就有美好。不相信男人不過是懶惰或不相信自己吧了。

不過更多的還是怕，朋友思就是這樣。丈夫外遇後面目姣好的她一下子掉進了怨恨和恐慌的深淵，把自己弄得人不像人鬼不像鬼，最後靠吃抗憂鬱症的藥才熬了過來。從此見到男人向她獻殷勤就逃。打長途電話她總問：「你怎麼就那麼勇敢呢？你怎麼知道第二個不會像第一個那樣騙你呢？到時候又被騙了怎麼辦？」

第二個當然可能最終也變成花心男人，第二次婚姻也不一定就能天長地久下去，但是一朝被蛇咬為什麼一定要十年怕井繩呢？第二次不行還可以來第三次。我的另一個女友屢愛屢敗，但還是屢敗屢愛，她說：「我就遵守一個原則：高興就在一起，不高興就不在一起，絕不做犧牲或自己不願做的事。雖然到現在還沒找到屬於自己的萊特先生①，我的日子過得很充實也很有意思，從中也學到了很多東西。沒準什麼時候我還可以出本書呢。」

這就對了嘛。

二〇〇六年四月寫於溫哥華；原載《國風》二〇〇六年四月號

①萊特先生：英文Mr. Right，意即「合適的丈夫」。

雷蒙

現居溫哥華。受家庭的薰陶，從小喜愛文學，閒暇以寫字碼字為樂。在國內曾任職一金融雜誌責任編輯，二〇〇三年移民加拿大後，任《女友》北美版編輯及記者，期間採訪了數十位海外華裔菁英及當地名流，以聽故事寫故事為其移民生活中最快樂的事。

溫哥華手記（節選）

瞬間

走出報社，天色已晚，細雨中一絲凜冽。溫哥華的聖誕前夜，到處是匆匆回家的行人。天車（Skytrain）站裏一陣悠揚的琴聲，原來是賣藝為生的琴人。自動扶梯前，中年男人西裝得體、神情專注地沉浸在他的音樂之中。一個青春美少女走來，手裏捧著大堆花花綠綠的禮物，投幣買票，匆匆走向扶梯，經過琴人的時候，手一揚，「叮噹！」一個硬幣落入琴盒，琴人並未中斷他的音樂，微微欠身輕輕一句

「Thank you！」少女也未放慢她的腳步，早將謝意拋在身後。

一個出售藝術的中年男人，一個趕著回家團聚的少女，一樣的節日，不一樣的生活，尤其在這樣一個淒風冷雨的平安夜，令我感懷不已。然而他們自己卻分明不以為然，琴者堂堂正正，毫無羞愧之念；少女大大方方，也無憐憫之意，一枚硬幣也是對勞動的尊敬。（二〇〇三年十二月二十二日）

她比我年輕

西人的幽默隨處可見。去醫院體檢，取號排隊。護士來了叫「二十號！」，這時一個老太太走到視窗說她是十九號。二十號是位老先生，他也往窗口走來，我就對他說：「她十九！」意思是告訴他得再等等，他笑著對我：「她十九，我二十，她比我年輕！」我聽了一楞，之後也笑著對他說：「你二十，我二十一，你比我年輕！」（二〇〇四年一月十日）

RESEARCH（課題研究）

Social Study（社會研究課）講完哥倫布發現新大陸後，進入北美大陸和加拿大的開拓時期。老師要求每個學生做一個開拓者或探險者的 Research（類似中文的「課題研究」，不過份量小得多），之後要在課堂上做 Presentation。Research 和 Presentation 是西方國家特別常見的一種學習形式。朋友的小孩才小學四年級，有天就帶了一個課題回家，大得驚人——「動物的四個進化階段」，嘖嘖，簡直是我們研究生的畢業論文！

我的天，暈！小傢伙卻早已習以為常，平靜地去圖書館借了一堆圖文並茂的大部頭，興致盎然地摘資料、掃描圖片，做成 Poster 向我展示的時候，我由衷地欣賞孩子的能力和這種教育的優越，從小受到這樣的鍛鍊，博士論文還不小菜一碟？

我的研究物件是 Simon Fraser——西蒙・菲沙。加拿大探險家、卑詩省之父、Fraser River（菲沙河）的發現者，Simon Fraser（西蒙・菲沙）逝於一八六二年八月的一天，僅僅幾個小時之後，他的妻子也隨他而去，他們兩人擁有八個子女和四十二年的幸福生活。

八十六年對一個人而言是很長的生命；四十二年對一對夫妻來說是一個罕見的婚姻；八個孩子對一個家庭來說是一個很大的數字。秘訣何在？——找到了那個「合適的人」，我想。我羨慕這樣的長久的情感，但不奢望這樣的數字。對今天的人來說，一半甚至四分之一已經太難求。（二〇〇四年六月八日）

傷逝

星期六傍晚，他邀請我去他家吃飯。之前，先一起去 Shopping，在華人超市大統華買了餃子和海鮮盤。晚餐，我們吃煎餃和火鍋。看電視的時候，他還很高興，很體貼地幫我按摩腳底，甚至還說，讓我多給他點時間，讓他能常見到我。

晚上，他送我回家。

一到家我就趕快關窗子，冬天的夜晚，房間很冷。我睏得不行，倒在床上拉過被子。

他坐在床邊，說跟我再聊兩分鐘。

他說他最近心情很不好，幾個好朋友的相繼婚變對他撼動很大。我以為他要說，他對婚姻失去信心了，結果他卻說他很想成家了。他說他想在鄉下找個老婆。我還開玩笑說：「你早該成家了，這麼多年幹嘛不成家？」

他說，他要找老婆了，問我會不會怪他；他說我一直下不了決心跟他，他已經想清楚了，即使我下了決心，他也什麼都給不了我，會讓我委屈的。他說他一直把我當女朋友來追；他說我從來不向他提要求，這樣他也不可能要求我什麼……說這些話的時候，他還一直在按摩我的腳底板。

我把頭蒙在被裏調侃：「你什麼時候把我當你女朋友了，你不是一直說把我當你小妹妹嗎？」

他嘆了口氣說：「我一直當你是我女朋友。今後，你會是小妹妹了……。」他就這樣離開了。

最初的時候，我有一絲如釋重負的感覺。可是，後來心裏卻堵得慌，難以入睡，伸手去摸鬧鐘，嚇了一跳：五點二十二。

我知道他一直都對我好，疼惜我，當我是塊寶。他常用「珍品」來讚我，我知道那是肺腑之言，不是甜言蜜語，他也不會甜言蜜語。我曾慶幸認識了非常真誠的他，為他的善良感動。不斷地說服自己，開解自己應該去接受他對我的好。

他只知道，我常常任性、喜怒無常、濫發脾氣。他不知道，我的內心有多苦，我一直在苦苦掙扎，不斷地跟自己搏鬥。

愛與不愛，都會受傷。

…………

十二月十六日中午，從學校回來時，收到賀卡，是他發的。

卡片上只簡單地寫了個我的名字，下面簽了他的名字，在他和我的名字之間是一段印刷的文字：

"Seasons change/and people change,/but the way I feel about you/will remain the same./All the thoughtful things you do/mean so much-/and I only hope you know/how special/you'll always be to me."

他上哪找了這麼張卡？

今天讀書，看到一句話：「被愛總是比愛更讓人難以割捨」。很是傷感——最近想哭的時候特別多。（二〇〇五年十二月二十日）

城市中的大自然

下班回家，一路上都是風景。菲莎河從橋下穿過，緩緩地映著黃昏的點點燈光；臨近工廠的煙囪中竄出縷縷白煙，緲緲地與白雲輕輕親吻；路旁PARK中蔥蘢樹木，高聳入雲、層層迭迭，車開在路上，像是置身於森林之中。遠處的海，平靜安詳。從南向北穿越城市，車燈路燈閃閃爍爍，北岸的山巒輪廓清晰可見，山頂的白雪更是平添了油畫般的意境。

車子在街頭疾駛，疲憊的我斜依在座位上，懶洋洋地欣賞著眼前的風景。忽然頭頂的天空有飛鳥飛過，群燕漫天，密密麻麻，我霍然驚喜的尖叫。有多少年，我沒有在城市中看見飛鳥了，我都快忘記了，還有飛鳥同我們分享同一片藍天。這種經歷實在令人驚喜興奮。

在溫哥華常常會有豔遇。在PARK散步，小松鼠會從你的腳下竄出；在海濱漫步，海鳥會在你身邊大搖大擺覓食散步，根本不把你放在眼裏，更不會像在國內的現象，人還沒走近，他們便哄然飛走。（二〇〇五年九月二十二日）

蘇珊的伴侶

Success Team的幾位成員約好今晚去蘇珊家玩Cashflow——《富爸爸窮爸爸》作者羅伯特清崎的「大富翁遊戲」。我第一個準時到達蘇珊在西區的公寓，蘇珊直說自己的住處太小，我說不錯呀，佈置也滿溫馨舒服的，幾分鐘之後，娜塔麗和一個沒見過面的朋友也來了，看見她們倆長得蠻像，便問：「姐妹嗎？」「我朋友，也是Roommate（室友）」。然後，又一人高馬大的白人女人進來，便問蘇珊：「你室友？」蘇珊說：「其實，薇姬是我Partner！」

蘇珊是道道地地的加拿大人，在找工作的時候加入Success Team認識的，我們的「成功小組」經過六週相互支持和共同努力，不僅都找到了工作，還建立了彌足珍貴的友情。「成功小組」的使命結束之後，我們又相約一起喝咖啡、吃飯、同遊水族館，今天又一起來玩「大富翁」遊戲。蘇珊是一個很優秀IT經理，人也很爽朗大方友好。蘇珊曾經對大家說過，她家裏有一位職業編輯，大家的簡歷之類如果有需要，她可以拿回去給職業編輯過目，我一直都以為蘇珊是指她的男朋友。

大家在客廳聊天的時候，薇姬一直在廚房裏忙，一會給大家倒紅酒，一會兒又端出一些小食品，我走過去跟薇姬問候，她的案上切了很多番茄丁、洋蔥粒、青紅椒丁等，

「你還沒吃晚飯嗎？」我問，薇姬說：「給大家準備點小吃。」原來是給大家做的。後來嚐到薇姬的獨家食譜，她把這些紅紅綠綠的丁粒放在玉米脆片上，再撒上黃色的Cheese絲，放到烤爐裏稍烤片刻，拿出來色香味極誘人。薇姬是一個極願意傾聽的人，知道我有編輯的經歷，就問起一些中英文寫作的差異問題，我便把我學英文寫作的體會告訴她，她聽得很入神、很有興致。薇姬是那種善解人意、悉心體貼的個性，她製造這樣的話題是為了傾聽客人。蘇珊同大家聊天的時候，薇姬還不時出來溫柔地提醒「多傾聽少說話」，蘇珊立刻收聲。乖巧得像個聽話的小女孩。蘇珊找不到東西，就問薇姬，我的那本書在哪？我的什麼東西在哪？薇姬都一一幫她找出來，她們之間像母女，又像姐妹，我能感受到她們之間相濡以沫的濃情。

離開蘇珊家，整晚我都在想「Partner」到底是什麼意思，舞伴、生意合夥人、股東、夥伴、伴侶等等。蘇珊和薇姬，不是母女也不是姐妹；不是親戚也不是朋友。兩個女生也同眠共榻，難道她們是……？同性戀夥伴！我被自己的答案嚇了一跳。這個報紙電視上的詞，竟然出現在我的生活裏。第一次，我和同性戀者走的如此之近。

其實，她們和我們一樣有血有肉，一樣有情有義，一樣柴米油鹽，一樣生活瑣碎，只不過性取向不同吧了。（二〇〇六年三月三十一日）

李靜明

原上海大學中文講師，曾為《新民晚報》等報刊雜誌撰寫散文、隨筆，獲一九九九年《新民晚報》優秀作者榮譽證書。移民加拿大後從事中文教學工作，並為《大中報》等華文報紙撰稿，獲《環球華報》第一屆徵文比賽三等獎。現為加拿大中國筆會理事。

一百個月餅

中秋節前夕，在一家熙熙攘攘的中國超市裏，無意中聽到這樣一段對話：

女兒：「媽媽，我想吃月餅。」

媽媽：「工作都找不著，吃什麼月餅！」

女兒：「那只買一個行嗎？丁小雅已經吃過好幾個了。」

媽媽：「走吧，走吧！等爸爸找到工作，給你買一百個月餅吃。」

望著母女倆拉拉扯扯漸漸遠去的背影，我忽然想起第一次在加拿大吃月餅的情景來。那時中國人的超市遠沒有現在這麼普及，對於當時還沒有工作、習慣於把加幣折成人民幣來算的我們來說，那麼貴的月餅壓根兒就沒想到要去買。巧的是正好有朋友從上海帶來一盒月餅。雖然幾家好友一分，每家只分到一個月餅，但意義已經非同尋常了，它使我們在這異國他鄉的第一個中秋節擁有了月餅。

我把那個珍貴的月餅放在一個小磁碟裏，小心翼翼地一切四份。於是，整個下午，我那饞嘴兒子就滴溜溜地圍著這碟子轉了。

終於，他忍不住了，說：「先讓我咬一口吧，就一口！」

一會兒，碟子裏只剩下三塊了。

過一會兒，兒子又說：「反正現在是一個人一塊了，我不如先把自己那份吃了呢。」

碟子裏剩下兩塊。

月亮升起，大人們終於坐下來的時候，兒子說：「我能不能嚐嚐看你們月餅的味道是不是和我的一樣。」

兩口下去，兩塊月餅就剩了兩個邊兒。對著那兩條邊兒，兒子似乎覺得不好意思了，用小手捂住眼睛說：「媽媽你把月餅放到我看不見的地方好嗎？」然後又拍拍我的肩：「等我將來掙了錢，給你買一百個月餅吃！」

我至今還未等到兒子給我買一百個月餅的那一天，中秋節卻是一年又一年的如期而至。年年歲歲月相似，歲歲年年人不同。相同的月色，一年又一年照耀著一批又一批尋夢加拿大的移民，中秋月圓之夜，該有多少個關於月餅的故事啊！

如果有可能，我真想把我那一百個月餅讓給小女孩。

原載《環球華報》，第一屆徵文比賽三等獎

梁麗芳

卡加利大學文學士，不列顛哥倫比亞大學文學碩士和博士。阿爾伯達大學（University of Alberta）東亞系榮譽教授。從事中國當代文學和海外華人文學研究。

著作包括有《柳永及其詞之研究》、《Morning Sun: Interviews with Chinese Writers of the Lost Generation》及其中文本《從紅衛兵到作家：覺醒一代的聲音》、《早春二月：電影導讀課本》（Early Spring in February: A Study Guide to the Film），散文集《開花結果在海外》。一九八七年與友人共同創立加拿大華裔作家協會，二〇〇四年與友人成立加拿大中文教學學會

祖父的餐館

去南部開會，回程的時候，途經多年前住過的小城，我忍不住向朋友建議，到附近的小城喝杯茶吧，順便看看我祖父以前的餐館。朋友欣然答應，說想不到你祖父會在這兒有間餐館，來了加拿大幾年了，一直住在愛蒙頓，還沒有機會到小城去過呢。

我們很快駛出高速公路，進入一條雙行道的舊公路，公路兩旁是青青的麥園，再轉兩個彎，就進入小城的中心地帶了。中心街的兩旁，豎立了一排紅磚建成的古舊建築。左邊的一座，掛著滿地可銀行的標誌，算是小城的金融地帶了。銀行對面也是紅磚建築，是座古雅的旅館，門眉上掛著天使的雕像，高貴恬靜，與世無爭。

一進入小城，就像進了記憶的萬花筒。一幕一幕影像，從時間深處的四面八方飛奔過來。我彷彿看見自己，穿了一條裙子，踏著涼鞋，從街道的那端走過來，推門進入餐館。我又看見祖父，他戴了一頂黑色的絨帽子，穿了一件灰色的夾克，穩健地向著餐館走來。他後面不遠的地方，祖母也來了，她也是向著餐館走。餐館的門像一塊磁石，把我們都吸引了進去。

我跟朋友說，我們以前的餐館就在前面，進去看看吧。

一推門進去，櫃臺後面的鏡子就出現了自己，我暗暗一驚，對了，我以前每天就是這樣進來的。我對朋友說，那時，我就站在這個櫃臺後面，一天不知道要轉身多少次，伸手多少次，把疊得高高的香煙取下來給客人。週末的下午，麥園的老頭們都在這裏聚會，咖啡喝了一杯又一杯，熱鬧得很。有時，我給老頭們添咖啡，他們臉上的皺紋就隨著笑聲，展示著晚年的自得休閒。你是什麼地方來的？香港嗎？香港好玩不好玩，什麼時候我也去看看。他們每次都這樣逗我。我笑笑，我知道他們是不會去的。他們的老朋友麥當奴去過，回來逢人就說，香港人太多了，每天都像示威遊行。他的話，把從來沒有離開過加拿大的麥園老莊稼漢嚇怕了。

餐館的格局沒有改變，只是牆壁上的風景畫，換上了各式各樣的圖案。下午的餐館竟然空無一人，只有一個青年男侍應在餐館深處弄咖啡，想必是餐館東主的兒子了。我看著麥當奴和他的麥園老朋友坐過的位置，空空如也，我企圖側耳傾聽他們的談笑，可是，只聽見了死寂的回響。時間真的來過了，把他們都帶走了，把他們的笑聲也帶走了。

我問男侍應，你爸爸媽媽在廚房嗎？我可以進去看看嗎？很多年以前，這曾經是我祖父的餐館呢。他的眼睛一亮，啊，是嗎？他很興奮，把我帶到餐館深處，為我推開了蝴蝶門。我一眼就看見那個洗碗槽，水龍頭還是那個彎彎的樣子，沒有換。那時的週末，這個水槽整天堆滿了碗碟、刀叉和杯子。一個中年男子從冰箱那邊走過來，看見我，一臉詫異。我向他說明來意，他彷彿他鄉遇故知般，整個人醒神過來，他表情的迅速變化似乎在說這兒真的太寂寞了。「生意好嗎？」我問。他嘆了一聲：「哪兒呢，你看，自從這兒開了幾家速食店，我們的生意就大不如前了。」他說他姓朱，是香港來的。

「你在這兒做了多少年了？」

「有十多年了。你知道嗎？在我買這個餐館之前，這兒已經轉了六個老闆了！」

「六個老闆！為什麼轉得那麼快？」

「大陸來的，越南來的，臺灣來的，香港來的，都有。那些人都不是有心來這兒的，他們都是利用這個餐館來做投資移民罷了。有的來了幾個月，就轉手了，搬走了。我還是做得比較長久的呢。他們走馬燈似的轉手，餐館的中文名字改了又改，可是英文卻是沒有改過，還是A－1 Café。」

他滄桑的語調，使我的心有點隱隱作痛。雖然餐館的買賣轉手是自然的事，轉手多少次跟我有什麼關係呢？為什麼我覺得好像自己的餐館給人糟蹋了那樣惋惜、那樣不安呢。

對於朱老闆能夠在這兒堅持十多年，我對他的感激之情油然而生。我覺得應該代表祖父感謝他，感謝他把祖父的基業，繼承下來。我甚至有點自責，為什麼我們都不能繼承這個基業，為什麼我們都要離開，這跟那些只利用這個餐館來作移民橋樑的人，又有什麼分別呢？唯一的分別，是我們逗留的時間較長吧了。

這家餐館的意義，不單是因為我們曾經擁有過它，不單是因為我祖父曾經在這兒消磨了許多歲月，也因為它所代表的華僑生活史。這座樓下是餐館、樓上是住房的古舊建築，起碼有一百年歷史了。這麼說來，在祖父買這個餐館之前，不知道有多少僑鄉單身男子的青春，在此消蝕淨盡。在這個小城不遠的墓地裏，我曾經發現刻有中文字的殘缺墓碑，寫著墓主來自廣東省台山縣某鄉某村，頑強地證明他們的身分。多年前，旅遊回鄉，在廣州黃花崗七十二烈士的陵墓上驚見這個小城 Lacombe 的名字，金光閃閃地散發著老華僑的高尚情操。我相信那些捐獻的人，極有可能是在這個餐館工作過的先輩，不管他們是不是我的父老，他們是來自僑鄉，那就夠我緬懷了。

在這個恬靜的小城，朱老闆難得遇見中國人。他興奮地為我們沏了一壺上好的茶。我們品嚐著茶，說起了不少滄桑的世事，竟沒有發覺，店前玻璃窗外的陽光，正逐漸暗淡下來。

二〇〇六年十月二十日

黎嫮兒

北京人，祖籍湖南。加中筆會會員。醫學院畢業，加拿大麥吉爾大學生理學博士。做過醫生、研究員，現任職加拿大衛生部。

二○○六年起嘗試用文字重新感悟生活、感悟人生。寫過《世間女子》等紀實文學，《夢見我的白樺林》等散文，及遊記、雜談、小說等。

霜葉紅於二月花

每年的感恩節，是賞楓葉的時節。加拿大是楓葉之國，她的國旗就是純白色底襯上一枚醒目的紅色楓葉。

來加國多年，年年賞楓。山路上看楓葉，兩旁高大繁密的楓樹，紅，黃，綠相間，隨著山路的延伸，畫卷般地向後移動，彎曲窄窄的路，因有了楓葉的色彩，意趣斑爛，變幻無窮。

上到了山頂，山巒起伏，滿山遍野的楓葉，紅的鮮紅，黃的金黃，綠色點綴其中，繽紛叢叢，層層盡染，只有頂上一片藍天。

湖邊看楓葉，楓樹繞湖依偎，托起滿樹的楓葉，隨風搖曳。湖水靜悄悄，楓葉倒映在水中，輕風掠過，湖面微波輕泛，湖光疊影，潔淨，幽靜。

住在多倫多，又到金秋感恩節，再次開車去看楓葉。路過一座橋時，偶然發現橋下另有一番天地，隨心逐意拐下一條名為「公園觀景」的小街，經過一座大院門，曲徑通向樹木繁茂的深宅。再下去，道路兩邊便都是精思巧設、風格迥異的座座小房屋，家家門前屋後整潔光亮，草木迎人。

繼續沿路往下走，便見到公園的入口處，幾座細心栽培的花壇，精心修剪的樹木，一小片綠地。入園去，便見一條小河，河水清澈，淺淺的可以望見水底灰褐色細軟的泥沙。黃嘴綠脖兒的鴨子，三三兩兩，或在石頭上輕順羽毛，或在水中閒散漫遊。

公園不大，空氣清新，綠草茵茵，細小的露珠掛在草尖。公園的一面向上可以望見公路，聽不見汽車的聲音，也許天色太早，人們還在睡夢中。另一面是斜坡，擋住了坡後的住宅區，坡上長滿了灌木和雜樹，蔥蔥一片深淺相雜的盈盈綠色。

公園內只有一條路，兩旁是樹木，並不濃密，中間有一個小亭子，還有四五條路邊座椅。慢慢走著，欣賞著園中的綠色和悠閒。園中有塊公告欄，讀完才知道，這是市政府為當地居民建立的一個街邊公園，只有十一年的歷史。市政府鼓勵每一個居民為美化環境盡一份心意，為公園捐贈。

這才注意到，園內的樹木有老有新，遠離路邊的是原有的老樹，而接近路邊的是新栽種的樹。低頭看去，發現不少新樹前有個鑲在地上的小石牌，近前流覽，每棵樹都是居民們捐獻的。石牌上寫著為紀念他們的親人、朋友或尊敬的人而種下這棵樹。其中有棵樹是紀念當地最著名的園林家的，還有一棵樹是紀念一位令人尊敬的校長。石牌很小，容不下很多的文字，但字字都親切、溫馨。

那是一棵楓樹，在我的右手邊，筆直的樹幹，神氣、挺拔，殷紅的葉子，透著太陽的光亮，均勻地佈滿枝頭。樹下也有一塊小小的石牌，和別的樹下的石牌一樣，淡淡柔和的淺粉褐色，黑色的字，短短只有幾行：

In memory of our beloved son, Jack（1981~1996）

Forever in our hearts.

（以此紀念愛兒傑克，你永遠活在我們心裏。）

我立時化作了一棵樹，樹根吸入地下湖泊溪流中的水，沿著血脈，匯入山泉，泉水滿盈，從山澗泊泊湧出。

眼前的楓樹化作了一個健康，陽光的男孩，十五歲，和我的兒子同歲，正是充滿朝氣和夢想的年齡。這楓樹般歡快的生命不知何種意外驟然終止，留給父母的必然是徹骨銘心，無法平復的傷痛。天下的水同源，天下父母的心也同源。

清霜醉楓葉，相思楓葉丹。傑克的父母在悲痛之餘，種下這棵楓樹。用這樣的方式，紀念他們早逝的愛兒，也為綠化、美化環境獻出了一份心意。他們對兒子的愛和思念，和著他們的心血和淚水，都融入這楓樹中。當傑克父母看著這棵樹時，就像看到了傑克。他們再一次看著他成長，從細芽嫩葉長為成材大樹。

我看見晶瑩剔透、殷紅蘊麗的楓葉，我更看見傑克如花般的生命在葉子間微微顫動。

我相信，傑克一定感激他父母為他種下這棵樹，他的生命得以用另一種方式重現，附在這楓樹上，與樹融為一體，享受陽光和雨露，也享受和人們在一起的歡樂。生命是相通的，一個人，一棵樹，一座山，一條河。

緩緩地走過滿園的樹，每一棵樹都是一個生命，載滿了思念、愛戴、真情和敬意。我感謝栽樹的人，也感謝樹的生命。用這樣的方式，使逝去的人回歸自然，回歸社會，也回報社會。他們因此而始終生活在我們中間，不會離我們而去。當我們化為塵土時，樹木將依然挺拔長存，常青常綠蔭福後人。

我也想做一棵樹，由我的兒女親手種下的樹，一棵像傑克一樣的紅楓樹。秋天的時候，我的葉子會變紅，我的孩子，孩子的孩子，和所有的孩子一起，感恩節時來賞楓，千樹萬樹的紅楓。

馬紹嫻

出生於中國江蘇省。四〇年代初日本侵華戰爭的災難，奪去了雙親的生命，成了孤兒。但受到祖父特別的寵愛、良好的教育和薰陶。一九五九年考取南京大學，畢業後，長期在天津從事文學編輯工作。

多年來，業餘堅持文學創作，先後發表報告文學、散文、小說、文學評論等三十餘萬字，一九九八年出版了散文集《愛在心中》。一九八二年加入中國作家協會天津分會。一九九四年退休，同年移居加拿大。加拿大中國筆會會員。

老年攝影快樂多

我一九九四年退休後移居加拿大多倫多，看到什麼都新鮮，拍了許多照片。後來我發現，我拍的鬱金香和楓葉是那麼好看。一九九六年底回國探親，我拿了幾張給美術編輯朋友看，得到了他的讚賞，從此我就迷上了攝影。

我想，攝影主要是發現美、搜集美、創造美，竭盡一切，抓住機會，將它拍下來，讓它永存於世。

二十世紀六〇年代竣工的美國聖路易士拱門，以雄偉著稱。你走在這個城市任何一個地方，幾乎都像在這高聳入雲的拱門之下。想當年美國人穿過這裏去西部開發，是多麼宏大的歷史大潮流！拱門就是這段歷史的紀念碑。

拱門矗立於聖路易士城東，著名的密西西比河西岸，高六百三十英呎，底寬也是六百三十英呎，體內有獨特的通道貫穿南北，人們乘特製的列車沿臺階上至最高處，四處眺望，視野非常開闊，彷彿可以感受到美國人的博大胸懷。

拱門晶瑩的藍灰色不鏽鋼質地，美麗而莊重。我第一次看到它是在傍晚，湛藍的天空，沒有一絲雲影，沒有一粒灰塵，溫柔的銀色月亮，伴著太陽的餘輝，讓這巨大、凝重的拱門玲瓏剔透起來，它和天體宇宙融融相接，似人間仙境。我從沒有經歷過如此美妙的時刻。我忘情地撲向它，抱住它，心兒都和它溶化到一起了。人生能有幾回這般陶醉，這麼忘情？於是，我趕緊舉起相機拍下了它。應該說，此時此地的行為，是美的驅使，是我陶醉、忘情中的生命行為啊！

多倫多的建築，令我最愛的是皇家銀行大樓。它那高聳、宏大的建築，表面由排列有序、大小和角度又由著變化的玻璃塊組成。玻璃本來就通體透亮，而皇家銀行的這種牆中，據說又加上了黃金，於是就變得金光閃閃而無比的富麗堂皇。

而它的美，我每次拍，都絕不雷同。大概是第四次吧，在夕陽中，拍攝時，城市逐漸轉暗，且在攝氏零下二十多度的嚴寒裏，它卻越發光芒四射，如同金子做的一般。此時的多倫多，它絕對獨領風騷。我不失時機地拍攝下來，如此美景，已永存我的相冊中和鑲嵌在我的書房的牆壁上了！

花兒直接和美聯繫在一起。鬱金香、牡丹、玫瑰、蘭花等，應算是花中的佼佼者。它們雍容華貴，色彩或豔麗、或典雅、或清純，質地都很豐潤、細膩。它們無須借助別的什麼來襯托，而是天生麗質，無與倫比的。我拍的鬱金香超過千張，仍然拍不盡它的美。啊，那粉紅色的如同妙齡少女，千嬌百媚；紫紅色的，像端莊持重的中年貴婦；每瓣向後捲曲，我原以為那又是一個新品種，轉年，從萌芽開始觀摩，原來就是這種鬱金香開始凋殘的狀態，但它並沒有減少一點姿色，是真正的夕陽紅；碧綠色的鬱金香，則是極為罕見而又別致的另一個品種。

人們永遠用玫瑰花來象徵美麗、幸福和愛情。多倫多有很多玫瑰花貼著落地窗和門兩側生長，這是一大景觀。其他各種玫瑰，也隨處可見。它們都一一進入了我的鏡頭。

蘭花的美以其奇突、清麗制勝。在一年一度的多倫多蘭花展上，我大開眼界。品種之多、之奇，令我感慨萬端，嘆為觀止。僅是鞋狀的蘭花，就是兜蘭、勺蘭、拖鞋蘭……等等，形狀變幻神奇莫測。有的一株向兩側各長出一個兜蘭，像挑著一對花籃；有的蘭花，上方一個大花瓣，與下方的兜相連，另外兩個花瓣在兜的兩側，呈現出一種對稱美；有的蘭花像仙人，花蕊部分像頭，一個大花瓣像大袍子似地飄飄盪盪。啊，仙人簡直在飛翔。

蘭花多的是典雅，也有不少十分鮮艷、亮麗、質地高貴，稱得上蘭花之王。一次蘭花展，我一口氣拍了四個多小時，拍攝中由於蹲在地上時間太長，都站不起來了。似乎此時投入全部生命，那怕即刻耗光，也心甘情願。慶幸的是，我把那些美麗的倩影都拍下來了。

我也喜歡拍大自然的景觀。多倫多多雪，雪後天晴，清新潔淨的藍天裏，清亮的陽光灑在厚厚的白雪上，白雪則鑲嵌在粒粒如紅珍珠的果子上，層層疊疊變化多端地掛在樹枝上。這美景讓我心兒悄然顫動，自然也成為我拍攝的對象。

多倫多的春天來得遲。當冬的腳步還沒有走遠，我就端著照相機到處尋找春的脈動了。我的日記上寫著：二〇〇三年三月十六日，離正式春日開始還有五天，白雪還覆蓋著大地，我在安大略湖邊便找到了春的蹤跡，我拍到了一張綴滿紅色小花苞的樹枝。原來多倫多最早的春的使者是楓，楓的品種很多，這是其中的一種，它的小花苞會漸漸長大、舒展，不久便魔術般變成了一穗穗蔥綠色的莢子。我計算了一下，這種花比我拍的黃燦燦的迎春花還要早二十多天呢。

每當膠卷送去沖洗，我便充滿了期待。在取回的那一刻，又像考試即將發榜，內心惶惶然，耽心成績欠佳。當然，多數時候都會心滿意足。如在一卷中發現三兩張精品，那將會心花怒放，喜上眉梢。欣賞自己的攝影作品，就像欣賞自己發表的文章、印出的書，百看不厭。有時，我能夠凝視一張照片幾分鐘，反覆推敲、琢磨。這絕不是去重複感覺，而是在逐步深入品評。寫文章，開始往往處於熾烈狀態，修改階段，則要冷處理，否則便不易提高。審視照片也是一個類似的過程。有的照片，初看很好，甚至覺得完美無缺，但冷靜、客觀思考後，則往往發現，或角度、或光線、或背景、或速度，會有某種缺陷和不足。這便會促使我的欣賞、拍攝水準有所提高。

待到二〇〇五年，數位相機興起，我買了一架中檔數位相機，情況就有不同，拍攝好壞，差不多當場即可見分曉，給我練習拍照以很大便利，也省卻了焦急的等待。當然，細細地欣賞、品評，那還是要等到輸送到電腦上或列印出來後才可進行。

攝影使我永遠保持孩童般的好奇心、新鮮感，自自然然處於熱情奔放、時時拓展、嚮往新鮮生活激流裏。在拍攝高潮中，我往往時而暗暗驚呼感嘆，時而又想熱烈地擁抱。學文學的我，卻在攝影生涯裏感受到詩人的浪漫情懷。

攝影和欣賞攝影作品，已成了我晚年生命的依託。給了我又一個青春，但比起第一個青春，更有相當的經濟基礎和充裕的時間，能夠自由馳騁在自己喜歡的天地裏，真好！雖然我也遇到了老年病多、病重的難題，然而我確實因此而活得更充實、快樂和幸福！

為力

加拿大中國筆會會員。任職於加拿大農業部。《巴西的彩虹》獲「中國作家」第二屆金秋之旅短篇小說二等獎。中篇小說〈源〉被收入《伊甸文萃：海外優秀中篇小說精選》，由美國柯捷出版社在二〇〇八年出版。長篇小說《天堂無需等待》，由美國溪流出版社在二〇〇六年出版，在「首屆海內外華語文學創作書稿交易筆會」上，獲小說類一等獎。長篇小說《追逐》於二〇〇八年由中國書報出版社出版。

二〇〇六年與文友一同創建海外文學論壇「伊甸文苑」。

北方之旅——訪印第安居住地

Cochrane這個加拿大小鎮，距離多倫多以北大約九百公里。Polar Bear Express（北極熊之旅）的小火車出發於此。火車的前方目的地，是三百公里之遙的北冰洋畔。

沿著當年歐洲人與印第安人交換皮毛的道路，鐵軌鋪展在加拿大北方廣闊無垠的荒原曠野。這裏樹木的種類越來越少，但它們全都不懼寒冷，即使生長緩慢，卻常年鬱鬱蔥蔥。從車窗放眼望去，河流、湖泊、沼澤，絡繹遍布。歇棚猶在，卻沒有了人煙。好不容易看到了人造的發電大壩，全火車人立刻站立起來觀賞。

安坐著繼續談笑的是我鄰座的印第安少年們。這幾位十幾歲的姑娘小夥，有著很相似的面貌，特徵是黑紅膚色的月亮形圓臉。我在她們的笑臉上，看到了發自內心的樸實和善良。

下火車後左顧右盼，Moosenee（馬鹿屯）是個大約兩千五百人口的小鎮，座落在北冰洋的最南端，Moose River（馬鹿河）之畔，似乎已經是天涯的盡頭了。它麻雀雖小，也是五臟俱全，機場、醫院、商場、體育健身中心、政府機關……最大的建築是學校，可見此地教育被重視的程度。午餐是在教堂內享用的，詢問義工才知道這裏人口的百分之九十是印第安人，而且幾乎全部為基督教徒。

我們參加的第一個活動，是乘坐馬達操縱的超大獨木舟沿河漫遊。馬鹿河全長五百多公里，在流入北冰洋的同時，受其影響，每天漲落兩次六英尺高的潮汐。由於歷經諸多沼澤地，馬鹿河養分充足，慷慨滋養著百鳥魚蝦、大小生物。成群的馬鹿曾經在河中遊玩沐浴。印第安人感激它們，認為馬鹿是造物主給予他們的最珍貴禮物。而大馬鹿呢，以自己的血肉皮骨回贈，養育著印第安人祖祖輩輩世世代代生生不息。

真沒想到七月的北方，在驕陽的照耀下是如此炎熱。藍天白雲下的這條大河中，有人戲水，有人垂釣，不比江南，但更悠閒。間或看到巨大的拖船，從河流駛入海洋，消失於更遙遠的北方。

晚餐很難忘，享用的是馴鹿肉餅、雪鵝墩塊。這些受保護的稀有動物在加拿大是禁止買賣的，但我們現在是坐在印第安人經營的飯店裏。他們享有特權，於是我們沾光。

酒足飯飽後，坐上旅遊車，由一位退休老師做導遊。車一開動，他便開始介紹，原來腳下果然是加拿大獨一無二的特殊地區。全世界最著名的ＢＡＹ（英倫灣）公司成立於此，那時歐洲人沿海路駕帆船最早到達此地，這裏曾經是歐印皮毛交易的第一前站。

在北方燦爛久長的夕陽照耀下，旅遊車圍著全鎮環遊，我們傾聽導遊興趣盎然地講解。北方的小鎮歷史悠長，北方的故事神秘誘人。當導遊把我們帶到鎮郊的垃圾站時，才知道這天的壓軸戲是觀賞狗熊。躲在車裏，目睹本地人開車到此，走出車門扔出垃圾袋，他們身邊幾英尺開外，黑熊們正在垃圾中尋食遊玩。大人們看得目瞪口呆，小孩子們已經興奮地數到第九隻黑熊。突然一陣呼叫，只見三隻小熊崽在熊媽媽的身後，踉踉蹌蹌，依次而出。此時正是落日時分，天邊的紅橙黃粉紫，映照在這三隻憨憨小熊的身上，景致之美，使我完全忘記了拍照。

旅遊車緩緩駛回。華燈初上，居住社區沒有一棟奢華的房子，但是家家庭院整齊。土路筆直平坦，雖然未鋪柏油。透過視窗，窺見一家人在融融的燈光下享受晚餐，母親欠身為孩子們分食，父親揮舞著手臂在侃侃而談。

第二天踏上 Polar Princess Cruise（北極公主遊輪），去頂禮膜拜二十公里之遙的北冰洋鹹水。遊輪上的兩個導遊小姐都是混血的美人，一位有著典型 Cree 印第安人的月亮圓臉，另一位再怎麼向人們解釋，誰都會以為她是純種白人。

加拿大中北部的印第安人分有 Cree、Ojibwa、Algonquin 等幾個亞種。Cree 用英語解釋，就是在北海河畔居住的人們，他們共同的特徵是黑紅的月亮圓臉。可我從沒想到這裏有如此多的混血人，好奇地一問，發覺人們只要沾上一絲印第安血統，便不再認為自己是歐洲白人。

兩位姑娘輪換著向遊客們介紹 Cree 部落千百年來的傳統生活：北風呼嘯的寒冬，冰凍三尺，食物缺少，動物冬眠，人們被迫以家庭為單位遙遠地分開，孤立無援地在森林中捕食謀生。春天鳥聲初鳴，親戚們三家五口追隨著北歸的鵝雁，湊齊到沼澤地帶。以遍地假鵝為誘餌，引誘真鵝落地歇息，然後獵手頭頂樹枝掩護，口中傚仿大雁鳴叫，只等獵物落地，然後弓箭齊發。夏天萬物生長，鄉親們全部彙集在蚊蟲稀少的開闊高地，捕魚、打獵、做衣、修船，這是一年中全部落最美好的季節，人們唱歌、跳舞、聚餐、婚禮，共享天倫之樂。秋天大家再次與南飛的鵝雁們相會，捕獲最肥大的候鳥，這將是過冬的食物。女人們忙著縫製防寒的雪鞋雪橇雪帽，親戚們又不得不依依不捨地分離，一個漫漫長長的冬季，再次來臨。

到了！人們紛紛湧上了甲板。我隨眾人掬起了一捧北冰洋水，伸出舌頭，虔誠品嚐，的確是鹹的，帶有泥土味，但絕對沒有真正大海的腥嗆。抬起頭來，我望見了遠方飛翔著的大群水鳥，它們的翅膀在金光的陽光下閃閃發光……

返程中，兩位導遊姑娘坐到我身邊的空位。圓臉蛋的印第安姑娘告訴我，她最大的願望是去南方上大學，安定後再把弟弟妹妹也接出來多見世面、多長知識。白皮膚的女孩卻極為耐心地給我講解，Snow Goose（雪鵝）這個印第安人最喜愛的佳餚，是如何用特殊的方法準備、燒烤的。最後她抱怨起來，雪鵝由於入冬後遷徙南方進食殘留農藥的穀物，已經失去了原有的鮮美味道。

回程在愉快的交談中結束。遊船再度停下，這回我們登上的是左岸，而不是我們旅店下榻的右岸。原來這裏的皮毛交易也起始於英法兩國的競爭，英國人佔據了大河左邊的 Moose FactoryY（馬鹿站）後，法國人便在對岸的 Moosenee（馬鹿屯）豎起了大旗。

北方艱難困苦的生存環境，嚴峻得使人連仗都打不起來，因為英法雙方都太需要本地印第安人的幫助。由此看來地理和環境等因素，還是能夠決定人們的命運。想當年，牙買加的印第安人被剛上岸的白人斬盡殺絕，美國的印第安人也經歷了太多的血腥。

Cree印第安人由於遷移得太頻繁，他們傳統的住法，不是Longhouse長屋，而是Teepee帳篷。由若干木柱以圓柱形式架好，頂部用藤蔓綁緊，帳體由樹皮、獸皮、苔蘚覆蓋遮掩而成。

當歐洲水手、商人、傳教士們在這裏定居下來後，印第安人也漸漸聚集在此，長年為白人提供皮毛、食物，印第安人的居住條件歐化後，便不再根據季節而遷徙了。通婚是月亮底下的常事，而兩種文化的融合，卻經過了幾百年的磨合演變。

我們來到加拿大最古老的Anglican（英國教）教堂。令我感觸萬分的地方，是教堂的墓地。這裏安臥著幾位加拿大的功臣，他們是在二戰中獻身的印第安青年。根據加拿大法律，印第安人本沒有義務為聯軍打仗。但在危難當頭，小夥子們積極踴躍，自願保家衛國。當時鐵路還沒有建好，他們步行了一個多月，才從這裏走到了有汽車的Cochrane。乘坐輪船顛沛登上英倫島，槍林彈雨中跨越海峽後，他們卻不幸橫躺在對岸法國的海灘上。

大概也只有在二戰後，加拿大政府才真正意識到印第安人對這個全世界最佳居住國家的忠誠和貢獻。大量撥款給印第安居住地的政策相應實施。結果，這裏的Moose Factory

有了 Cree 文化中心，部落人建造了自己管理的一流酒店，河對岸的 Moosenee 成立了北方博物館，還有野生動物保護中心。

我以前認為印第安文化和所有其他的原始文化一樣，是人在大自然生物鏈中和諧平衡的表現。其實不然，就象每片樹葉都不同一樣，每一種文化都有其特殊的一面。在 Cree 文化中心，我第一次知道加拿大北部那廣袤的原野，實際上很早就被根本不知地圖為何物的印第安人劃分得清清楚楚。這裏的每家每戶，都有著祖傳下來的狩獵領地。永遠不願賣掉祖產，他們繼續堅守著這世代的傳統。

希望在這遠方購些禮物回去。我的小兒子挑的是馬鹿皮袋子。大兒子看上了用美洲落葉松枝所做的雪鵝模型。先生手裏捧著一對木刻的潛鳥。公公在欣賞一頂雪兔皮冬帽。我最喜歡的是那羽毛飄逸的捕夢網，並且熱衷上了一位慈眉善目大姐的創作。為想送南部眾多的朋友們，我買下了她不少的作品，然後坐下來與她聊天。

把玩著我倆都最得意的藝術品——一個以捕夢網形式做成的小鼓。她告訴我鼓中有她親手從林中採擷的各種花籽，它們具有吉祥避邪的作用。

我詢問：「鼓中心的『Medicine Wheel』（治療輪），被黃、紅、黑、白四種顏色從中等份分開，這個圓圈有什麼意義嗎？」

她回答得語氣緩慢，字斟句酌：「這世界上有黃紅黑白四個人種，人們最終是能夠做到理解和融合的。」

突然感覺鼻子眼睛酸酸，我背過臉去。心中萬分欽佩。生長在如此偏僻之地，身為飽經屈辱印第安人的她，竟有著如此博大寬厚的心懷。

她送給了我一張她拍照的家鄉明信片，寫下了她的位址電話。我當時盤算著在耶誕節期間打電話給她一個驚喜，然後向她訂做一些捕夢網，把它們帶給國內的親戚朋友，做為最珍貴的加拿大北方禮物。

那天夜晚，我們圍坐在篝火旁，聽印第安長老講那遙遠的故事。然後伴著鼓聲，大夥同聲學唱印第安古老歌曲。我心中默默祈禱，希望能看到那多彩的美麗極光。

鄭羽書

臺灣大眾傳播工作資歷完整，主編過月刊、雙週刊、週刊、報紙，主持廣播節目、製作電視節目及參與電影製作。

著作二十種。曾主持臺灣巨龍文化公司。製作半手工的故宮珍藏釋迦類之經典，讓皇室珍寶與民分享。皈依星雲大師，為星雲大師筆錄並出版《話緣錄》及印刻出版《星雲與你談心》，與大陸山東畫報出版社出版的同名。

一九九三年移民溫哥華，現暫居中國大連，主持廣播節目「千禧之愛 high 女人」。

孩子，你又惹禍了（外一篇）

對九年級的啟佑來說，小留學生的空虛與無助在他生活中環繞兩三年，他選擇以另類行為引起別人的關注……

啟佑以堅定的眼神看著我：「叫我媽不要再來看我，我不想見她，我恨她！嫁個老芋仔，把我們生下來，先天上我們就被歧視，她覺得和我爸開個小餐館，把我們送出國當小留學生就能改變我們的命運？她覺得她很辛苦，省吃儉用來滿足我們物質的需求就是對我們最大的獎賞？沒知識！」

我一巴掌打在他的面頰，他由毫無防備到震驚轉為迷茫的神情無助的看著我；相信他完全亂了，他一定沒有想過最信任他、最愛他的鄭阿姨會一巴掌打在他臉上。

我的聲音很沉：「你的話是哼出來的？你媽做錯了什麼？自己頹廢不長進怪誰？你是老大沒人敢動你，隨你今天叫兩個小卒圍堵阿三勒索，明天喊兩個蝦兵圍毆小四外加恐嚇，你這是哪路英雄好漢？有本事你獨立啊！幹嘛住她買的房子，還要她供生活費？好勝鬥狠要有真本事、要有腦；只知怨，怨能改變什麼？恨能改變什麼？花點腦筋！你有什麼資格怨恨？你爸媽結合有當年的時空背景，你懂個屁？老夫少妻你媽夠苦了，還讓你蹧蹋。」

對九年級的啟佑來說，小留學生的空虛與無助在他生活中已環繞兩三年，他選擇以另類行為引起別人的關注；可惜臺灣新移民到國外多數語言與心態適應並不順利，沒有餘力關心別人的孩子，更多數選擇遠離，即使有能力協助的人也袖手旁觀，充分發揮自掃門前雪的精神，所以多數小留學生的心靈深處有個無底的黑洞。

我心疼這些孩子，奈何工作關係我並不能久留，能給予的協助真的很少，只是有機會就用他們的語言跟他們交朋友，其實他們的世界還有許多純真與樂趣。

啟佑從未見我如此動怒，雙膝下跪，輕輕一句：「對不起！」

「起來，起來，跪我幹嘛，跪你媽去！」

啟佑真的不是壞孩子，只是他的情緒無法得到出口，而投射在另類行為上，這樣的行為旁人是不會協助更不會原諒的，於是社區員警經常緊迫盯他。

有天半夜他來敲我的門，我睡眼惺忪：「又惹禍啦？」

「妳知道芝卉的媽常打她，上體育課她腿上一橫一橫大家都看見，她從小贏得的獎牌只是她媽炫耀的工具，不准她出門，不准她跟同學來往，芝卉趁她媽回臺灣要我夜裏接她到社工部尋求保護，社工安排她住在一個白人家庭。」

「啟佑，芝卉的事你幫不了，這事要上法庭的，她媽反告你拐誘芝卉你就慘了。」

「她打芝卉有證人啊，她家的菲傭看到，她的同學也看到。」啟佑想的盡是理所當然。

「你笨！菲傭不想幹啦？替你作證！同學的父母親也會阻止他們作證，這是臺灣人的習性，不管對錯，兒女是不能告父母的，懂嗎？」啟佑的無知與多管閒事又惹禍。

小留學生問題很多樣，他們真的需要父母的陪伴與用「心」，只是我們阿Q的任憑發生，無力制止，更無力解決。

散播甜蜜的老人

司奇先生和他的太太依娃是我非常尊敬的長者，雖然不同種族、不同文化，但從我抵達西溫市的第一天我就感受他們的親切與溫暖。他不厭其煩的介紹生活周邊的環境、社區中心的成員、使用時間、項目、方法，包括隔壁老人社區中心的所有設施與遊戲規則他都如數家珍。當時他和依娃已年近八十，卻不減熱衷服務別人的心，他掌管老人中心的財務二十多年，增添很多福利與設施，西溫的人都愛他。

令我印象深刻的是我因工作關係經常四處飛行，他和依娃會在週末帶著我十二歲的女兒小羽去動物園、公園、海邊，介紹給她新事物，他們像領著自己的小孫女。依娃還教女兒做蛋糕、義大利肉醬麵，口裏卻常說：「這是小事。」對我來說可是在陌生的異域有了親密的依靠。

他們擔心小羽不習慣新語言、不適應新生活，找來朋友讀高二的女兒在課後帶著她去圖書館、超級市場、搭公車……；凡是衣食住行相關的事物一一介紹與解說，他們真想得周到。

雖然年邁，卻凡事自己來。在花園裏種蕃茄，總炫耀它的美味，架個亭子，放著食物和水，等著鳥來覓食，怕牠們餓著。他和依娃沒有生育，卻也無怨，常得意的對我說：「我學數學的，可是我投考加拿大海軍，我以海軍為傲，加拿大是個了不起的國家，我非常愛這個國家，我們沒有生小孩，所以有足夠的經濟能力去旅行，在旅途中我們送給不認識這個國家的人國旗，告訴他們加拿大的美好，希望有機會他們也來分享。」每當他敘述這一段，我的心就往下沉，什麼時候我也能如此炫耀屬於我的國家？

為了女兒就學，搬離居住四年的西溫，他們卻成了我的牽掛。有空時，我總是開著車刻意去經過二十一街他家門口，送上一盆花、一盒糖，他總有不同的新鮮事對我說。有次兩老興奮的拿出司奇先生收藏，自己打磨、形態別緻的石頭給我看，真美。他們得意且大方的送我兩塊，直到現在我經常拿出來欣賞，回憶他們與我分享的生活點滴。有一年耶誕節，他們寄給我的卡片竟是他祖父農場的照片，他訴說著祖父經營農場的艱辛，我訝異一個老人回憶的不是自己的光榮，而是家族的歷史，這麼美好的生命感動，在我生活的周遭已難尋覓。

決心再登門去探訪司奇夫婦，是因養父的往生，過了八十五歲的老人能見一次是一次。

庭園裏仍然停著那部老舊的林肯，司奇先生開心地迎我入內，依娃靈巧的端出甜點，我卻看出她的摸索，不等我回過神，她平靜地說：「我的糖尿病讓我喪失眼力，不過我適應得很好。」聲音依然清脆，我也掩去心中微微的痛，盡力克制東方人的悲情。

「我們計畫搬去住公寓，賣掉這房子，只是捨不得院子種的花草，但下雪天我是剷不動雪了。」

我扯了些住公寓的好處，心有點亂，司奇先生抓住我的手，繼續他的話題：「我仍然在老人中心管理財務，但我告訴委員會我太老了，明年財務該換人了，我很願意指導剛接手的人，我沒有頭銜一樣可以去幫忙。」

依娃泡著茶，叫著我：「你記得這茶壺和杯子是你送給我們的嗎？我的朋友都說中國的瓷很美，花色很特別。」

他們對生活的熱愛，由愛自己而延伸到周圍的每個人和事物，知道年華漸逝依然不減，生命對他們來說是如此平淡而美好。

從他們身上我看到——人老了也可以很可愛！

汪文勤

出生於新疆哈密市，曾修讀法律和中國文學，後任中國中央電視臺記者、編導。一九八三年開始寫作，作品有詩、散文、小說，散見於海內外報刊並收入加華作家作品選《白雪紅楓》選集，已出版《汪文勤詩選》。一九九七年移民加拿大，曾任加華作協理事。

會唱歌的土豆

土豆是會唱歌的。用沙質的喉嚨，唱出泥土幻化而來的香氣。當它們還暗藏在地下如同胎兒在母腹中時一樣，它們洋溢在地表的那一簇一叢絨毛的枝葉和紫色的花瓣，就已唱出序曲了。透過醒黃的花蕊，我們可以和一個又一個的秋天四目交織，親密相擁。

盤點一下養育人類的食物，我們會訝異於上帝的創造是如此奇妙又如此人性。上帝讓我們這個地球上的生態豐富多彩，姹紫嫣紅，但是又極有次序，無論我們信仰什麼，人種有別，膚色不同，文化各異，但製造我們日常飲食的原材料不外乎那麼幾種。在哪一個洲，哪一個國裏，我們會找尋不見土豆的笑臉呢？這張臉為我們浮現出上帝的笑渦。

土豆，一直在有人煙的任何一個區域裏歌唱著，在泥土之間唱出了天上來的香氣。生命因為這股香氣的滋養和引誘，才這樣一而再，再而三地投入著，生生世世，樂此不疲。當土豆如此普遍地存在於我們的生活當中的時候，我們又怎麼會太在意於它是以薯片、薯條的樣式，還是一盤冒著熱氣的尖椒土豆絲的樣式呢？無論它們是怎樣的，那個原形就是我們認得的會唱歌的土豆。

遙想早年，先民們初識土豆的年代，最早那雙手將土豆從泥土中掀出來，帶回家去，那最早留在土豆上的齒痕是多麼單純和樸素。如今，我們已無法考證。人類和動物世界的關係是逐漸確定的，人類有一個馴化動物的過程，象馬、牛、羊、犬等，為人類效力直至如今。而人類和植物其實也是有一個特別的認知，和逐漸適應的過程。從人類食用了第一枚土豆之後，土豆便開始歌唱，以此訴說了一種無我和渴望獻祭於人類的隱秘情懷。

土豆有它的宿命，它身上糾纏了部分人類靈魂的內容，在土地的隱秘處，慢慢成長，唱出地下的記憶和天上的光陰。尤其是那些紫色花瓣搖曳的時候，土豆的命運就在土地之下集結起來。土豆既可以延人慧命，同時，又有一些秘密的訊息，指向人類的靈魂，是另外的言詞講出的物語。是青春期的莫名悸動，是一股季風，是一場透雨，我們於暗中查看，有什麼事已經發生，但為什麼會發生，卻至今無法弄明白。誰能說得清楚，誰敢保證那不是來源於土豆所歌吟的一段旋律。

土豆的歌喉是沙啞的，它在別的作物的種子大多會逃遁的沙質的土地間生根，少許的水，自然的陽光，就能長成。不撒嬌，也不跋扈，藏匿於地下，你不尋索、呼喚，它的樸素的高貴使它隱忍著並不現身。

還有土豆的種子，好像一滴淚由眼窩長出，不息的生長，就在這方寸之間遊移、躑躅，一顆土豆上長有幾個這樣的眼窩，就有幾個族群又將在地下彌漫、攀援、瓜葛、糾纏，直到秋風吹黃地表的枝葉蔓兒，那時你只要撥開泥土，那赤裸的人的拳腳、腿肚等等都翻身躍起，大夢先覺，睡眼惺忪，爭先恐後地奔赴一方唇齒的盛宴，無懼且無悔。

就是這樣，土豆的歌唱從不止息地延續了下來。

在中國北方，西北大片沙質的土壤中，埋伏著無以計數的土豆的大軍。在這裏它們另有使命。平素裏，它們是蔬菜，調劑人的口味兒，一旦年景衰敗，天公不作美，土地不效力，莊稼顆粒無收時，土豆就能救命。土豆選擇這些貧瘠之地、缺乏之地，土豆在歌中唱道：「捨我其誰？」就是這樣的土豆養育了一代又一代樸素、結實而美麗的人群，他們沙啞著歌喉，唱花兒，唱碗碗腔，唱信天遊，唱……。歌中滿是土豆的旋律和土豆的意味兒，搭耳一聽就聽出來了。於是，在正式土地的邊邊角角，在房前屋後，隨意地下幾個種，花兒開放的時候，就用土圍住它們，那些大珠小珠兒串在根鬚上，它們要在有限的日子裏長大成熟，一旦土豆在地下熟透，地表的葉、蔓兒就自然枯萎了。於是，黃昏斜陽，倦鳥返巢之際，村莊上空炊煙圖騰，和土豆相關的飯菜就上桌了，人類的溫馨記憶便由此被提醒著，一遍一遍，直至如今不能忘卻。

土豆當菜佐餐之際，一盤熗炒土豆絲在桌上，獨領風騷，千年不衰。土豆當糧的時候，可以將煮熟的土豆做成泥，摻點麵粉，烙成餅，再切出一指寬的條兒，讓蔥爆香了鍋以後，炒出來吃，一盤下肚就是一餐。春秋易渡了。

土豆的歌是一種安慰，它兼著肉體和精神餵養的雙重功能，是泥土的精華，是人類骨質裏渴望依偎泥土，親近泥土而不能夠的替代物，好像嬰兒含著入睡的安慰奶嘴。土豆唱著這樣的歌，相伴在人類的左右，不離不棄，忠貞無二。

即使是在南美的秘魯，在北美加拿大人跡罕至的北極圈內外，在非洲的莫三比克，土豆少有來回進出口的，它都在本地出產，品種上略有差異，但是，土豆就是土豆，它的膚色由黃白，到土褐色，到紫色；由細膩如人的肌膚到粗糙如砂礫，有脆口的，還有綿軟沙甜的。土豆就是這樣和童年、村莊，和繫著圍裙、瞇著眼吹火煮飯的母親有關，我們很難想像生活中沒有土豆是怎樣的一種情景，聽不見土豆的歌唱，這人間是多麼乏味兒，多麼孤單無依。如果人和土地，和上帝有過約定的話，土豆是一個明證。不管今天的土豆在用怎樣的形式表達著，以薯條，或是薯片，土豆的精髓是與人類的終極和解，完全達成。它是人類賴以生存下去的信心和盼望，永遠鮮活的一個信物。

春天走得深了，跟來的是夏季，溫哥華市內有許多街邊的市場，城市的周邊有更多的農場的菜市場，那些蔬果都是新鮮無比的。在那裏，我們總是能很安心地看見土豆的影子，它們帶著初出泥土的羞怯，圓圓胖胖地擠在一處，好像一個腮邊漾著村紅的農莊男孩，用未脫稚氣，卻已開始粗悶的聲音唱著土腥味兒香濃的歌謠。

我們把這樣的土豆帶回家，不捨得用刀切，只用清水沖洗乾淨以後，便投入釜中，火後，掀開鍋蓋，先是滿室土香豆香，繼而，透過牛奶的白露，可見一鍋的花爆開來，好像梨花怒放，又是滿眼嘻笑的嘴唇，熱熱的撲上去，幸福就紮紮實實地來了，透過唇齒，流遍周身的每一個神經，安居在我們身體裏的難以計數的微小世界，沉睡的被驚醒，麻木的開始復甦，已僵死的正在復活。和生命有關的種種記憶，雪片一樣紛紛飄來落下，再普通和貧庸，再苦難和艱澀的人生都變得美麗起來。土豆是有魔力的。

土豆是催人淚下的食物。

抑或你是生長在加拿大的，屬土西方，你也可以善用你的烤箱將洗淨的偏長型的土豆包入錫紙，高溫烘烤數分鐘後，打開紙包，用餐刀在綿軟的土豆上劃出一個溝壑，將乳酪、鮮蔥末、乾肉末調入，乳酪遇熱便會消融，融在土豆的沙壤中間，用勺一點點挖出來吃，這是老祖母廚房裏的童話，是不能絕版的童話。

土豆啊，你自身就是洩露給我們的美麗天機，思考了你，諦聽過你的歌聲的人，怎麼會不滿懷了感恩呢？

那時，有一條叫蘇里蘇的河蜿蜒在兩山之間，河兩岸有一些不規則的狹長空地，春天的山洪咆哮過以後，泥土沙化，勤勞的人點綴了土豆在那裏，很快它們就在地面上，我們可以看見的舞臺上表演起來，那種帶著黃蕊的紫色花，在山風中搖啊搖著，把土地深處的深情嘆息帶給我們，夢裏，看見我們就是那些土豆，土豆就是我們，我們不停地被植入土地，又不停地長出來，我們如淚珠滑過大地的臉頰；我們因為如一的堅守而遍及了世界的所有角落；我們的質樸就是土地的表徵；我們的快樂在於我們有土豆的簡單，有一天我們複雜，我們就痛苦。

土豆的歌唱，是生命歡樂的歌唱。

在我們居住的這個星球上普遍存在的土豆，恰似人類生命的存在。將來，或許有那樣的一種可能，人類可以沒有障礙地在星際太空、在其他星球上往來遊走，地球成了我們的記憶，我們的童年、我們的故鄉家園，我們無法靠膚色鄉音來識別對方的身分的時候，關於土豆的經驗，或許可以成為一個標識，那就是：你是否聽見過土豆的歌唱。

土豆——potato、馬鈴薯，洋芋、山藥蛋，好像我們叫瑪麗、愛華、胡安、山田木美一樣。

我們便是那些唱著歌的土豆。

施淑儀

原籍廣東東莞，現居加拿大溫哥華。畢業於香港中文大學中文系，加拿大華裔作家協會會員。作品見於《香港文學》，香港《大公報》文學版及「加華作協」出版的《楓華文集》、《楓雪篇》及《白雪紅楓》。曾與梁錫華教授合譯英國詩人布邁恪詩集《月與鏡》。

自在飛花輕似夢——與葉嘉瑩教授同賞櫻花

每年二月到四月是溫哥華雜花生樹的季節，仍帶寒意的春風拂面而來，看到枝頭的花悄悄綻開，此地愛好古典詩詞的朋友就有了盼望，就是葉嘉瑩教授將要回來。以往葉老師總是每年春節前後從天津南開大學，回到他的第二故鄉溫哥華，停留大約六個月，每天早上到卑詩大學（U.B.C.）亞洲圖書館埋首著述，九月上旬便返南開授課。葉老師今年高齡八十三，學不厭，教不倦，這幾年中港臺三地大學都競相邀請她去講學，而葉老師總是有求必應，遂將歸期不斷延後。今年二月二十八日，她先赴廣州中山大學講學兩天，然後經香港赴臺灣講學一個多月，四月八日才回到加拿大溫哥華。

早春二月，溫哥華的花樹已次第開花，第一波的櫻花剛開過，那是葉老師最喜歡的一種顏色淺淡而花瓣細碎的櫻花，可惜都已零落。而另一種花瓣重疊，纍纍滿枝的櫻花，又一片紅霞似的，染得藍天如醉。我知道葉老師對這種櫻花並不十分愛賞，去年她回來之前，我還到處打聽，看那裏還有些開放較遲的，她喜愛的那種櫻花。子珺告訴我溫東有幾條街道，那種素淡的櫻花仍然盛放。去年葉老師回來較早，我們除了訪櫻外，又聽說華埠中山公園有一株白梅正在盛放，我們立即造訪，果然看到那一身素白的梅花，正犯寒怒放，滿園清香，薰人欲醉，我們拍了一些照片留念。

雲城的大小街道遍植櫻花，西方人欣賞櫻花，卻絕少知道梅花。天涯遊子長懷鄉國寒梅訊，我曾多少次在「雪霽天晴朗」的日子踏遍大街小巷，尋覓梅蹤，卻總是失望而歸，教人不勝惆悵！記得當年我跟葉老師學習作詩，第一首習作，就是一首七絕《早櫻》：「二月春櫻爛漫開，紅雲作浪染天來，昨宵花雨紅雲墜，夢入鄉關憶舊梅」，今年葉老師回來，寒梅已經開過，而且也還沒空去訪櫻，心裏有點抱歉。

有一天，開車送葉老師回家途中，就在我們住處附近（葉老師與我住得很近），竟發現這種秀氣的櫻花還在爛漫開放，真有點喜出望外，便緊記那條街道的位置。過兩天趁著春和景明，便約葉老師同訪素櫻。我載著葉老師開車到那條街，怎麼整條街道的櫻花樹，枝頭都只餘殘蕊，草地上的落櫻已了無痕跡。奇怪別後只有兩天，我們要訪的「素心人」竟然已經芳蹤渺然。葉老師嘆息我們可能遲來一步，我安慰葉老師說雖然櫻花驟開驟落，兩日前的一片爛漫，總不至於一去無蹤。我知道一定又是自己的方向感不好，認錯了街道，而且開車覓路，很容易一下子錯過了，我想一定就在附近的。於是先送葉老師回家，然後再開車到剛才的那幾條街道，左轉右轉的繞了幾個圈，眼前忽然一亮，遮天蔽日的櫻花盡入眼簾。我立即緊記街道的名字與方位，好等明天再與葉老師來賞花。

翌日早晨，陽光依然明媚，我們聯袂賞櫻，今次可不讓葉老師失望了，整條街的櫻花燦然盛放，我提議讓我們下車踏一下落櫻散步，葉老師欣然隨我下車，我們漫步在鋪滿花瓣的行人道上，兩旁的芳草地，綴滿星星點點的落花，葉老師說：「真是芳草鮮美，落英繽紛啊！」。這條街道的櫻花樹屬於較為低矮的一種，枝柯交搭，形成低低的粉紅色的天幕，燦爛的陽光從茂密的枝葉間透進來，光影交錯的跳躍在草地上，葉老師在唸詩，「簾外莘荑定已開，開時莫放艷陽回」；「年年見風雪，誰謂不知時」；「年華若到經風雨，便是胡僧化劫灰」。櫻花掛在枝頭，伸手可及，我觸摸一串星星似的美麗花朵，那溫軟細嫩的感覺從指尖傳到心坎，我捧著成串的花兒就像捧著一個美麗的夢，真希望時光停駐。忽然一陣清風，滿地落花都不由自主的，在我們跟前亂舞，我腦海浮起的是「自在飛花輕似夢」。落花飄在我們身上，落在我們頭上，我們都笑指大家滿頭戴著花，「春日遊，杏花吹滿頭」。我們踏著落花，回到停在路邊的車旁，深綠色的車身都沾滿了落櫻，真沒想到我這輛舊車忽然變成香車了，令我喜不自勝。我們鑽進車廂，看到彼此的鞋底都沾滿花瓣，不禁相顧而笑，我一路驅著香車送葉老師回家，葉老師唸著唐人詩句，「踏花歸去馬蹄香」。

我送了葉老師回家後，也立即回家，跑進屋裏，拿一個小紙袋出來，將黏滿車身的落櫻，小心翼翼的一片一片的摘下來，放進紙袋裏，又在屋中找出兩隻古老的瓷碟，將落櫻都裝在這兩隻美麗的瓷碟上，一只清供案頭，一只送到葉老師家裏。葉老師捧著這隻盛滿櫻花瓣的小碟子，連聲讚嘆，笑說真不負我們兩個「『三度』劉郎」了。

二〇〇七年暮春

後記：今年三月葉老師已回到溫哥華，往年她回來時，滿城花樹如桃、李、櫻花都已盛放。因為去冬大溫哥華地區連降幾場暴風雪，雪積如山，人車癱瘓，是我居住溫哥華三十多年來所僅見。今春寒風依然凜烈，又下了幾場大雪，大地凍凝，芳菲渺無蹤影。葉老師說每年都是花開等她回來，今年她是回來等花開，不過她反而覺得今年的花樹開花時，她可以從容地由含苞到綻放，從頭看一遍。花訊不管遲早，從不會辜負賞花人。四月大地稍為回暖，櫻花、李花忽然燦若紅雲似的綻放，正如葉老師去年為我們講張惠言的《水調歌頭》：「東風無一事，妝出萬重花」。在春寒料峭中，她欣然贈我絕句一首：「己丑春由臺反加，溫哥華餘寒猶厲，風雪時作，口占絕句一首：『載途風雪吾何懼，芳訊天涯總不乖，自喜歸來今歲早，要看次第好花開』」。週日我們又相約到中山公園訪白梅，可惜素白的寒梅已零落，只餘三兩朵綴在枝頭，想是來遲了一星期。好花芳時雖只一瞬，讀張惠言的《水調歌頭》：「難道春花開落，更是春風來去，便了卻韶華」。葉老師說只要春天留駐心中，定會「無數心花發桃李」。我們相視而笑，心有同感。

二〇〇九年四月十五日

溫安娜

本名王芫。一九八八年畢業於北京大學中文系，移民前為中國作家協會會員，北京作家協會簽約作家，出版有中短篇小說集《口紅》、長篇小說《什麼都有代價》、《你選擇的生活》、《倖存者》、《似非而是的生活》及散文集《你自己的真理》，現居溫哥華。

撒絲基亞，撒絲基亞

我女兒的英文名字叫撒絲基亞（Saskia）。好多人問過我：「你怎麼給她起這麼一個名字呀？」的確，這名字不常見，別說咱中國人叫得不多，就是洋人叫得也不多。

撒絲基亞其實是有「原版」的，她是我女兒在紐西蘭的同學。

要說清撒絲基亞這個名字的來歷，還得從我曲折的移民之路說起。二〇〇一年，我申請移民加拿大，隨後就開始了漫長的等待。二〇〇四年，我發現自己又懷孕了。因為是第二胎，在北京不好生，但加拿大移民又沒批下來，只好臨時抱佛腳，快速辦理了紐西蘭移民。

如今回想起來，移民生活最難的部分，卻也是最核心的部分，就是讓孩子適應新環境。成年人的適應總是相對容易一些，因為一個人長到二、三十歲，到了能獨立辦理移民這一步，想必已經有過不少挫折與幻滅。但孩子，尤其是在中國城市長大的孩子，基本上從一出生就處在順境中，每學會一樣新本事，全家上下恨不得奔相走告，搶著去稱讚「你真棒」。這樣的孩子來到陌生的環境，其適應之難，超出我的想像。

我們到紐西蘭的時候，我女兒雨點兒將近五歲。等我把兒子生下來，雨點兒就到了上學的年齡。剛上學的那一段時間，一方面因為英文不好，另一方面因為沒有朋友，她幾乎每天早晨都要哭鬧著不肯去。偏偏我那時要照顧新生兒，每天早晨都很不耐煩地想快點兒把她打發走，這就讓她感覺更差。

磕磕絆絆地上了一個多月，事情出現了轉機。原來她在課外輔導班裏認識了一個同校的同學，這樣她再上學的時候，就感覺自己在學校裏有了熟人。

但是好景不長，過了一個星期，她發現那個熟人——撒絲基亞——不想做她的朋友。於是每天早晨上學的時候，她又開始磨磨蹭蹭，藉口百出。我勸她說：「上學是為了什麼呀？不是為了學知識嗎？撒絲基亞做不做你的朋友，跟上學有什麼關係呀？」她說：「她不做我的朋友，我就不快樂；不快樂，我就不上學。」

她這個邏輯倒真是簡潔。可難道不是嗎？人歸根到底是社會動物啊！

為了讓她安心上學。有一天中午，我把兒子哄睡以後，來到學校。正值午休，我拉著雨點兒找到撒絲基亞。撒絲基亞是一個文文靜靜的白人小姑娘，看起來還有點兒內向。我指著雨點兒對她說：「這是Apple（雨點兒當時給自己起的英文名字），她想跟你作朋友，可是她不會表達。你願意作她的朋友嗎？」撒絲基亞聽了這番話，顯得有點兒莫名其妙。這本來就在我的意料之中。我早就猜到：人家並非不願意做雨點兒的朋友，人家是根本不知道雨點兒有這個願望。

眼下，聽了我這番鄭重其事的說辭，撒絲基亞點了點頭，說：「行」。

此後的兩天，我經常得意洋洋地向雨點兒表功：「怎麼樣？還是要快點兒學英語吧？你上學越努力，你的英語進步越快，你交朋友的能力也越強。」

雨點兒也美滋滋的，暫時承認了我的邏輯。

但是，我高興得太早了。雨點兒當時的英語能力，基本不能夠跟人家溝通。人家看在新人的份兒上，可以帶她玩兒兩天，但是時間一長，新鮮感一消失，也就沒興趣再帶她玩兒了。

大概又過了兩個星期，有一天，雨點兒一到家就翻出錢罐數硬幣，叮叮噹噹數了好幾遍才數清楚，一共十二元。「明天我要把小錢罐帶到學校去。」她說：「要是撒絲基亞願意跟我玩兒，我就把錢全給她。」我說：「這哪兒行？用這種方式交來的朋友不可能是真正的朋友。」哪知她一跺腳，氣急敗壞地說：「早知道你這麼說，我還不如不告訴你呢。」我啞口無言，心下震驚萬分。

我當然不能讓她這樣做，好說歹說總算暫時把她這個念頭壓下去了。

自那以後，我再到學校去接雨點兒，等著我的就是這麼一副情景：下課鈴一響，只見雨點兒從教室裏跑出來，把書包往我懷裏一塞，然後就向十七班的方向一路狂奔。到了十七班門口，她就開始又蹦又跳，有時像個小兔子似地彎著腿跳，有時像個小木偶似地兩臂緊貼身體直上直下地跳，一邊跳一邊大聲喊：「撒絲基亞，撒絲基亞！」撒絲基亞身邊圍著幾個同學，大家都嘻嘻哈哈地看著這一幕。這雨點兒素有些人來瘋，見有人注意，便越發得意，一邊跳一邊笑一邊喊：「撒絲基亞，撒絲基亞！」直到我追上她，把她拽走。

又過了兩天，等雨點兒跑到十七班門口時，撒絲基亞已經不見了。再過兩天，雨點兒摸出了新規律，一下課就向校門口的方向跑。果然撒絲基亞已經快步出校門了。但見雨點兒緊搶兩步，迎頭攔住撒絲基亞，又是跳又是笑又是叫，比前幾天還多了幾分得意。那撒絲基亞滿臉通紅，想躲又躲不開。她身邊的同學仍然是嘻嘻哈哈地，看雜耍似地看著雨點兒。

轉眼一個多月過去了。有一天我去接雨點兒，班主任老師告訴我：「撒絲基亞的媽媽給學校寫了一封信，說 Apple bully（欺負）撒絲基亞。」

「Bully」？我有點兒驚訝。

「這是她信中使用的詞，我只是如實轉告你。」老師說：「我已經做了調查，我不認為她是在 bully 撒絲基亞，但是撒絲基亞確實害怕 Apple 接近她，這種感受值得重視。」

我建議說：「我把 Apple 叫過來，你把這件事兒告訴她，我負責翻譯。」我如此建議，是因為我有畏難情緒，我感覺我自己在雨點兒那裏一點兒威信都沒有。

老師同意了。但是我驚訝地發現，雨點兒現在已經完全能夠聽得懂老師的意思了。在老師講話的過程中，她的臉上一副又羞又惱又自認理虧的表情。等老師說完，我剛要給她翻譯，她就衝我一跺腳：「我在學校的事兒你別管！」

老師急忙問我：「她說什麼？」

我說：「她說，她說，她也不知道怎麼回事兒，就是喜歡撒絲基亞。」

雨點兒向老師做了保證：以後不再騷擾撒絲基亞，但是一時半會兒還是無法徹底「改邪歸正」。放學後只要一看見撒絲基亞的身影，她還是拔腿就要往前跑。這時我就急忙在後面喝止她：「站住！答應老師的話你都忘了嗎？」有一天，這話被另一個中國學生的家長聽到了，就問我怎麼回事。聽了來龍去脈之後，她倒是挺同情雨點兒，覺得撒絲基亞的媽媽小題大做。我無奈地說：「這也不能怪人家，誰叫咱跟人家不是同文同種呢？如果一個毛利人當街朝咱使勁兒吐舌頭，恐怕咱也會有點兒害怕吧？雖然這不過是人家毛利人表示友好的傳統方法吧了。」

漸漸地，雨點兒對撒絲基亞的騷擾減輕了。

有一天晚上，她興沖沖地告訴我，她編了一個童話故事。故事大意是：她在操場上挖了一個坑。她把撒絲基亞的朋友們騙到坑裏，殺掉，磨成粉，起名為「朋友粉」。以後每天早晨她都到坑裏抓一把「朋友粉」抹到自己身上。那撒絲基亞一聞見「朋友粉」的味兒，就過來和她拉手、說話。

這故事真讓我覺得恐怖。但是轉念一想，我又有些慶幸：幸虧咱雨點兒有文學才華呢！她的慾望通過藝術得到了昇華，這下她才不至於真的去「坑人」呢！

然而，這還不算完。接下來，她非要讓我表態，究竟是她的故事好，還是安徒生的故事好？我既不想打擊她，又不想說假話，正左右為難的時候，她突然嘆了口氣，恨鐵不成鋼地說：「哎，你呀，你應該說我寫得好呀！我是你女兒呀，安徒生跟你一點兒關係都沒有呀。」

我一下子恍然大悟，感覺她之所以在交朋友的問題上鬧出這麼大是非，很大一部分原因是因為我對她的疏忽：初到一個新環境，我自己要花很多時間適應，還要照顧新生兒，對她關注不夠在所難免。說到底，她行為反常、情緒不穩，其實都是我對她關注不夠造成的。於是，為了安撫她，我「大義凜然」地表態說：「對，你是我女兒，你只要肯寫，就是最棒的！」

至於文學評論的真正原則，就暫時犧牲了吧。安徒生那麼善良的人，絕對不會怪罪我的。

二〇〇七年，加拿大終於批准了我們的移民申請，於是我又攜大帶小地轉戰到了溫哥華。到溫哥華的第四天，我帶著雨點兒到市教育局去考ESL，負責考試的老師看了看我為她填的表，笑瞇瞇地對我們說：「Apple，這名字不常見啊」。

這時雨點兒忽然說：「我不叫Apple，我已經改名了！」

老師疑惑地看著我，我感覺更意外：「你改成什麼？我怎麼不知道？」

「你知道！」

「我怎麼會知道？莫名其妙嘛！」

她一口咬定：「你就是知道！」

我們這段對話是用中文進行的。眼見得老師在一旁無奈又無辜地等著我們倆結束爭端，我只好低聲下氣地說：「我實在是忘了，你再說一遍行不行？」

她雙臂交叉，昂起頭，十分傲慢地說：「撒絲基亞！」

一剎那間，往事重現。我突然有一種感覺：她是在用這種方式提醒我，不要在新環境裏忽視她的感受。

好吧，撒絲基亞。

一轉眼，我們到加拿大已經兩年了。如今的撒絲基亞也是滿口道地英語了，初來乍到時的傷痛似乎已經沒了蹤影。曾經有不止一個人問過我：「你女兒怎麼叫這個名字？你們家是從 Saskatchewan 來的嗎？」

現在，我和撒絲基亞的角色似乎對調了過來。想當年，我曾經那麼努力地推動她投入新環境，如今卻是我經常向後撤退。譬如在她參加體育活動的場合，其他家長都是坐在場邊，一邊觀賽一邊聊天，我則總是找藉口待在車裏。我雖然覺得這樣並不好，可是我對於被邊緣化也沒有太大的不適應，不像當年的撒絲基亞，對被疏忽、被排斥有那麼激烈的反應。這大概就是少年移民和中年移民的不同之處吧？少年人遇到新環境，先是極度不適應，然後呢，有可能徹底同化，甚至進入核心區；中年人則總是不溫不火地遊離在邊緣，既不會有衝突，也不會被同化，成為一群沉默的異鄉人。

諾拉

中文教師，加拿大華裔作家協會會員。其散文、小說散見於加拿大各大報刊雜誌，並被收入加華作協《白雪紅楓》等多種文集。

Aloha! 夏威夷

阿囉哈（Aloha）！我又來到夏威夷。大概前世是波利尼西亞人吧！我非常喜歡這些純樸的原始小島。

到達那天，朋友如的弟弟說：「開小飛機帶你去最遠的島轉一轉，你敢嗎？」他剛從大學畢業，學的是飛機駕駛。我說：「沒有我不敢的。」

晚上火奴魯魯電視臺新聞報導有一架飛機在大島失事，而且是我們要開的那種四人座的小飛機。電話響了，是如，她說：「真跟我弟弟去冒險嗎？算了，我已在網上買了火山島三日遊，咱們倆好好兒玩玩。」

如和我從前住在美屬薩摩亞小島，我們曾一同去學院讀書。她後來在夏威夷上完大學，在一家電腦公司任程式師。去年高科技的不景氣也影響了她，她打算回臺灣發展去。我請她走前和我再來一次小「島」遊。

這次來檀島除了玩還要訪朋友。我和先生一起去看了開旅行社的朋友，飯桌上看著從前的照片，大家重溫在小島上的生活，那是一個離城市遠、離天堂近的地方。吃著鮮美的龍蝦說是加拿大運來的。大家說你們加拿大也是天堂呀！夏威夷四周是海卻不產海鮮，這是我才知道的。

在歐胡島開車環島一圈，倘佯在大鳳梨園裏，摸摸帶刺兒的鳳梨，碰碰嫩黃的木瓜，喝一杯鮮榨的果汁。我習慣摘椰子自己打開喝青涼的椰汁，像從前住在小島上一樣，可奇怪的是這裏的椰子樹不長果實，朋友說夏威夷是旅遊聖地，如果遊客被椰子砸傷，政府就得賠償，為了省卻麻煩乾脆就不叫椰樹結果。

有一個地方叫「風口」，這裏是夏威夷王用英國人的武器打敗其他部落統一所有群島的象徵，風口是最後一場戰役，不投降的人被從這裏的懸崖上扔下去。可惜英國人並沒有在此殖民成功，但是夏威夷的州旗上還是留下了米字。從山上向海邊看，岩石邊的水中，幾隻大海龜愜意地遊著。

路過六年前在此巧遇張學良先生的第一浸信會教堂，嘆這位近百的老人已作古，這一段歷史也算畫了一個帶疑問的句號。

波利尼西亞文化村座落在歐胡島的北面離市區兩小時車程的楊百翰大學裏。村裏的工作人員都是大學勤工儉學的學生。記得八〇年代楊百翰大學生去北京演出過，那甩動臀部的靈巧的草裙舞給我留下了深刻的印象。美國著名的華裔電視節目主持人靳羽西就是此大學的畢業生。

楊百翰大學屬摩門教派，這裏的學生大部分是來自世界各地的教徒，我們的嚮導是一個瘦小的馬來西亞青年，他帶我們十幾個遊客乘船在村裏的小河中遊盪。先到了「湯加村」，湯加是個王國，我記得那個重三百多磅的國王還有個澳洲的工程碩士學位呢！湯加的土地是他祖上老王國留給他的，他很富有，但湯加的平民百姓在南太平洋幾個島國中是出了名的窮，不得已四處討生活。我去過那兒，除了椰林還是椰林，幾乎沒有什麼資源。咚咚咚！「湯加村」的鼓聲吸引了我們，草棚裏三個小夥子賣力地敲打著大鼓，還叫我先生上去打了幾下，可就是打不出人家的韻味來。

來到熟悉的「薩摩亞村」，我在那個美麗的島上住過五年。村裏的表演者教大家說薩摩亞語，我脫口而出，主持人好吃驚，知道真相後稱我為老朋友。

最後到了「斐濟村」，十幾年前我在斐濟也住過。斐濟人黑黑的，頭髮曲卷，像戴了一頂帽子。哎，等等，斐濟人明明是美拉尼西亞，怎麼到波利尼西亞文化村了？在場的人誰也說不清。晚上查了大百科全書才搞懂，按酋長制文化，斐濟屬算波利尼西亞，按人種算美拉尼西亞。

珍珠港是一個令人感到沉重的地方，「亞利桑那號」在水中靜靜地躺了六十三年。現在它不再寂寞，不久前，另一艘巡洋艦「密蘇里號」從西雅圖開過來陪伴它。據說，一旦需要，「密蘇里號」只要稍作修理，仍可服役。給參觀者播放的電影紀錄片《珍珠港》最後說：「我們不再仇恨，但是我們不會忘記。」

第二個星期，先生轉機去洛杉磯開會，我和如四點爬起來乘飛機去大島——夏威夷島。

夏威夷群島的主要島嶼從夏威夷島、馬尾島、火奴魯魯、考愛島一路向西北延伸，島也越來越小，因為地殼板塊以每年數英里的速度向西北移動，而火山口卻原地未變，新噴發出的岩漿使大島越來越大，其他小島則遠離了火山又因海水的腐蝕越來越小。

大島有三個著名：火山、咖啡、馬肯達米雅果仁，俗稱「火山豆」。

下了飛機，我們租了一部車環島遊，一路上，一會兒是黑色的焦炭狀的岩漿石，一會兒又是鬱鬱蔥蔥的牧場。有人用白石頭在黑炭石上併組自己的名字，黑白分明，這相當於「某某到此一遊」吧？洋人也這麼無聊？不過，沒人敢把火山石撿回家，因為這是不吉利的。

大島東西各有一個重鎮，東邊的叫「海樓」（Hilo），這裏有夏威夷大學的分校。此鎮離火山很近，可是生活在這兒的人們好像氣定神閒，儘管小的火山爆發時時發生。在鎮上逛，買到一本《我的薩摩亞酋長》（《*My Samoa Chief*》）：講一個美國白人女孩費五〇年代嫁了一個薩摩亞人，她隨夫去薩摩亞島居住了幾十年的經歷。我九〇年代在薩摩亞學院讀書時，英文老師向我推薦這本書，因為要讀的書實在太多，就沒在意，後來才知道那老師是本書作者費的兒媳婦。隔了這許多年現在去讀此書一定感到親切。

火山在夏島的東南，叫夏威夷「凱拉烏雅」國家火山公園，是世界上現存少有的活火山。一進門就聞到了硫磺味兒，公園中間像個大盆地，四處都在冒煙，有時還能感到腳下熱熱的。幾個洞裏還看得到紅紅的岩漿，火山爆發過的地方都有標誌，像一九八三年和一九九五年的大爆發，最近的是二〇〇三年才爆發的一個，一直蜿蜒到海裏馬上凝固。火山上長著各種奇異的花草。公園附近有火山研究所，一旦發生狀況，馬上就通知人們疏散。站在山上看碧藍的大海，冰涼的海水下面僅隔著一層薄薄的地殼就是灼熱的岩漿，我想水火有時是否也相容？

回來路上經過火山豆農場的果園，參觀了正成長的樹，火山豆有兩層硬殼，果仁兒吃起來脆脆的。我們都買了很多要送朋友。

咖啡樹結著紅色的果實，像瑪瑙一般很可愛，可惜我不大喝咖啡，但聞著那才焙好的咖啡飄出撲鼻的香味兒，也叫我興奮。

最後一天逛街，看波利尼西亞姑娘跳草裙舞，她們用手用腰臀的動作較多，表現陽光、大海和愉快的心情，一個女孩兒拉我跟她學著跳，看我笨笨的，如在旁邊大笑。我也買了一套草裙，回來要教我的學生們跳。

太平洋島國的人之所以愛唱愛跳，熱情奔放，一定和陽光燦爛有關，相反，心情憂鬱，自殺率高的地區大概是常年陰雨綿綿。

傍晚，我獨坐在海邊，聽波利尼西亞小夥子彈「尤鼓里里」，他們唱的是「Aloha Oe」（告別），我會唱這首歌，它是一首淡淡憂愁的歌，是朋友離別時唱的：

「看那烏雲已遮沒了山頂，離別的時刻已經臨近，

可我不能留你在我懷中，只能默默隱藏這顆悲痛的心，

再會吧，再會吧，我要時刻等你在那百花叢中，緊擁抱，祝福你，直到再相逢。」

明天我要離開夏威夷了。我此刻的心情和這首歌一樣。美麗的小島，熱情的波利尼西亞人，祝福你，直到再相逢。

林婷婷

祖籍福建晉江，出生於菲律賓馬尼拉，菲律賓大學文學碩士，曾任教於菲律賓拉剎大學，八〇年代即活躍於菲華文壇。

散文集《推車的異鄉人》曾獲臺灣僑聯總會一九九三年「華文著述獎」散文類首獎，其他華文作品散見菲華及加華報刊，並入選中國、臺灣、北美多種文集，已結集出版的著作還有散文集《漫步楓林椰園》、英文兒童書及民間文學研究論述。菲律賓文譯成中文的菲律賓話劇《瑪朱麗》曾在臺北公演。

一九九三年移民加拿大後繼續寫作並熱心文學活動，曾任加拿大華人筆會會長、加拿大華裔作家協會會長。現為海外華文女作家協會副秘書長、國際筆會菲律賓中心理事、加拿大大華筆會及加拿大華人筆會顧問。

保姆

就字面上看，「保姆」這個職位應屬女性，且是相等於母親角色的女性，「保」字也讓人聯想到哺乳中的嬰兒「繈褓」，「保」字且是受委託保管、保護的意思，因此「保姆」可以說是一個受人託付保護、照管嬰兒或小孩的婦女。以前中國富有人家或貴族的婦女，生下孩子後都交由奶媽照顧，吃奶媽的奶，奶媽應該可以說是保姆的前身。

按現代的字義，「保姆」已擴大了範圍，不但不單指女性，責任已不限於照顧小孩了，也可以指受雇在別人家中做家務事的人。最近中國大陸的保姆多被稱為阿姨，是「保姆」頭銜現代化了。保姆英文的對等名稱是 Nanny 或 Sitter。Nanny 當然是照顧小孩的，現在也用來指照顧老人的人，相當於老人看護，現在新的名詞也叫 Caregiver（付出關心者）；Sitter 則多指屬於短期或暫時性的保姆，可以是 Baby sitter、House sitter（房屋保姆）、Pet sitter（寵物保姆），其中 Pet sitter 又可細分為 Cat sitter（貓保姆）、Dog sitter（狗保姆）、Fish sitter（魚保姆）等等。養什麼寵物就有個別保姆的稱謂，更專業些，還有 Plant sitter、Car sitter 等等。Sitter 有陪伴和看管的涵義，責任較為輕鬆些。

西方社會人工貴，一般都不雇用保姆，多找臨時的 Sitter 幫忙。譬如西方人很重視度假，在加拿大無論是上班族或退休者，每年總想辦法逃避一下朝九晚五或退休後呆板規律的生活，到住家以外的地方去享受完全放鬆的假期，換個不一樣的環境，不必做飯買菜洗衣打掃，不必應酬，要穿著多邋遢也不怕碰到熟人。度假可以增廣見識調劑生活，也是一種養生之道。溫哥華美麗的海灣是郵輪啟程的一個重要港口，因此乘坐郵輪旅遊更是許多居民之最愛。許多老外不惜把平日節儉存下的錢，一擲千金地花在旅遊上。我們家一對退休的鄰居夫婦，每年都是三四趟郵輪來回跑。由於西方社會多為小家庭，外出時如房子沒人看管，萬一發生什麼狀況，保險公司是不賠償的，因此找臨時的「房屋保姆」（House sitter）是旅行前必須安排好的重要事，看屋主的需要，可以請或雇用專業的保姆，也可以拜託不住在一起的親戚或朋友，但通常都是由鄰居義務看管，所謂「遠親不如近鄰」是也。

一般房屋保姆的責任是兩三天來看一次房子，環視房子周圍的門窗是否有異樣或被人企圖破壞的跡象，收拾被丟在門口的報紙雜誌和廣告傳單等垃圾郵件，取出郵箱的信件，讓外人不會感覺到這棟房子沒人住。我的鄰居冬天幫我看房子時，遇下雪天還為我們鏟雪讓郵差或其他訪客不致在我家門口雪地上滑倒，預防我被人家告官司。有時他們也會特意開車在我們白皚皚的車道上留下車輪的痕跡，製造房子有人進出的假象。有的房屋保姆還會固定為你車庫的車熱身，充充電池，當義務「車保姆」。加拿大可愛的地方正是住宅區街坊鄰舍間這種互信互助的情神，外出旅行時都是把房子的鑰匙交給房屋保姆，完全信任完全放心地走，實在大異於我們在治安不佳的菲律賓那種各掃門前雪、至死不相往來的一般鄰居心態。

如果你家裏養了寵物，旅行前可把妳的貓咪狗仔送到寵物旅館，吃住全包，並有獸醫隨時服務；較經濟的可寄養在寵物保姆家，雖然沒有旅館豪華，卻也都是愛惜動物人家，大可放心。女兒結婚前養過一隻貓，我們出國旅行時，愛貓族鄰居自告奮勇，要當我們的貓保姆。於是我們便放心把貓留在家裏，鄰居每天到家裏張羅貓的吃喝拉、清理貓的排泄物。有時還帶玩具陪貓玩，開音樂驅除貓的寂寞，把貓咪養得白胖白胖的，是位很稱職很有愛心的保姆。如果家裏養魚養鳥的，同樣可以託付給專業或義務的保姆。植物亦然，可以託人到家裏澆水，也可把自己心愛的花寄養植物保姆家。西方人士對這類小生命的愛惜是值得學習的文化特徵。

照顧小孩的保姆在當今的時代已很難雇用到像以前中國人那些忠心耿耿淳樸的奶媽保姆，在許多先進的社會雇用保姆已幾乎是一種奢侈的享受了，西方主婦想看一場電影或赴宴會，多半只能請計鐘點的Baby sitter。因為把十二歲以下的小孩單獨留在家裏是法律不容許的。這類臨時保姆有時是些想賺外快缺乏經驗的學生，或下了班想貼補家用的上班族，頂多陪小孩坐著看電視，讀讀故事書，讓媽媽族能享受幾小時的娛樂或社交活動。

說及現代的保姆族當推菲傭為其中佼佼者。自上世紀末以來，由於菲律賓經濟不振，大批菲律賓人申請到國外當外勞，以他們的勤勞和英語能力，在國際職工市場有一定的競爭優勢，是繼以前中國人出洋到處謀生淘金做苦力，另一個獨特的現象，根據最新統計，菲外勞最近幾年每年匯入菲國有數百億的外匯，是支撐菲國經濟的一股重要財力。返鄉的菲外勞能享受到政府許多禮遇和優惠，也有提議將「地球菲人」（Global Filipino）取代「菲外勞」的名稱，提升這群救經濟英雄的社會尊嚴。隨著這批外勞的浪潮，近自港臺、東南亞、日本、澳洲，遠至美國、加拿大、英國、義大利、中東等國同時湧現了一股菲傭旋風，在菲國將近一千萬名外勞中，分散在世界各地當傭人兼保姆的菲傭，已是許多主婦們不可或缺的良好幫手。現在，到世界許多國家旅遊，無論是在飛機、郵輪、旅館、餐廳、機場或醫院，經常會碰到菲律賓的外勞，有醫生、看護、技術人員、經理、建築工、服務生等各行業各階層的職工，用菲語和他們交談，倍感親切，也感受到他們伸入社會各階層服務，影響力越來越大，假設沒有菲律賓人的一日很可能造成世界許多機構失序和混亂，因為菲律賓外勞已遍及全球。最近讀到一篇社論預言，將來菲律賓的語言可能征服全世界，因為菲傭所帶的孩子必會潛移默化地學習到菲語，這個假設也許誇張了，但不無根據。菲律賓的華人兒童大多由菲傭帶，如今菲語成為菲華兒童的第一語言，已是華人家長接受的事實。

出國打工的菲傭不僅照顧小孩，也越來越多當起老人保姆。西方社會年輕有能力、有機會的人都喜歡打工自食其力，老一輩的身體好的時候幫子女看看家，到了生病或行動不方便時，往往要被送到老人院或療養所，有外勞可僱用後，經濟條件許可下，有些家庭便請或住家、或做鐘點的老人保姆來照顧年老的長輩。此類保姆需經特別訓練有專業執照者，不僅照顧老人的飲食，還要打理老人的醫藥服用和衛生，帶老人散步看醫生等瑣碎的事。老人無助，雖然偶而也傳出了保姆虐待老人的錄像，但一般來講，有保姆的老人還是能得到較好的照顧。在溫哥華的購物商場，我常常看到老人保姆推著輪椅陪老人逛商店採購日常用品，陪老人用餐，是為老人驅除寂寞的好伴侶。

我當過外孫的保姆，當過鄰居的房屋保姆和寵物保姆，最勝任愉快的一次還是當「書保姆」。我移居溫哥華之前，曾在美國舊金山住過一陣子，有一年，好友作家喻麗清要搬家，整理出好幾箱帶不走的書，正猶疑著書的棄留問題，便想到把書送給我，我說把書借給我，我替妳保管，哪一天妳家有了擺書的空間，我一定奉還。於是我便乘女兒週末不用上班讓她開車陪我到伯克萊（Berkeley U.）大學附近喻麗清家，母女倆把十幾個紙箱的書搬到車上，塞滿整個車廂滿載而歸。在地下室騰出的一個櫃子，我壓抑住興奮的心情小心翼翼地把書陳列起來，有文學、歷史、傳記和哲學的書，臺北爾雅、九歌、洪範出版社的文學書，都令我目不暇給、愛不釋手。雖然麗清堅持要把書送給我，但在我心中，我還是要以書保姆自居，好好珍惜，好好保管，細細閱讀，才不辜負喻麗清把書託付給我的情誼。如今我已當了十幾年的書保姆，仍然沒能把全部的書讀完，但為書的主人分享了她珍貴的收藏，讓我獲益良多，我是永遠心存感激的。

華族移民攜帶著祖先悠久文化的傳統，漂離故土，在異國雖落地生根，卻也同時散播並保全了中華文化的種子，華文文學是中華文化的精粹，也是民族的國魂；在中國近代史，曾經有過一場慘痛的文化浩劫，幾乎造成了文學的斷層，幸獲海外華文寫作人這群「文學保姆」的默默耕耘，使得中華文學在本土之外仍然得以傳承，得以豐富，得以繁衍，得以源遠流長。海外的華文作家們不但要以「華文文學保姆」為己任，更要以「文化保姆」自居，讓母國和居留國優秀的文化精華，彼此豐富，把這份文化產業更完好地移交世世代代的子孫。當華人移民文學與世界文學接軌，當我們心靈故鄉文學創作的泉源不斷，我們就不再漂流。

鍾麗珠

筆名丹荔，廣東蕉嶺人，曾任中華日報記者及臺視文化公司家庭月刊編輯。

曾為《徵信新聞》（《中國時報前身》）、《臺灣新生報》、《大華晚報》家庭版寫專欄。出版散文集有《廚房外的天地》、《幸福的時光》、《拙婦》、《人生有歌》、《誤把櫻花作桃花》、《不同軌道的列車》等。

追夢（外一篇）

小時候我喜歡做夢，做得最多的是作家夢。可能與我從小愛看「閒書」有關。

我一向患有文字飢渴症，任何片紙隻字到了我手裏都是寶，半張包東西的報紙、一片殘缺的書頁，都能吸引我，都能讀得津津有味。

抗戰期間，從廣州市逃難回家鄉蕉嶺縣，我才剛進小學。窮鄉僻壤沒有適當的兒童讀物，那段求知若渴的年齡，家裏現成的章回小說便成了我療飢止渴的良藥。《七俠五義》、《包公奇案》、《薛仁貴征東》、《薛丁山征西》、《平山冷燕》、《再生緣》、《筆生花》……。乃至《紅樓夢》、《聊齋》這些文學經典，也一概生吞活剝，不管能否消化，吸收多少，照樣耽溺其中。

直到五、六年級，才從一位愛書的陳老師處接觸到新文學。於是，徐志摩、冰心、廬隱、老舍、巴金等文學大師又成為我的新偶像。崇拜之餘，小小心靈從此有了「夢」，幻想自己有朝一日也能像他們一樣，提筆成為作家。

打從小學六年級，陳老師在我一篇自由命題的作文中，選了一首短詩〈寂寞的雲〉，投到梅縣《中山日報》副刊，居然躋身在諸多成人作品中刊登出來。之後，我的作家夢做得更香更濃了。

中學之後，我的最愛轉變為翻譯小說，哈代、羅曼羅蘭、福樓拜爾、屠格涅夫、托爾斯泰，全是我心中的神。那時，抗戰剛勝利，我們復員回到廣州，學校圖書館藏書有限，只好到租書店找尋，或在假日、課後跑到書店「打書釘」。

不過，隨著年齡的增長，看多了文學巨擘的力作，眼高手低，反而膽怯，不敢輕舉妄動，信手塗鴉，甚至連夢也不敢做了。

一九四九年我隨父母到了臺灣，進入「中華日報社」當記者。在我潛意識裏，以為同屬文字工作會更接近夢想的實現，是「作家夢」的踏腳石。等真正投身其中，才發現並不盡然。

原來，創作和報導是不同一國的。雖然一樣運用文字，然而，創作是透過文字傳達自己的思想、感情和理念，天馬行空，隨意揮灑。報導則是做橋樑的工作，「我」只能作一名旁述者。

這其間的差別，在我心中一直無法平衡。

不過，一段時日之後，我逐漸有了一點體認，記者的「新聞鼻」，不但可以訓練「嗅覺」的敏銳；對事物的觀察和判斷，也有一定程度的提昇。對以後的寫作，不無幫助。這一發現，令我茅塞頓開，心中了然！

真正投入創作是在我結婚生子，退出記者行列之後。我的第一篇散文〈鋼筆〉，刊載在一本文藝性的雜誌《文藝春秋月刊》上。

其後數十年的筆耕生涯，雖然不算辛勤，倒也有脈絡可尋。三十二歲之前以寫散文為多，其中也寫一些短篇小說；四十歲開始固定為《臺灣新生報》、《徵信新聞》（《中國時報》前身）以及《大華晚報》等家庭版撰寫專欄。一方面也重作馮婦在《家庭月刊》雜誌擔任編輯，再度執筆寫報導文章。

直至在雜誌社退休之後，才又重拾銹筆，回到散文創作的路上。這期間，我先後出版了《廚房外的天地》、《幸福的時光》、《拙婦》、《誤把櫻花作桃花》、《不同軌道的列車》及《人生有歌》等六本書。其中五本散文，一本短篇小說。

有人說，寫作是條寂寞的路，耐不住孤寂的人是無法走下去的。真的，我做「作家夢」的當年，無從體會，及至自己拿起筆，才真正有所感受：當靈感來臨，只有孤獨上路，才能放縱你的思維，任它無拘無束，悠遊自在；當夜闌人靜，熒熒孤燈下，奮筆疾書時，也只有寂寞相隨，才能享受到塊壘吐盡那種淋漓盡致的快感！這種孤寂換取的代價，唯有過來人更能體會和珍惜！

冬天裏的春天

如果人生也像大自然，有春夏秋冬，晝夜晨昏，那麼，現在的我，正是進入日暮黃昏，隆冬歲末的當兒。可是，為什麼每當我和藤徜徉在夕照輝映的海邊，或是駕車穿越溫哥華的廣袤平原時，活力又會悄悄地注入血液中，忘卻年齡，恍如回到年輕的歲月！

翻開一頁頁記憶，我人生的每一個片段，每一個季節，似乎都是令人回味的美好時光，即使是最困頓、最艱澀的日子，經過歲月的過濾、沉澱，一切都變得清澈澄明了。

在春花燦爛和夏葉繁茂的季節，成長、求學、就業、戀愛、結婚、生子，日子總是充滿新奇、挑戰、喜悅和甜蜜。等到孩子羽豐離巢、事業告一段落，又意味著秋天的成熟和收成，帶給我無限的滿足與喜樂。而今，我雖然臨到時序的末端，但冬日的沉潛與恬淡，卻令我彷彿進入人生的另一境界，心境充滿從未有過的平靜、美好、知足和感恩！

「溺水三千，只取一瓢飲」，我對人生要求不多，生活的重擔，心頭的壓力，只要在心靈上有一點小小的補償和安慰，便心滿意足了。孩子的成長、懂事，是我生命中最大的回饋，也是我忘卻辛勞的原動力；藤常有出其不意的「奇招」，更是我精神的潤滑劑，使平淡的生活，充滿情趣！

當三個孩子還小時，繁瑣的家務，常常使我精疲力竭，只巴望他們熟睡之後，我能撿到一個酣覺。偏偏藤是個夜貓子，在報館發完稿，三不五時的帶消夜回來。兩人對著燭光，一杯酒，兩碟滷菜，可以聊到東方既白。要不，便在月明之夜，把我從熱被窩裏挖起來，到戶外賞月。我們邊打著哆嗦，邊哼著歌兒。這時，什麼寒冷、疲憊，早就不在我們意念中了。

一位朋友替我打抱不平的說：「你那另一半簡直有虐待狂嘛，虧你才受得了。換我，早就離婚啦！」。

她沒料到的是，每逢皓月當空的夜晚，我心中自然而然的有所期待，總會暗自巴望，盼藤能早點發完稿回來，別辜負了明月帶給我們的美意！

十年前來到溫哥華，我們已退休多年，雖然年齡和環境已不允許我們「輕狂」，但我們還是常常有「脫序」的演出，令孩子們耽心不已。我們最常做的事，便是到遊人較少的海邊去，坐在木椿上看天、看雲、看一望無際的大海。湛藍的天，連著澄碧的海水，遠處點點帆影飄來盪去。我們常常看得發呆，忘記了說話。不過，即使無話，但一個眼神，一個微笑，都能心領神會，語言反而變成多餘了。

有一次，藤載我去遊車河，這是我們的最愛，也是最常做的事。車子馳騁在公路上，處處美景的溫哥華，已經是初冬時分，但兩旁繁華落盡的枯枝，挺拔地矗立在灰白的蒼穹下，另有一番風姿，帶點淒美，又不失其風骨。音響中流瀉出拉羅的「西班牙交響曲」，充滿浪漫風情的旋律，帶著我們回到年輕的歲月。這兩種不協調的情與景，似乎有著互補的作用，正是我們的心情寫照。我們兩人都像給催眠了，車子漫無目標的向前開，直至手機響起，孩子們打電話來追蹤，才驚覺天已向晚。

這不是唯一的一次「脫序」，雖然有點荒唐，但回味起來卻是甜美異常！

劉慧心

曾任職於中國省報、文藝出版社編輯、記者。採寫過大量新聞、通訊、報告文學。編輯出版書籍近四十種，多次獲優秀編輯獎。

二十歲開始發表作品，主要著作有電影文學劇本《蕭紅》，長篇小說《落紅蕭蕭》，散文集《話說好萊塢》、《行雲四海》等。其散文集《文壇人物剪影》，獲四川文學獎。現任加拿大三維藝術協會主席，加拿大華文作家協會理事。

駕車自由行

也許是命裏屬雲，自幼便漂游四方，八歲以後就開始出遠門了。跟著藝術團體的大人們赴中國江南各大城市演出。十八歲練習寫作，背著筆記本和照相機到處採訪，東至山海關，西至嘉峪關；登上華山看日出，坐在峨嵋峰頂等佛光；走近石林尋找阿詩瑪，站在三峽遊輪望神女。

美，是不會忘記的，那多情的西湖千姿百態，波光、雲山、竹林、荷花、樓角、月影，給人留下了深深的印象。

轉眼間，來到加拿大十幾年光景了，也曾出過不少次遠門，到過不少的地方。以前去歐洲、南美洲都是搭乘飛機，而北美公路發達，可以自己駕車前往，一路領略沿途各種風光，不斷增添新鮮感受。人總是生活在過程之中，自己駕車旅行是一個真實而又具體的活動過程，可以從中領悟到不少樸素的生活哲理。

從溫哥華出從，汽車一過美加交界的和平門，便由五號公路一直往南行，首先進入的是美國華盛頓州，明顯地感到地勢逐漸增高，一路山清水秀，樹木蒼翠蔥鬱，三個小時之後，便到達了美國太平洋西北地區最大的城市——西雅圖。

西雅圖擁有兩個世界之最：一個是蓋茲（Bill Gates）創立的微軟公司（Microsoft），是全世界最大的私人計算機軟件公司；一個是全世界最大的飛機製造業波音公司。而享譽全球的 Starbucks café 首間咖啡店，也是在這裏開張的。

此次到西雅圖，對那些高不可攀的摩天大廈沒有興趣，對世界首富蓋茲的個人資產更不想知道，而是想看看西雅圖的漁人碼頭，那是一個雅俗共賞的景點，一個真實生活的寫照，也是一個當地平民大眾最喜歡的地方。

漁人碼頭距離市中心很近，沿著主幹道往海邊走，經過一段大下坡，馬路的盡頭是大海，看到「Public Market」的牌子，就到了碼頭。長長的兩里海灘，竟然全是漁人碼頭所在地，場面十分生動，可謂百戲雜耍樣樣俱全。街頭藝術家爭相獻藝：黑人打鼓、白人拉琴、菲律賓人彈吉他、印度人跳舞，在這歌舞昇平的歡聲笑語中，有一種更為響亮的聲音壓倒群倫，那就是一家大型魚攤的叫賣聲，而這種叫賣聲又是男聲混聲合唱。

走進一看，圍觀的人還真不少，這裏的魚市交易簡直是一場難得一見的精彩表演。只見幾個金髮碧眼的小夥子，各自把守崗位，每當一個顧客選中要買的魚，他們立即唱出魚的名稱，緊接著一人拿起魚拋向剖魚手，剖魚手以熟練的技術把魚剖了洗乾淨，用紙包好，又拋向收銀員，收銀員稱過算好價錢又唱著拋向售貨員，由他交給顧客。鮮魚在空中飛來飛去，叫賣的歌聲宏亮，很有節奏。聽說這家魚檔每天都是顧客盈門，生意興隆。

漁人碼頭不僅海產豐富，還有種種蔬菜、水果、肉類，也算得上是農貿市場，更令人注目的是「乾花市場」，長長的木桌上擺著各色各樣曬乾的花朵，姹紫嫣紅，十分好看，而兜售乾花的大多是亞洲婦女，她們來自越南、老撾、緬甸等地，似乎是約定好了一起在西雅圖開發乾花市場的。她們用女性的巧手把乾花紮成一束束，搭配得十分協調，只賣五美元一束。

西雅圖漁人碼頭是大眾文化藝術的交匯點，遊人所看到的、聽到的、買到的東西似乎都經過一番藝術加工。這個漁人碼頭不僅散發著大海的氣息，也散發著濃厚的藝術氣息。

五個多小時的行駛，便趕到俄勒崗州首都波特蘭，波特蘭還有一個美麗的別名叫玫瑰城。原來在市中心不遠的亞寧頓高原上有一片佔地六公頃的玫瑰園。一進入玫瑰園的大門，就要乘坐特備的爬山車觀賞各種玫瑰花，這裏的玫瑰確實品種繁多、爭奇鬥艷，一層層的斜坡上比比皆是，使人目不暇接、美不勝收。以前只聽說東歐的保加利亞是玫瑰國，豈不知美國還有玫瑰城。波特蘭的玫瑰園早在一九一七年就有了，到一九四〇年已經培植了幾百種玫瑰，直到一九五〇年，美國政府正式賦予波特蘭「玫瑰城市」的美稱。

波特蘭不愧是一座花園城市，街道兩旁種植著各色鮮花，市中心一排排電桿、燈柱掛滿花籃。住宅區更是別具一格，幢幢房屋綠樹掩映、家家門口玫瑰環繞，整個城市美麗安靜。波特蘭雖沒有溫哥華大，也不夠繁華，卻有一種超塵脫俗的韻致。

離開波特蘭繼續前行，汽車在城市與田野間穿梭，感覺到城市是田野的鄰居，田野又是城市的邊陲。行駛到加州的Shasta Valley時，眼前突然出現了一座高山，其形狀極像日本富士山，山頂積雪閃光，山下湖水碧藍，以前總覺得溫哥華雪山美，卻不知一山更比一山美。

翻越了幾座山巒，便以時速一百二十公里的速度前進。加州的氣候溫暖，打開車窗只覺得熱風撲面，經過了一千五百多公里的長途行駛終於到達了三藩市。進入這北美馳名的大都市，首先看到的是金門大橋。第一次見到這麼宏偉壯觀的大鐵橋，它雄跨美國加州的金門海峽，這海峽有六千多英尺寬，兩岸是陡峭的山坡，海水波濤洶湧，南邊是三藩市半島，北邊是加利福尼亞，金門橋真可謂是「一橋飛架南北」。兩座巨型的鋼塔一南一北，矗立高聳，架起兩條有弧度的大纜繩，與橋面垂直的是一條條細鋼纜。放眼望去，有如一架大型的豎琴，大橋憑藉大纜繩高懸半空，據說兩座鋼橋之間的跨度是當今世界橋墩跨度最大的，橋面寬闊，有六條汽車道，兩條人行道。

橋頭屹立著大橋設計師——約瑟夫．斯特勞斯的塑像。就在設計師的旁邊，擺放著金門橋大纜繩的橫切面，仔細一看嚇人一跳，一根大纜繩是由兩萬七千條鋼絲擰在一起組成的。

金門橋十分繁忙，橋上車輛絡繹不絕，橋下輪船來回行駛。金門橋閃爍著耀眼的紅光，傲然屹立，它不僅是三藩市的象徵，也是美國的象徵。

三藩市位於太平洋沿岸，有山有水又有森林，遊覽的景點不勝枚舉。那美麗而又充滿浪漫氣息的曼得利半島（Monterey Bay）不知吸引了全世界多少遊客前來觀光。朋友介紹說：來到三藩市不能不去曼得利半島，去曼得利半島一條十七里長的道路，道路兩旁邊樹林繁茂，有松樹、柏樹、杉樹、白楊等，奇怪的是這些樹都長得不高，全部彎著樹身朝同一方向傾斜，這是長期被海風吹打的緣故。十七里之內有名的景點共有二十七處，其中最具盛名的是「孤柏」（The Lone Cypress），只見一棵古老的柏樹孤零零地生長在海岸邊的岩石上，據說這棵古樹已有數百年樹齡，它雖歷盡滄桑，依然挺拔屹立，表現出頑強的生命力。幾乎每個遊人都會與它合影留念。

還有一個景點是「中國石」（China Rock），一塊巨大的岩石坐落於海岸邊，此石是紀念十八至十九世紀抵達三藩市的中國漁民曾在這個地方捕魚，並開創了漁業的發展。

十七里充滿著各種傳說故事，在這條道路的盡頭，有一座萬丈深潭，那裏的海水清澈見底，四周怪石林立，在一方石頭上刻著這樣的傳說：一個古代船長因為迷路葬身深潭，他為了讓別人不再重蹈覆轍，每晚他的鬼魂都會出現，引導那裏行船者脫離險境。

在十七里的樹林田野之中，不但有許多造型講究的豪宅。還有著名的十八洞高爾夫球場，都是提供給商業「大佬」和電影明星們享用的。更有一片五千英畝「地滿」（Del Monte）山林，亦建造著不少別墅。國畫大師張大千當年曾居於此，吟詩作畫，觀賞美景。可見這依山傍海的十七里是個充滿詩情畫意的地方。

劉蕊

本名劉誠心。原籍河北保定，大學畢業後，曾任土木高級工程師。一九九四年移民加拿大後從事教書、業餘創作。先後在加拿大《明報》、《星島日報》、《環球華報》發表數十篇文章，多以散文為主，其中《哭水》、《微笑的天使》等散文曾獲獎。另有散文入選《北美華人作家散文精選》、《北美華人移民紀實》。現任加拿大三維藝術協會理事。

悠悠白石鎮

一九九〇年初抵加拿大，落腳在溫哥華最南面的白石鎮。在靠海不遠的一棟藍色木樓上，我度過了一段恬靜的美好時光。

美麗的白石長灘

白石鎮位於美國和加拿大的交界處，站在住家樓頂，可以看到美、加交界處的和平大門，鎮雖不大，但因它西臨太平洋，沿海處有長達三千米的長沙灘，使其風景獨具一格。一塊巨大的飛來白石臥落在茫茫的沙灘上，更為此地增添了神秘的色彩。鎮名稱之為「白石」可能是由此而生吧。

令人驚豔的長沙灘三邊由環形的綠色山巒包圍，曲徑通幽，傍灘有一條紅磚鋪砌的漫步長道，遠遠望去像一條紅色的綢帶蜿蜿蜒蜒。浩瀚的太平洋在陽光下閃耀著魚鱗般的藍色光芒。海似乎比天空還要藍。青天、藍海、紅地、綠山相映成趣，引人入勝。依山而起的各色建築物密密麻麻，五彩繽紛，風格各異，錯落有致，遙遙相視，顯示著人生、自然各具美感的自由景象。平行於山腳坡地，排著各種店鋪、古董店、飲食店、服裝店及紀念品專賣店。空氣中，咖啡的暖香、布魯斯的音樂隱隱盪揚。

白石鎮的海灘如此美豔，有趣的是，橫貫加拿大東西的太平洋鐵路沿著海灘穿越。乍一看，實有些大煞風景，然而當火車拉著長笛徐徐而來，遊客們圍觀歡呼，火車司機有意短鳴致謝，倒為靜靜的沙灘增添了喧鬧的氣氛，讓人感到莫名的激動。

沙灘的正中，用木樁架設了一條長長的、垂直伸向大海的棧橋，橋的盡頭又橫向鋪設了兩條短短的斜橋，伸向海面，專供人們垂釣。

遊客們在橋上來來往往，觀看垂釣，巨大的木樁架上爬滿了海藻和紫色的海星，海水清澈見底，風平浪靜時可看到遊動著的沙丁魚及爬行著的螃蟹。海鳥時而在天空飛翔，時而傲立於桅杆，時而展翅劃過水面捕捉食物。

夏天是白石鎮的黃金季節，各國的遊客蜂擁而來，人們漫步長灘、觀賞太平洋風光，駕帆衝浪，耐心者還可海釣豐收而歸。

勤儉街的男耕女織

和諧的景觀、和諧的人文，使人陶醉在幸福之中。住在白石鎮的大部分是美國和加拿大人。鎮上居民心境平和安靜，對人彬彬有禮，臉上總掛著微笑，人們的生活過得步調簡單，一切都顯得慢一拍。在這裏，人們不自覺地感受回歸，感受大自然，感受快樂的生活，我和先生木艮住在這兒覺得很幸運。木艮每日必去海邊，很快學會了海釣，我除了每日三餐之外，帶小孩、織毛衣。來之前本想出國做一番事業，沒想到過起了男耕女織的田園生活。

我們住在一條當地的老街，街名叫勤儉街（Thrifty），街景與街名真可謂名符其實。搬來的第一天，便急不可待地沿街巡迴了一番，該街面有雙車道寬，兩側的房屋均是洋人老式建築。舍小院大，大部分房舍掩蓋在樹叢之中，屋前的草地旁種著各色鮮花，幾乎家家如此，一路走一路呼吸著鄉村生活的氣息，在樸實的自然面前，一切紛繁雜亂的心緒變得從未有過的平和，頭腦也變得從未有過的清醒和簡單。

我的鄰居詹森一家是加拿大的草根階層，男主人詹森先生是一座博物館的工人，高大魁偉。聽說他們也遷來不久，門口堆放著砂石木材，正在做房屋的修繕。眼見他的房舍和花園日新月異，使人羨慕不已，而這一切變化，都出自詹森先生之手。

海蟹、電線、蘋果樹

與鄰舍第一次打交道是由釣海蟹引起的。秋天出蟹的日子，木艮正攜網推車去海邊，詹森先生匆匆趕來，送給木艮一把尺，告訴他是用來量海蟹尺寸的，不合格的蟹要重新丟到海裏，否則，每一隻要罰一百元加幣，而且一個人一天只能釣四隻合格的公蟹。詹森先生還告訴木艮，用來釣蟹最好的釣餌是放臭的魚頭。我遠遠地望著他與木艮一邊說一邊比劃的樣子，感到十分好笑，沒想到「釣蟹」倒成了兩家互動的開端。

秋末的一天，爬樓登高望遠，突然發現屋前的一棵大樹的樹杆深入電線之中，風吹樹搖，帶動著電線左右搖擺，風大時，電線大有被拉斷的危險。一日復一日，只要一颳風，那樹、那電線就成了我的一塊心病，聯想翩翩，似乎樹杆拉斷電線，電線走火，一場火災即將發生，屋子和人將毀於一旦。這種想像弄得自己驚嚇不已，於是穿靴戴帽，決定親自動手鋸樹，一種傲倪萬物的精神衝動起來，舉刀拉鋸地大幹起來，誰知，適得其反，鋸斷的樹杆猛地落下，將電線打斷，固定電線的支座也從屋簷上被凌空拔起。

猝不及防的現實讓我傻了眼，心跳似乎到了喉嚨，給兒女打電話遠水解不了近渴，整個人像熱鍋上的螞蟻。正在束手無策時，我的洋人鄰居不知從何而降，他一邊急急地對我打手勢：「Don't Worry!」「Don't Worry!」（不要擔心），一邊用手機打電話，他的太太、孩子都跑了出來，守在我身後。

幾分鐘後，一輛大車停在我家門口，司機把長臂機械手伸出來，很快就接好電線，我的心才落了下來。司機在駕駛室向我擺擺手道：「Thank You!」（謝謝），我覺得很奇怪他為什麼對我說謝謝？

詹森先生笑了笑說：「諸如此類的事，你不必自己動手，沿街的樹枝伸入電線是政府公益部門的服務範圍，你幫他們發現問題，所以他們應該感謝你。」這倒使我受寵若驚，同時也為自己多了一份經驗而感到高興。

耽誤了詹森先生一個下午，心想總應該表示感謝，或付一點報酬吧。於是我說：「真不知道怎麼感謝，我能為你做些什麼？或付給你些Money（錢）？」

「Money? Why?」他不可思議的望著我，連連搖頭，臉上有些不悅的神情，由於自己不妥的表示，可能引起了他們的誤會，我真有點自慚，之後幾天都沒出門，怕遇到鄰居不好意思。

一個星期日的下午，詹森先生來敲門：「我幫你給樹噴藥好麼？上面長滿了蟲子。」他邊說邊看著樹，手上像握槍一樣拿著噴霧器。這樣的好事哪有推辭之理？我趕快拿出扶梯，又是一番感謝，詹森先生圍著前園和後園的幾棵樹忙碌起來，像個主人一樣盡心盡力，而我倒站在一旁似個客人。我抽空寒喧幾句，問他：「為何蘋果熟了，你們從來不摘，甚至讓它爛掉？」詹森先生幽默的說：「我們吃了，那鳥兒吃什麼？」

我由衷地感謝詹森先生多次幫忙，他卻輕鬆地回答我：「不必客氣，我們是鄰居呀！」這句話一下子拉近了我們之間的距離，感覺到有鄰居多美好，有草根階層的鄰居更美好。

從此，我們兩家人開始交往，從花草樹木到烏鴉和貓打架，無所不談。

耶誕節到了，我們買了一只大蛋糕送給他們，剛走到門口，詹森的兒子跑出來，一邊接蛋糕，一邊做「阿彌陀佛」的手勢，大家都哈哈大笑起來。

江嵐

加拿大華裔作家，現居美國，教授中國語言文化。業餘時間從事寫作，已發表短篇小說、散文、紀實作品約七十餘萬字。小說、散文曾先後獲得各種海外文學獎項。作品先後被收錄於二十一種不同文集分別在美國、加拿大、臺灣、香港、新加坡和中國大陸出版。個人短篇小說專集《故事中的女人》於二〇〇七年五月由燕山出版社出版。主編報告文學專輯《旅美生涯：講述華裔》於二〇〇七年十一月由太白文藝出版社出版。

味道的珠鏈

鄉愁，有時候是色香俱全的味道。如藏在紫檀木盒子裏的那些珍珠，每次打開來，襯著深藍色絲絨的一顆顆，都一如既往，實實在在的晶瑩柔潤。

第一顆珠子是風。往返於環野而立的千峰之間，逡巡於抱城而流的漓水之上，那風一年四季都是濕潤的。再猛的太陽也曬不乾，再冷的氣流也穿不透，亞熱帶的濕潤，攜著山水間永不褪色的綠意，有些遲滯。總磨蹭在人身上慢條斯理地不肯去，像撒嬌的小丫頭軟乎乎汗濕的手心。

盛夏的夜裏，風吹得床上的竹席只是熱得燙手。祖父要先用涼水擦過兩遍，才讓我躺上去，然後他坐在床邊拿著大蒲扇慢慢搧，一下又一下。我祖父身上的白色汗衫總布滿一個又一個小洞洞，他說破衣服才涼快。大蒲扇掀起蚊帳上飄搖的月影，一起一伏，我脊背上催眠的那點涼意依然濕濕地，浸透了已變成深褐色的竹席竹枕雖陳舊卻經久不滅的清香。

冬天的風多一份凜冽氣勢，映著炭火的蔚藍。小時候犯懶的早晨，不肯起來去上學，窩在被子裏裝病。祖父寵我偶爾也沒有章法，他甚至會先拿水杯和牙刷過來，讓我坐在床上就著小臉盆刷完牙，再下樓換一盆溫水來給我洗臉。等我吃過早餐又倒回枕頭上睡回籠覺，祖父則頂著寒風走在去學校給我請假的路上。

當然，大多數時候祖父不允許我這樣懶懶，他會拖我起來穿衣服。中式碎花棉襖的搭扣有些煩人，特別是立領上那顆，祖父也要扣一會兒才能扣上。祖父雙手的指頭到冬天都皸裂得厲害，常常纏滿一條條傷濕止痛膏。粗糙的、泛著濃濃藥香的指頭摩沙我的下頜，癢癢地，我就忍不住嘰嘰咕咕地笑。床前火盆裏，墨黑木炭上的火苗輕快無聲地跳躍。

第二顆珠子是山。和三山五嶽的雄偉比起來，桂林的山只好算是大地的盆景。四野分明是平地，偏有一座座小巧的石灰巖峰嶺從地面突兀地冒出來，青蔥秀麗得一點線索也沒有。城裏海拔最高的一座叫「疊彩山」，就聳立在我家小木樓對面，從小在那山上爬上爬下，每一塊石頭都摸熟了。春天只要稍微下一點兒雨，山上的竹筍就迫不及待地竄出頭來。矮矮的竹叢千竿萬竿，疏疏濾過夕陽。我和大表妹趴在地上，睜大眼睛搜尋細細竹竿掩映中的新筍尖。「姐！姐！看我找到的！」大表妹鑽出竹叢，舉著一根被壓在巖石底下的新筍。那新筍未經陽光的白嫩，與她始終帶著嬰兒肥的手指相仿的質地。當天的晚餐桌上，少不得要多出一盤筍丁炒雞蛋，又爽口又下飯，一家人十幾雙筷子熱熱鬧鬧地搶。

那山雖然不大，好吃又好玩的東西也不止竹筍。雷公菌、雞爪蓮，甚至茅草根，都各有滋味。有一樣據說特別鮮美，就是野蜂蛹，得來可不容易，所以是淘氣搗蛋的大男生們的專利。大表哥一旦得了，根本不敢讓家裏知道，否則除了竹板夾肉之外，他再也沒有什麼好果子吃的。他只能偷偷向我們吹噓燒野蜂蛹如何如何好吃，惹得我們垂涎欲滴地纏著他問：「有沒有蜂蜜？啊？有沒有蜂蜜？」

大表哥平時不帶我們這些小丫頭玩，記憶裏只有一次，我們姐妹正好在山上撞見他們掏野蜂窩。穩穩地掛在樹枝上的那個野蜂窩實在很大，歪歪地生在山崖邊的那棵樹實在很高，情緒高度亢奮的男生們為了要把它掏下來，爭先恐後地顯神通，竟顧不上像往常一樣把我們趕走——結果，捅了野蜂窩可不是開玩笑的啊，被惹惱了的野蜂隊伍飛撲上來，一夥半大孩子各自抱頭鼠竄。奈何躲得了第一隻躲不了第二隻，我的手臂終於被毫不客氣地螫了一下，立刻腫起來。為了堅守和大表哥訂立的「攻守同盟」，連哭都不敢哭，更不敢告訴家裏大人。後來傷口好歹癒合了，手臂上留下一個永遠遮蓋不去的疤。至於好不容易見識到的野蜂蛹——沒敢吃，到底滋味不明。

第三顆珠子是米粉，尋常的街邊小吃。先將上好大米磨成漿，裝袋濾乾，揣成粉團煮熟，然後壓榨出來，正宗的桂林米粉約筷子粗細，圓溜溜地。米粉要好吃，最講究是滷汁和配菜。各家米粉店都有自己的製滷汁秘方，大致上是用雞、豬、牛等禽畜的骨頭湯，加上沙薑、羅漢果等數十種中藥和香料，精心熬製而成的。

舊時的同學朋友們去外地上大學以後，最懷念的莫過於那一碗米粉。放寒暑假回去，下了火車的頭一件事不是搭公車回家，必定要一起先去吃米粉。桂林的米粉店、米粉攤遍布街頭巷尾，大多營業到子夜時分才打烊。不必找有名的益軒、石記或味香館，只要火車站門口普普通通的一家小夫妻店就好。

鋪面通常很小，兩張矮矮的小圓桌，若干小木凳，算不上乾淨整齊。我們鬧哄哄地坐下，眼巴巴地迫不及待。但見老闆娘從大木屜上抓起一團米粉，扔進身邊那口滾開著水的大鐵鍋，用漏勺抖兩抖，倒進大碗公裏。老闆接過來澆上滷汁，鋪上切得薄薄的一片片滷牛肉，再加些酥脆的油炸黃豆或花生米，撒一撮蔥花、一撮油辣椒末，拌一勺醃豆角——「砰」地一聲，一碗朝思暮想的米粉就擺在眼前了，吃在嘴裏圓細、爽滑、柔韌，回味無窮。

後來越走越遠，從北京、上海、香港，到紐約、舊金山、多倫多、渥太華，各處也都見到過桂林米粉店，看上去也是差不多的原料配料，可口感卻大相徑庭。上次回去省親，大表哥家樓下那家米粉店的老闆娘一邊麻利地給我做米粉，一邊總結：「別處沒有灕江水的啊，傻妹崽！怎麼做得出一樣的味道?!」

第四顆珠子是桂花。桂樹在城裏隨處可見，如名叫桂芳、桂香、桂華的女子。小時家裏巷口外一溜兒桂樹都不高，粗粗的枝幹分杈很低，三竄兩竄就爬上去了。夕陽下坐在上面吊著兩條腿，晃啊晃啊，看街上陌生的行人和熟悉的鄰居們來來去去，聽那些腳踏車鈴鐺的聲音、鍋碗瓢勺碰撞的聲音、吵架鬥嘴的聲音、呼兒喚女的聲音。紫氣紅塵在墨綠色的，硬挺著鋸齒邊的樹葉上滾來滾去，讓人心裏一點想法也沒有，只知道人間尋常的靜好。

長大了，在北京念書的鄰家哥哥回來，我指點給他看：「這是金桂、銀桂、四季桂，那邊還有丹桂！」放肆地笑話他孤陋寡聞。這位整天只會閉門讀書的「品學兼優」，不僅不知道桂花開時香同而色有不同，他的眼睛大概連餘光也從未注意過家鄉的任何花花草草。我料不到他有一天會突然回頭來問我：「是秋天了，我的心在滿樹桂花一城香裏，你可知道？」——而我，我坐在桂花樹下的石凳上讀他寫來的信。此後，和著繞鼻而來、不絕如縷的桂花香，相思不相見的滋味撞得人心壁發顫，帶來沸血的燒痛。年輕的相知相許，彷彿是冥冥中有一雙超自然的手，握著兩顆用心做成的星石，相撞，燃起熊熊烈火。那燃燒的光芒，為我們映照這一段甘苦與共、攜手同行的俗世道路，從家鄉到異國，從過去到未來。

最大最圓最亮的那顆珠子，每一個角度，每一點光澤，都有關於外婆。與外婆三十八年的塵緣，太匆匆。《戰國策》裏說曾參的故事。以曾參之賢，曾母之信，而曾參殺人之流言三及，其母也驚懼得「投杼逾牆而走」。而別人再怎麼說我如何如何不懂事不聽話，外婆也置若罔聞。在外婆眼中，我總是好的，即使不能每天在一起，我們之間也照樣安穩地相親不疑。

曾經每次去外婆家，總跟她同睡，聽她講《西遊記》、講《聊齋》，一遍遍不厭其煩的孫悟空、豬八戒和狐狸精。我們還一起去看過一次電影，散場後她牽著我的手回家。夜色青森，流螢點點閃著阡陌兩旁稻穗才揚花的氣息。鄉間的曠野綿延無盡，彷彿只剩下我們祖孫二人，相伴走過世界的洪荒。如今是再也觸摸不到了，佈滿一世辛勞的老繭，厚實溫暖，外婆的手。外婆給我豐盛圓滿，毫無所求的愛，可以車載斗量，卻不能夠寫，只讓我在天涯盡處，仰望遼遠的穹蒼，流著淚，思念。

鄉愁，有時候就是那些刻骨銘心的味道，點點滴滴，在歲月的貝殼裏凝成珍珠；還有一顆是絲瓜，母親為我留到深夜，涼了又熱的肉片絲瓜湯；還有一顆是鞭炮，大年初一的家門口，硝煙中滿地厚厚的嫣紅；還有一顆是羊毛線，姑姑雙手交織的溫暖，護著我經過一季又一季的嚴寒。

一顆顆數之不盡，日月麗天的晶瑩柔潤。我的心絲紡成線，把它們穿成一串，藏進紫檀木的盒子裏，襯著深藍色的絲絨，安放在我異鄉的床頭。

於是夢裏，竟不知此身是客了。

慶慶

本名趙慶慶，南京大學英美文學碩士，加拿大阿爾伯達大學比較文學碩士，加拿大華裔作協會員兼聯絡代表，加拿大大華筆會理事，江蘇省臺港海外華文文學研究會理事。現為南京大學加拿大研究中心成員和外語部副教授。研究方向為比較文學、加拿大文學和華裔文學。

著有〈海外華文文學和非華文文學的比較整合新論〉、〈北美華裔女性文學：鏡像設置和視覺批判〉、〈葉嘉瑩先生舊詩《南溟》之感發釋微〉等多篇論文和散文集《講臺上的星空》。

告別即是相會

一位加拿大的作家朋友電郵道：「我三月回國，去看你。」因行程有變，又電郵告知不能見面了，言頗失望。我安慰這位從未見面的朋友，說英語中有句習語，叫“Absence makes the heart grow fonder.”大意是「久別情更濃」，又說，給思念留下想像的空間，目不見而心見，同樣無比美妙而可寬懷。

儘管我也獨望明月，望到夜闌露生，但我自覺能從思念百味中品出「人生不相見，動若參和商」的常相和「天涯若比鄰」、「千里共嬋娟」的意興。古今中外，這樣的多情者，這樣的自解者，其實是頗有一些的。他們的思念，猶如一泓蕩漾著游魚青荇、天光雲影的深潭，只一滴，暈染上紙，便化成了千古傳唱的佳句名篇。編織情絲的人，讀之，總能跨越時空，心領神會，繼而引為同道，共用思念的藝術之美和其間不可或缺的生命之真。

思念多姿多采，靈動飛揚。詢問友人能否一會，可正值「晚來天欲雪，能飲一杯無?」期盼友人，可如杜甫問李白：「何時一樽酒，重與細論文。」等友前來，會是「有約不來過夜半，閑敲棋子落燈花」，也可是「人落歸雁後，思發在花前」。友人來了，可能只是匆聚匆散，就像寶玉在晚雨中探望黛玉，又被黛玉催著離開，也可能有蘭亭曲水流觴、桃園金穀夜宴的盡興縱情。臨到「勸君更盡一杯酒」、「執手相看淚眼」、「揮手自茲去，蕭蕭斑馬鳴」的離別時分，還可以相約重逢，或巴山夜雨時，或「待到重陽日，把酒話桑麻」。當友人最終踏上長亭連短亭的驛道，或者是大Motel連小Motel的高速公路，漸行漸遠，融入天際，那如水蓄積的思念終於自胸溢出，綠瑩瑩的，漫流了一野，滋生出芳草接天碧來。

芳草，在中國的多情人眼裏，托生著思念的精魂。無論念友，還是懷愛，這遍地皆是最不起眼的綠色生命，維繫了多少人的思情和生命美好的一面。南北朝江淹《別賦》有句：「春草碧色，春水淥波，送君南浦，傷如之何？」自那以後，中國人的思念就似乎是綠色的，如芳草生機勃勃，綿邈不斷，甚至離世了，也還可以「獨留青塚向黃昏」。古人這樣把思念寫在草葉上：

「山中相送罷，日暮掩柴扉。春草年年綠，王孫歸不歸？」

「遠芳侵古道，晴翠接荒城。又送王孫去，萋萋滿別情。」

「聞君澤畔傷春草，憶在天門街裏時。漠漠凄凄愁滿眼，就中惆悵是江蘺。」

「枝上柳綿吹又少，天涯何處無芳草？牆裏秋千牆外道。牆外行人，牆裏佳人笑。」

「碧雲天，黃葉地，秋色連波，波上寒煙翠。山映斜陽天接水，芳草無情，更在斜陽外。」

…………

特別是牛希濟的「記得綠羅裙，處處憐芳草」，道盡了相愛的真誠、繾綣和愛不能見的痛苦。因為姑娘穿過美麗的綠羅裙，自己見到綠色的芳草，就不由自主地想到她，愛人及物，便連芳草一併愛憐起來，而且還是「處處憐芳草」。翻譯過來豈不就是，即使不能與戀人長相廝守，也要無時無地、無怨無悔地愛她！這讓我想起了一句現代情語，「你在時，你是一切；你走後，一切是你。」把芳草當作戀人，其實，就是「一切是你」的具體化，而綠羅裙之詩語則將純摯勁切的思念畫面化，一派中國式的蘊藉和浪漫。

拜訪不遇，難免惆悵，善於自解的人卻不會落落寡歡。葉紹翁去會友，穿木屐，踏蒼苔，小扣柴扉久不開，卻見紅杏熱鬧鬧地探出園牆，於是，遐想的滿園春色便撫慰了不見友人的失望，於自家於讀者，都構建了一份可資珍藏的經歷。賈島尋隱者不遇，他那首短而又短的五言絕句，卻再現了松蒼蒼雲渺渺的深山，詩人和童子的對話隱隱可聞，人情，靈性，神韻，淡而醇，悠而遠，在對故友的牽掛中，蘊含了一種超凡入定、不粘不滯的人生態度。

法蘭西院士程抱一先生在釋解《尋隱者不遇》時說：尋訪常常構成一次精神體驗；隱者的缺席從某種意義上來說時要求尋訪者與他在精神層次上相遇。解構主義鼻祖德里達（Jacques Derrida）在論證語詞和意義關係時，提出作為「能指」（Signifier）的語詞，其擁有的意義，即「所指」（Signified），以多元、不定和延異為特徵——此和漢語中的

「意落言外」、「詩無達詁」同出一理。德里達於是引申出，「模糊」比「確定」重要，「缺席」比「在場」重要。若將語言、意義和情感糅合在一起來看，真的會發覺：對於思念的人來說，不見有時比相見更讓人流連沉醉，更具有藝術之美感。「卻下水晶簾，玲瓏望秋月」、「梳洗罷，獨倚望江樓，過盡千帆都不是，斜暉脈脈水悠悠」、「終日望君君不至，舉頭聞鵲喜」、「望穿他盈盈秋水，蹙損他淡淡眉山」、「鴻飛滿西洲，望郎上青樓，樓高望不見，盡日欄杆頭」。都是在望那個「缺席者」，他／她的缺席，恰好給翩翩詩情留下了翔翥的無窮空間。

望而不見的美和感人，並不為中國文學所獨有。在法國普魯斯特（Marcel Proust）的七卷本巨著《追憶似水年華》中，有這樣一幕場景：斯萬愛上了交際花奧黛特，晚間離開她家後，久久徘徊在她的窗下，顒望遐想。最後實在忍不住了，踮腳抬手敲窗，屋內人似未聽見，他敲得更響。窗開了，兩位老先生站在窗口。斯萬不認識他們，從窗戶看到屋內的陳設也和心上人家的不同，這才發現自己稀裏糊塗地敲錯了窗。事後，他向奧黛特隱瞞了自己的愛切錯亂，二人最終共結連理，並有一個美麗的女兒。

在美國，與普氏同時代的一位小說家菲茨傑拉德（F. Scott Fitzgerald）也講述了思念的望而不見之美。他愛上了法官之女，為了贏取芳心，發奮寫作。他最好的小說《大人物蓋茨比》就有自己愛情的影子。蓋茨比把富家小姐黛西當作理想之愛，出外闖盪，積財致富。五年後，他在黛西家附近蓋起了豪華別墅，衣香鬢影，高朋滿座，而他卻經常獨自眺望遠處夜色中一盞綠色的小燈。那是黛西的小燈。他渴望黛西能聽到別墅裏的宴樂，來找他。在一次次的望而不見中，綠色小燈撫照出一個純真摯愛的心隅，一個未被金元侵蝕的思念的天堂。

還有些多情人，主動選擇不見。念而不見，而意興闌珊，風流超群，顯示了唯距離和缺席，才令思念獨具其美，乃至魅力永生。

《世說新語》記載：王子猷（書法家王羲之之子）居山陰（今浙江紹興），夜大雪，眠覺，開室，命酌酒，四望皎然。因起彷徨，詠左思《招隱》詩。忽憶戴安道，時戴在剡（今浙江嵊縣），即便夜乘小船就之。經宿方至，造門不前而返。人問其故，王曰：「吾本乘興而行，興盡而返，何必見戴？」

英國著名的東方學家亞瑟．韋利（Arthur Waley），精通漢文、滿文、梵文、蒙文和西班牙文，著書四十種，翻譯中、日文化著作四十六種，撰文一百六十餘篇。他翻譯了《詩經》、《論語》、《西遊記》節選和大量的中國古典詩歌，最為推崇白居易和蘇東坡，可他從未親臨亞洲和中國，被戲稱為「坐在家裏的觀察者」、「沒有到過中國的中國通」。上世紀三〇年代時，有人邀請韋利去中國遊覽，被他堅拒。後來，他多次放棄了來華的機會。到六〇年代，垂暮之年的韋利，道出了個中原由：「中國對我來說，最熟悉的莫過於唐代的長安，但我估計如今那裏已有了一些改變。」這位漢學家的中國情結始於書本，賴於神交，為了呵護他一生的中國夢，他寧願終老也不見中國，讓那夢、那理想永遠綿綿長長地存活下去。

望而不見，念而不見，讓我心動不已的，還有法國象徵主義詩人馬拉美（Stephane Mallarmé）的代表作《白色的睡蓮》。炎炎夏日，他划船尋訪一位朋友的朋友，停留蘆葦叢中，發覺自己不知不覺已經進入「一位我將要向她致敬的陌生人」的園囿。他聽到「腳步聲時遠時近，曼妙而隱秘，使人聯想到她遮掩在輕紗中的倩影」，就悄悄離開了：

告別即是相會。將散落在孤獨中純潔的空影盡收眼底，就像是為了紀念而採摘一朵驀然出現的神奇睡蓮，它用自己空淡的白色包裹著一種虛無，這虛無而無瑕的遐想、無需實現的幸福和因害怕而屏住的呼吸構成，帶著這一切悄然離開：我輕輕擊槳，不叫它破碎這幻想，不叫我的逃遁而激起的水花聲在突然出現的人腳下透露了我掠走了理想之花的風聲。

我反覆默念著馬拉美的散文詩，還有古往今來那些思念的故事。不逢未必不識，相識何必相逢。我遠方的朋友，可知你就是明月、芳草、綠燈，是白色的睡蓮？在今宵依依的別夢中，在一月月、一歲歲的不見而見中，離你越遠，也就離你越近。

二〇〇九年四月二十四日初稿
二〇〇九年四月二十七日定稿

曹小莉

出生、成長於北京、南京。當過軍墾農場戰士、工人、解說員、英文資料員、大學英語教師。一九八四年移民加拿大，進B.C.大學創作系學習，繼而進東亞系碩士班用英語攻讀唐詩宋詞。現為自由職業者，擅長地產投資，潛心研究世界歷史人文科學，平生崇尚野鶴閒雲之生活方式。閒暇之日，記下我思我見，以文會友，不亦樂乎。

曾先後在北美《世界日報》、《星島日報》、《明報》、《香港文學》、香港《大公報》、溫哥華《大漢公報》、《人民日報》（海外版）等報刊雜誌上發表散文、詩歌、小說、相聲等作品。作品被選入《異域風情》、《世界民族研究》、《加華文集》、《白雪紅楓》、《楓情萬種》等多種文集。

義大利的吉普賽扒手

義大利之行終身難忘。古羅馬的廢墟，梵第崗莊嚴雄偉的大教堂，熱鬧的鮮花蔬菜水果小販市場，佛羅倫斯文藝復興時代壁畫，大衛裸體雕像，威尼斯水上風光，海面泛舟船手的歌聲，阿爾卑斯山中小鎮居民的熱情款待，葡萄園裏手風琴的旋律，披薩餅、烤雞、薩拉米香腸的美味，一切都留存在永久的記憶中。這是一個熱情的國家，充滿地中海熱烈的陽光和熱辣的風情，等我儲夠了錢一定要再去造訪。不過下次我將有備而去，要謹防義大利小偷，尤其是吉普賽扒手。

在佛羅倫斯鵝卵石鋪就的曲曲彎彎的小街小巷中，我一家三口從容不迫地流覽臨街櫥窗裏的藝術品，突然三個年輕女子迎面走來，其中一個懷抱嬰兒，她們向我們伸出手來，口中念叨著什麼，樣子很可憐，似乎在行乞，轉眼間我眼睛被報紙打了一下，忽然我丈夫阿冠驚叫了一聲，實出意外，他是最沉穩冷靜的人，從不慌張，發生什麼事了，我急忙望去，也就一秒鐘的時間，他褲兜裏的護照和地圖竟被那女孩抽出，阿冠眼明手快揮手打落並立刻用腳踩住。那三人頓時呆若木雞，表情奇異，倒好像別人搶了她們的東西。這是三個未成年的少女，棕黑色的眼睛，瘦弱的面龐，花俏的衣裳，苗條的身段，一望而知是歐洲到處都有的吉普賽人。不知她們從哪兒借來個嬰兒，抱在手中，以便出擊，也許是兒子或者是弟弟吧，可憐在繈褓中就開始學徒生涯，將來必定青出於藍而勝於藍，此慣偷家族不愁衣缽無人承繼了。我怕她們先聲奪人，賊喊捉賊，立即高聲叫喚路人，請他們過來作見證，豈料在幾秒鐘之內，她們就從眼前消失了，隱沒在彎彎曲曲的小巷那邊了。我這邊驚魂未定，她們卻氣定神閒，著手第二個獵物去了。第一回合就讓我嘆為觀止。

在羅馬的旅店裏，我越想越害怕，萬一護照、車票被盜，豈不寸步難行。打開歐洲旅行須知，仔細研究義大利扒手小偷的章節，並逐字逐句和十二歲兒子商討，如何共同禦敵，兒子後悔沒帶他的棒球棍，但他學過中國武術和日本空手道，有點小男子漢氣概，平時不喜歡學中文，肚裏有話，茶壺煮餃子，倒不出來。此刻向我討教幾句中文作暗語，以便關鍵時刻配合，我也就此機會大作親子教育，向他灌輸「書到用時方恨少」的道理，一家人同仇敵愾，也真是其樂融融。阿冠笑我們杯弓蛇影，白天遭蛇咬，夜晚怕草繩，不久父子倆呼聲入夢，唯留我異國旅店對孤燈，輾轉反側難成眠。美國人編的書真是細緻入微，特地提到羅馬的第六十四號公車是盜賊大本營，受害者遍佈全世界云云。我下定決心，不乘此車。

第二天一早才知道六十四號公車是去名勝古跡必經之路，而此路乃貫穿羅馬的主要幹道，才跌足大叫。計程車又昂貴又不保險，萬一上了賊船，被拉到荒郊野外，言語不通，豈不令人宰割。萬里迢迢而來，怎能因噎廢食，一咬牙，三口人登上了六十四號車，諒他光天化日之下，怎生作案。一上車就看見有六種文字告誡謹防扒手。為了照顧文盲，車上圖文並茂，畫了一個人上下衣褲八個口袋裏伸進八隻手，不可謂不凶也。有的手白淨光滑，可能剛出道，還幼嫩；有的手乾枯精瘦，可能主人一星期沒飯吃，餓得急吼吼的；有的手毛茸茸的，很不開化，持有者好像還未進化到人類文明社會，還有帶著鑽戒的纖纖細手，不知何家淑女也幹這一行當。我故作鎮靜，但心態卻是中共便衣員警、蘇格蘭場偵探或前蘇聯克格勃特務式的，看誰都像賊。結果不久就發現一妙齡女郎，高跟鞋，迷你裙，頸上腕上都掛著金鏈條，逐漸向我靠近。我們全家一早就商量好，護照旅行支票存在旅館保險櫃裏，零錢放在貼身處，腰間胯包只作虛幌，內裝一隻筆幾張紙，專試扒手威力。只見那吉普賽女郎把提包蓋在雙手上，車身一晃她就自然靠近我一點兒，而眼睛卻流覽著窗外，真是從容鎮定，我也不動聲色，不久她就把我胯包拉鎖拉開了二分之一。這時我看了她一眼，並指那扒手圖向她示意，同時把錢包全部打開，兩手一攤，囊中無錢，表示歉意，這好像是急中生智，來點兒阿凡提式的幽默。這一招真靈，無聲無息，很快她就下車了，踏著輕盈的步伐，背影長髮飄逸，好一個青春少女，很引來一些好色者的遐想。

羅馬繁忙的馬路上有時有地道供行人穿越，有一次我們從耀眼的陽光下走下去，突然七八個小孩子從暗影中迎面走來，四五歲到十一二歲不等，每人手持一卷紙或書，我頓時心生恐怖，產生不祥之感，又想退回，又想尋求刺激，如果和這幾個小孩產生遭遇戰，將來豈不是一篇好文章，親身經歷搶劫，豈不人生一件奇事。理智終於戰勝了好奇，何必自討苦吃，寫戰爭也不必非負傷流血，何必在異國他鄉冒風險，一家三口立即撤退，好漢不吃眼前虧。果不其然，不久後我在一份英國報紙上讀到，遇到兒童集體搶劫是最危險的，他們不怕員警、不懂法律、不受制裁，專用報紙襲擊行人，一人攻擊，眾頑童一哄而上，把你洗竊一空。報紙雖輕，用力過猛，有時也能把人眼睛打瞎，讀完我倒抽一口冷氣。

米蘭的火車站熙熙攘攘，操各國語言的遊客穿行如梭，據說這是最易丟失行李的地方。我一直念叨應該買一個口哨，有小偷臨近可吹哨引起注意，嚇跑他們。阿冠告訴我，已經不下七八次旅客向他詢問火車時刻表、行李寄託處等各種各樣問題，若再佩戴一個口哨，他就更成了車站管理員了，一定被旅客圍得團團轉，恐怕脫身不得，屆時我只能獨身帶領兒子上路，他得留下來維持秩序了。我聽得一頭霧水，後來才明白過來。原來那幾天天氣酷熱，我在羅馬地攤上給他買了一件短袖襯衫，這是一件仿造軍隊制服的淡草綠色洋衫，又帥氣又涼快又便宜，我那從不挑剔的丈夫就穿上了身。車站上亂哄哄的，國際旅客像沒頭蒼蠅一樣亂轉，誰也聽不懂這勞什子的義大利語，一看這軍隊制服打扮的人，想必有點兒權威性，講的又是道地英語，就一個個圍上來了。我們問去威尼斯的車在哪兒，有人指錯方向，害得我們一家在前頭趕路，後面跟著一二十個東歐人、阿拉伯人、美國人緊緊尾隨，個個都提著大箱小包，氣喘吁吁的，我可憐的丈夫莫名其妙地就成了義務服務員，不但要回答他也不懂的問題，要承擔帶路人的責任，還要不時地盯看自己的行李和妻兒，不要被扒手小偷弄走。

上火車時，我發現後面出現了一個護花使者，一邊殷勤地給我提箱子，為我開門讓路，一邊指手劃腳、嘰哩呱啦，滿面笑開了花，不知他要說什麼。四人的臥鋪包廂他竟然湊進來了，言語不通，他就對我們傻笑，夜幕降臨我心中更疑惑不安，這人一點沒有要休息的樣子，每隔半小時看一次手錶，東張西望，我一直在研究他到底是好人還是壞人，害人之心不可有，防人之心不可無，不要錯怪一個好人，但也不能放過一個壞人。這時侯我所學過的領袖教導、名人語錄、基督教箴言、佛家大法全部湧上心頭，怎能睡覺。我索性把行李用絲巾拴在一起，另一頭拴在手腕上，手枕在頭下。約淩晨二點，有人敲門，我立刻起身，開燈讀書，來人說的全是歐洲方言，我是一竅不通，無法瞭解他們的善意或是偵破他們的詭計。我要是十歲以下，一定要像列寧一樣，攻克七種語言，可我看著十二歲兒子熟睡的面龐，只能現實地想，下一輩子吧。他們交頭接耳一陣，看出我的機警，知難而退地走了。

在阿爾卑斯山中的北方小鎮，我們住在阿冠的美國朋友的別墅裏，喝著他們義大利鄰居自釀的酒，聽著這一帶的歷史變遷，這曾是奧地利的地盤，第一次世界大戰之後，奧匈帝國解體，這地方劃歸義大利，但很多居民仍說德語，有三百年歷史的小鎮古風猶存，我們一家三口可能是多年來第一次出現的東方面孔，那一天朋友夫妻收到水果和葡萄酒，因為他們家來了遠道客人。我們去買披薩，老闆硬要送上一隻烤雞，我們去喝咖啡吃早點，店主又送我們一盒奶油蛋糕，我們上山去玩，鄰居送我們葡萄酒和香腸。我們是托了男女主人的福，才得到這樣的厚遇。他們的女兒嫁到了義大利，他們就賣掉了芝加哥的豪宅，歸隱在這美麗如畫的小鎮上。他們是畫家，小城附近方圓幾十里到處是他們的壁畫，甚至當地的市長、傳教士、木匠、麵包師的面貌，都栩栩如生地出現在牆壁上。他們的美金在當地花很實用，一到夏天他們就去威尼斯、巴黎和其他的歐洲大小城鎮寫生，過著遠比在芝加哥豐富而單純的生活。我永遠忘不了這風景如畫的山區、純樸熱情的人民和平靜的生活方式，但就在與義大利隔海相望的巴爾幹半島，此刻南斯拉夫正浴血在內戰中，我們面前的報紙披露死亡的人數已近二十多萬，是二戰以來歐洲最激烈的戰場，暮色中，教堂的鐘聲響起，悠長而靜美，我們感嘆戰爭與和平就這樣的一水之遙。談起路上遭遇的小偷故事，美國朋友又給我們補充了許多，但他也告訴我們一些好吉普賽人的故事。他們有豐富的醫學常識和神秘的占星術，在和歐洲各國人民共同生活的千百年中，他們也極大地豐富了歐洲的文化和藝術。男主人告訴我，他每天都會赤腳在田野裏走走路，吸收地氣，這是他從吉普賽朋友那兒學來的。可惜的是，今天的大城市裏，的確充滿了很多不務正業坑蒙拐騙的犯罪男女，外國旅遊者要萬分小心才是。

在遊山玩水之際，總繃一根緊張的弦，這是義大利之行的遺憾。我天性好奇，總想冒點風險，以作今後茶餘飯後的談資，在如此險惡的環境中，不得不收斂。唯一能自鳴得意的是，我精心捕捉了一組鏡頭——吉普賽小偷落網記。話說在佛羅倫斯最著名的大教堂前，我發現了兩個神態有異的女孩，站在大門口左顧右看，我和兒子打賭她們是小偷，正在尋求機會下手。為了拍下這難得一見的小偷神態，我在距離她們六米之外，佯裝拍照教堂尖頂，把鏡頭拉近，然後以迅雷不及掩耳之勢，突然把鏡頭對準她倆按下快門，她們一無所知。這時，一位德國婦女走近，她們伸手從她皮包裏偷出錢袋，不料錢袋與皮包有繩子相連，可見歐洲人警惕性高，接下去是叫喊聲、口哨聲、人群騷動聲連成一片，好有熱鬧看了，我手腳不歇地忙照相，一面給兒子開現場教育會。不久警車呼嘯而至，我注意到遠處一個中年男子，急促地吹口哨，可能在警告混跡人群中的無數小偷趕快罷手。不一會兒，兩女孩被裝上警車，全部過程歷時幾分鐘而已，大概是司空見慣的鏡頭，今天這些圖景都保存在我相冊中。

唉，童年時看過一部法國電影，男主角是法國最英俊的影帝，他和穿著蓬鬆連衣裙、美麗迷人的吉普賽女郎愛德琳戀愛，愛德琳機智聰明、善良熱情，使我對吉普賽人永遠懷有羅曼蒂克的幻想。別了，我心中的愛德琳，原來現實中的吉普賽人竟是如此，這些瘦弱的小女孩，在流浪和欺騙中長大，即使有一天亭亭玉立，阿娜多姿，恐怕也會像歐洲報紙描繪得那樣，成為義大利的社會公害。但願我下次去歐洲旅行，能碰到真正的好客、仗義、誠實、可愛的吉普賽人，再找回愛德琳的倩影。

西岸海豚

原籍上海，UBC影視文學專業畢業，在中國曾任教師，曾有論文發表；後海歸為原《中國科技報》不定期寫書評，在電視臺做過娛樂節目編導，採訪過很多明星，後又從海裏游回來，現定居溫哥華。

海豚現在除了在網上，博客上狠搏文字外，還為一些英文報刊不定期撰寫生活時尚（life style）的文章包括品茶、食譜和遊記。

當溫州人遭遇猶太人

最近來到「樹靜於風」的鬼（洋人）越來越多了。

這些人之所以來這兒全是靠口碑。什麼是廣告？廣告就是用一群人的口水將你的產品對另一群人噴去而產生的效果。

所謂常客就是每星期都會露面的客人。有一個叫丹尼爾的猶太人地產經紀，因為要與一個名叫溫大拿的溫州人地產經紀談生意，而在最近成了茶館的常客之一。

溫大拿一家是新從溫州來的企業移民。他老婆開了一家公司，進口許多來自溫州的假冒偽劣貨品服務眾愛貪小便宜的加拿大人，而溫大拿自己考取的地產執照向地產大鱷進軍，當然他明白在溫哥華這種地方什麼都得從小做起。

什麼是企業移民呢？企業移民簡單地說就是你必須在本地經營生意，必須聘請一人以上的加拿大公民工作，必須在年終向政府繳稅。達到以上條件，你才有可能取消那些附加在暫時居住證上的條件，而成為與他人平等的加國永久居民。以他老婆的名義開的那家公司辦公地點就在家，貨倉也在家．那些貨物基本可以不算費用，因為太便宜，只是運費倒是貨真價實的「倒拉」（Dollar）。必須請的那個加拿大人也是個遠房親戚，實際上是不拿錢的，帳面是做給政府和移民局看的。

洋子將薩娜的情況與溫大拿談起，並要溫大拿給幫個忙，物色一兩個可以承受、易於操作的事情來讓薩娜立足。溫大拿經過仔細研究後，準備找一家不太需要手藝便可混得下去的小餐館下手，他看中了一個地方，而負責買賣這個地盤的對方經紀，就是猶太人丹尼爾。

溫大拿在國內做生意時，就有一個雅號叫做「中國的猶太人」。他的這個雅號在朋友圈子裏，絕對是一個大大的褒義詞，說明此人精明、能幹、不吃虧。

這次溫大拿一上陣就棋逢對手地碰上了城中有口皆碑的鐵公雞丹尼爾，這使得他感到興奮，鬥志昂揚。

丹尼爾的精明在於他不光占你的便宜，而且還叫你這個被占了便宜的人有苦說不出。更可恨的是，有時丹尼爾這廝還要裝大方，他擺出一副任你吃、任你喝的勁頭，完事之後叫你再上吐下泄。跟猶太人打交道就如走鋼絲，一定要先繫好安全帶。當然猶太人的缺點是刮皮、算計、分毫必計，但在大原則上，他們還可以說是相當有職業道德的：他們不違反各種法令、條規，鮮見欺騙或訛詐案發生。

在小生意場上，大多數猶太人不過是在邊緣地帶打打太極拳罷了，而這次精明的猶太佬遇上了「太壇常青樹溫大拿」，於是好戲便開場了。

丹尼爾手中的這家小型中式速食館，是一個以各種形式叫賣已經一年有餘卻還未賣出的盤子。什麼原因呢？因為這家餐館的所在地，有一些非常複雜的因素在其中。

它坐落在溫市市中心最繁華的羅伯遜街上——這條世界聞名的街，租金已大有超越紐約曼哈頓之勢，已高到令人咋舌的程度，但這家餐廳的位置卻是在羅伯遜街的頂西頭上。

在這家餐廳的後面是一棟巨大的政府資助的福利樓，裏面住的基本上是不能自理的老弱病殘，人們可以看到在街口經常有坐在輪椅上的老人在曬太陽，安度晚年。

挨著福利樓的是一棟氣場很詭異的樓，詭異樓裏住滿了吃素、吃生食、吃草食的新生代嬉皮，大樓裏充斥著濃濃的大麻味、花果味和草藥味。老人樓裏的老人們有政府派來的工作人員給他們弄三明治，做寡水湯打發時日；大麻樓的人們則大多數靠吃沙拉、水果過活，至多來個煮雞蛋或乳酪切片夾麵包。在這種情況下這餐廳家門口的客人是指望不上了，不得已，只好捨近求遠。而求遠呢，你自己本身就必須有特點，這樣人家才會來啊！所謂特點，對於一個速食店來說無非是飯菜香，價錢便宜，地點適宜等。後兩點對於這個餐廳來說呢做的還算不錯，但它卻栽在那個最根本的基本點上：東西難吃。它做出來的東西既無色——這就騙不了遊客；又無香——這就將口味挑剔的唐人顧客拒之門外；更無味——這一條足以使所有的潛在客人永不回頭。

這家店的主人是一個長得像武大郎的矮小廣東人名叫阿里。餐廳名字叫做「紅燈籠」。

阿里是屠夫出身，但對於怎樣將宰好洗淨的豬肉弄得入口生香，卻是毫無辦法。

阿里腦瓜不開竅，死認一個肥水不流外人田的呆理，不肯花一個子兒請大廚，於是便他自己一個，外加兩個侄女、兩個侄兒，一共五員大將，企圖盤活這個「紅燈籠」。但這五個人卻沒有一個是幹這行的料，於是整個的「紅燈籠」便是愁雲慘霧，毫無人氣。阿里終於拗不過現實，只好想法給它賣了。在兩年內，阿里一共找了三個經紀，也最終沒有將它抖落出去，於是在旁人的慫恿下找到了猶太人丹尼爾。急得想跳海的阿里對猶太人海口說，如果丹尼爾能在半年內將這個店盤出去，他便會得到比預定的佣金高百分之五的犒勞。這一點對於猶太人來說，一定是有動力的，於是在丹尼爾正要張大口咬人時，溫大拿就帶著需求出現了。

溫大拿絕對不拿他自己的顧客開玩笑，他會為他的顧客們爭取到能夠爭取到的每一分錢，這也是洋子為薩娜介紹他的原因之一。在與對手之間，溫大拿對待錢和他的對手時的原則是：我可負天下人，決不讓天下人負我。於是溫州人和猶太人就開始了一場貓捉老鼠、鼠玩貓的遊戲。

丹尼爾這隻識途的老貓，一天往溫大拿的府上打好幾個電話，問好，詢問以及及時通告各種消息，並時不時地逼溫大拿表態。

溫大拿看在錢的面子上，給丹尼爾來了個極為耐心的太極推拿：「很好，很好，我會及時通知我的委託人的，但我還需時間觀察，並論證幾個小小的問題，我會努力的，我也希望儘量早日成交啊。」

兩人一來二去，如此這般地拉鋸拉了好幾個星期，事實上，溫大拿並沒有怎樣與薩娜通氣，而只是簡單地告訴她再等等。溫大拿知道有關洋子在地產經紀界的名聲和歷史，於是對於洋子拜託的事，一點也不敢掉以輕心。

在溫大拿沉默是金的召喚下，丹尼爾知道，到了他再下一個臺階的時候。

這天一大早，溫大拿便接到了一個振奮人心的消息：餐廳老闆準備表示誠意，再次割肉放血讓利兩千元。這是猶太人的第一個戰略出擊，這距他的心理警戒線還有兩層梯子可下。一般情況下，對於一個小型生意盤來說，應該是下一次臺階，再弄幾個真真假假的買主忽悠一下便很快成交了，但這條規律在中國猶太人身上卻無效。

溫大拿之所以被譽為猶太人，那他就一定有一些非常人所擁有的品質。這個精打細算、又吃苦耐勞的中國猶太人，這些日子可沒有閒著，他幹了一件雖算不得驚天動地，但在購買餐廳這個行當裏，卻可申報吉尼斯記錄的事情。（吉尼斯是指 Guinness World Records）

人說在國內做生意一定要不相信任何人才有機會贏，因為那兒全是一幫無利不起早的鳥。

加拿大大部分人敦厚拙樸，因而在此地做生意，溫大拿的準則之一是：永遠對別人的話半信半疑，而只有當他用自己的眼睛證實之後，他才會將那一半的疑慮去掉。在丹尼爾帶他參觀了那家餐廳之後，第二天，溫大拿就開始了自己的調查研究，他先花了幾天時間，把餐館周圍的情況摸清楚，然後又花了比正常基本工資每小時低兩元的價錢，請了一個學生娃當翻譯，對附近的住戶，以及經常在這一帶活動的人們，做了一個對餐廳口味、價位的調查。然後，溫大拿又讓那個學生在餐廳對面的街角上連坐了七天，風雨無阻。他讓那個學生在自己面前放了兩個不同顏色的小碗，一個小碗裏面裝紅豆，另一個小碗裏裝綠豆——餐廳每進一個洋人消費者，溫大拿便會讓學生往碗裏放一顆紅豆，每進一個少數族裔的消費者就往碗裏扔一顆綠豆，就這樣他一個不漏地把在餐廳就餐的人數和什麼樣的人弄了個一清二楚。溫大拿那種全神灌注、認真細緻的敬業精神著實令人欽佩。溫大拿做完他的這些功課之後，便想該去找猶太人了，他認為猶太人那兒應該還有些水分可擠，而丹尼爾也正好在考慮是不是該到下第二個臺階的時候了。丹尼爾想他應該再給溫大拿一點甜頭，之後便逼其成交。

好像有心靈感應似的兩個猶太人，幾乎在同一天的同一個時段互相拿起了對方的電話。拿起電話後，雙方所說的話和結果好像早就彩排好了似的精確和可以預見。

丹尼爾拿起電話說：「喂，你好！又是新的一天，燦爛的陽光一定有助於你的客人做出新的決定。」

溫大拿用很謙恭的語氣說：「HELLO，丹尼爾你好。謝謝你的關照。是啊，陽光高照心情好，我想，你一定有好消息要告訴我。」

兩個猶太人就如此這般地扯天氣經扯了好幾分鐘，然後又心照不宣地進入了正題，而一進入正題便馬上應驗了偉大領袖的那句名言：「人不犯我，我不犯人，如人給我一拳，我必還人一腳。」在一場舌戰之後，兩個猶太人都感到疲倦不堪，都不耐煩地意欲亮出自己的底線。但溫大拿的氣功底子可能練得較紮實，因而比猶太人更沉得住氣，在最後關頭卡了猶太人一下，而這一下便使他達到了目的。結果猶太人又非常肉痛地從阿里給他的額外好處費裏割出五百塊給溫州人，以求得在預定時間裏將此物業售出。在高手過招後的成交，使兩人都大覺過癮。自此以後，溫大拿便拉著猶太人一起聯手，來一點一點共同亮劍割同鄉們的肉。而他的這些同鄉還對他感激得五體投地，恨不得將他當菩薩供起來。

本來這個故事是一個很私人化的事情，如果當事人不說別人永遠不會知道。但是這個故事是溫大拿在茶館喝上好的岩茶時，喝醉了自己說出來的，同時還說了一些不太利於團結，平時人們頗感忌諱的話。他咬牙切齒地說：「那誰誰誰，不識抬舉也就算了，但他還要壞我的好事。要在溫州，我早就叫人收拾他了！可惜，溫哥華沒有他……他娘的打人公司。」言者無心，聽者有意。溫大拿的這番醉話，卻如醍醐灌頂般使一旁正替人算命的嚴大師的腦際靈光一閃，九竅頓開，他開始醞釀一個非常與眾不同的生意運營方式。

王潔心

河南孟縣人，國立河南大學教育系畢業。曾在臺灣板橋中學、成功中學及香港培正中學執教。精於語文研究，課餘從事寫作。曾以蕭瑤、胡畫等筆名，先後發表《春蠶》、《愛與罪》、《寬恕》、《美蓮姐姐》、《女人故事》、《神槍手》、《雙女魂》、《風在菲沙河上》等長短篇小說多種。其中《愛與罪》曾拍成電影及榮獲臺灣第一屆青年文藝獎；散文集有《根著何處》；學術論著有《中原音韻研究》。

王潔心現居溫哥華，曾任加拿大華人筆會副會長，為加拿大華裔作家協會會員。

詩意

詩意滿斜坡

最難忘那次在出遊中，偶然經過的一片斜坡，和坡上那種芳草芊綿、情調幽雅的景色。

是的，那片斜坡實在誘人：不僅由於沿途樹木蔥蘢，碧草如茵，一直延伸到坡頂，卻不見人影，偶聞鐘聲悠悠：「古木無人徑，深山何處鐘？」雖非身在深山，卻予人一種幽寂隔世之感。還有那襯托在坡頂上的藍天，沉默默地向著遠方伸展開去，帶著一種舒貼、寧靜而又摻著些夢意的感覺，使人觀之欣然忘憂。

而且如果順著林間小徑，一直拂柳穿花地走上去的話，便會發現它會把人的腳蹤，帶到一個更加意想不到的妙境：雖非王維詩中所描繪的「遙看一處攢雲樹，近入千家散花竹」那個桃源村鎮，卻有更茂更密的芳草，更深更幽的綠林，以及更高更遠的藍空；還有膽怯的小野花，怎樣瑟縮著身子，躲在草叢裏，偷偷地開放；卻偏偏遇上多情的小黃雀，棲息在樹梢上，對著她唱出心底祕密的戀歌；吸引得一旁本來頑皮好動的小松鼠，

鳥獸的心靈。

這是一幅何等迷人的圖畫！大自然奇妙的活力，不僅點染了斜坡的景色，也美化了

也不禁凝神諦聽。

春暖

經過一段寒冷和陰沉的長期霸據，經常滿佈雲層的天空，終於有了開朗和緩的跡象。太陽也如一位仁慈的救世主一樣，用它特有的威力，普照人間，溫暖並治療了大地在嚴冬肆虐下，所遭受到的創傷。

於是，本已經冬不枯的草色，變得更加青蔥了；原來堅硬乾燥的泥土，開始有些鬆軟了。一排排的松柏，一行行的綠樹，一叢叢的野花，也都為著陪襯正在盛放的櫻花——這備受春風愛寵的四月新娘，而抖擻精神地護衛在小橋邊、大路旁和斜坡上。於是一片紅、一片紫、又一片白的花朵，便在那無邊綠色的圍拱下，迎風盛放，執意要共同酬謝並裝飾這錦繡的春光。雖然有時天色依然灰暗，春風仍然抖峭，使人心情未免抑鬱，卻終究敵不過時間的腳步，和大自然活潑的生機。

看！桃花不依舊披著錦衣，在道旁招展？楊柳不仍然拖著長裙在風中搖曳？暖和和的春陽，軟綿綿的草地，再加上幾聲清脆的鶯啼，「淑氣催黃鳥，晴光轉綠蘋」，春天

終於姍姍而至。誰又能不為這明媚溫暖的春光而感到心醉神迷！

秋意濃如詩

又是秋天！

記得唐朝詩人白居易在《長恨歌》中，曾以「西宮南內多秋草，落葉滿階紅不掃」兩句描寫宮中秋天。今天，我的住處，雖非皇宮大內，卻看到了同樣的景色：首先是後園牆外的那排老楓樹，竟然在西風裏，又開始了一年一度的落葉競賽——那大概是它們一年中最輝煌也最燦爛的表演吧！只見一片片，一簇簇，一團團；深紅的，火紅的，淺紅的，還有紅中帶黃、黃中泛青的落葉，不斷地在夕陽下，晚風中，盤旋飛舞，然後墜落塵埃，密密層層地為大地編織了一張彩色繽紛的錦被，也為秋天塗抹了一幅精緻悅目的圖畫，供人欣賞。

有時，明淨的秋空，也會暗沉沉地堆滿了鉛色的雲塊。地面上西風颯颯，景物蕭條，改變了原本「秋高氣爽」的風貌。尤其風雨綿綿的黃昏，更使人感到一種不由自主的悽惻和悵惘。怪不得《紅樓夢》中的林黛玉，會寫出「秋色慘淡秋草黃，耿耿秋燈秋夜長；已覺秋窗秋不盡，那堪風雨助淒涼」這樣的詩句。即令詩聖杜甫，不也曾在「秋郊送別」時，發出「舉杯消愁愁更愁」的嘆息嗎？

因此，秋色雖然比不上春景明媚多嬌，卻予人以一份既感眷戀卻又無可奈何的惆悵。而這種情懷，恰正是激發古今詩人吟詠的「靈感泉源」！

寒江獨釣

徹夜北風，帶來了一場大雪，也改變了大地整個的面貌。

獨自徜徉田間，發現不僅通衢大道上的車輛稀少，即令村外小徑或田間陌上，也都冷冷清清地不見一隻人影。所有的遠山近嶺，斜坡平野以及屋頂樹梢，無不都被白皚皚的積雪掩蓋著，在陽光照射下，閃耀著晶瑩奪目的光芒，恍如一個粉裝玉琢的琉璃世界。

對著眼前這幅冰清玉潔的雪景，不禁使我憶起「千山鳥飛絕，萬徑人蹤滅；孤舟簑笠翁，獨釣寒江雪」以及「大雪滿天飛，胡為仗劍遊？欲談心腹事，同上酒家樓」這兩首前人的詩句。詩中雖然同樣描寫雪中出遊，那種寒冷與孤寂的況味，但內心境界卻截然不同。一個「寒江獨釣」抱著欣賞雪景，超然物外的心態，另一個「仗劍漫遊」，滿腹意欲報仇雪恨的怒火，帶著騰騰的殺氣。

雖然兩首都是好詩，讀起來也都自然流暢而又鏗鏘有力，不過我還是偏愛第一首。因為它的主題在於「欣賞」。「欣賞」是人生一大享受，它源於美感和愛的結合，也就是那種賞心悅目、物我兩忘的純真境界。正如詩中那個漁翁——其實也未嘗不是代表了作者，不僅不畏嚴冬，更欣賞這表面上寒冷孤寂，卻蘊藏著無限活力與生機的大地，所以他要用自己的獨釣寒江以回報並點綴了這幅千山寂寥，萬徑人滅，而又美絕幽絕的畫圖。

原載加華作協主編之《楓雪篇》專欄

陳華英

香港葛量洪教育學院及珠海書院文史系畢業。曾在香港語文學院及公開大學進修。為資深中國語文及音樂科教師、香港兒童文藝協會理事及電視臺編劇、兒童月刊及週刊之專欄作者。自一九八七年至一九九七年屢次獲取兒童讀物創作的各種獎項。獲獎作品為《一粒種子》、《最誠心的祈禱》（香港一九八八年度兒童讀物創作獎冠軍）、《飛躍蛋殼王國》、《哭泣的椰樹》、《檔案三零三》、《哈囉》、《男孩的路》、《天外小怪客》等。

加拿大華裔作家協會會員，溫哥華《松鶴天地》及其他華文報刊專欄作家。著作及合集有三十餘本。其散文作品《寒冬小吃》被收錄於香港中學課本中國語文第四冊內。

美好的故事

（一）

初夏，溫哥華，陽光明媚。

尋常庭園。一個工人在為圍欄上漆油。一個失明的中年漢子正坐在園中一張靠背椅上，閒適地和工人聊著。

「今天的陽光多美！潔白芬芳。陽光下花兒也特別好看，你看那邊的玫瑰花瓣在陽光下有多少重光彩。」漢子興高采烈地說。

「你……你看得到嗎？」那油漆工人顯然有點吃驚。

「當然！從前我是用眼睛來看東西，現在是用心靈來看東西。從前目迷五色，現在反而思路清明。」漢子朗聲笑了起來，高唱著義大利民歌：「可愛的太陽，雨後重現光芒……」

「你……你為什麼這樣快樂？你不覺得你現在很不方便嗎？」

「哦，你是想問我為什麼殘廢了還這麼開心，是嗎？告訴你，除非你自己認為自己殘廢，這才是真正的殘廢。我現在還在用凸字打字機寫作呢！」

夕陽西下，完成了工作的工人把賬單遞給女主人。

女主人看了看，好心的說：「你算錯了，少算了二百元呢！」

「不！不是算錯。這是我給你們的特別折扣，因為你的丈夫，他給我上了美好的一課。」工人用右手收拾好工具，挽著小桶，晃著空盪盪的左手衣袖，哼著小曲，步出院子。

（二）

醫院休息室的玻璃窗上，貼著色彩鮮艷的剪紙——彩色的魚兒、飛揚的天使、盛開的花兒，充沛的生命力似乎和窗下的老人沾不了邊，十多個坐在輪椅上的老人臉色蒼白、身體枯瘦、手腳乾皺、神情木然。

少年神氣揚揚背著提琴進來，他為老人們準備了一個音樂會。他帶笑的向老人打了個招呼，問個好後，微微欠身，就舉起提琴，輕快的拉奏起來。有迂迴悠揚的〈沉思〉，節奏短促詼諧的〈幽默曲〉，輕鬆活潑的〈匈牙利舞曲〉……瞬間，樂音流瀉於空氣中，流瀉出窗外，幾個拄著枴杖的老人彳亍而來了。樂音燃亮了老人們眼中的光彩。日腳微斜，樂音曳然而止，老人們陸續發出一陣掌聲。

少年人注意到一位坐在前排輪椅上的長者，老人一直歪著頭，閉著眼，一點表情也沒有。少年心中有點不安。忽然，那老人睜開混濁的眼睛，示意少年走近。少年蹲下，把耳朵湊近老人的嘴邊，老人用力的張合著嘴唇，說：「假若，假若我的手能張開，我一定為你鼓掌。」老人伸開他一雙鷹爪般僵直的手指。

少年告訴我，他曾參加多場音樂會，聽過不少熱鬧的掌聲，但這次無聲的鼓掌，令他最感動。

（三）

八月到嘉加里去，認識了一位女強人——艾凡，她是我的朋友的同事，她們都是鋼琴教師。

說起鋼琴教師，大家就會想起斯斯文文、往琴前一坐，就會弄得滿屋子音符飛揚的藝術工作者。這位艾凡是洋人，也是斯斯文文個子不高的苗條女人，年近七十歲了。她的強項，除了鋼琴之外，還有騎腳踏車。

天氣好的季節，每逢星期天，艾凡都會叫我的朋友用汽車把她和腳踏車送到洛磯山脈某山的峰頂，然後她乘腳踏車從山頂沿公路俯衝而下，享受那風馳電掣的樂趣。我的朋友則駕車而下，和她在山腳下會合。嘉加里附近洛磯山脈的峰頂，她差不多都去過了。

有一次，她帶我的朋友到一個峰頂，說發現了一個好地方。原來那裏有一個小樹林，林間有一塊草地，草地上有一處四個浴缸大小的溫泉，她們兩個女人，就在那裏泡溫泉。四野無人，只有和風、芳草、松林，在水氣氤氳之中，她倆像林間仙子，盡享野趣。

艾凡洗碗碟從不用洗潔精，只用熱水沖沖就成了。當然她的碗碟也不油膩，因為她是一個素食主義者。園中林間的果子，她抹抹就可放進口中。

健康的身體來自健康的生活，艾凡就是一個好例子。

（四）

珮儀告訴我，移民加拿大數年，最大的收穫是學會了感恩。在香港那些日子，她工作順利，丈夫寵愛，生活愉快；子女們活潑可愛，考試名列前茅，參加校際音樂節又屢次獲獎；家中瑣事有菲傭和奶奶處理；一遇長假期就和丈夫遨遊四海。但那時不知感恩，亦不知惜福。

移居溫哥華之後，丈夫意外去世，她獨力支撐著整個家，除了要負擔一家經濟之外，亦要照顧孩子們的起居飲食，由早忙到晚，十分勞累。有一次，她在生活上遇到一個很棘手的問題，使她懊惱萬分，便順步到附近的公園散心。拐過茂密的樹叢，景物豁然開朗，一個金波閃爍的大海赫然在望，遠望西溫、北溫的小房子平靜如仙境，夕陽從雲層中透出縷縷金光，灑遍她滿身滿臉，心中頓生「柳暗花明又一村」的感覺。

回心一想，最艱難的日子已過，自己在這裏沒有親戚，朋友不多，英文又不靈光，而竟能在這裏站得住腳，找到生活，子女亦相繼取得獎學金進入大學，實在是上天的眷顧。那一剎間，感動萬分，雖然她不是信徒，但也有想跪下來感恩的衝動。既然上天一直在看顧著自己，那麼沒有什麼難關是闖不過去的，想到這裏，心中一片詳和、寧靜。

最近，珮儀說，她生日，子女們把零用錢湊起來買了一張按摩床墊送她。雖然那不是什麼豪華型、多功能的按摩椅，但她仍然感恩，感於子女們的孝心。她說，辛勞了整天，睡在按摩床墊上，讓電力輕撫著酸痛的筋骨，心中很暖、很舒坦，酣然入夢。

黃綿

四川人，中文碩士。曾短暫定居新加坡，本世紀初移民加拿大，定居溫哥華。曾先後在中國以及新加坡的大學任教，現為特約記者、專欄作家、自由撰稿人和教師。文章散見於中國、新加坡和加拿大報刊雜誌。

黃綿執著於博大精深的華夏文明和文化，在西方國度裏仍然熱衷於在方塊字裏自得其樂。

楓葉又紅了

秋天來了，楓葉又紅了。多姿多采的楓葉，點綴了北美人生活。秋，是加拿大最美的季節，「樹樹皆秋色，山山唯落暉」。放眼望去，那五彩斑斕的楓樹林遠遠近近，層層疊疊，與路旁和山坡上的各色灌木、綠色草地和色彩繽紛的小花交相輝映，美不勝收。太平洋的碧波在秋的豐富和熱烈裏更加浪漫和深邃，秋之盛裝下的溫哥華也因之更加迷人了。

我家窗外有棵楓樹，小小的葉片輪廓分明，邊緣還有細細的鋸齒狀，圓圓的樹蓋像一把大陽傘，很是特別。春意盎然時，綠色的傘輕盈柔嫩；到了深秋時節，它就是一把鮮豔奪目的紅傘，是蒼翠高大的松樹圍抱中一團燃燒的火焰。記得我剛買房那年的秋天，朋友們都來為我暖房，那天，這楓樹迷住了所有的人，也就是從那天起，我們相約每年去郊外賞楓。如今，這幫朋友中，溫蒂去了東部，蘇菲亞「回流」了，愛麗絲的先生海歸，她也帶著孩子跟去了。去年，連最積極的瑪麗一家也缺席了。金秋賞楓外加燒烤野餐，這每年一度的固定節目，今年又會是怎樣的情形呢?站在落地窗前望著那艷麗撩人的紅楓傘，此時的我不由得生出些許感慨。

「叮鈴鈴」，電話響了，原來是瑪麗！她說是她先生提議這個週末，我們同去郊外賞楓。「你先生願意『亮相』了？」我很有些驚訝。電話那頭，她笑著說：「他想通了。我對他說，不要再老想著過去，也不要跟別人比，移民到這裏來，不就是圖個清靜和安定嗎。一家人和和樂樂地過日子才是最重要的。」是的，生活是過給自己的，不是給別人看的，她說得對。

瑪麗是個很好的人，她能審時度勢，隨遇而安，適應能力很強。初到溫哥華，她不顧先生的反對，學英語，當兼職女工，後來到當地一所政府辦的職業大專修讀了會計課程，最近找到一份相關工作，回到了自己的商科專業。

說起來，瑪麗一家移民來溫哥華快五年了。幾年來，她先生沒有少折騰：放不下高級工程師的矜持，看不起體力工作。記得剛來時，他還自信心滿滿地，以為找份專業工作對他來說是件輕而易舉的事情，結果卻像絕大多數的技術移民一樣，在英語和「本地工作經驗」面前不得不敗下陣來，心裏雖然千般不服、萬種不願，卻因為生活所迫，也不願意長期做「家庭婦男」只好去工廠當工人。不過，他總是高不成低不就的，每份工作都幹不了幾天，還整天拉長個苦瓜臉怨聲載道。他多次想打道回府又怕別人笑話說他吃回頭草。去年初，好不容易熬了三年拿到公民身分後，他就馬上「榮歸故里」，做了「海歸」。只可惜回去才知道他原來的位置早就有人頂替，原公司並不念舊情，他只好另找門路。

去年初春，他回來探親，躊躇滿志地說正與中國某大公司合作做一個上億元的大項目。誰知折騰了幾個月後，才發現那是個空頭公司的欺詐行為。被人騙了後，他在中國留不下了，灰溜溜地跑了回來，躲在家裏兩個多月，不好意思見人。後來，架不住瑪麗的左勸右說，想想自己這些年混來混去，也不是個辦法，就找了個工廠的技工工作。上次瑪麗曾悄悄對我說過，她先生這回工作很認真，沒有抱怨了，只是不願與朋友們聚會，怕別人問起他「海歸」和做生意的事，所以去年的金秋賞楓他們也因此推辭了。

「昨天我們在東區看好了一個公寓，已經下 Offer（定金）了！」電話那頭，瑪麗還在說。相對富人集中的溫哥華西區而言，東區住宅的價位比較適合經濟上不是很寬裕的工薪階層。「是嗎？那真要祝賀你們了！」我迫不及待地說。近年來，移民加拿大的人多少都帶了些積蓄，買個房不是件很困難的事情。錢多的買大別墅，住高尚地區；錢少的買公寓，地段差點也沒有關係，只要交了首期付款，再找個工作就可以按月還貸款了，畢竟安居樂業是中國人的傳統嘛。但瑪麗他們買個房可不容易啊，儘管錢不是大問題。記得他們剛移民來溫哥華時，瑪麗就說要買個房，可是先生為了面子，一定要在溫哥華西區買個像樣的小別墅，如此一來，就要用掉全部積蓄。向來有危機意識的她考慮得比較多，畢竟是剛到一個新的國度，前途還不明朗，如果貿然用光了積蓄，以後怎麼辦？瑪麗竭力反對，兩口子為這事吵了好多次，也沒達成共識，買房子的事也就擱淺了。現在，他們主動邀我們去玩，還在東區買了房，說明瑪麗的先生走出了自設的陰影，放下包袱，打算踏踏實實地過日子了。

與老移民當年負笈遊學、白手起家打天下相比，近年來的新移民絕大多數出國前都是事業有成，經濟不錯。移民來到加拿大，雄心勃勃地準備開闢新生活時，才驚覺自己過去的優勢和輝煌已不復存在。語言、文化習俗、本地工作經驗等等，像一隻隻攔路虎，橫亙在希望的路上。一切要從頭開始，茫然、失落、沮喪乃至悲觀絕望的心態，幾乎人人都不陌生。對此，有些人像瑪麗一樣，很快調整好了自己，再次「充電」後，找到了合適的位置；有些人另闢蹊徑，找到了新的機會。有的人做了長期「海歸」；也有人像瑪麗的先生一樣，兜兜轉轉一番後又回來了。不過，無論怎樣，新移民都面臨著新的人生選擇，而且必須盡快做出決定。

「他還打算過段時間去強化英語，然後學個專業課程。」電話裏瑪麗的話語中透著興奮，恨不得一口氣把好消息都告訴我。是啊，人生不同的階段有不同的活法。俗話說，天涯何處無芳草，沉湎於過去，抱怨後悔，與新環境格格不入，只會徒增煩惱，於事無補。審時度勢，適應現實，揚長避短，才能找到正確的定位。

週末，秋高氣爽，又是個晴朗的好天，金色的陽光柔柔地灑下來，暖暖的，十分愜意。澄靜透明的天空上的大團白雲悠悠地徜徉著，如絮似花，飛車於高速公路，看兩旁赤橙黃綠漸次掠過，有種亦幻亦真的感覺。臨近中午，一路交通順暢，我們如約趕到了美麗的伊麗莎白公園，那裏早有愛楓的人們聚集在一起，正享受自然風光裏週末的閒適。

在絢爛無比的楓林圍繞下的草坡上，翠綠的草間星星點點地散落著大大小小，形狀各異的楓葉們，耀眼的紅葉偶爾間雜著些亮麗的黃和沉靜的綠，交織出一塊巨大的彩色地毯，孩子們在這裏嬉戲追逐，清脆的笑聲在萬裏晴空中縈繞；紅楓深處，有情侶們依偎漫步；幾隻活潑的灰色、黑色的小松鼠在樹上跳上跳下，還不時穿梭在人們的腳下。一隻膽大的小松鼠倚靠在自己毛茸茸的長尾巴上端坐著，憨態可掬地望著正在燒烤爐前準備野餐的忙碌人們。

藍天、白雲、紅楓、綠草和歡笑悠閒的人們，好一幅生動優美的秋日油畫啊！我抬眼望去，不遠處，瑪麗一家正站在一棵高大的楓葉樹下向我們招手。陽光下，熠熠生輝的楓葉映紅了他們的笑臉。看著這幸福的一家，我想，綠葉是人生，紅楓何嘗又不是人生呢？

黃玉娟

畢業於加拿大Emily Carr藝術學院，主修油畫系。多次在主流中外畫廊舉辦個展，作品為各地愛好者收藏。出版有《蘋果在我心—畫與詩》。散文、隨筆散見於加拿大《星島日報》。加拿大華裔作家協會會員，曾任加拿大華人筆會副主席、溫哥華華人藝術家協會副會長、列治文書畫會副會長等。

隨意小劄

心園

我愛園藝，更不會放過任何機會攝取別人的心得，不論大街小巷都是我的獵物。溫哥華充足的陽光和雨水，加速了植物生長。我有幸定居這座風景如畫的花城，怎可以錯過賞花的季節呢？雖不至於效法古人舉杯高歌，對花而飲；但是每次路過不同文化背景族裔聚居的區域，往往喜歡停下來駐足欣賞，仔細揣摩庭園裏呈現眼前的獨特風格。

最近偶然發現，東區魁北克街跟二十八街交界處一節「此路不通」的U型路段，車輛平日甚少進出。這裏葉蔭茂盛，隱蔽著幾間不同庭園風格的小屋，咫尺之外的緬街繁囂熱鬧與它無緣，真是別有洞天。驟眼看來，似是放大了幾千倍的玩具模型屋。

第一間小屋極富歐陸情調，十多種長年生長的草本植物遍植前園，有粉紅的和淺紫的，也有白的，是配搭漂亮的春夏色彩組合。U型路盡頭另一座庭園，景觀又不同了，鋪置不同的陳設如器皿、小矮人和蘑菇等。一排排沿著紅色小屋的外牆陳設。生活在這樣的環境裏，彷彿跨越時空，跑進了童話世界。

小屋的鄰居也好像一唱一和，外牆上加插了荷蘭式彩的民間圖案，也很別緻。這幾戶人家真懂得生活情趣啊，加點心思就使平凡的小屋，變成甜蜜的心園了

玻璃博物館

幾年前，曾在西雅圖藝術館及藝術學院欣賞過現代世界著名的玻璃藝術家Dale Chihuly的作品，給我留下深刻印象。獲悉美國Tocoma玻璃博物館去年落成，當然少不了收藏這位名家的心血結晶，於是選了一個週末出發去觀賞。

試推想一個圓錐型、削平尖頂部分、加幾分比薩斜塔的傾斜，這樣的外形是否擁有劃時代的氣息？它就是我想到的藝術館。

這館座落於山丘之腳，傍海而立。有幾組不同的裝置藝術相倍襯托。建築師巧妙地利用這天然地勢，把建築物和藝術品溶為一體，難分界線。往山丘較高處，曾是古式火車站，現為法院，一古一今，成強烈對比。

買了門票，便往裏鑽。有客座藝術家現場示範製作過程，有維也納古董水晶玻璃展和日本卡通人物模型展……。我還是愛流連於館外的公眾藝術（Public Art）。

尋尋覓覓，要找的東西原來藏在通往歷史博物館之橋上。貌似花瓶的系列展陳列在一邊牆櫃內，相對的一面牆是一排長椅，方便欣賞者仰首作觀。另一好像貝殼系列則被

鑲在天花板中，成了天花板裝飾物。

是次裝置模式與以往不同，他把藝術品變作建築物的點綴，而建築物又成為藝術品之展覽工具。

歸途中，意猶未盡，再往西雅圖新音樂廳看那兩盞宏偉、清澈晶瑩、半抽象的水晶燈，才興盡轉回溫市。

愛琴海之旅

籌備了多月的愛琴海之旅終於實現了！腦海裏一直浮游著歷史課本提及的、著名的希臘雕塑和棄置的神廟；還有那溫煦的陽光，怡人眼目的白色房子，藍色透明的湖海山色。

我們計劃中的行程是，先飛往加拿大東部的多倫多留宿一宵，再轉飛希臘首都雅典。郵輪以這裏為起點，沿海遊覽五個島嶼。我們乘搭了兩班航機，花了共十五小時的飛行時間，終於踏上雅典機場由大小瓷磚鑲嵌而成的地面。霎時間令我聯想到中世紀時期、教堂內精緻的鑲嵌藝術品。從老遠的加拿大，來到這自古聞名的古國，原本睡眼惺忪也強行睜大了，好好地瞭解這「文明」的意義。

我們迫不及待，第一個出擊的目標，是位於市中心的神殿——Acropolis。屹立在山丘上，要仰首才能觀看，不期然的予人以一種莊嚴神聖的感覺。可惜幾千年後的今天，此地已發展成旅遊區，遺址被重重的咖啡座包圍，昔日的風采早已變樣了。眺望著那宏偉建築的軀殼，實在倍添淒清。

蹓蹓步行了三十分鐘後，幾根雕刻成人形的神廟支柱呈現眼前，手工之精細只能用鬼斧神工來形容。前幅外牆的三角頂端浮雕，有如放大了的象牙塔，佈滿了大小不同的人和物。看罷了神廟博物館的展品，我深深體會到今次的「萬里路」，的確是物有所值。

土耳其咖啡

希臘人的生活方式，大致與其他歐洲國家一樣，都養成午睡的習慣，商店於午後必定小休兩小時。社交活躍分子卻懂得好好利用這時刻，到咖啡座與友人聊天，或用作商業社交活動。因此咖啡座聚合，便成為他們每天重要的生活文化之一，其性質可與中國人「上茶樓」的風俗相提並論。

一般來說，他們愛在晨早和午間享用咖啡，晚上多半喝酒。目前在北美流行一時的Starbuck咖啡連鎖店，也在雅典大行其道，被稱為高尚消費店。潮流也時興喝凍咖啡，售價每杯歐元三塊錢多些。傳統上，以土耳其式咖啡為主流；那是極濃至近似黑色的熱咖啡，喝時只加糖不加奶漿，沖沏亦不將渣滓隔離。喝到最後幾口所剩無幾了，很容易連殘渣帶咖啡一骨碌喝下去，別是一番滋味。

這種土耳其黑咖啡的泡製過程其實很簡單，先把磨好了的咖啡，拌混適量的糖，放進一個長柄的銅器內攪拌；再加進半杯熱開水，擱在正加熱的細沙堆上燙烘。然後用小棒子不停攪拌，到咖啡燙烘至微沸狀態，立即抽離沙堆，就可以趁熱品嚐了。

聽導遊說，由於希臘人喝咖啡，往往消耗兩三小時，擔誤了咖啡座的營業額，所以收費較昂貴。每杯約等於加幣六至七元，希望我們諒解。

原載加拿大《星島日報》副刊〈楓雪篇〉

王平

原籍四川閬中。畢業於昆明醫學院醫療系，外科醫生。曾任廣東省婦女兒童醫院外科主任醫師，中華醫學會廣東省小兒外科分會常委。發表過普通外科、小兒外科學科論文三十餘篇。一九九五年退休，二〇〇五年移民加拿大。

閬苑祖屋

二〇〇五年我實現了到溫哥華的夢想。北美風光綺麗。空氣清冽，天似穹廬，籠蓋四野，陽光燦爛得常常使人瞇起雙眼。雪山、大海、森林、原野、湖泊、鮮花……盡開笑顏，與人心會。我們驚奇於三文魚回流，蔽日遮天的候鳥遷徙，神怡於茵茵草地上海鷗、烏鴉優雅漫步，描繪「人靜鳥自樂」的寫意畫。在白石鎮，我們又見識了一年一度的「狂歡節」，人們輕歌曼舞，吹奏音樂，小丑散糖。美女、老人、大胖子、火車司機、醫生……還有華人腰鼓隊、太極扇隊伍，緩緩前行，無拘無束，歡樂輕鬆，這就是多種民族！多元文化！這就是自由國家！

當我漫步在菲沙河岸，撫弄清澈見底的河水，聆聽寧靜的天籟，我的思緒會隨沙鷗一起飛翔，飛回嘉陵江邊。飛回我的故鄉四川閬中。

古城閬中三面環水四面擁山，傳說中是神仙（西王母）居住處。人祖伏羲也孕育在閬中。在那裏，和溫哥華一樣，自然環境和人居建築協調，天、地、人渾然一體。

兒時嘉陵江水沒有污染，水兼黛碧，清綠可愛。我跟母親到河裏洗擣衣服，和哥哥姐姐嬉戲於河水中。河岸上有寬闊的沙灘和五彩的鵝卵石，我們眺望對岸，麥田青，菜花黃，蜿蜒的江水滔滔遠去，杜甫的「閬中歌」便流淌在我心底：

「嘉陵江色何所似？石黛碧玉相因依。
正憐日破浪花出，更複春從沙際歸。
巴童蕩槳欹側過，水雞銜魚來去飛。
閬中勝事可斷腸，閬中城南天下稀。」

詩中「閬中城南」是指錦屏山，此山「花木似錦，兩峰連列如屏」，有「嘉陵第一江山」之稱。吳道子「三百里嘉陵江山圖」，即以錦屏山為畫眼。小時侯我爬過山上的「八仙洞」。它因八仙之一的呂洞賓遊此而名。呂洞賓提詩《錦屏山》，現存呂祖殿。

閬中古城街道順其自然等高線建築，高低錯落，視野開闊，街道與錦屏山遙遙相對。宋代大詩人陸遊《錦屏山謁少陵祠》的「城中飛閣連危亭，處處軒窗臨錦屏。涉江親到錦屏上，卻望城郭如丹青。」是描繪山與城對峙若屏的神來之筆。

當年日本飛機轟炸閬中時，我們就看錦屏山，山頂上掛起了紅燈籠，家家戶戶跑警報、鑽防空洞。高高的錦屏山，保衛著閬中人的平安。

閬中歷代知縣崇尚儒家文治教化傳統，十分看重教育。《閬中縣學宮碑記》中述其意義：「治國之大，莫先於治風俗。風俗之大，莫先於興學校。」《府學文廟碑記》「閬苑學宮，枕大江，依名岩，形勢佳勝，規模巨集敞，昔稱巨觀。」「錦屏書院」讀書環境成就了一代又一代學子「修齊治平」之大志。從隋朝實行科舉取士一千多年以來，四川全省一共出了十九名狀元，閬中便占了四人，閬中故享有「狀元之鄉」美名。閬中古跡中「讀書岩」、「狀元洞」、「三陳街」、「文峰塔」、「魁星樓」、「貢院」、「考棚」……目不暇接，星光燦爛。鬱鬱乎文哉！

現在的筆向街四十號蒲家大院被列為國家重點保護民居古院，是我二舅的房子。原來的十四號、十九號蒲家大院是孩提時我住過的。可惜早已徵收建廠，頓失「仙蹤」。只有遠處正對街口的白塔山（文風塔）山尖如一支毛筆筆頭在暮色朦朧中忽隱忽現。我的曾祖父蒲保鑄當年依此山水格局，將這條石板街取名「筆向街」，勵志後人傳承和光大中國文化。筆向街歷代多為文官學者宅苑。街道兩旁種植槐樹，挺拔茂盛，葉青花白，警示為官正廉。我家隔壁就是回族馬騰九先生創辦的「大公書報社」，書籍報刊甚豐，任由閱覽。

十四號祖屋為三進式四合院，以堂屋為中心是院壩，前花園，後花園，外封內敞。大門在筆向街，後門向白花庵街，庭院深深。院內住有大舅、大姨、媽媽三家，房屋為木質兩層，堂屋為六扇雙開雕花直門，供奉著「天地君親師」神龕和祖先靈位。全院共有十六間屋，隔屏雙扇門，門窗有梅、蘭、竹、菊、飛鳥走獸、金筆、書卷、人物故事的鏤空木雕和浮雕圖案，生動精湛。

一進大門，滿眼青綠，清香撲鼻，果實金燦，有棗子、杏子、柳丁、柚子、橘子樹是「早生貴子」、「十八口」、「多子多福」的中國傳統恭賀和祝福。一條石板小路通向堂屋，堂屋左右兩棵百年金桂和紫薇花樹，燦若紅雲，香飄天際。讓人沐浴在「蟾宮折桂，紫入福蓋」的榮耀、憧憬之中。早上醒來，常聽見桂花樹上八哥啼唱，抑揚頓挫，美妙優雅。媽說牠們在談戀愛。南面花臺上便是一株「國色天香」的「洛陽紅」牡丹花，四月賞花，蝶亂蜂狂。賞牡丹也是閬中人雅興之一。我們的書房窗前有扶疏幽香的臘梅，蘊含「香自苦寒來」的內涵。院壩裏還有春蘭、含笑梅、珠蘭、茉莉。一年四季，鳥語花香。

後院是一大片竹林，前有沙田柚、桃花。一棵直立的傘狀的棕樹上有貓頭鷹正在哺雛。竹林裏常見黃鼠狼、狐狸、跳鼠、刺蝟、蟒蛇出沒。對著白花庵街的後門是孔家大院的花牆，緋紅的薔薇花出牆，如一幅「花瀑」垂瀉地面，令行人側目驚豔。

十九號老屋是么外爺「四世同堂」的一大家族的住所。氣派、寬敞，進入二門有「迎賓堂」，每逢貴客光臨，即中門大開，吹奏管弦。院裏有三個天井，植有梨花、萬年青，設金魚缸。分別為二舅、三舅、四舅、四娘家住。他們和睦相處，樂也融融。我去玩耍，聽長輩「擺龍門陣」，欣賞哥哥吟詩作畫，看表姐繡花做鞋。四周靜謐，和風徐徐，荷花搖曳，風鈴叮咚。老屋最使人著迷的是後花園，很大。一進門就有兩蓬巨大的棠棣花，花枝撒開下垂成「金色繡球」，富麗堂皇。通向後門的石板小徑有縱列的柚子樹、紫荊花掩映。花園裏有兩個金魚池，一座假山。一邊魚池老梅花樹橫斜於上，旁邊是月亮門。另一邊魚池西湖柳飄拂，珠砂梅落紅。院裏的老葡萄粗壯迂曲，任我們「盪鞦韆」。它爬上桂花樹、柚子樹、牆瓦和鋪滿了房頂。垂吊下纍纍果實。院裏還有二喬碧桃、木瓜海棠、木筆、臘梅、壽星橘、南天竹、太平花……珍貴花木。後院四周圍著竹林，一棵花紅樹在後門前面開放，葉茂、花繁、果甜，好像我愛笑的么外婆。

我和兄弟姐妹們常到花園玩耍，他們會自己用竹子製作笛子吹奏、用棠棣花莖燒成碳棒作畫、用蜘蛛網作膠粘蟬、用蝸牛殼下棋、剝下蛇皮繃胡琴、削竹竿做風箏、鬥蟋蟀、抓螢火蟲、解剖癩蛤蟆。叫做「八仙過海，各顯神通」。

一九七四年我們兄弟姐妹相約，一同將存放在重慶的母親的骨灰護送回閬中，象徵性地和爹「合墓」，深埋在北門過街樓原來父親的墳地。其實那裏早已成為一片綠油油的農業園地，墓群牌坊碑石已不復存在。我心中在想，這只是活著的人的一種心願。而媽媽在前曾說過：「我死了獻給醫學，剩下的燒成灰拿去肥田。」才是真正結局。

回憶閬苑祖屋，城在山中水中。乳香、花香、書香才是它的靈性，感恩祖先，感恩母親，感恩大自然！

原本以為逝去的老屋只能在夢中追尋，不想在楓葉國我又重返「仙境」！我定居在素里市，是名副其實的田園花園城市。我們的大屋松柏常青，楓葉緋紅，楊柳籠煙，玉蘭婷婷。後院有西梅、櫻桃、黃金梨、桃花六棵果樹。推開每一扇窗遠眺，都是北美明媚風光，宛若印象派油畫。一對喜鵲在院裏松樹上喳喳叫，啄銜樹枝築窩。久違了，我的喜鵲！我定會和你一樣，歡天喜地，創造在加拿大的新家，增進最佳人居環境的美麗文明。

雪犁

生於上海，一九八八年留學加拿大，現任職於加國金融界。加中筆會理事，活躍於加拿大文壇和攝影團體。散文〈保姆〉、〈不再停留在記憶中〉、〈豪宅裏的少奶奶〉等分別被收入加拿大作家散文集、北美女作家散文集。

牛舌鎮之秋

每當金秋季節，加拿大安省北郊的色彩是沁人的，湛藍的湖水中，白天鵝撲動著翅膀，成雙成對地遊弋在綠草連綿的岸邊，彩葉鋪成的鬆軟地毯上，農家的孩童們跳躍翻滾，時而把落葉灑向天空，如紛飛的彩旗飄揚，慶祝豐收的季節；藍天上朵朵白雲，隨風將人們引領到著名的阿爾崗昆公園，那裏的楓林成片，紅得令人心醉。當一抹夕陽潑在阿爾崗昆的山坡上，遊客登上道塞山頂鐵塔，俯瞰七千七百二十五平方公里五彩繽紛的秋色，不禁對大自然發出聲聲的感嘆和讚美。

當月亮從尚未褪盡餘輝的空中升起，一葉扁舟帶我漂流到山下牛舌湖旁，那是幾年前的一個秋夜，在牛舌鎮簡陋的客棧木屋前，我和朋友們點燃篝火，數算滿天繁星，享受著難得的寧靜，湖水有節奏地撞擊著碼頭，彷彿從原始森林中傳來的鼓聲，伴著客棧女主人如詩如歌的傾訴，這是一位波蘭女人，任憑微風將金髮吹落在她的眼前，雙臂環抱著自己豐滿的胸，手指不經意地搓揉著白色的裙，她用帶有鄉音的英文，講述她移民加國的故事。她曾一個人從波蘭來到加拿大，吃過很多苦，打過各種各樣的工，最後嫁到這遠離安省發達城市多倫多百餘公里外的小鎮，買下了這幢破舊的房子，自己全家住在最北的那間廳裏，而把其餘的三間睡房，季節性地租給遊客為生。她言語中最驕傲的，是她三個年幼的孩子和一隻圍著客人腳趾團團轉的狗，她用自己柔弱的肩膀，擋住身後坐在屋簷下喝得半醉的她的男人。那晚，我在客房的浴室裏，用女主人準備的破了邊的毛巾洗臉的時候，我感受到了女主人生活的艱難。住慣高級賓館的我，一反常態，沒有任何對客棧衛生設施的抱怨，躺在吱吱作響的床上，回憶自己在加拿大奮鬥的過往，我同情這位操持客棧生意的三個孩子的母親，人生的不易，特別是拔了根而重新栽種的移民，在這塊多元文化的土地上，心靈是相通的。

林中小鳥甜蜜的歡唱，是喚醒大自然的鬧鐘。次日清晨，當我聆聽著窗外的鳥鳴慢慢從夢裏甦醒，我的耳朵從小鳥此起彼落的歌聲中分辨出一種雄壯而低沉的和絃樂。我披上外衣，推開門，循著聲音走進湖邊的林間小道，漸漸地，我肯定了，那是流水的聲音。啊，我看見了，從北面牛舌湖南下的水流，在這裏形成了幾階落差，撥開森林，激流撞擊著礁石，咆哮著勇猛而至。

我坐在樹下避雨，雨滴順著樹幹上尚存的幾片紅葉，灑在我的身上，我仰起頭，任憑這紅葉的淚，靜靜地流在我的臉頰上。仰望紅葉，它宛如一位青春已逝的婦人，在獻出母性的所有力量後，依攀在生命樹上，它披帶通紅的盛裝，注視著從上游漂流下來「同命人」，一陣風吹過，紅葉像飄逸的魂，墜落到激流中，時而被旋渦捲入水底，時而被激流托出水面。波浪把紅葉推上礁石的頂端，陣風又把紅葉吹落回波濤翻滾的水中。離了根的紅葉呀，無論它曾經如何燦爛，終究會在寒冬裏枯萎，被冰雪覆蓋，歸於另一片土地。

當秋雨輕輕掃過，陽光絲一般射入林中，被雨水滋潤後的葉，再現倔強的英姿，逆光觀看林中片片樹葉，紅的，綠的，黃的，每一片都是那麼清純透明。而我，無意再去阿爾崗昆山頂上的道塞鐵塔，躋身於熱血沸騰的遊人間，用我們自己的母語，在別人的土地上登高望遠，指點江山。我更願意默默地在阿爾崗昆一千二百公里長的河流的末端，在牛舌鎮被紅葉包圍的潺流之秋水中，紀念那些早年為加拿大建設的華人貢獻者。雖然他們沒有被世人嘉獎於道塞鐵塔那樣崇高的地位，但他們像阿爾崗昆山坡上一片不起眼的樹葉，融合在加拿大的主流社會中，為加拿大的燦爛獻身後，默默地漂流到下游，葬身於他鄉，他們是值得人們永遠緬懷的。

從此，牛舌鎮成為我每年賞楓紀念的地方。可惜它的寧靜沒能保持多久，今年，當我再次去看望它，一輛旅遊大巴將滿車的同胞從阿爾崗昆山頂帶到這裏，或許在喧嘩的世界中，人們開始懂得欣賞寧靜的美麗了，而當寧靜再次被破壞，牛舌鎮的激流聲所講述的故事，可會被更多的人傳誦？

二〇〇八年十月於加拿大安省

孔書玉

山東人。一九八四至一九八八年在北京大學中文系文學專業學習，獲文學士。隨後入北大研究生院，師從樂黛雲教授研究比較文學三年。一九九二年來加拿大，在不列顛哥倫比亞大學亞洲研究系攻讀博士學位。一九九七年畢業後，先後在阿爾伯達大學、澳洲悉尼大學任教。二〇〇八年起在溫哥華的西門菲沙大學人文學系任副教授，主要教授亞洲文學、電影和文化，以及海外華人研究。

有英文學術論著《消費文學：文學暢銷書和當代中國文學生產的商品化問題》，該書二〇〇五年由斯坦福大學出版社出版。

在用英文教學研究之餘，也進行中文的文學創作。在北美的《明報》和《今天》雜誌，中國的《讀書》和《花城》等文學刊物上發表散文。目前正在寫作一部關於當代中國的文化隨筆集。

像詩歌一樣飛翔

四月二十七日，星期一。九點半。開車在去大學上班的路上。路兩邊的迎春花、櫻花、玉蘭花和杜鵑花似乎在一夜間開放。溫哥華最好的季節開始了。我又嗅到了九二年春天的味道，那是我來加的第一年。那年我二十五歲。

車上的收音機在播放年度的加拿大廣播公司（CBC）年度詩歌大賽。今年是第八屆。進入決賽的詩人正在朗讀他們入選的作品。從一月到三月，全加各地五十個詩人以「飛翔」為題做一首詩，CBC分別在十個省份主持的朗讀活動中選出當地聽眾最喜歡的十位。從本週一到週四這十位選手集中在CBC廣播中朗讀他們的作品，接受採訪。最後由聽眾評選出最佳獎。

聽到來自Edmonton的一位女士朗讀的詩歌，叫〈達芬奇的降落傘〉。講鳥、天使和飛機的關係，是和文藝復興大師的對話，也是對人類的智慧和想像的反思。

又聽到一位老頭邊彈吉它邊朗誦其詩。他是個英文教師，教書三十年，也唱歌。自稱「老人」，他的詩歌則更有一種自娛自樂的態度。

最後聽到來自Winnepig的一位名叫Skip Stone小夥子的朗誦。從聲音上聽起來他好像很年輕。是那種典型的不知該把大把的青春怎樣揮霍的那種年輕。打算到多倫多學演戲、寫詩、唱Rap、教孩子跳Boogie，有各種異想天開的計劃。他的參賽詩歌題目是「五月天」（Mayday）。

詩歌用一種幾乎是少年對同伴說話的那種直白平易的語言講述他的經驗，害怕飛翔。每次飛行，會感到恐慌，感到幽閉恐懼，用無窮無盡的各種想法來折磨自己，以至無法享受離開地面的那種滑翔。

「Instead of enjoy the ride, I was trying to survive.」

這其實也是講對生活的態度。

小夥子語氣一轉：「無意一瞥間，看到了你。你的美好把我的恐懼感都帶走，因為我已騰雲駕霧，不知今夕何夕。於是我開始體驗享受飄遊、滑翔、失重和無拘無束。」

詩歌結尾：「我們都在飛行，享受生活的旅程。這是五月天。」

英文的mayday有兩個意思：一是字面的五月天，另一個用於飛行中的呼救。

竟然就被這首詩打動。小夥子利用飛行的經驗，比喻我們對生活的態度，實在是很準確的。在生活中我們不都是常常被憂慮，被自己假想出來的各種危險或者未來的目的地而束縛，忘記了享受此時此地的飛翔嗎？

那麼什麼東西能讓我們從日常的憂慮、瑣細的侷限中解救出來，開放自己呢？因為正是這些心理包袱讓我們不堪重負，無法享受人生作為一次飛翔的體驗。

二十幾歲的小夥子給開出的藥方是愛情。因為有了你，你會讓我忘記身在何處，你會讓我樂不思蜀，你讓我飄飄欲仙。

而今年已四十出頭的我早已對愛情不這般盲目輕信。生活已經教會我愛情並不是萬靈藥，因愛走在一起的人最後也要面對生活的煩屑與艱辛。

但是年輕時憧憬的那種飛翔的感覺還是可以找到的，不僅在愛情中，也在與多年好友的徹夜長談中，在獨自徜徉於湖光山色中，在閱讀、寫作和唱歌中，在與牙牙學語的孩子的交流中。只需要一點點創造性、一點點想像力、一點點對生活的幽默感和遊戲態度，我們會在平常的日子裏飛翔。

換個說法，那個能拯救我們的「你」就是我們自己。只要保存對生活的熱愛，對世界的好奇，對他人的關懷，這些品質就可以成為我們的翅膀，讓我們飛翔。

像詩歌一樣飛翔。

宇秀

八○年代校園詩人，曾入選《中國新生代詩人傳集辭典》。做過大學教師、影視編導、製片人、報刊編輯。有多部影視、新聞作品獲獎。

現為自由撰稿人。先後為北美中文報刊《環球華報》《星島日報》《女友》北美版，上海《青年報》等撰寫專欄。致力於女性與時尚話題寫作，作品被收入《北美華文作家散文精選》、《一代飛鴻——北美中國大陸新移民作家小說精選與點評》、《環肥燕瘦》、《情人島》、《青春、友誼、愛情詩歷》、《花樣女人》、《新富、新貴、新時尚》等多部合集。

二○○二年出版暢銷書《一個上海女人的下午茶》。二○○七年再版，同時出版《一個上海女人的溫哥華》，被多家著名網站連載。

滿街牙套

這輩子比較後悔的事情之一，就是小的時候沒有認真地戴牙套，這份後悔，尤其到了加拿大愈發強烈起來。

我說的牙套就是牙齒矯正器（Brace for teeth），在加拿大隨時隨地都可見戴著牙套的少男少女，他們有說有笑，毫不覺得嘴裏多了樣東西。年齡較大戴著牙套的多是女子了，我便想起母親曾說超過三十歲矯正牙齒就比較吃力了，但是在溫哥華我所見到的很多都超過了三十歲。記得前年躺在產床上生BABY時，那個來為我做檢查的女醫生就戴著牙套，她俯身和我仰面的角度恰好令她的牙套很觸目，使我在劇烈的陣痛中還想了一個與當時的處境毫不相干的問題；是不是我還可以再戴上牙套？

一個人開心時還不能燦爛的笑，原因是沒有一口好牙齒，這真是一個額外的折磨。我就是這樣，每每笑起來就要顧忌到兩顆出醜的門牙，過大且不嚴謹，此一大醜無以遮擋。不像人家費雯麗只不過是手比較大，但可以戴上與服裝相配的手套，更增其高貴與神秘之魅力，當年《亂世佳人》的導演都說，她美麗得不需要演技，而她的演技又無需她如此美麗。如此絕代佳麗還為自己的大手煩惱，更何況我那開門見山的門牙？一直以來就是我的心病，嚴重影響了本人的自信，以至於以前從事影視工作時，都膽怯出鏡主持節目，不得已出鏡時，總是讓攝影師拍四十五度角，楞是放棄了許多女孩子都巴不得的上螢幕機會。或許可以說我走向「著名電視節目主持人」的星途，活活是被兩顆門牙斷送了。

更糟糕的是，此事很是殃及母親，當被問到父母的職業時，我都不太敢理直氣壯地跟人家說我母親是口腔科醫生，而且很擅長口腔矯形和牙齒矯正。我那不甚體面的門牙，豈不是給老媽做負面廣告？實在有損她老人家的職業形象。

其實，從我十二歲的第一個牙套，到我三十多以後的最後一個，母親為我做過大概有五個牙套。戴牙套是件需要耐心的事，一開始，在看上去像牙齦似的印模膠上咬個牙印，然後醫生按照牙印製作牙模，再將量身度造的牙套在牙模上試過，才套到本人的牙齒上。戴一段時間，被牙套箍過的牙齒就有所收緊，或排列不齊的牙齒逐漸調整到位，這樣牙套就變得鬆動，需要醫生修正牙套再戴到你的牙齒上。如此循序漸進的過程一般應在半年到一年之久，如年齡偏大，則更要加倍時間用於鞏固療效。如果當初我能堅持戴牙套半年以上，現在的牙齒就是另一番景色了。

其實回想當初沒有堅持的原因並非是缺乏耐心，主要是承受不住別人的眼光。我戴著牙套簡直不敢在人面前說話，別人會很奇怪地看我問我，你牙齒上怎麼箍著根鋼筋？其實還不等人家問起，我自己就先心虛了，偷偷背過身去把牙套取下來包在備用的手帕裏。這樣一天下來不知要取下幾次，後來我就只是在睡覺時才戴，儘管母親很多次的說，我這樣白白浪費她做的牙套。曾經因為戴牙套被當時的男朋友取笑，令我的自尊心大受傷害，使我以後每每約會，便不敢暴露牙套，如同是身體上有處缺陷。於是也許多次抵禦了與男友的過夜，因為夜晚我要戴牙套。

也正因為我時常在白天取下來，那些牙套沒有一個是壽終正寢，幾乎都是被我弄丟的。其中有一個是在酒店住宿時失落的。那天早上出門時將牙套浸在漱口杯裏，被做清潔的服務員丟掉了，當我去追問時，人家還說那東西嚇了她一跳。當然這是在國內的酒店，如果在溫哥華，服務員一個月的工資可能也賠不起這個牙套呢。當然人家也不會被它嚇一跳而棄之，這裏的人習慣了滿街戴牙套的嘴巴照樣說說笑笑。在加拿大，孩子到了一定年齡，家長就會帶他們去牙醫那裏箍牙，這和他們有沒有蛀牙或其他牙病沒關係，只為了他們以後擁有無所顧忌的笑容。

曾經看到電視新聞裏報導臺灣總統大選的一條相關消息，反對不公正當選的藍營的女孩子，為了表達自己對國親聯盟的支持，居然用國民黨黨旗的紅藍圖案來裝飾牙套，一張口便彰顯了她們鮮明的立場。牙套可以被那樣匠心獨用，自然那牙套原本也是女孩子們喜歡亮相的時尚元素，做了特別的裝飾後，就更想炫耀給人看了。如果我在國內，可能很難理解女孩子們何以以此為美為時尚，但如今在加拿大見多了牙套族，也就會心一笑。

又想起幾年前看過一部改編自納博科夫的小說《洛麗塔》的影片，國內做的CD片給了該片一個通俗也很中國化的名字，叫做《一樹梨花壓海棠》。影片中繼上繼父的小女孩洛麗塔就是一個戴牙套的女孩，牙套成為影片中女主人翁的符號。印象很深的鏡頭是：小女孩將牙套掛在行駛中的車窗上，牙套不羈地晃動著……那時候不太明白導演為什麼選擇這麼一個奇怪的道具，來到加拿大後，才知牙套是那麼平常又是那麼必須的事，而且也是一種昂貴的時髦。通常小孩的牙齒矯形要用四千多加幣，成年人就更貴了，戴牙套比戴一件首飾更能顯示你的日子過得優裕。當然戴著牙套也等於告訴人家：你還年輕，所以你還可塑。想想自己戴牙套的年代真是可悲，竟然跟做賊似的。

在這裏看到一張嘴牙齒猙獰，便知都是來自那些沒有牙套或為牙套羞怯和驚嚇的過渡和年代。但最近有條消息令人欣慰：中國人已經越來越知道要用牙套來規範他們的牙齒了，至少他們開始在自己的下一代身上挽救自己曾經失落的美麗笑容。一位上海的親戚電話裏說，她的兒子已經戴了牙套，她為此花了六千多元人民幣，兒子的「地包天」已明顯好轉，一直因為兒子的牙齒而擔心其前程的母親，終於一塊石頭落了地。

小說類

陳蘇雲

加拿大中國筆會會員。畢業於圖書館與資訊管理專業，現就職於學院圖書館。二○○三年開始寫作，出版長篇小說《冰雨》，發表了四十多篇文學作品。作品入選《當代世界華人詩文精選》、《楓情萬種》、《西方月亮》、《旋轉的硬幣》、《環肥燕瘦》、《常青藤》和《走遍天下》等選集。散文《異鄉月圓時》獲《環球華報》「英橋杯」第二屆徵文優秀獎。

原色

紅顏本姓「嚴」，名「洪」。自從來到加拿大留學，因著拼音，不明不白地，讓她的名字變成了「Hong Yan」。漸漸地，中國來的朋友也把她的原名忘卻，把她叫成「紅顏」。

紅顏本有一個同胞姐姐，只因當年在娘胎裏搶營養太凶，個頭比她大很多，且出生時不老實，用屁股搶占了「先出生權」，於是，紅顏只好屈居第二，一個小時後，才不緊不慢地，從媽媽肚子裏鑽了出來。雖是讓夠了時間給醫生搶救姐姐，可還是徒勞，那搶先出生的姐姐，還來不及睜開眼睛看世界，就斷了呼吸，其生命的路之短，讓親友們為之唏噓感慨。

也不知道是在娘胎形成的性格，或是後天所就，在她的人生字典裏，似乎找不到「憂慮」和「著急」二詞，即便是在高考之際，也還是逍遙自在，好像再急的事臨降到她面前，都會自然低下頭，緩下速度，又或是繞著她而過。

雖說她長在北京，但一舉足，一皺眉，十足一個柔和細膩的江南水鄉女子。走在街上，相貌平平的她，從不會吸引多餘的注目，若於別的女人，也許是無奈傷心事，但她卻是滿臉平和，似乎內心潛在的魔力永駐，淡然悠遊成了她的「人機」介面。瞧，都已過三十二了，每日笑臉吟吟，孤蝶獨舞，看不出有出嫁的意向和念頭，身上，日漸攢下了不少好事者贈送的問號。

奇怪的是，不知她什麼時候認識了這麼多男人，偶爾，她那小小的地下室房間，會傳來不同男性聲音，離去時，很少是愁眉苦臉的，莫非……中國人猜測聯想潛能巨大，這一切，給加國冬天折磨得麻木的華人圈子添加了不少茶餘飯後的話題。

（二）

春之末，一位風度翩翩、氣宇昂然的中年男子——深圳某集團公司的總裁，也就是紅顏出國前的最頂頭上司，借著到美國訂合同的機會，轉道加國來見紅顏。

見了面，他把小禮物遞給紅顏，就找了個椅子坐下，彷彿像是回到了自己的辦公室，毫無客套地接過她端來的茶，無過渡地就對紅顏吐起了苦水：「唉，我家太太每天就知道打麻將、美容、逛街，根本不理解我在外奔波的苦，還以為跑美國做生意很風光，到處吹噓。我多次讓她重拾書本，學些市場及人事管理的知識，好幫我監督一下公司某些方面的運作，可她卻覺得沒必要，為此，昨晚我們又在電話裏吵起來。唉，我們之間都不知道怎會變成這樣。想當初，在大學裏，她可是系花，說話舉止優雅有加。才二十年間，怎就變成了鄰家大嫂了似的。至於身材走樣，我還不計較，畢竟她是因為生孩子才這樣的，也還不是她的錯。但是，她不求上進，自願與市井之徒為伍，也真是太不給我面子了。唉，我怎麼會攤上這麼個女人！」

離他一米之隔，放了張單人沙發，這是從上一個租客那裏承用下來的，有些舊。紅顏端坐在上面，優雅地把腳併合著，笑盈盈地抿嘴聆聽，時而點頭，時而用最簡單的詞給予回應，那樣子，不像平等地聽一個大男人在訴苦，而像是一個對老師尊敬有加的小學生，在認真聆聽老師精彩的講課。

見紅顏沉默專注，那總裁就更來了勁，除了開頭那幾個「唉」以外，漸漸又進入了佳狀，滔滔不絕起來，這與工作時和交際前冷酷冷靜的總裁，絲毫掛不上聯繫。

獨自說了約一個多小時，他也意識到自己搶盡了說話時間，於是，他抱歉地笑了笑，語調柔和下來，有些暖：「呵呵，你看我，還是像以前那樣，見了你就沒完沒了地說，讓我都變成了另一個人似的，我也說不清楚為什麼。」

「說出來也沒什麼不好。我不是當事人，也沒有婚姻經歷，沒資格給你什麼忠告，但我很理解你的苦處，也理解你太太。你在外很不容易，但她在內也辛苦。其實，她還是有長處，比如在交際上和人事處理方面，還是幫了你不少；家裏的事也沒讓你操心；在你創業階段，她頂著壓力，支持著你。多看看她的好處，你會舒服的，況且你們還是很相愛。」紅顏微笑著說出這些自己認為不痛不癢、對他說了好幾遍、沒有很大份量的話。

也不知道是紅顏的簡單話語引起了他的回憶和念舊，還是因為述說後帶來的暢快，總裁先生面露笑容，話題很快就轉離了家庭、妻子、女人，開始滔滔不絕地談起工作和紅顏離開公司後的趣事。

臨走，總裁先生握著紅顏那並不美麗的小手，用一種略帶感激、依戀的目光，深情地說：「你一個女孩子在外闖蕩也不易，有什麼經濟上的困難，請告訴我，我一定盡力。」

紅顏聽罷，詭秘地作了個笑臉，甜甜地說：「會的。」心理的活動，總裁先生永遠也看不出。

（二）

罕見的炎熱夏夜，紅顏正在寫一個項目計畫。

左邊的桌上，放著一杯玫瑰花茶。小小的花瓣，在熱水的作用下，改變了顏色，微微張開，在玻璃杯中上下飄蕩，猶如花作的魚，在縱向游逸，煞是逍遙、美妙。

突然，桌子右邊的電話響了起來，那急促的音樂鈴聲，像是對主人忽略它而發起抗議，那麼斷然，那麼霸道。

紅顏拿起電話，一個渾厚的男音傳來：「紅顏，有空嗎？我想到你這聊聊，我正在你的樓下。」

「這麼熱，別待在外面，上來涼快一下吧，我剛買了把風扇。」

說罷，紅顏把正在寫的計畫稿儲存，把Microsoft Word的視窗最小化，然後就到廚房拿杯子。

說是廚房，其實也是這小小房間的一部分。由於她喜歡自己一個人住，且又不想耗費不必要的錢在租房上，於是，她租了個成人單間公寓。廚房、廳、睡房和衛生間都在這小小的房間內。雖是小了些，但在紅顏的巧手佈置和裝飾下，倒也變得很有情趣和寧和。

剛備好茶，門鈴就響了起來。

進來的是一位個子不高、戴著眼鏡、略顯憔悴的精瘦中年男人。如果只聽聲音，還真的想像不到那渾厚迷人的聲音，竟然是眼前這小個子男人發出來的，上帝也真幽默，搞搞平衡，玩個驚喜。

他是哲學系的在讀博士生，太太則在藥理學系做博士後研究。據說，當時是他太太先出國，完成了博士學業後，才幫他聯繫到同一個大學讀博士。她本來可以到另一個城市大學做助理教授，但為了才二歲的孩子，還是暫時屈於此地，再做兩年博士後研究。

看著他面帶沮喪，紅顏明白幾分：準是兩夫妻又吵架了！

果然，默默坐了一會兒，他深深地嘆了口氣，以國罵開場：「我TMD倒了哪輩子楣，好端端的有個小鳥依人的妻子不要，跑到這鬼地方，天天都要磨練嘴皮子，削銳思維空間，沒日沒夜地熬夜。這背負著的罪名不說，還要受這鐵娘子的教訓，你說，我這學哲學的大男人面子還往哪擱？原本以為她美麗聰慧，是人間少有的才貌雙全絕世佳人，沒想到她原來是在算計我，想控制我。」

紅顏見他一進門就憤憤不平，大有聲討、控訴後妻和對前妻懺悔之意，也就沒吭聲，反正她已經習慣了他的嚷嚷，只是今天特殊，她實在是想忙於完成研究計畫，有些心疼自己的時間。想了一下，她一反過去只聽不說的態度：「不就爭論一些觀點問題嘛，真的不必要傷那麼大的氣，何況當時她是單身，你是有妻兒的人，誰對誰錯，還真沒個譜兒。都過去了，回憶和責備都沒有意義，過好現在吧，其實，她還是有很多優點的，更何況你們的孩子還小，老這麼吵，對孩子心理影響不好。」

他們間原是大學校友和朋友關係，一直來，紅顏都是他最有耐性的聽眾，自然，每次向她訴苦，都會得到滿足：苦水流到她這就停止，不會外傳，什麼話她都能仔細傾聽。現紅顏如此之說，還真令哲學博士有些意外。

「這是怎麼了？莫非她聽到什麼閒話了？」

想罷，他突然停頓下來，見紅顏面上露出少有的茫然和憂傷，連忙知趣地停下訴苦，關懷地問：「你怎麼了？不舒服？」

「沒有，只是太忙了。」多年來，紅顏已經習慣自己一個人生活，習慣別人向她訴苦，習慣自己一個人吞飲眼淚，對這類關懷，她還是把握得住，不會為之而動，當然，偶爾的女性柔弱，還是會在不經意間流露。

「今天，我收到姨媽的信，說我媽媽得癌症住院。都一個多月了，才讓我知道。唉，當悲傷太久太重，人是不會哭的，自然就會如此心氣木然。也許是一個加快解脫的途徑吧，她很美麗，但也坎坷。」紅顏忍著眼淚，沉沉地說。

很少聽起紅顏說自己的事和家人，更別提哭哭啼啼之情景。

而今，哲學博士第一次聽到她說起自己的媽媽，且見如此狀況，紅顏還是如此冷靜地壓抑憂傷，不禁對她重新審視和猜測起來。

（三）

「怎麼了？生病了？」紅顏對著電話筒，細聲柔氣地說。

電話那頭，沉默了足有一分鐘，紅顏耐心地等著。

「過來聊聊吧，或許會好些。」

「好的，二十分鐘後到。」對方終於說話了。

紅顏剛把換下的居家衣服掛到衣櫥內，一陣不太果斷的敲門聲傳來。

「嗯，門鈴又壞了。」紅顏就邊嘀咕邊去開門。

進來的是一位高大威猛的山東大漢，因為住得離這不遠，走著過來，身上還沾帶著落葉和寒氣，加上滿臉的茫然，顯得就像是被霜打的玉米般，失去了本身應有的神采。

「來，喝杯薑茶暖身。」紅顏端送過去。

「謝！」他並沒有多說，接過就喝了一口，而後逕直坐在紅顏書桌旁的木椅子。那椅子很精巧，但有些殘舊，紅顏坐上去，倒也像是為她而造，可被一米八五的大漢坐上，還真的讓人擔心。

「坐沙發吧，這舒服些。」聽到紅顏提醒，他才意識到自己的失態，有些自嘲地笑了笑，把身軀挪到沙發。

「怎麼樣，昨晚籃球賽直播看完沒有？哪個隊贏了？姚明投了幾個球？」紅顏見他不出聲，想打破僵局，說出了這些自己也認為是毫無用處的廢話。

「還看球賽呢，差點連活都活不成了。」他猛喝了口薑茶，幽幽地說。

「怎麼了？加班了？」

「這都什麼世界？我，一個堂堂的清華建築系高才生，今日卻淪落成馬路建築工人，這還不算，我的工資還不如那些小年輕，不就是比他們工作年份遲嗎？如果能養得起家，也就罷了，就當我這輩子栽了個跟斗，閉上眼睛，躺在那兒就行了。可這點工資還跟不上孩子的托兒費、房租費和物價。不怕你笑話，前些日子，我晚上還到中餐館打雜，真

TMD丟盡了清華的臉。」他憤憤不平地說，臉部的每一塊肌肉都被壓抑和憤怒改變了正常方向，扭曲著、顫動著、掙扎著。

「曾經是那麼傲氣的俊臉，曾是那麼魁偉的身軀，現已經變成了隨時可癱倒的軀殼。」紅顏聽罷看罷，不禁感慨地聯想起來。

「如果不是我那崇洋媚外的老婆逼我出來，如果我不出國，我肯定是很有成就和名望的建築師了，哪用在這受窩囊氣，哪用像狗一樣看別人臉色活著！再加上這婆娘老愛與別家比車比房的，俗到已經讓人無法忍受。有時，我真想把他們都殺了！」他用一種滿腔憤慨的語調說出，讓紅顏倒吸一口冷氣。

紅顏見他如此憤慨，一時也不知道說什麼為好，只是默默地給他添茶，神情嚴峻地傾聽他吐述。

過了一會兒，他好像也罵夠了，但心情依然沉鬱：「這女人怎就這麼愛虛榮和錢呢？」

見他憤怒漸消，紅顏也開始輕鬆起來，開玩笑地說：「嘿嘿，不要一棍子打死一船人嘛，還是有很多不貪錢和不虛榮的女人的。」

「呵呵，像你這樣的女人，都快絕跡了。但如果你結了婚，也難說會怎樣。」

「也許吧，所以我還是不結婚的好，簡單些。」紅顏邊添加熱水到茶壺，邊心不在焉地接過話題。

也許是說者無心，聽者有意，他有意無意地問：「有結婚的打算嗎？」

紅顏笑了笑：「現不挺好嘛，有這必要嗎？」

「一個女孩子，還是要有男人來呵護為好，況且有愛可以讓女人美麗。哎，這可不是我的理論，可都是書上說的。」

「現代人不是都愛把家裏那位形容成『河東嚎獅』和『黃臉婆』嗎？怎到了你嘴裏，就成了青春美麗了？還是親自把紅胭脂撲上自己的臉好，起碼還有些色彩。」紅顏調皮地微笑著反駁說。

「我的意思是說，別的方式得到呵護也好，比如……哎，不談這個話題了。」

其實，紅顏很清楚他省略號後面想說什麼，但她覺得麻煩，也就懶得去想。

閒聊了一會兒，他像是恢復了元氣，身子也直挺起來，讓紅顏想起小時候種的向日葵，在缺水後補足水時，很快又挺直起來的情景。

「畢竟是條漢子！」紅顏想。

「好了，夜了，該走了，免得要給姑娘你招閒言了。」他起身，說是要走，但腳卻沒動。

「由他們吧，閒話也不會因為你的不到來而少說。倒是不想給你家添亂。記住了，摔倒了，就當是夜黑風高看不清，掉進了臭水溝，爬起來，洗個澡，笑一笑，繼續走。」

「Yes, Mom!」輕鬆起來的他，也還真可愛。

（四）

深冬寒夜，郵箱也不見得因此而消落，一封自稱祖籍荷蘭的本大學男教授來信，給她帶來一絲漣漪。

信中說：「你上周的演講很有獨特見解，希望瞭解更多的中國文化和中國傳統婚姻對女性心理的影響。」

看罷這信，紅顏笑了笑，想起了那天演講的情景。

那天，紅顏無所事事地到中文圖書館看書。回到學校，見學生會貼出多元文化演講報告會的通知，剛好胡適寫的散文《貞操問題》還在她腦子裏翻騰，於是，突然頭腦發熱，趕緊回宿舍，寫了一篇文稿，也報名參加演講。

雖不是研究東方文學或家庭婚姻專業，但偶爾，她也會與人探討文學和婚姻在中國的問題，因此，她的演講中，除了引經用典，還飽含自己獨到的見解和豐富的範例，自然，演講贏得了掌聲，還引來不少關注。

像這樣的電郵，她也不是第一次收到。但這個自稱來自荷蘭的心理學教授簡短來信，讓她對此產生興趣：「他到底想知道什麼？在研究什麼？」

她敬重地給教授回了信，並說可以考慮共同探討。

紅顏與心理學教授相約在咖啡廳。開始，他們並不進入正題，似乎共同探討只是他的藉口。漸漸地，他開始到宿舍來找紅顏，看得出，他對紅顏本人的興趣多於對中國婚姻心理領域的興趣。而紅顏似乎也意識到了，只是她還是如往常般，不緊不慢，不焦不沉地與教授天南地北地談論。

一天，心理教授給紅顏電話，說是剛看完電影《藝伎回憶錄》，有很多想法，很想與紅顏探討。

見了面，教授直問：「西方人對日本的藝伎好像探討得比較多，但對中國的，好像還比較空白，不知道紅女士對中國妓女、古代的藝伎、以及對現代男性和家庭婚姻等等，有何獨到見解？可否談談中國古代的妓女、藝伎在中國的地位和起源？」

「呵呵，老天，在這深冬之夜，約我出來，就是為了這個赤裸裸的敏感話題？要研究，還不如自己走一趟中國，把這咖啡錢省了去約會一個妓女或到街上找人聊去。」不過，轉而一想：「聊聊也無妨。自己也對這話題感興趣。」

「要談這個問題，就必須從古代中國娼妓發展史看起。」於是，什麼「藝伎」與「色妓」，什麼「青樓」、「酒樓」、「瓦舍」和「窯子」，什麼「色藝雙絕」、「雅客佳人」，什麼「妻不如妾，妾不如妓」等等，說得連紅顏也驚訝於自己的背書能力。當談到才子與妓女詩人的淒美愛情故事，年輕教授眼前一亮，興趣大增。

突然，他問起現代中國的情況，問還有沒有這種只賣藝不賣身的才女，現代中國人怎麼看待妓、伎、妻的問題。紅顏笑著不語，沉思了一會兒，說了句：「妓不如竊！」

「那妻子們如何？」教授問。

「我又如何知道，我不是任何人的妻子，儘管我是父親的妻子生的孩子。」紅顏有些嬌責地瞪了教授一眼。

「能談談你自己對婚姻的觀點嗎？」教授目光逼人，緊追著問。

「希望自己能自由地活著。」

「開心嗎？」教授問。

「在娘胎時，命運位置就已經定下。」紅顏淡淡地接著說：「其實，游離於三原色境界的關係，也許更安全、更美，但別忘了，必要時，要加一點兒白，蓋上點兒黑。」

「紅藍黃……嗯，我明白了，紅顏！」突然，教授用生硬的中文說出了這一句，並哈哈大笑起來。

紅顏被笑得有些尷尬，心想：「這位畢竟是心理學教授！」

葛逸凡

出生在河北省樂亭縣。一九四九年由上海到臺灣，畢業於臺北女師，曾任教職。一九六五年移民加拿大。之後以十年的時間完成了根據歷史而創造人物的小說《金山華工滄桑錄》。曾在奧堪那根學院選修美術，在社區音樂學校學鋼琴、小提琴十餘年。除了閱讀與寫作，喜愛旅行及歌劇。

十七歲開始寫作，五〇年代曾在臺北藍星詩頁發表新詩，繼而在副刊發表小說散文。六〇年代初期曾獲臺灣文壇雜誌第一屆文學獎短篇小說第一名，一九八九年長篇小說《金山華工滄桑錄》獲臺灣海華第一屆文學獎第一名。作品還有《欣欣向榮》、《加拿大的花果山》、《時代命運人生》。音樂劇《金山華工滄桑歌》也已完稿。二〇〇八年獲冰心文學佳作獎。

醜女奔月

「媽，為甚麼我這麼醜？」夜裏從惡夢中驚醒，白天遭受小朋友嘲笑的情景浮現在腦際——「這麼醜的人要當白雪公主？」「她可以做女巫、當醜青蛙！哈哈！」我流著淚起來，爬到媽媽的床上哭訴：「你把我生的這麼醜！」

勞累了一天的媽媽迷迷糊糊的說：「我小的時候還不如你呢！」傷心的哭聲驅除了她的睡意，掀開被子，緊緊地抱著我，自豪地說：「醜又怎麼樣！我有房子，有田地，有生意（餐館），有兩兒兩女。你表姑多漂亮啊！丈夫卻跑掉了！」

我一楞，停止了哭泣。真的，從來沒有想過媽媽醜。她是母親——拿起鋤頭種田，揮著鑊子炒菜，快刀閃閃地剁鴨雞；一個雙肩撐起這個家的巨人，受到親友與鎮民的敬重。爸爸在我牙牙學語時就去世了。我依偎著媽媽，舒適又溫暖，希望就這樣永遠地靠著她，多好啊！或者再回到媽媽的肚皮裏。

同學們在大好陽光的操場中嬉戲，我躲在走廊的一角看一本讀了不止十遍的，醜小鴨變天鵝的故事。字跡在眼中消失，深入嚮往之境——我的臉孔在變、變，在我睡覺的時候，添添減減地，天亮了，就像那櫥窗裏展示的娃娃；或者，從那藍天的深處，天使翩翩地飛到我身旁，她揮揮金棒一點，我就成了個美人。感覺到溫軟的手心按著肩膀，抬頭一看，見到了老師的笑臉：「你喜歡閱讀，太好了！」當她看到了書中的字句，臉孔展示了情緒的轉變，眼中有些濕潤，聲音萬分柔和：「其實，我不喜歡這個故事，天鵝就是天鵝，鴨子就是鴨子。天鵝有天鵝儀態的美；鴨子有鴨子特色的俊麗。每種動物不一樣，每個人也不一樣，每個人都是Special，每個人都是『唯一』，所以我們都要愛自己。你是個非常聰明的孩子，又願意幫助別人。」老師凝視著我的臉孔，熱切地把從她心裏掏出來的話全部放入我的心中：「孩子，你非常可愛，你有一顆美麗的心，人們雖然看不見，卻感覺到。」我聽著，深受感動。可是每當對著鏡子梳頭髮的時候，我多麼渴望自己有人們一眼就看得見的，美麗的臉。

只要有我在場，男孩就不敢搶奪女孩們玩的鞦韆。從小學三年級開始，常有同學請我幫忙功課方面的疑難，到了中學，儼然成了小老師，又精於球技，很自然地有許多朋友。可是每當舉行舞會，那些朋友，和我打了招呼，卻牽著臉孔美麗的少女的手，進了舞池。我悄悄地溜了出來，望著夜空，對著月亮落淚；悄悄地回家，衝進浴室，開足水龍頭，水嘩啦啦地從頭沖下來，我盡情地哭，任淚水狂流。

到了高中，常見到三五成夥的女同學，聚在一起熱烈地談話，只要見到我走近，就巧妙地轉換話題，眼中出現了幾分憐憫、幾分自豪。因為我是唯一的，不曾有過約會，沒有嚐過愛人與被愛的少女。中學畢業典禮，我得到了最多的獎品、獎金、獎狀。師長、親友、同學都認為我可以成為專業人士，將有輝煌的事業。其實我並不非常喜歡讀書，心底最嚮往的是愛情，期盼早早戀愛結婚，生幾個孩子，養一對貓狗。職業工作是副件，甜蜜的家庭是我主要的追求。可是我所期盼的幸福，就像夜空的月亮，遙不可及，高不可攀。

有一段時間，媽媽曾讓我守著電話，鈴聲沉寂。我索性去餐館工作，媽媽付我加倍的薪金，全存入銀行。我讀了兩年社區學院就找到了工作，媽媽要我把全部的收入儲存，她也努力存錢，來做我整型手術的花費。像我這樣需要削骨，多次手術才能完成的美容，費用極高昂。媽媽常說：「這年頭啊！」我懂得她的涵義，當年爸爸娶了媽媽，我卻得不到異性的垂青，一個可以靠靠的肩膀。姐姐到處打聽手術的效果，她也發現了，有的電影明星經過了人工的修修改改。

等到有了足夠的整容費用，我已經二十五歲了，安然承受重造的疼痛，令親友非常佩服。人們都說真的不怪了，的確好看了很多，卻仍然沒有追求者。對心儀的男士，我不敢表露傾慕，有無心意，在一瞥之間就註定了。

兩個哥哥和姐姐結婚的對象全是歐洲族裔，下一代都像洋娃娃。媽媽熱烈地盼望抱純粹的「龍種」，認為我既然「漂亮」了，就應該嫁給華人。她把餐館的業務交給合夥者，到處找親戚拜託人介紹。一天，她從溫哥華回來，興奮極了，聽說中國八〇年代對外開放了，找對象非常容易；那是個多少億唐人的地方啊！全是唐人啊！

鎮上一位退休的中學老師去了中國教英文，假期回來宣揚：「中國孩子可親可愛極了！叫我爺爺呢！都非常用功，教這一類的學生，實在太痛快了！」

我動了心，想換換環境，辭了工作，到中國去教英文。本來家裏的親戚和在中國的親戚取得了聯繫，幫忙介紹知底細的人，媽媽的手上已經有了幾張照片，家人看了又看的，我未瞧一眼，忽然勇氣十足，選擇了一個沒有親戚的地方——內陸的大城市——漢口。媽媽忽然不放心了，怕我受騙。我的自信心很強，已經吃了三十歲的生日蛋糕，又不是豪門巨富之女，為什麼要欺騙我？

我在漢口一所高等學府教英文，一切順利的令人難以相信。同事們友善熱情，以生硬的英語，甚至於用單字和我交談、請吃飯。男士們爭著和我約會，發現了慇勤請我的女同事都為了介紹自己的家人——男性未婚者讓我認識。我，突然間，竟成為眾人仰慕的明星，爭著追求的對象。哥哥姐姐來信要我冷靜地觀察思考，我卻很快地落入了情網。戀人的儀表瀟灑，風度翩翩，是校內有名的青年才俊。他的父母都受過高等教育，很喜歡我，揣摩著我的胃口弄餐飯，希望我倆快快結婚。其現狀令人沉醉，我想過一段時間，回到我出生地的教堂舉行結婚大典。我要姐姐、二嫂陪我選擇結婚禮服，半打嬪相，姪兒甥女做花童。可是我禁不住熱烈的追求，順從地訂了婚。未婚夫和他的家人都不情願再等待，要我在漢口拜天地，以配偶的身分申請來加拿大，要比未婚夫容易多了。一向固執己見的我，忽然成了綿羊，順從地在他們認定的吉日完成了終身大事。結婚後很快地懷孕了，兩家人都十分緊張，媽媽催我快快回家。雖然我已經很喜歡這個地方，但是想到了和丈夫一同回老家，介紹丈夫認識我的親人故舊，感到非常的興奮與甜蜜，也包括了榮耀感。

全家到溫哥華飛機場迎接我們，然後逛唐人街，吃過豐盛的午餐，四部車一齊開回家。天天盼望出國的丈夫，到了夢寐以求的加拿大，並沒有我想像中的興奮。當離開了溫哥華，車子在高速公路奔馳，丈夫的面容凝重加深，到了山嶺環繞的沃野小鎮，我興奮地叫著：「到家了！」他一楞，苦澀地問：「這是你的家？」我攬著他的肩說：「我們的家，親愛的！」他的眼睛有些潮濕，張望著問：「這裏都是木頭房子，沒有大樓？」眼中的迷惘加深，低了頭。依稀地聽到喃喃自語：「真的自我下放了！」

我很有信心地捧著他的臉，親了一下說：「甜心，你會喜歡這裏的！」

媽媽讓出了主臥房，換了整套的新傢俱，做我們的新巢。選了鎮上最好的場所設宴，請遍了親友。人人讚美我的丈夫才貌非凡，老同學打趣道：「你這一趟中國之行，實在太值得了！」

歡慶過去，就是平實的過日子了。他像位客人似的旁觀；田裏的工作、餐館的活兒、家裏的事全不會做。姐夫、哥哥和表親們都嘖嘖稱奇，從來沒有見過男子漢有這般細嫩的手。原來他的父母就是要他讀書，他只會讀書、教書。大家都猜不透，中國不是個貧窮落後的國家嗎？這個人卻像王子似的，太奇怪了！

他帶來了一支簫，有一次吹到深夜，眼中淚光閃閃。「你真的深入音樂中了！」我問：「這是甚麼樂曲呀？」他回答：「王昭君出塞。」我當然不懂，問它的涵義。「王昭君和番去了，就像我似的。」「甚麼是和番呀？」我勤學習似的追問。他深深地看了我一眼，笑的彎了腰，然後眼淚就流出來了。

我們的女兒出生了，孩子一哭，他就趕緊餵奶或換尿布。媽媽抱著「龍種」的外孫女，百般疼愛。姐夫和嫂嫂們都非常驚訝，原來在加拿大住了一輩子的人，心底卻存在著種族的意識。

哥嫂、姐姐和姐夫都在努力教我丈夫英文，二哥教他電腦。他非常聰明，進步極快，通過了資格考試，立刻找到了工作。全家歡欣慶祝，丈夫這般優秀，我太高興了。

夜深人靜，嬰兒早已乖乖地熟睡，丈夫卻在床前踱步，越來越不安的神情令我訝異。他突然伏在床前，開口要說話，嘴唇卻發抖了。「甜心，怎麼回事？」我問，摸摸他的額頭，沒有發燒。他強作鎮定，像是有了決心就順利了，一口氣全盤托出了他的心事。原來，他並不愛我，結婚是為了要出國，來加拿大。他本來就有女朋友，現在仍然在等待……又說孩子由我扶養，他仍然要負責任……對不起……感謝啦……。

首先是天崩地裂的感覺，接著才是受騙的屈辱與憤怒！母親驚醒了，嬰兒大哭。媽媽連打了幾個電話，哥嫂姐姐和姐夫都趕來了！他縮在牆角發抖，面容充滿了恐懼，很怕大哥把他剁碎了似的。我的家人憤怒萬分卻未失冷靜，要採用法律步驟，以騙婚趕他回老家。姐夫的眼神充滿了輕識，不相信天底下竟有這種男人！他苦苦地哀求、涕淚交流，求我們千萬別趕他回中國，他發誓要盡一部分為父的責任。我一時竟忘了自己，反倒覺得他雖然極可惡，也滿可憐的，我懇求家人放過他。哥哥狠狠地敲著桌子嘆氣，姐姐哭著喊：「你這麼善良！有甚麼用？」媽媽摟著我放聲大哭：「我苦命的女兒呀！」

正式辦完了離婚手續，深切的沮喪在啃噬我的心，一日懶得起床，不思飲食。姐姐狠狠地從流淚的媽媽懷中搶過嬰兒，舉在我眼前厲聲叫道：「看呀！這是你的孩子！你的骨肉！愛情是假的！孩子是真的呀！完全是真的！她是你的女兒呀！」

我立刻緊緊地把孩子抱在懷裏，放聲大哭一陣，真的像雨過天晴，到了一個新的境界，感覺到胃腸的虛空，好好地享受了一頓豐盛早餐，就和姐姐上街痛痛快快地大買孩子所需，從此我成為最盡職責的母親。兩個舅舅和姨父格外疼愛甥女，儼若慈父，因此我的女兒，並沒有單親家庭的感受。

女兒長的很漂亮，家人叫她小明星。她健康、聰明、活潑、可愛極了。入學後不但學業成績優良，才藝亦超眾。她非常喜歡閱讀，每個週末，我帶她到圖書館，先在書架間瀏覽，然後坐下看書。她這般欣然向學，我感到安慰，和身為母親的幸福。

所謂的心電感應，是否為人類的第六感？我為什麼心湖揚波，有暖熱的感觸？我為什麼投視那個方向，觸及摯熱的凝視目光？微笑是心靈的語言、第一句話。

日後敘述當時的情景，如加一層蜜糖。一個週末，他去了圖書館，長桌旁坐滿了人，一對母女出現在他的視野，而那位母親，令他產生了觸電的感應。她支頤坐在女兒的對面，全心全意、充滿了疼愛、欣賞、凝視著孩子。一臉的溫柔，無限的慈愛。那坐的姿態，那種眼神，正是那深深地刻劃在他心靈深處的影像——屬於自己母親的。從很小很小的時候，母親就這樣看著他讀書，他偶而抬頭觸及的母親眼光，就是這樣的！只是，母親沒有來得及看他長大，就離開人間了！有人從他面前走過，他如大夢初醒，定定神，在專注的凝視中，發現了眼前的女人，屬於純粹的東方血統，大概是中國人，外貌當然完全不像自己的母親。可是凝視的眼中形象卻流入了心田，漣漪蕩漾，激起了讚美。由這女人的外貌與神韻，可認知內涵的美與善，這才是純純粹粹的女人——真正的女人；原來是自己在地球南北東西的人海中、在日日月月年年的光陰裏、尋尋覓覓到現在才驀然發現的純純粹粹的女人。她是誰？她的丈夫呢？他竟然產生了幻想——不禁暗笑自己的荒唐；可是，又不可能不這麼想——如果、如果，她可以成為自己的，就擁有全世界、整個人間的幸福了。

他有了心意，也就發現了相識的機會。已經放棄了愛情的我，嚐受到了世上的真情摯愛。

幸福降臨的時候，全家歡欣，只有媽媽不安的陰影，時而顯現。她終於向姐姐透露了心事：「你想想看，為什麼一個五十歲，外貌與條件都相當好，卻一直單身？為什麼年輕時從歐洲來加拿大，對不同種族的中年婦人一見傾心呢？」媽媽認為我的前任丈夫是為了來加拿大才和我結婚，現在這個「老蕃」為了什麼呢？會不會因為小鎮成為城市，土地大幅增值，我們富有了？可是，他並不窮啊！為什麼？

當我對著長衣鏡左顧右盼白婚紗禮服時，姐姐將珍珠項鍊戴在我頸際胸前。家人親戚好友圍繞著我讚嘆：「瞧！那裏像四十五歲的人！」「三十多歲的容貌，二十多歲的身材！」「可是又散發著一種青年女人沒有的風韻。」「我已有了白頭髮，她仍然如黑緞！」「原來三十歲以前的容貌靠父母，三十歲以後的容貌就要靠自己，我真的相信了！」我的小學老師終於像在講臺上似的做結論：「信念、修養而成為一種氣質，這種美有一種讓人領會的形象、散發可感受的光采！」

女兒和姪甥輩全成為伴娘伴郎與花童，穿禮服的大哥來了，接我上了巨型的禮車，領我進入親友聚集琴聲悠揚的教堂，一步一步地走到摯愛地凝視著我的新郎身旁。

轉瞬間，我們已經結婚十年了。女兒早已離家上大學，繼續深造。我們養了兩對貓狗、兩匹駿馬，相當熱鬧的一個家。某夜回憶往事而愈加清醒，起床到窗前望望夜空，又見到了一輪明月，想到當年望月嚮往遙不可及的愛情，恍如隔世。聽見了丈夫輕呼我的名字，立刻走過去伏在床上，卻發現他仍然熟睡，嘴唇微動，聲音清晰，在我的名字之後，即是：「我唯一的至愛，我全心全意地愛你！」

吉羽

本名胡守芳。臺灣東海大學外文系畢業。一九七六年到加拿大阿爾伯達大學攻讀比較文學碩士，次年因病改讀室內設計，一九七九年獲文憑。一九八一年進B.C.大學攻讀建築，一九八五年獲學位。

一九九〇年代初重拾文學寫作和翻譯。曾獲北美華文作協新詩獎、芝華作協和洛城作協散文獎、梁實秋文學散文佳作獎，及十多次梁實秋英譯中、中譯英翻譯獎。為《中華臺北筆會季刊》英譯臺灣文學多年，並在溫哥華的社區學院兼漢語教學。

小鎮故事

我們並肩坐在車庫前的簷蔭裏望著空盪盪的街道，阿婆和我。「卡巴替？」她轉過臉來問我。我知道她在問我要不要喝茶，“a cup of tea”。不到半點鐘的時間，她已經用這句洋涇濱英語問我好幾次了。見我依然笑著搖頭道謝，她改用台山話說：「你太客氣了。」對於這種中國早期移民使用的方言，我的理解力非常有限，只是從她說話的表情加上動作多少可猜出點端倪。她接著把掌心貼在我的手背上，一股暖意滲入肌膚。額頭也向前一傾，抵住了我的面頰。「哎呀，你居然還記得我！」語調中有著無限的欣喜與感動。我雖想和她交談，卻苦於言語不通，只能輕撫她手上細薄鬆浮的皮膚，用國語連聲應道：「是啊，沒忘記，沒忘記。」

說來真是遺憾，打從二十多年前初識阿婆以來，我們之間的對話一直無法超越這樣幾句基本的寒喧語。我也曾嘗試用書寫來溝通，但她臉上尷尬的表情讓我忽然驚覺自己的疏失。我們的年歲相差了大半個世紀，不僅生長的年代不同，從小居住的環境也有城鄉之別。我竟一時忘了，百年前一個在廣東農村長大的女孩是絕少有機會讀書識字的。

根據阿婆的女兒芳，她今年已一百零五歲了，屈指推算該出生於一八九八年，也就是清光緒皇帝試圖變法的那年。光想到那迢迢的年月已令人肅然，何況其後百餘年間所發生的歷史巨變。當時的中國積弱不振，舊有的封建體系即將瓦解，傳統的文化思想也面臨了西潮的衝擊。生長在那個時代的她見證過多少動亂與爭戰，經受過多少憂患與苦難，想來就讓人心驚。三十多年前來加拿大依親後，又遭遇過多少挫折和艱難，也只有過來人能想像。然而僅從她的外表是看不出這一切的。至少在我認識她的二十多年間，她穿的始終是同式的唐衫寬腳褲，梳的是同樣齊整的髮髻，身上也有同樣的鄉土味。此刻坐在身旁的她，讓我想起了一張曾在攝影展看到的舊相片，一個經過一天操勞後閒坐在農舍前的村婦，嘴角露出一絲羞怯的微笑，眼神裏則是逆來順受的平和。

只不過這樣一個原該屬於廣東鄉下的舊式女人如今卻不是在中國。我們正坐在加拿大內陸平原上一座小鎮的街道旁，背景是西式的洋房和庭院。在一個不知情的旁觀者看來，這該是幅多麼奇異超現實的畫面！二十多年前，當我在弗列德・馬費的餐室裏初次見到她時，正是這種突兀強烈的對比，使我不由地對這位素昧平生的老太太起了好奇心。

第一次和我的洋夫婿回到他童少年時居住的小鎮，他就興沖沖地拉我去弗列德・馬費的餐室喝咖啡。聽他說弗列德是個中國人，我立即笑著指出「馬費」絕不可能是中國人的姓氏。百家姓裏只有姓「馬」、姓「麻」、姓「司馬」或「巫馬」的，哪有「馬費」這個姓？但見面後一寒喧，我卻不得不承認他確是個中國人。這個百家姓裏所沒有的姓氏究竟是怎麼來的，令我困惑了很久。後來讀到一些早期華裔勞工到北美開礦建鐵道的史實紀錄，我才推敲出可能造成這種失誤的緣由。

歷史的發展有時極為弔詭。清道光年間發生的鴉片戰爭就是一個例子。當時兩廣總督林則徐下令焚燒英商進口的鴉片，完全是在中國土地上執法，也是為民除害。懷抱殖民野心的英國卻以此為藉口入侵沿海港市，迫使清政府簽下了割地議和的不平等條約。然而這場辱華的侵略戰爭竟也間接打開了華人通往西方的大門。趁著清廷挫敗之際，西方列強進而強迫中國開放門戶，並解除百餘年來嚴禁百姓遷居國外的敕令。他們這麼做當然不是為了中國人民的福祉，而是覬覦廉價的勞工資源。一八四九年第一批華裔勞工受僱到美國舊金山挖金礦，從此開啟一代代華人浮海謀生的源流。

這些勞工多來自廣東沿海的窮鄉，沒受過多少教育，加上相貌、語言和文化的不同，可想而知處於劣勢，因此處處受到主流社會的歧視和排擠。中國姓名的順序恰好和西俗相反，名姓上的誤會就不免發生。試想一個不懂英語的華工在入境時碰到一個對中國文化毫無概念的移民官。叫「馬費」的人把自己的全名報上，移民官未加細聽就將兩字併作一個姓Mah Fay，並替他取個洋名Fred，叫起來比較順口。至於這人到底姓馬、姓費或姓馬費，就留給他自己解釋了。類似的例子還不少。我認識一位從南非來的華裔醫師，有個更古怪的姓氏Low Ah Kee。顯然如同馬費一樣，這個聽來像「羅阿吉」的姓，極可能原是他祖父全名的諧音，只是當初移民文件上記載錯誤，經官方入檔就此改變了子孫後代的姓氏。

弗列德究竟是幾時到亞省中部的這座小鎮開餐館的，丈夫也說不清。他只記得六歲時，為賺零用錢找到一個報僮的工作，每日清晨都到他的餐室送早報。從氣溫寒冽的室外推門入內時，馬蹄形的吧台旁通常已坐了幾個人。他們都是鎮上的老面孔，每人面前都擺了杯咖啡。氤氳的熱氣伴著咖啡香在室內浮動，弗列德則站在吧台後準備早餐。他總招呼他進來暖暖身，有時還塞過來一張熱騰騰的薄煎餅。這情景日復一日烙在他腦海裏，成為一段深刻的童年記憶。

但馬費雖是個中國人，他的餐室卻不賣中式餐點。他做的都是些洋人慣吃的玩意兒，像早餐的醃肉、蛋和吐司，午餐的三明治，晚餐的火雞、烤牛肉、土豆泥等。當然也少不了蘋果派、果凍及起司蛋糕之類的甜點。惟有一樣「米飯布丁」是別處少見的。剛結婚時，丈夫常提起這種他最愛吃的「中國點心」。我聽都沒聽過，便問他在哪裏嚐過。他非常驚奇，說在弗列德那兒隨時都吃得到。他還形容點心的做法：把葡萄乾、蘋果粒等混在熟飯裏，加點牛奶放入烤箱約十分鐘，拿出來後再灑點紅糖和肉桂粉就可吃了。我心中暗忖，這八成是弗列德解決自己每日剩飯的辦法，也只有平日很少吃米飯的洋人，才會對它興起如此浪漫的異國情懷。

然而異國情懷歸異國情懷，早年在民風較封閉保守的內陸地區，相貌明顯不同的亞裔還是被視為外人。當地人慣常以「中國佬」稱呼華人，雖然並不見得有輕侮之意。二十世紀初英國作家薩克斯·羅梅爾（Sax Rohmer）寫了一系列極暢銷的偵探小說，書中的反角是個邪惡狡詐的神秘魔頭「傅滿洲」。他形容此人：「有莎士比亞的眉，撒旦的臉，頭殼光禿，貓綠色的眼細長又富磁性」，並進一步指出「他一身匯集了東方種族所有的殘暴狡獪」，簡直就是「黃禍的化身」。這些誇張扭曲的描述刻意將東方人塑造成令人憎惡生畏的負面形象，使許多對他國文化缺乏認知的讀者不自覺產生戒備排拒的心理。而華裔移民也因為語言和生活習性相近，往往自成一個小團體，不大參與地方上的活動，以致在洋人眼裏顯得愈發神秘，無意間倒助長了主流社會對亞裔已有的迷思與偏見。

但弗列德．馬費卻是個極少數的例外。他的餐室Club Cafe名副其實，是當地居民慣常聚會餐飲的俱樂部。歷年來社區裏的大小活動場所也常會見到他的身影。當獅子會主辦的業餘成人棒球賽到小鎮進行賽事時，弗列德的熱狗攤是少不了的一個場景。燒烤的香味不斷飄向看臺，讓大人小孩都垂涎欲滴，坐立難安。每年夏季舉行牛仔節慶時，免費供早餐的帳棚下一定找得到他，頭戴一頂廚師帽翻著鐵板上的薄餅。他做的煎餅口感極佳，讓許多鎮上的老居民至今仍回味無窮。

當然，弗列德之所以能為當地人所接納，絕不僅靠著滿足他們的口腹之慾。他來加拿大時還很年輕，一口英語已聽不出外地口音。他的第一任妻子是個當地的洋人，但當兩個孩子才進小學，她卻嫌餐館工作辛苦又不賺錢，丟下一切和情人私奔了。這種醜聞發生在小鎮上，自然人人皆知，議論紛紜。有些人更是幸災樂禍，等著看這個中國佬的好戲。但弗列德卻咬著牙硬撐下來，靠著經營餐室和外包筵席，一心要把兒女拉拔大。我公公當時在餐室旁的一家連鎖商店擔任經理，見他如此盡責苦幹又忠厚老實，便主動替他向各社團爭取包辦節慶餐飲的機會，並推薦他加入當地的獅子會。如此一來，他對這個社區更有了參與感，時常擔任義工。

但隨著年歲增長，在兒女都成年離家後，弗列德開始感到寂寞。經營餐室需要可靠的幫手，生活中也渴望有個偕老的伴侶。前次婚姻的失敗，使他對文化背景不同的洋女人不敢再抱任何希望。但在小鎮上卻也很難找到同文同種的合適對象。於是不知經過怎樣的安排，有一天餐室裏忽然出現了一個略為矮胖的東方女人。

最初大家只注意到這位看來不到中年的女人穿著一件粉紅的中式夾襖，不時從廚房伸出頭好奇地張望。有人問弗列德是不是親戚來訪，他只是含糊地應著。過了幾天，女人換了件上衣戴上圍裙，開始到吧台前收碗碟，替客人添咖啡。大家還以為他新僱了一位侍應生。但這位新來的女侍似乎沒什麼工作經驗，說起英語好半天才能懂，幾次把菜送錯桌也只會傻傻地陪笑。弗列德這才出來打圓場，有些尷尬地把他剛從香港來的新婚妻子芳介紹給大家。

芳的年歲顯然比弗列德小了一截，有人謠傳她是個「郵遞新娘」。但不論她怎麼來的，芳可是在這鎮上住定了，雖然住的只是餐室上的小樓。半年不到，她的洋涇濱英語已勉強能應付顧客點菜了，但有些老主顧最初對她還是很有成見。聽她說話生硬短促，以為是不耐煩；見她除了「哈囉」、「好啊佑」外對其他問候話都不回應，也認為是沒禮貌。其實這些都是語言隔閡所造成的誤會。幸好日子久了，大家漸漸習慣，也就不那麼挑剔了。

再過兩年，餐室裏忽然又多了一張陌生的東方面孔。她的身材瘦小，穿著唐衫寬腳褲，一頭灰髮梳攏在腦後盤成一個髻。這個土氣十足的老太太就是芳的母親——阿婆。鎮上從此又添了不少新話題。她人雖瘦小，精力卻很充沛，兩眼炯炯有神，見人就笑著用台山話打招呼。住定後沒多久，她就在餐室後的巷道旁清出一小塊空地，種起白菜、豆苗之類的菜蔬。廢棄的瓶罐木條或舊報紙都被她一一收存備用。餐室的剩菜剩飯也常被她拿去餵後巷的野貓。這些行為在當地人看來頗為怪異，不過倒沒人抗議。

丈夫因為從小就認識弗列德，有時從後巷彎到餐室打個招呼，弗列德總堅持要替他做個三明治。阿婆來了以後，也立刻喜歡上這個滿臉雀斑的紅髮男孩，常拿著糖果餅乾往他口袋裏塞。漸漸地，這裏幾乎成了他的第二個家，他也多了一個特別照顧他的中國外婆。

丈夫後來常說，是弗列德一家人對他的關懷與愛使他對華人有了好感，也連帶地對東方世界發生了興趣。他讀高中時，鎮上搬來一戶從香港來的移民家庭，在弗列德的餐室對街開了間中國餐館。他們的孩子剛到時常受同學欺負排擠。但丈夫卻很快地和與他同齡的大兒子結為好友，經常受邀參加他們的節慶活動，也因此對華人的文化與習性有了深一層的認識。

依此說法，初識時丈夫對我表達善意，恐怕也是出於他對華人的好感。從這個角度來看，我們後來之所以能結成姻緣，還得感謝弗列德一家人先已種下的善緣。事實上，他們初次見到我就立刻將我視為家中的一分子。而來自於不同背景的我，也這才知道內地的小鎮上有這些默默耕耘的早期移民。在他們身上，我看見了先民拓荒的強韌精神，也對華人的移民歷程有了較深刻的體認。

如今弗列德去世已有十多年了。自從搬到西海岸後，我們已很久沒有再回小鎮。這次回來，鎮上的景觀經歷了很大的轉變，弗列德的餐室早已易手，芳和阿婆也搬入一個住宅區。她們的房子位於街角。和房屋相連的車庫內堆了一紮紮廢物和舊報紙。後院裏也種了許多蔬果。這情景不禁讓我想起從前阿婆在餐室後巷開闢的那塊小菜圃。

年已七十好幾的芳雖然還算健朗，卻已明顯露出老態。倒是超過百歲的阿婆看來變化最少。但是聽芳說，一向喜歡散步的阿婆最近常走著走著就迷了路，幸好鎮上還有人認得她，會通知警察把她送回家。在街上漫遊的阿婆是不是在找尋她原來的老家？她記憶中的老家是弗列德餐室上的小樓，還是廣東鄉下的農舍？我望著身旁的她暗自思忖。

「卡巴替？」她再次轉過臉來問我。

此篇曾獲二〇〇三年芝華作協徵文獎第一名
二〇〇四年一月刊登於《世界日報》副刊

安琪

本名李安。曾任職於上海社會科學院。九〇年代初留學加拿大，長期從事城市交通自動化、金融和企業管理系統的研製、開發及管理工作。因喜愛文學，願意將自己對生活和社會的感知透過筆尖變成精彩的文字，近年來以筆名「安琪」在海外中文報刊及網站發表文章。

回家

丈夫建新今天要從中國回來了！

才早上五點多，雯倩就醒了，心緒輾轉起伏，再也睡不著了。索性一咕嚕翻身，坐到書桌前，啟動電腦。平時國航若準時的話，到達溫哥華的時間應該是上午十一點半。打開Google，找到溫哥華YVR機場航班時刻表，按著滑鼠尋找從北京飛往溫哥華的航班。可是，來回走了幾遍，居然沒有CA991！心裏不免有些著急，握滑鼠的手不由地顫抖起來，前額也突然汗津津的。

人們常說，坐飛機比開汽車出事的概率小多了。可是雯倩不那麼認為，真有不測風雲，躲都躲不了，這不是缺胳膊少腿，而是性命攸關的大事！多少年來，丈夫建新堅持不讓一家三口一起出行，特別是夫妻倆不能坐同一架飛機。理由非常充分：萬一有什麼意外，年幼的女兒怎麼辦？來加拿大十多年了，哪怕回國探親，雯倩和建新都是隔年分開飛。現在，女兒都上大學了，家裏這個不成文的規矩卻沒敢破。

「怎麼回事呢？會不會起飛晚了？」雯倩不讓自己往壞處想。「可就是晚點了，也應該在網上註明一下呀？！」她越想越害怕，一時竟不知如何是好。乾脆關閉網站，起身去漱洗，好讓自己冷靜一下。草草用冷水擦把臉，再次打開網站，「嘿！這下有了！」雯倩興奮得眼睛都發亮了！幸運的是，今天居然還是「On Time」。她猜想：可能是自己方才慌慌張張選擇了「出發」而不是「到達」。

從家到機場很方便，一輛公車直達。她估計這個時間，大約每隔一刻鐘就有輛班車，路上若不堵車，半小時左右就能到。不過，她還是準備早一點出門，以防萬一。雯倩不開車，因為不喜歡開，考過駕照後就沒再碰方向盤，這麼多年都是丈夫接送，要不就坐公車。

趁時間還早，她拿起抹布，把屋裏和屋外陽臺上的桌椅再仔細清潔一遍。平常，若天氣好，建新最喜歡坐在太陽底下看書了。

想起丈夫，突然提醒了她。「為什麼不用慢燉鍋熬一鍋粥呢？」這鍋用來熬粥最方便了，插上電源，幾個小時後，建新回到家就能喝。出遠門長途旅行之人，最想念的往往就是這口熱呼呼的稀粥了，配上一點醬菜腐乳之類，遠比山珍海味可口。

建新是半年前「海歸」的。來溫哥華這些年，就像蹲監獄似的，實在把他憋壞了。從原來國內某部門對外友協辦公室主任，到「家庭煮夫」，角色轉換之大，也真夠為難他了。因為英語不行，儘管口袋裏揣著國內名牌大學文憑，但每次面試，不到十分鐘就被禮貌地請出門了。以前他在北京吃香喝辣，工作好收入高，常常公費帶團暢遊國內外名勝古跡，在這裏卻必須厚著臉皮求爹爹告奶奶四處奔波找工作！後來他實在受不了這份窩囊罪，乾脆在家炒起了股票。那幾年，大門不出，二門不進，兩眼只盯著股票行情。喜歡打橋牌的他，頭腦轉得快，買進賣出，也摸到了一些門道，小賺了幾筆。夫妻倆當時很興奮，覺得找到了一條生路，一年進帳五萬以至十萬都有可能，再不會坐吃山空，也不用看著洋人的臉色找工作了。沒料到，千禧年剛過，特別是九一一之後，網路泡沫崩盤，納斯達克、道瓊斯及其它各股票市場如秋風掃落葉，幾週之內一落千丈。除了忍痛割愛拔出來的，大部分都套牢了！建新眼睜睜地看著自己這幾年起早貪黑換來的血汗錢在幾天之內化為烏有，急紅了眼，趁勢抄底進去，瞬間又變得無影無蹤，於是發毒誓洗手不幹了！

相比之下，雯倩這幾年倒處處得心應手，一帆風順。在北京時，她原在外企搞電腦資料庫開發，英語自然不成問題。還沒有到加拿大落地，工作機會就等著她了。當時正值九〇年代末，網路公司蓬勃發展，北美股市節節高漲，人才市場更是熱昏了頭，軟體工作的機會很多。她先在一個小公司幹了一段時間，獲得了寶貴的本地工作經驗。然後幾經跳槽，工資也隨之水漲船高。樂得現在的這份工作，活兒不多，工資不少。

在常人眼裏，丈夫有工作，收入高，理所當然；做妻子的，美其名曰在家「相夫教子」，自有退路。可反過來，好象就不合乎常理。時間長了，哪怕妻子不在意，丈夫也會跟自己過不去，外人更免不了戳戳點點。可他們兩口子不太在意別人怎麼說。錢多錢少，身外之物，只要日子過得順心就行了。再說，以前建新在國內經商，也賺了一些錢，房貸付清了，女兒上大學了，後面的日子就沒有太多的支出，不必像過去那樣精打細算緊著過日子。到這個年紀，不求富貴榮華，只要朝朝暮暮在一起就可以了。

每天，建新一早開車將妻子送到公司，下午再開車去接。一個人在家悶得實在待不下去了，到一個倉庫當收發員，拿比最低工資高一點的時薪，總算還能有一點事做打發日子，也不至於天天眼看著妻子忙裏忙外養家過日子。

這麼多年來，他們也沒有什麼朋友經常走動。剛來此地還交了幾個，可是時間長了，這裏那裏覺得有些不順眼，越走越疏遠。這一來，反倒使他們一家三口的關係更為密切。女兒沒交男友之前，每個週末只要天好都有安排，建新喜歡開車帶全家外出遊逛，或者騎自行車暢遊史坦利公園。以前建新在國內帶團去過很多地方，到了溫哥華，覺得這裏比其他地方都好。春天的櫻花，夏天的海灘，秋天的紅楓，冬天的雪山，處處伴隨著迷人的美景，所以現在哪裏也不願意去。來加拿大十來年了，全家人除了溫哥華周邊的幾個城市，還從來沒有到過美加其他地方，甚至離溫哥華不到三小時車程的西雅圖都沒去過。雯倩無奈但順其自然，心安理得地陪著丈夫守在這裏，一天又一天過著日子。直到女兒高中畢業，嚷嚷著要和同學一起去狄斯奈樂園玩，說是別人從小到大已經不知去過多少回了！雯倩這才意識到出國後工作這麼多年，也應該對自己好一點，享受一下，外面走走，開開眼界。建新以前帶團經常到狄斯奈樂園去，自然不願意，於是母女倆決定自己走。誰知女兒還要拉著同學結伴而行，心裏未免有點掃興，想到四人同行可以省一點費用，也就答應了。丈夫自然幫著訂票，安排旅館，送她們上機場……，狄斯奈樂園之行真讓雯倩大開眼界。美國之行，她才明白難怪「美國佬」傲氣衝天處處稱霸，人家是有資本有底氣，又極富於想像力和創造精神！一個星期的時間裏，孩子們在前面跑，她在後面追，狄斯奈樂園的每一處都玩遍了，高興得好像又回到了童年！還有那嚮往多年的好萊塢攝影片場，也是雯倩的最愛。

「嘀嘀嘀……」

急促的鬧鐘提醒了沉浸在好萊塢遐想裏的雯倩。「到點了，該上機場了！」

一想到馬上就要與分別已久的丈夫相見，雯倩心裏不由得一陣激動。她脫下做家務事穿的舊毛衣，換上前幾天趁商場打折買的綠色敞領緊身衣，脖子上掛著裝飾性很強的金屬項鏈，配上黑色外套，腳蹬高統靴，鏡子裏的她顯得十分精神。配上挑染的棕髮，新紋的秀眉，朱紅色的唇，凹凸有致的身材，說嫵媚也真不過分。難怪同事琳達調侃她「比老公走的時候還俊俏，建新回來了甭提會多高興了！」

「好了，好了！臭美什麼？」對著鏡子左轉右轉的她，心裏不由一陣得意，衝著鏡子竟然笑了起來。拿過手提包，查看一下手機、錢包、鑰匙……，一件不少。

臨出門，她將跟在腳後的寵物貓「皮球」趕進門：「去去，過一會兒，你老爸就要來了，你可要表現得好一點！」

「人逢喜事精神爽」，雯倩覺得今天的天氣真好，不冷不熱，空氣特別清新，天空也特別藍。「北京哪有這樣的藍天？為了溫哥華這清新的空氣，也值！」

從雯倩家到公車站，也就幾條街，路過一個花店，精心挑選了一束白色康乃馨。這花是她和建新的訂情物。當年，第一次約會，建新聽說她喜歡，就特意給她買了一束，那天正巧是她的生日。以後，任何重大的日子、情人節、她的生日、結婚紀念都會買一束白色的康乃馨增添情趣。

車到站了，不偏不倚正停在雯倩的面前。

「Good morning!」她一步跨上車，對著司機亮了亮乘車月票。

「Thanks!」開車的司機是個和藹的白人老頭，雯倩注意到他不像有些司機開車又快又猛，而是從反光鏡裏看著乘客們走到各自的座位，坐穩了，才不慌不忙腳踏油門，緩緩啟動車輛。

「跟國內乘車你爭我搶一轟而上相比，加拿大的社會文明程度真高！」耳邊傳來一對老夫妻的對話，看上去他們像是旅遊探親來這裏的。

雯倩太有同感了！

隨著巴士緩緩前行，窗外的景物漸漸地接近了，又從身邊一閃而過，消失在視線之外。雯倩覺得生活就像這景物一樣，過去、現在和將來都是瞬間而過，時光就在這不知不覺中流逝了。

建新走前幾個月，辦手續，買機票，一切都是悄悄地進行，他們不願意將此事宣揚出去。一是為了母女倆獨自在家沒有男人保護的安全考量，另外，面子上也沒有什麼光彩的。「不是都說嗎？在國外混不好的才海歸。」可是，雯倩還是忍不住跟最接近的同事琳達透露了點風聲，話一出口，心就後悔了，只好千叮嚀萬囑咐「千萬不要對外人講。」

誰知琳達聽了瞪大眼睛，「啊呀！不行不行，你可要想好了，把老公放走了，可不一定收得回來呀！」接著「張三」、「李四」舉了很多被「小三」勾走的實例，理由還一大堆。「我相信建新跟你的感情很好，但那是過去，現在什麼年代了？分開了，誰管得住誰？即使他沒有外心，現在年輕能幹漂亮的都是自己送上門，賤得很，推也推不走。你可要小心了！」

雯倩的確有些猶豫，可經不住建新的反覆勸說，也明白丈夫這幾年無所事事的苦衷。她狠狠心，努力說服自己「捨不得孩子，套不到狼！」這幾年，中國經濟發展突飛猛進，昔日在國內的很多朋友都發達了，做生意的當上了老闆，打工的成了總裁，只有我們這些移民在外的，有工作就算不錯了，十幾年來還是個普通工程師。建新更是嚥不下這口氣！國內正好有幾個朋友慫恿他回去一起幹一把。否則再混下去，這些關係也斷了，那這一輩子就埋沒在這裏了！建新發誓：「不是都說嗎，『餓死膽小的，撐死膽大的！』給我一次機會，即使不成，心也甘了，死心塌地享受清靜，決無怨言！」

雯倩說不擔心，那只是安慰自己。相濡以沫幾十年，知根知底。兩人向來對此話題非常坦率，沒有太多顧忌。建新很討女孩子喜歡。以前在國內，他常去雯倩單位，只要他一來，沒幾分鐘，兩三句搞笑，能吸引一大堆女孩嘻嘻哈哈圍在身邊。為這事雯倩還埋怨過丈夫，但心裏知道他從不過分，適可而止。

「可是，你能用過去，為今後保險嗎？幾個月可以，三五年你有信心嗎？」

雯倩一想到琳達那副窮追不捨的模樣，心裏還是有些發虛，「這倒是一個麻煩！」相互信任是有的，至於百分百的信心……不敢打包票。當然，她和建新說好了，只要他在那裏立足了，雯倩就不會在溫哥華再幹下去了。好在女兒已經長大，況且國內雙方父母又需要照顧。再說，做軟體的回北京，不愁找不到好工作。

建新走後，為了讓自己充實起來，雯倩開始參加這個瑜珈班、那個健身班，又以聚餐、打牌、健行等各種名義，主動與以往疏遠的朋友聯絡起來。買了一大堆電話卡，每天越洋通話嫌不夠，手機還時刻揣在口袋裏，隨時準備接撥建新的來電。儘管如此，止不住的思念，心還是空空的，每天二十四小時猶如長晝，不知如何打發。回到家裏，幸好還有女兒陪伴。可是，沒有了夫妻往日的溫馨，一夜到天亮被窩捂不暖。建新才走三個多月她就忍不住了，耶誕節加休假湊上兩周，顧不上機票貴，直飛北京。

天哪！他在北京過的什麼日子？成天東跑西顛，顧不上吃飯，更別提好好照顧自己，家裏亂得像個豬窩。朋友聚在一起，海吃一頓，一醉方休，要不就是有上頓沒下頓，冰箱都是空的！

沒回國前，都以為中國到處是黃金，這個發了，那個也發了，大家都在拼命撈錢。回去才知道，這錢也不是那麼好掙的，人人爭做發財夢，眼睛個個盯著那些有限的資源。機會多，人更多！信手拈來，空手套白狼發財的，過去可能有，現在決沒有那麼容易了。特別是，入了外國籍的，回去之後麻煩更多。想獲得工作許可，必須申請中國綠卡，而中國綠卡只發給少數具有傑出貢獻的人士，一般老百姓望塵莫及。沒有綠卡，國企沒法錄用，只有外企或合資企業才有可能。但是，外語又是一道過不去的坎！對建新這樣沒有海外學歷和工作經歷的「海歸」而言，只能望洋興嘆。就這樣，東闖西撞混大半年，也沒折騰出什麼名堂。孤獨、思念和現實，讓他們重新領悟了一個簡單又簡單的道理：這世上沒有十全十美，有苦有甜，失得相輔，重要的是明白自己到底想要什麼。兩個人在一起比什麼都重要，只要日子過得去，生活愉快，沒病沒災就行。

雯倩真高興建新想通了。這不？終於回來了！

「嘟……嘟……嘟……」提包裏的手機突然響了！

這是建新打來的！今天的航班提前到了，他已經在等待過海關。過了海關，提上行李，大約一刻鐘就可出機場了！

雯倩光顧想心事，沒料到今天這車不緊不慢，一個紅燈又一個紅燈的停，心裏開始打起小鼓來。忍不住走到還在那悠悠自得開著車的司機後面，衝著他大聲說「Excuse me, I'm in a hurry. How long will take us to the airport?」

一點都沒有被她的魯莽而惱怒，善解人意的老司機回頭衝她笑了笑，「Beautiful flowers. Are they?」踩足了油門，朝機場方向疾駛而去。

進家門沒多久，經歷了十多個小時飛行顛簸和時差，建新實在撐不住了。吃了點東西，轉眼栽倒在床上，發出陣陣酣聲。無論妻子如何推他叫他讓他去洗把臉換件衣服，他卻酣聲漸響進入了沉沉的夢鄉。雯倩使勁搖晃著的雙手不由自主地停下了，一臉無奈卻又憐憫地望著他那疲憊不堪的模樣，突然不忍心再驚動他，願意看著遠歸的丈夫在自家的床上就這般睡去。她自己，也顧不上杯盤狼藉、行李滿地，緊挨著建新和衣躺下。誰知，剛剛躺下，朦朧中的建新習慣性地翻過身，上臂緊緊地攏住她的腰，發出喃喃的夢囈。撫摸丈夫的體溫，聽著他熟悉均勻的酣聲，雯倩心裏很踏實，泛起一陣陣暖意，覺得這才是實實在在的生活。她瞪大眼睛，望著天花板，回憶起建新方才狼吞虎嚥喝稀粥時所開的玩笑：「今後就靠你了，可不要說我吃軟飯啊！」她當時一笑了之。現在，不知怎的，眼睛卻有點濕濕的。

於溫哥華二〇〇九年三月十六日

李彥

北京人。曾任記者、翻譯。一九八七年赴加拿大。一九九七年起在滑鐵盧大學任教。現任滑鐵盧大學孔子學院院長兼東亞系中文教研室主任。二〇〇三年起擔任加拿大中國筆會副會長。

一九八五年開始發表中英文作品。英文長篇小說《紅浮萍》獲一九九五年度加拿大全國小說新書提名獎。一九九六年獲加拿大滑鐵盧地區「文學藝術傑出女性獎」。二〇〇二年獲臺灣「中國文藝協會」海外文藝獎章。

主要作品有：英文版長篇小說《雪百合》、《紅浮萍》，中文版長篇小說《嫁得西風》（簡繁體兩種），英譯中傳記文學《白宮生活》以及《羊群—李彥作品集》等。

白喜

老裴是在幫一戶新移民搬家時，突然歪倒在樓梯上的。腦溢血。來不及留下隻言片語的遺囑。

老裴無兒無女，是大家公認的最虔誠的基督徒，早就把餘生交給了組織安排。可是呼吸停止前，他在急救室的病床上瞪大了雙眼，似有滿腹心事未了。身邊沒親屬，跑前跑後的，除了教會的牧師和長老，就靠我們幾個鄉親了。大家四處聯絡，上天入地，才找到了正在雲南邊陲一家珠寶店裏與人砍價的裴太太，催她立馬返回加拿大來。電話上不敢明言，只吞吞吐吐提醒她，病情嚴重，即便搶救過來，恐怕也得癱瘓了。

去多倫多機場接裴太太時，眾人皆躲躲閃閃的。裴太太倒很鎮定，迎著嗖嗖秋風，舉起手中拎著的男用小便器。「瞧！什麼準備都做好了！大不了就是侍候他在床上躺著，過完下半輩子唄！」見到我時，還不忘關切地問上一句：「你跟那個教授的事，進展得怎麼樣了？」

麵包車在夜的公路上默默行駛。黑暗中，我握著裴太太的手，終於讓她明白過來，小便器已成多餘。

「……我主在前領路……我主與我同行……我心不孤獨……」裴太太的嗓音，頓失往日鏗鏘，伴著嗡嗡的車輪和引擎聲，在空氣中遊盪。幾個教友也加入了她的歌聲，由弱到強。我不會唱聖歌，獨自沉默著。心，卻為這沒有眼淚，沒有哭泣的哀悼而緊縮。裴太太歌聲裏顫抖著的，可是懊悔？她向主祈求的，可是起死回生的靈丹妙藥？

裴太太這次不辭而別，歸國旅遊，是與老裴賭氣的結果。盛夏時，她不顧氣候炎熱，煞費苦心地置辦了一桌豐盛的飯菜，請來幾個老鄉，為老裴做壽。誰也沒想到，唱完生日歌，吃完奶油蛋糕，老裴抹抹嘴，鄭重其事地開了腔：「托主的福，我這麼一條卑賤的命，竟能活到六十，又無病無災。我太太身體不好，可能走在我前面，到時我就把房產捐獻給教會，自己一人到非洲傳教去，以報答主恩。」大家聽了這番話，面面相覷，連忙顧左右而言他。裴太太當下就黑了臉。老裴卻似渾然不覺，端起茶壺，管自笑著往眾人杯中斟茶。

初見老裴，我腦中就跳出魯迅筆下孔乙己的形象來。他幼年喪母，少年失父，家境貧寒，秉性清高。一個研究高能物理的博士生，出國十幾年了，在就業問題上一直未能如願。但老裴寧肯吃糠嚥菜，日子過得捉襟見肘，也不肯放棄理想，像大多數新移民一樣，另換一個實惠的專業。心中苦悶，無處排遣，皈依主，也就順理成章了。

老裴煙酒不沾，電視不看，唯一的業餘愛好就是讀《聖經》。遇到朋友，三句話沒講完，就開始論證達爾文進化論的荒謬和上帝創世的無懈可擊。失業時，他就泡在網上。

最著迷的，就是信徒們描述靈魂上天遊歷的奇妙經歷。看完了還列印出來，一一散發給旁人。朋友們需要幫忙時，他總是有求必應。累得筋疲力盡，卻連回謝他的飯也不肯吃，說身為基督徒，助人為樂，是榮耀主呢。

其實裴太太也並非俗人，若論信主的年頭，比老裴還長，榮耀主的事，也不比老裴做得少。我來加拿大，轉眼已經十年。好不容易立住了腳，卻成為年近四十的老大難了。也多虧有裴太太這樣的熱心人，碰上了單身男士，總是張羅著為我牽線，陪上時間，搭上茶點，還從不嫌煩。

可是裴太太私下裏抱怨，像老裴這種書呆子，要嘛死活不信主，八頭牛也拉不進去；要嘛一朝信進去了，就走火入魔，虔誠得恨不能拋家棄舍上五臺山。

「為教會捐獻，老裴從不吝嗇，哪怕家無隔宿糧，他也會把兜裏剩的幾個大子兒全掏出來。可我這當太太的跟他要個零花，他卻從沒痛快過！」裴太太一說就來氣。「那次從多倫多來了個人，說要辦傳播福音的電臺，油嘴滑舌地鼓噪了一晚上，號召大家解囊。看老裴當下坐立不安的神情，我就知道，他又想割肉賣血了。我偷偷在他腿上狠掐了一下，低聲警告他，你這次若是再敢捐，我跟你離婚是離定了！看來是把他嚇住了，他猶豫了半天，最終沒敢掏口袋！」

裴太太一口咬定，老裴這樣做的出發點，是骨子裏的自私自利。「因為他真信《聖經》上說的，在人世間存錢沒用，而捐給上帝的事業，就等於在天堂裏給自己儲蓄呢，死後才能去那裏享受。哼，為了他死後過得舒服，就剝奪老婆活著時候的幸福！」

恐怕也是賭氣，裴太太聲稱有病，於是從早到晚臥在沙發上看電視。臺劇港劇韓劇，一齣接一齣，茶几上瓜籽皮花生殼堆成了小山包。看得頭暈腦漲，便去逛舊貨攤。三三兩兩的物件拉回家來，塞滿客廳過道廚房。老裴不滿，皺了眉道：「家裏來個人，連下腳的地方都找不到。」

「我高血壓，坐骨神經還疼，哪能去打工啊？」裴太太一口拒絕了我的建議。「再說了，到哪兒不都是靠男人養家。我要是去打工，他的臉面往哪兒擱？」

老裴給一位教授做助研。經費緊張時，開不出工資，他等於是在做義工。家裏實在入不敷出了，老裴只好將空閒的地下室，以低廉的價格出租給新移民。

有天半夜，我都睡下了，裴太太卻頂風冒雪跑來訴苦。她說，房客中有個女人，離開丈夫獨自出國，許是寂寞無聊吧，天天晚上跟著老裴一起讀《聖經》、談體會。老裴被迷得失了常態，總誇那女人悟性強、進步快。

見我不置可否，裴太太又補充說，「我們一起去買菜，老裴竟然替她買了一大堆東西回來。好像那個女人愛吃什麼，他倒很清楚！他何時這樣關心過我？連我的生日都忘得一乾二淨！提醒暗示了好幾回，到時候還是不記得給我煮碗麵條！」她越說氣越大。「那個妖精住在地下室，大冬天的，屋裏開了六盞燈，問她為啥，她說怕冷。可她身上卻穿著一件玫瑰紅的緊身短袖羊毛衫！怕冷你咋不多穿點？愛俏吧？老公在國內，你露著那白胳膊，給誰看？」

那晚躺在床上，裴太太和丈夫聊天，有意試探。「樓下那女人長得不錯，是吧？」老裴不知是計，應道：「她年輕時可能很漂亮。」「你咋知道呢？」「她說她大學畢業後，分配到博物館當講解員，她丈夫第一次來參觀就看上了她。」

「聽聽，一個單身女人，和男人扯這種話題，不是勾引，還能是什麼意圖？」裴太太憤憤不平地嘮叨。另外，教會一有活動，老裴就開車帶著那女人同去參加。可是自從裴太太吊了幾回臉後，那女人就再也不搭他們的車了。老裴認為，太太的白眼，斷送了他幾乎要成功領入主大門一隻迷途羔羊的努力。裴太太火了，堅決要趕走這個房客，老裴卻不答應。今晚她使出了一貫的殺手鐧，以離婚相威脅。沒想到老裴竟然同意了！

對老裴夫婦的勸說毫無效果，海外又沒有其他組織可以依賴，只好請牧師出面做思想工作了。牧師批評教育了老裴，硬是逼著自稱清白無辜的老裴給太太寫了一首長達三頁的懺悔詩，承認心靈受到魔鬼誘惑，一度偏離主的正確航線，幾乎認不清主賜給他的妻子是多麼優秀云云。寫完後，簽字畫押交太太收藏了，再手按《聖經》發誓賭咒，保證從此不受「邪靈」誘惑，並將「妖精」攆出家門，一場風波才算平息。

然而，這次糾紛已傷透了雙方感情。只不過囿於《聖經》中教誨，老裴生恐因離婚壞了一世操守，將來無顏面對主。而裴太太呢，口裏喊得再凶，也得考慮離開老裴後她怎麼生活。所以兩人鬧了無數回，都是雷聲大雨點小，末了誰也不肯真格離婚。

裴太太雖然在家中如此不順心隨意，卻仍不忘關心我的交友之事。「你就別挑剔啦！」裴太太曾勸我。「沒看眼下的男人，都是吃著碗裏，還瞧著鍋裏的！你嫌那位教授總是不能從喪妻的哀痛中自拔，依我看，像他那種盯著空碗回味無窮的，都快絕跡啦！連老裴那麼老實的人，要是沒有主約束著，都不知會犯下什麼事兒呢！」

如今他們的一切恩恩怨怨，都該在葬禮上徹底了結了吧！教會感念老裴長期做義工，奉獻大，為其操辦了隆重的葬禮。那天，不大的禮堂裏擠了幾百人，有些是從外地，甚至美國趕來的，可見老裴人緣之好。一個東北大漢專程驅車七八小時，從渥太華攜來一捧鮮花，獻給老裴。大漢去冬住在老裴家地下室期間，曾結新歡，立志要與國內青梅竹馬的妻子離婚，多虧老裴夜夜苦口婆心，秉燭長談，才挽救了一顆險些墮入地獄的靈魂。

人叢中，裴太太一眼瞄到了一個她最不願意見到的影子。那個曾經惹得她與丈夫大動干戈的女人，不知從哪兒閃將出來，從頭到腳一襲黑衣，飄到老裴靈前默哀。裴太太沉下臉，故作不見，轉過身去與我搭訕。

「她咋還有臉來這兒？」裴太太從齒縫裏擠出了一句話。這麼久了，陰霾仍未消散。

「人家還是有良心的。否則就躲著不來了。」我沒敢用「情意」這個詞。一面勸她，一面悄悄打量那黑衣女人。只見她雖已中年，但膚色白皙，身段窈窕，眉宇間透著一抹韻味，是裴太太所不及的。

誰也沒想到，各方代表都發完言後，黑衣女人突然走上講壇，向牧師請求，希望頌讀她連夜趕寫的悼詞。眾目睽睽之下，裴太太無法阻止，眼睜睜瞅著那女人走到了麥克風前。

「你輕輕地來了，你又悄悄地走了，不帶走一絲遺憾，未留下半點朦朧。自從你降臨人世，災難就一直伴著你同行。三歲那年失去了母親，你一直在尋求著她的身影。終於，在遠離故國的土地上，你的靈魂找到了安寧。」黑衣女人一張口，那感情充沛、抑揚頓挫的聲音，立即就吸引了全場的注意力，方才還議論紛紛的禮堂，瞬間變得鴉雀無聲了。

「自從那個飄著雪花的傍晚，你冒著嚴寒出現在我的面前，你明亮的眸子裏真誠的凝視，你瘦削的面頰上矜持的笑容，就永遠留在了我的腦中，從此再也不曾隨著你肩頭的雪花消融。記不清了，曾經有多少個不眠的冬夜，朋友們燈下長談，爭論不休，杯中的茶水濃了又淡，淡了又濃。記不清了，曾經有多少個夏日黃昏，大家漫步街頭，傾心交流，直到星星閃爍在遙遠的天穹，路燈照亮腳下坎坷的人生。」

「你像荒野裏餐風宿露的苦行僧，你像黑暗中搜集光明的螢火蟲。你的存在，給這不盡完美的塵世帶來了溫暖和希望，你的善良，像一面鏡子，折射出形形色色的渺小與空洞。你看到了嗎，裴大哥，朋友們今天都來了，來送你啟程？我看見了你微駝的背影執著地前行，我看見了你花白的額髮在寒風中飄動，我看見了你明亮的眸子裏閃爍著智慧的光芒，我看見了你瘦削的面頰上蘊涵著勇氣與堅定。」

黑衣女人滿臉淚珠滾動，泣不成聲。在她的嗚咽裏，我清楚地捕捉到她對老裴發自全身心的真摯感情。不管她與老裴的關係是何種性質，有了這份裴太太都拿不出來的悼詞，也足以告慰老裴的在天之靈了。臺下坐著的幾百名來賓，都受到黑衣女人的感染，發出一片唏噓聲。我悄悄瞥了一眼身旁的裴太太，見她也用手帕捂著臉，肩頭直抖動。

儀式結束後，我躲開裴太太，獨自繞到黑衣女人身旁，與她低聲交談。她告訴我，昨天晚上，她已經找到教會牧師，表態決志信了主，也不枉老裴對她的一番教誨和深情。

正談著，人叢中走過來一位身材魁梧、鶴髮童顏的老外，朗聲笑著與我們二人握手，自我介紹說，他是大學物理系的主任，老裴生前曾在他指導下搞過研究。「看你哭得那麼傷心，你和老裴的感情一定十分深厚啊！」他笑嘻嘻地問黑衣女人。黑衣女人英語不靈，聽不懂，我便為她做起了翻譯。

這位老外的表情，令我十分不自在。葬禮上，豈能出現這種毫無顧忌的笑容？黑衣女人顯然與我有同感，她眨眨紅腫的眼皮，面露尷尬，未做回答。老頭兒卻抖動著下巴上的白鬍子，又哈哈笑了。

黑衣女人默默不語，轉身走開了。礙於情面，我仍然禮貌地與白鬍子交談著，目光卻躲避著綻在他頰上的唐突的笑靨。心中未免惶然：有多少洋人們會像他那樣，在葬禮上樂呵呵呢？

說來真是再湊巧不過了，星期一才上班，就得知了公司老員工芭芭拉的母親去世的消息。幾天後，同事們相約，驅車百里，參加了在一所小鎮教堂中舉行的葬禮。

芭芭拉的母親享年九十三歲，兩年前就親自提筆寫下了一首小詩，指明要用在自己的葬禮上。

「霞光中鳥兒在林間穿行，
迎接又一個黎明的誕生。
上帝的花園五彩繽紛，
引領我踏上歸家的路程。
歡樂地唱起讚美的歌，
慶幸在大愛裏又獲重生。
天堂裏翹首將我企盼的，
還有先我而去的至愛親朋。」

讀著印在老人慈祥的照片下的這幾行詩句，我禁不住感佩她面對死亡的超然和冷靜。她的親屬和朋友們依次上前，或朗讀《聖經》或彈唱聖詩，一切都嚴格地按照她事先指定的人選、順序、歌曲、章節。此時，我心中忽有所悟：也許，信仰耶穌基督的人，真的認為死者是去了天堂，不僅到了上帝的身邊，還能與過世的親友團圓。這就難怪在老裴的葬禮上那個白鬍子會笑了。

芭芭拉臉上掛著她一貫的和藹笑容，迎接每一位來賓。當她在發言中回憶起母親時，聲音幾次被悲傷的浪頭哽住，說不下去。但她總是深深地吸上一口氣，接著便講起母親活著時的某樁趣事，於是含著淚珠，發出歡快的笑聲。

我向身邊的同事打聽，得知在洋人的葬禮上，笑，的確是司空見慣的現象，與中國人的葬禮截然不同。近年來提倡用樂觀的態度對待生老病死，此風尤長。其實中國自古以來也有紅白喜事之說，聊以自慰，只是不太適合老裴這樣的英年早逝者吧了。

老裴的葬禮結束後不久，裴太太又給我打來了電話，聊起了逝者的往事。沒料到她說：「真可謂人算不如天算哪！他怎麼也想不到，會死在我前頭吧？」顯然，她已脫離悲哀，恢復了平靜。「我倆性格不合，結婚那天，就鬧開了，甚至當晚都沒同房！」

「新婚之夜？有什麼大不了的事呢？」我好奇地追問。

裴太太鼻子裏哼了一聲，說還不是因為丈夫家人實在太摳門兒。接著，她告訴我，前幾天夜裏，她夢見老裴了。見他手持一個信封，定定地瞅著她，卻無言語。醒來後發了一會兒呆，她便去翻檢老裴的遺物，果真在抽屜深處發現了一封信。真沒想到，老裴前幾年竟瞞著她，給養父寄過一筆數目不詳的美元，幫其在鄉下蓋了一座二層小樓。第二天，她立即打電話給國內，託親友聯絡，卻發現老裴的養父已經過世，其子女繼承了房產。

「他們說，老裴寄去的錢，只夠建造其中兩間屋子的。我說，不管怎麼著，反正我得要回這兩間屋的所有權！」

「難道你還真準備去那偏僻的鄉村居住？」我問。此前裴太太已說起過她的未來計劃，老裴的人壽保險金，夠她花用幾年的。滿六十歲時，再賣掉房子，搬到氣候宜人的溫哥華，靠領老年福利金生活。

「我不住，可以賣掉呀，得些錢也行嘛！」

驀地，我腦中掠過了老裴臨終前瞪大的眸子。「你就算了吧！人家孝敬養父，也是應該的，老裴走在你前邊，房子也留給你了，還何必去爭奪人家親屬那點兒房產呢！」

「即便我不要，也可以拿來捐給希望工程啊！反正不能便宜了他們！」裴太太振振有詞。我不知該對她說什麼了。

為老裴作週年時，幾個老鄉在餐館中再次聚首。席間，有人提起了黑衣女人，大家都說她那篇悼詞寫得好。又有人說，聽說她和國內的丈夫離了婚，搬離小城，不知去何方落腳了。眾人聽了，皆沉默不語。

忽然，一位曾與老裴同在教會裏擔任義工的朋友，楞楞地冒出了一句，「老裴死得好！」

我看著他，有些愕然。沒想到，接著又有幾位點頭附和的。裴太太早已收起了笑容，盯著面前的酒杯，一臉木然。

「你常常想念老裴吧？」我沒話找話，想幫她擺脫尷尬。

「咋能不想？腰腿疼犯了，卻再沒人為我按摩了，那天在林子裏轉遊，看見一個人遠遠地走過去，側面瞧，很像老裴。我心裏……咳！」

突然間，我對白鬍子的笑，又有了更深一層的理解。我咧咧嘴，也想笑，眼角卻沁出了一滴淚水。

二〇〇八年秋

孫白梅

上海人。加拿大中國筆會和多倫多華人作家協會會員，原上海外國語大學英語系副教授。曾任職於多倫多公立圖書館，加拿大聯邦翻譯局註冊翻譯。為《星島日報》撰寫〈萬花筒〉專欄。

主要著作有：《西洋萬花筒——美國戲劇概覽》，美國戲劇《慾望號街車》（中英文對照版），美國戲劇故事《玫瑰文身》。其散文《夢幻之城——奧蘭度印象》、《浮水沉煙潑墨新》，遊記《插翅遨遊》、《東方班芙》，袖珍小說《相濡以沫》等被收入《環肥燕瘦》、《旋轉的硬幣》等多種文集。

情同手足

伊莉莎白雖是滿頭銀絲，臉上皮膚卻是白裏透紅，明眸皓齒，誰看得出她已八十有餘，還患上了老年癡呆症！

最近一次我去探望她時，她對著我看了又看，似曾相識，又記不起來，忽然臉上閃過一絲微笑，用英語說了一個字：「Beijing」。

正在給她餵飯的安妮高興極了，說伊莉莎白認出我了。

我的思緒一下飛回到二十多年前。

伊莉莎白和安妮都是多倫多一所高中的教師，伊莉莎白教歷史，安妮教英文，兩人都是單身，由於志同道合，索性一起搬到一座大屋住了，退休以後，更是朝夕相伴。

您問我是怎麼認識她們的？說來話長。

伊莉莎白和安妮都對源遠流長的中國文化非常感興趣，在八〇年代中期，她們跟旅遊團訪問了北京、上海、西安等地，旅遊團中有一位女士正好是我的朋友瑪莉，她來自加東新斯高沙省的悉尼市。

我跟瑪莉的相識相交純屬偶然。八〇年代初我在蒙特利爾的麥吉爾大學進修時，一位《環球郵報》的記者 Jan Wong 採訪了我和其他中國訪問學者，文章在蒙市的報上發表時還登了我的一幅照片，三八國際婦女節前夕加拿大廣播公司CBC舉辦了電視專題節目——發展中國家的婦女現狀，我也應邀出席，從印度和毛里求斯來的婦女談了當地婦女如何受歧視，我就介紹了有關中國婦女頂半邊天的情況，巧的是遠在加東的瑪莉正好看到了這檔節目，她真是有心人，花了不少精力，通過CBC電視臺和麥吉爾大學輾轉找到了我。我們聯繫上後，通過鴻雁傳書不斷加深瞭解，播下了友誼的種子。她熱情邀請我到她家去作客，盛情難卻，我在進修學業結束後走了一遭。

記得那是我第一次在加拿大乘火車，感到挺新鮮。那時正值秋高氣爽季節，看看窗外一片片綠樹叢中點綴著火紅和金黃的楓葉，把大地裝扮得像風姿綽約的少女，倍感心曠神怡。火車抵達悉尼站已近子夜，瑪莉和她丈夫特地到火車站來接我，把我安頓在她家一間舒適的客房裏，牆上掛著畫有中國風景的瓷盤，鏡子一角插著我以前寄給她的一張照片。我一路有些感冒，她還特地買了藥，讓我好好睡一覺。她的熱情使我感到很溫馨，有賓至如歸之感，我們雖非姐妹，卻情同姐妹。

瑪莉的家裏有不少來自中國的古董和擺飾，原來她的父親是遠洋輪船長，曾去過中國，愛好收集中國瓷器古董，父親去世後，這些寶貝傳給了她。中國古老悠久的燦爛文化使她渴望揭開這個神秘國家之謎。難怪她對我這麼一個普通中國人如此友好。她丈夫是位醫生，喜歡航海，牆上有一幅他身穿制服的照片，意氣風發，牆上還掛了一些航船模型。家裏有個小兒子，叫鮑比，二十多歲了，卻像個五六歲的孩子，原來他小時候一次洗澡時，保姆只放熱水，忘了放冷水，燙傷後在醫院昏迷六週，醒來後因神經燒壞，致使他的智力一直停留在孩提時代，到處求醫也沒用。鮑比幾天後跟我熟了，聽到我回屋，竟會幫我拿拖鞋，經常跟在我後面，他媽媽對我說：「你現在多個影子了。」

瑪莉把我一週的日程排得豐富多彩：有讀書心得交流會，有在她家裏的兩次招待會，大多是婦女組織的，圍著我問長問短；有報社記者採訪，談我在加拿大兩年的觀感，還有悉尼市CBC廣播電臺邀我去談談有關中國教育、生活、婦女等情況。

瑪莉還帶我去參加了當地商界一次午餐會，除我倆外，其餘三十多人全是男士。會上他們問我各式各樣的問題，對中國一切都很感興趣，有的甚至說要買飛機票訪華了，可是當我講到中國男女平等，丈夫和妻子分擔家務時，一位男士調皮地說：「哎喲，要退票了！」大家都大笑起來。

除了帶我去參觀當地名勝古跡外，感恩節那天，瑪莉夫婦特地駕車七、八個小時，帶我到郊外欣賞楓葉，汽車沿著環島的凱伯特小道（Cabot Trail）行駛，一路上有鬱鬱蔥蔥的山巒，潺潺流水，峽谷深澗，懸崖峭壁，但最吸引人的還是那如火如荼的楓葉，以前從未看到樹葉竟然如此色彩斑斕，在金色陽光照耀下，七彩樹葉彷彿透明似的，在秋風中搖曳飛舞。為了答謝瑪莉一家對我一週的熱情款待，我特地為他們燒了一頓中國飯菜，雖然我的廚藝一般，他們卻連誇好吃。

後來瑪莉跟旅遊團來中國參觀時我熱情邀請她到我家來玩。我到賓館去看望她時，第一次會見了伊莉莎白和安妮。她倆來自多倫多。在交談時，她們對中國的文化、教育、歷史、和婦女地位等十分感興趣，問了我許多問題，我一一作答。沒想到幾年後我到多倫多大學進修時又遇見她倆，她們見我初來乍到，就邀請我在她們家書房小住一個月。

伊莉莎白和安妮從此成了我的良師益友。她們開車帶我領略了尼加拉大瀑布的雄偉壯麗，我們都被大瀑布的磅礴氣勢所震懾，為造化的神奇而讚嘆。夏日陽光照耀下，七色彩虹橫跨瀑布，細小水珠噴射在我們身上，感到絲絲涼意。在安大略省皇家博物館裏，琳琅滿目的展品加上伊莉莎白和安妮穿插的小典故和歷史故事，使我開闊了視野。在黑溪拓荒者的村落裏，看到了加拿大早期原住民和移民開拓創業的艱辛。她們還請我觀賞了音樂劇《悲慘世界》，恢宏激昂的場面，扣人心弦的情景讓我心動不已。她們帶我參觀了美術館、微型世界、植物園、自然森林保護區等等，讓我擁抱大自然，體驗生態保護的深遠意義。

她倆一貫關心時局，喜愛讀書，很少看電視，常參加一些集會，為弱勢者聲張正義，朋友有難，她們馬上伸出援手，給予關愛和資助。我從她們的言談身教中找到了自己的楷模。

記得我丈夫剛來多倫多與我團聚時，伊莉莎白和安妮都為我感到由衷高興，她們主動提出駕車到機場去接他，後來又陪他參觀市容、再訪尼加拉大瀑布、幫我們搬家等等，她倆就像大姐姐一樣關愛我們，使我們在異鄉客地如沐春風，我們心中充滿了對兩位老人的感激之情。

我的丈夫說：「她們待我們那麼好，咱們也應為她們做點什麼。」

自從伊莉莎白開始有老年癡呆症的症狀後，年逾古稀的安妮拖著微跛的腿忙裏忙外，帶她看病治療，安排一日三餐，不但把她生活安頓得井井有條，還要讓伊莉莎白活得有尊嚴、有情趣，她倆有時到餐館進餐，有時到教堂聽音樂會，參加慈善捐款會等等，直到近來伊莉莎白的症狀漸漸加重，才慢慢減少了外出次數。伊莉莎白的情緒時好時壞，現在很難再看到她慈祥燦爛的笑容，大多是木然的表情，露出茫然的眼色，有時甚至會吼叫，可是安妮總是和顏悅色地跟她說話，耐著性子慢慢餵她吃飯，每次餵她吃心愛的冰淇淋時，伊莉莎白的嘴張得特別大。儘管她有時神智不太清，安妮做什麼事仍要詢問她的意見。那天我們帶了些中國點心去看她們，飯後，安妮放德國音樂家安德列的交響樂錄影給我們欣賞，她知道伊莉莎白也很喜歡。當她看到一位三歲的小男孩演奏小提琴時，伊莉莎白的臉上綻開了難得的笑容，她的右腳還不自覺地打起了拍子，我們見了都十分高興，尤其是安妮。她與伊莉莎白雖非姐妹，卻勝似手足。我被她倆的真摯友誼深深感動。

她們屋前屋後有個很大的花園，以前她倆打理得花草茂盛，十分悅目，可是伊莉莎白生病後，安妮也力不從心，花園裏野草叢生，我丈夫見機會來了，就帶上工具，幫她們整理花園。我們把地上樹葉掃去，把野草鋤掉，栽上花卉，雖然累得滿頭大汗，看到煥然一新的花園，心裏甜滋滋的。每逢耶誕節前，我們總帶上一份禮物去探望她們，以前也曾邀請她們觀看中國的文藝表演等，滴水之恩，當湧泉相報嘛。

在異國他鄉，也能感受到真摯的關愛和情誼，即使在雪國的凜冽寒冬中，也能感到絲絲暖意，不是親人，也可情同手足，人與人之間的關係可以是美好的。

沈可全

曾下鄉插隊，也曾在廈門及香港某大學任教。定居加拿大多倫多後，一直沉浮於金融業、製造業及政府部門的各種數據之中。一兒一女似乎瞬間長大。某日對鏡，怎麼有了白發幾絲？往事歷歷，而眼前一切依然清新美麗。

婚惑

多倫多深灰的天沉沉地壓著，初春的雪輕輕地飄。鵬飛走過燈火璀燦的愛丁堡劇院大門後，馬上就聞到那淡淡的咖啡香。再走三分鐘，就是目的地——那貴婦般的紅牆石門樓、文藝復興式建築物。

第一次入這大樓進酒吧，身邊伴著燕。那是他們結婚五週年的紀念日。那個夏日的傍晚，西斜的太陽將他們相擁的身影貼上了閃著金光的赭紅牆。

「這門框門楣上的浮雕訴說著米開朗基羅的豁達精確。」

「二樓門廊的柱頭、翅托物化了關於古羅馬的遐想。」

「精雕細琢的渦卷走藤烘托出洛可哥的浮華精巧。」

你一言我一語，好久沒有如此誇張炫耀。仿佛又回到了大學時代。那時他們就是這般絞盡腦汁，挑出一個個新辭彙，相互挑逗戲弄競爭。他們就這樣地溝通心靈、編織著五彩的夢。

鵬飛看著燕鑲在門框內的側影：「多美呀。」鵬飛對自己說。燕的恬靜滿足，還有那側過頭來微微一笑，像支魔力小手，輕輕地撥弄著鵬飛的心弦。

以後幾乎每次看到這拱形門，鵬飛眼前就出現燕的笑。

可惜這笑不是那笑，時過人變。「十一年了。」鵬飛長長地吸了口氣，再重重地吐出來。走過青灰花紋大理石板地，站在梯形電梯上，他還在想著燕的笑：「同樣是嘴角微揚，但那時的笑是初春的鬱金香花開，是雨後的彩虹。那是嫵媚芳香，美的笑；現在的笑卻是四月天的悄然雪飄，是秋蟲嘎然一聲長鳴，是血紅楓枝的突然抖索。冷漠、突如其來，讓你無所適從。」

近年來，不，準確地說，自從燕當了銷售部的經理，鵬飛眼中的她就變了。

酒吧在二樓。看英語片的人在這裏常可看到自己心儀的偶像。不過現在酒吧裏人還不多，且食客多於酒徒。像往日那樣，鵬飛直奔調酒師櫃檯。今天他需要烈性的刺激和撫慰。

昨晚鵬飛剛把鑰匙塞進鎖孔，就聞到了從門縫中擠出的八角茴香氣。想不到燕已回家。門一開，雖然抽油煙機正蜜蜂般地嗡嗡，濃鬱的滷肉香還是撲面而來。

「我在滷雞蛋和鴨舌。」燕的眼角餘光一掃到鵬飛就轉過頭來笑著說。鵬飛雖只是咧了咧嘴，心卻「呼」的一下熱了。還記得他們第一次在大學附近的小食店喝啤酒吃滷品。戀人相伴，任何菜式都是佳餚美食。當時鵬飛滿臉紅光，對小店的滷味讚不絕口，直到燕似乎有點酸溜溜才轉換話題。「也許我也能做。」那時燕說。後來一本滷味食譜果然隨著燕搬進了他們自己的家。從此他們家常有八角茴香氣，時濃時淡。其實鵬飛是後來才真正欣賞滷味。想到這個小秘密，他笑了。他高興地換上家常服，忙碌地穿梭於廚房飯廳。

兩枝燒了一半的瑪瑙色熏衣草香型蠟燭照著四人餐桌上滿滿的五顏六色。半瓶日本清酒靜靜地立在鵬飛位的左桌角。鵬飛坐下後笑問：「今天是什麼日子？」

燕挾起一塊紅燒豆腐，放進嘴巴。直待吞下後才回答：「你的新工作慶祝日。」

「這有什麼好慶祝？」鵬飛說，心裏卻很高興。

「再說我今天有空。好長時間我們週日晚餐吃的都是微波爐速食。」

「不是因為你我吃飯時間早晚不一麼？」鵬飛後悔自己開口怎麼就有了火藥味。

「對不起，我常晚回家。」燕看著鵬飛。

「工作需要嘛！我—沒—怪—你。」

兩人都臉帶笑容默默地吃，各自在頭腦裏急急尋找合適的話題，幾分鐘後才開始謹慎地交談。

燕剛才腰繫圍裙轉的身影，再加上充鼻的滷香，使鵬飛又有了「溫馨」的感覺。他們東南西北地聊著。「性」卻像一葉孤帆在鵬飛的腦海中晃盪。一年的「無性婚姻」，自己似乎負有主要責任。今晚也許該盡點「義務」。

淋浴後，鵬飛靠在床上看書，無聲地等著燕。燕終於欠身在床沿邊坐下。她那欲言又止的躊躇更使鵬飛心中平添了幾分憐愛。燕終於柔聲說道：「飛，我想告訴你一件事。」

「什麼事？」鵬飛的心不由自主地上提，表面卻神色依然。「今天公司宣佈了我的新任命。」幾個星期的謠傳成真，妻子燕果然被提升為G公司主管銷售的副總裁了。

鵬飛「哦」了一聲。涼意從心底泛起，向全身擴散。「祝賀你」冷冷地從齒間擠出。他想：「原來慶祝的是你自己的高升。……口是心非的女人！」

暈黃燈光裏的燕穿著那身開始發白的粉紅繡花棉質睡衣。這時的她多麼令人討厭：她得意地揚著頭，像隻好鬥的小公雞。床頭燈罩的投影將那原本美麗的臉斜分為明暗兩部分。一撮捲髮垂下來遮住左眼，右眼在昏暗中忽閃，獨眼爍爍；紅唇白牙在光亮中張合。鵬飛眼前出現了詩人海涅的《夢中幻影》：

「奇美姣豔的姑娘，你在幹什麼？」

「我在洗你的裹屍布啊！」美豔的姑娘張開那櫻桃小口，曼聲說。

這種聯想使鵬飛頭皮發麻。心中千頭萬緒，鵬飛卻默默再無一言。燕曾數次試圖依偎著他，他紋絲不動。全身僵硬得像個正在舉重的運動員。

即使此刻是在酒吧齊胸高的紅木櫃檯旁，但想到昨晚，鵬飛還是咬了咬牙，腮幫隨之輕輕地顫動。「一杯人頭馬白蘭地。」他面無表情地說。以往他還會和漂亮的調酒師瑪麗搭訕幾句，今天沒心情。酒一到手，尚未就坐，老酒鬼般仰頭喝了一口。一團火順道而下，胃部頓時熱痛。

端著酒杯轉過身，鵬飛四下掃了掃。古香古色的赤褐紅木板牆將酒吧隔成飲酒吃飯兩部分。他走過左邊那個鑲著麻花寬邊的拱形門，在吃飯部一個幽靜的角落坐下。

自從燕成了經理，鵬飛下班後常先到這裏。默默地喝一杯畢卡索、美國海之類的雞尾酒，或無聊地盯著杯裏的瑪瑙色法國紅酒。他心裏苦，可他的苦無法向人訴說，即使是最好的朋友或親人。誰不說他有一位好妻子？就是他自己，也無法用言語來具體描述十年中燕是如何在和風細雨裏化陰為陽，且逐漸消磨了他的剛陽之氣。他有的只是感覺，只是一種丈夫才能感到的變化無奈和憤怒，也許還有點嫉妒。如果能將他們二人在G公司的地位換一換，那麼不需做任何其他的改變，燕依然是一位溫柔賢慧，使他自豪的妻子，依然是一位完美的女人。

怪誰呢？悔不當初。十年前，是他介紹燕進了G公司，當了一名推銷員。

十年後，當他被迫離開G時，仍然只是一個普通的財務分析師。而燕已經是銷售部的高級經理。近年來，朋友們稱讚燕就像在他面前舞劍，左右冷刺，挑出朵朵「夫不如妻」的黑色劍花。同事們眼角射出的餘光也似乎深有涵義。他因此而跳槽到H公司。職務沒變工資沒漲，但他必須離開。H的總裁是位傳奇式人物，據說是一個哈佛商學院畢業不到十年的臺灣女人。鵬飛贊同男女平等，擇優而用。只要不是自己的妻子，公司總裁是個女人又有什麼關係？上星期五他硬著脖子昂著頭，最後一次跨出G公司大門。想到共事多年的同事曾以各種方式向他道別，陣陣熱浪中絲絲失落蠶繭般地裹著他，從心底泛出來的酸麻使全身疲軟。

「H到底比G大多了。」他這樣地安慰著自己。

三天前他已經正式在H公司上班了。

再呷一口人頭馬，暖麻舒暢向周身彌散。頭有點暈，臉上彷彿沾了辣椒油。酒驅除了失望、嫉妒、憤怒。豪情在旋暈和胃部灼痛中迸發：「人生苦短，男子漢大丈夫，怎能為一個女人受難？讓她去拼打賺錢吧，我來享受人生！」他充滿了享受的慾望，也頓時感到饑腸轆轆。

像戰馬上得勝還朝的凱撒般舉起右手，兩隻微分的手指劍鋒似地指向天花板，鵬飛無聲地召喚著服務生。一個白襯衫上罩著黑馬甲，穿著黑裙子的漂亮女生碎步快速向他姍姍走來。

鵬飛毫不猶豫地點了法國大餐，兩人份。當初與燕第一次來這裏，斟酌再三後要的就是法國大餐。

十幾分鐘後，他面前擺滿了精白細瓷的碗盤碟，高矮的調料瓶。裝著瑪哥堡紅酒的高腳酒杯，再加上小竹籃裏的牛油大蒜法式麵包，琳琅滿目。當他拿起刀叉對準開胃菜——歐芹奶油烤蝸牛——的剎那，「如果燕也在……」。他為自己還想著燕而生氣，對準那看不見的蝸牛的翠頂玉色小圓餅重重地切下。

他機械地吃著，想的當初和燕在此吃法國大餐。那時他們曾細細討論那幅畫。他掉頭看去，畫不見了。代之而起的是莫內的小帆船在阿讓特伊春湖上蕩漾。可鵬飛還是更喜歡原來的那幅：金秋裏的白揚樹後，靜靜地立著一棟英國鄉村別墅式平房。它的雪白灰墁牆朱紅木門框芥綠屋頂在秋日的藍天下豔而雅。門前有一位穿著維多利亞式紫灰長裙側身而立的婦人。當時他們雖不知道那是加拿大著名七人組中的勞倫．哈里斯的限版複印畫，但還是一眼就喜歡上了它。

「那是我們的房子。」燕說。

「為我們的小屋乾杯。」鵬飛提議。

酒杯相碰後那微顫的清樂在飛揚，杯後兩張喜笑顏開的臉。

為了房子，不久燕成了G的推銷員。現在房子有了。而原來溫柔體貼的燕卻變了。恍如依人的小鳥化為擒獵的老鷹，令人唏噓不已。

鵬飛和燕曾是國內某著名大學歷史系的學生。也許是年輕人愛新奇，兩人都偏愛陌生的西方藝術。相識後不久，繆斯就為他們播下愛的種子。海頓、盧梭等大師澆灌著他們情的幼苗。「而現在……」。鵬飛希望自己能像蒙克畫筆下的「他」那樣身子扭得像段千年葡萄藤。兩手掩耳，張大嘴巴，目眥盡裂，鬱怨憤怒火山般爆發。吶喊聲震天動地，氣浪翻騰，龍捲風般上旋；天在燃燒，燎空之火由東往西壓過去。可是他不能。他只能一次次地盯著這畫，默默叫喊。

高高的弧線型紅木櫃檯旁的高腳圓凳漸漸地坐滿了。三人爵士樂團正搖頭晃腦地演奏著什麼。高低變幻忽快忽慢的旋律中傳送的是歡快與憂鬱的搏擊。鵬飛知道那個角落還有一架雅馬哈鋼琴。那次和燕在這裏，他多麼希望自己也能像那晚只見過一面的約翰那樣走上去。奏一首心愛的曲子，獻給心上人。甚至今天，鵬飛仍為自己當時的「懦弱」而後悔。

朦朧的燈光下人影幢幢，空氣中彌漫著虛幻。

鵬飛在外婆家長大。外婆，一個家庭婦女，外公，一個中學教師。外婆慈祥寬容。小時他很怕外公。不是嗎？外婆也總順從外公！長大後，鵬飛才覺得外公其實很和藹。現在他們都很老了，但外婆看外公時，灰暗的眼眸仍亮著，充滿了癡迷關愛。鵬飛爸媽的婚姻遠遠不如外公外婆那麼和諧。鵬飛有了朦朧情後就決心以外公為楷模，娶個漂亮賢慧的妻子。自己當個主心軸，像果園中的參天大樹，保護著樹下的妻兒。妻子有才固然好，不過那不是必要條件。後來與燕相戀了。燕才貌雙全，溫柔賢淑，一個最完美的女人。而自己則成了最幸福的男人。他曾寫過幾首小詩，引經據典，堆上他所能想到的全部讚美，獻給燕。

曾幾何時，輕輕的她來了。驀然回首，悄悄的她已經走了。也帶走了鵬飛男性自豪、丈夫的驕傲。

鵬飛面前的那盤牛油香料烤龍蝦只剩一個翹著的紅殼尾巴。酒杯空了。燕喜歡的馬鈴薯沙拉、奶油蔬菜湯，鵬飛卻幾乎沒碰。

「女人都患 Misogyny（厭女症）。」鄰桌的栗髮女說完，將幾片翠綠的羅馬尼亞萵荳送入櫻紅大口。她的金髮女伴正閉嘴咀嚼。「厭惡程度，取決於女人年齡大小。」栗髮女繼續說。「廢話！」金髮人終於開口了：「你我都是女人。而且是多年好友。」「不。也許我應給Misogyny下個較為精確的定義……」「Misogyny源自古希臘。指的其實是『婚姻厭惡症』。」金髮人搶過話頭。

討論的音量降低了。她們的話卻在鵬飛的心裏轟然炸開。「厭女症」不足為奇，「同性相斥，異性相吸」本是宇宙間核聚變的基礎。但「婚姻厭惡症」？難道燕早就討厭婚姻？鵬飛陷入了自己設置的「猜想陷阱」。結果記憶中燕的一顰一笑，一舉一動，都顯示著她在極力掩蓋對婚姻、對鵬飛的厭倦。鵬飛的心在遐想中裂變。

「沒有你，也許我能活得更好。」這樣想著的鵬飛，果然一身輕鬆。再要了一杯人頭馬加冰塊。啜一小口，飄然世外。四周看看，男男女女似乎都碌碌為「情」忙。鄰桌的金髮碧眼兩麗人已離去。代之而坐的是對年輕愛侶。女人專注地盯著對方。男的正兩手比劃，幸福滿面地「低談闊論」。鵬飛看著那神采飛揚的男孩：一隻迷途羊羔，總有一天你會知道什麼是無情。

酒吧裏的人其實都有自己的世界。樂團的演奏像遮月的雲、撥葉的風，存在但與己無關。一個在吉他聲中述說般婉婉唱著的聲音突然變得激烈高昂。鵬飛的心裏卻響著雪萊《愛的哲學》：

「愛情離開精製的巢，
而那較弱的一個必為它的有過所煎熬。
哦，愛情！你在哀吟
世事的無常，何以偏偏要尋找最弱的心靈
作你的搖籃、居室、靈棺？」

「不！如果我曾是較弱的那個，從此刻起，弱者決不是我！」鵬飛發誓。

東張西望的鵬飛，冷眼看炎涼。幾分鐘後，他的目光卻不由自主地停留在那個女人身上，一個三十幾歲的亞洲女人。她獨自據桌而坐。雙手像捧著小鳥般的圈著一杯水。她似乎深深地沉浸在自己的思緒中。她雖不如燕漂亮，但恬靜端莊中摻著幾份嫵媚蒼涼。

弗朗西絲式短髮，略長的鵝蛋臉，桃紅唇清秀眉細長的眼，一件銀灰真絲襯衫輕俏地裹著她。就像一枝輕霧裏陽光下沾著露珠的白蘭花，她左手無名指婚戒上那綠豆般大的鑽石在燈光下變幻流動。鵬飛猜測揣摩著她的身分：一個安靜的小職員？一個有錢人的溫柔妻子？女人的臉這時側向鵬飛，鵬飛微笑著朝她點了點頭。她看著，似乎又完全沒有注意到他。

「她有滿腔心事。」鵬飛似看非看地關注著她。「因為工作壓力？因為一個冷漠的丈夫？這麼好的女人。」同病相憐的親切在心中湧動。他要過去，看著她的眼睛，握住她的手，瞭解她，安慰她。男人的豪氣滿身流轉，對弱者的憐愛撐起勇氣的風帆，鵬飛起身向她走去。

「飛！」有人叫他。原來是剛認識了幾天的新同事馬克。客套幾句後，鵬飛指著角落裏的那個女人笑著對馬克說：「一個熟人，過去打個招呼。」

「原來你認識我們的老總！」馬克睜大眼睛，綠如藍的眼珠滴溜溜地轉。笑凝固了，鵬飛大腦一片空白。

曾曉文

南開大學文學碩士，美國Syracuse大學電信與網絡管理碩士。曾旅居美國九年，二〇〇三年移民加拿大，現在多倫多某大型建築管理公司擔任ＩＴ經理。在海內外發表三百餘篇小說、散文、詩歌、隨筆等。作品被收入多種作品集。著有長篇小說《夢斷得克薩斯》。現任加拿大中國筆會會長，《星島日報》專欄作家。曾獲第二十六屆聯合報系文學獎，第八屆《中央日報》文學獎，首屆世界華人遊記大賽第三名。

氣味

奧德莉街九十八號，多倫多郊外高級住宅區一幢二層樓的房子，有三間臥室、四個洗手間，大門向東，風水正宗，符合中產階級的全部理想。

星期五晚上，珉珉按慣例把所有房間打掃乾淨，然後給自己準備了晚餐，並在餐室裏點燃兩支蠟燭，香草味的和百合味的。這兩種氣味的混合使她平靜，而平靜是她此刻需要的，像受傷的母狼需要草藥，乾渴的羔羊需要溪水。她沐浴更衣，坐到餐桌旁，開始吃晚餐：一盤基尾蝦，一盤雙菇油菜。

上等紅木的餐桌，光可鑒人，四周環繞六把椅子，一副闔家歡樂的樣子。兩年前Boxing Day（節禮日）那天，凌晨三點，丈夫鐘勵躲在被窩裏不肯起床。珉珉獨自頂著冷硬的風去高檔傢俱店利昂門前排隊，終於半價買下這套桌椅。為買到既中意又便宜的傢俱，受凍也是值得的。

在珉珉的大腦中似乎存著一個資料庫，記載著每一件傢俱的歷史，包括購買的時間、地點、價格……，件件都是精心比較和搭配的結果。璠璠不止一次對鍾勵說，為這個家，她幾乎吐血。

對面鍾勵的座位是空的。

昨天，珉珉在離婚合同上簽了字。鍾勵念及夫妻舊情，特地留出一些時間，讓珉珉單獨和這幢房子告別。女兒麥琪剛被送回到國內外婆家過暑假。沒有女兒在場，珉珉不會太過傷情吧。鍾勵把一切都安排妥當了，僱律師、離婚、送女兒回國、讓珉珉搬離，他是擅長計畫的人。

「因為我計畫，所以我成功。」這是鍾勵的口頭語。

珉珉曾經是成功男人背後的女人。

告別。珉珉一邊小心地剝著蝦殼，一邊咀嚼這兩個字。從鍾勵背後閃出身來，然後一腳跨出家門，叫告別；從此沒有他遮擋風雨，當然不會被他遮住陽光，也叫告別。

珉珉和鍾勵分別的次數並不多，最長的一次是在五年前。鍾勵移民多倫多之後嘗試了雜七雜八的職業，最後入不敷出，決定回國闖闖，那時中國已成為冒險家的樂園。不料麥琪得了腎炎。加拿大醫療免費，珉珉留下來陪伴麥琪是最明智不過的選擇。

鍾勵登機的前一夜，珉珉哭了。

「有什麼好哭的？又不是把你們倆兒丟在窮鄉僻壤。」鍾勵說。

珉珉止不住哭聲。她相對於鍾勵，如同蘋果相對於地心，無法抗拒向他墜落的引力。現在地心要轉移，她怎麼能不心生懸空的悽惶呢。

兩年後，鍾勵到多倫多定居，讓珉珉懸掛的心落了地。

重逢，是上一次告別的圓滿句點，而在告別與重逢之間的苦楚都可以被省略了。但這一次的告別完全不同。

基尾蝦的味道不錯。珉珉炒蝦的時候，用蒜和乾辣椒爆鍋，裝盤前又點了醋。鍾勵一直喜愛這道菜。對基尾蝦，他能做到矢志不渝。珉珉吃了幾顆蝦，就沒有了胃口，隨後收拾了碗盤，把餐桌仔細擦乾淨。她不願讓情敵，那個名叫譚暢的女人，嘲笑自己邋遢。

譚暢早迫不及待地要進駐這幢房子。譚暢不止一次說過，她把處女身給了鍾勵，並苦等他四年多，到她撥開雲霧見太陽的時候了。珉珉從鼻子裏哼了一聲，處女身！如果譚暢以此要脅一個西方男人，一定會成為酒吧裏的笑料。在譚暢的心目中，珉珉和鍾勵十二年的婚姻是無足輕重的。在情場上論斤兩，天底下有幾個女人不把天平傾向自己？

像每次離家一樣，珉珉把樓上樓下每個房間的窗戶都檢查了一遍，並把窗簾整理好。回到餐室，她吹熄了蠟燭。兩縷白煙飄起來，香氣似乎更濃鬱了些。

珉珉一咬下唇，離開了這棟夢想屋。

第二天，鍾勵幫譚暢搬進了奧德莉街九十八號。鍾勵把譚暢抱進家門，直接爬上二樓的臥室，以剝蔥般的速度退去了她的衣裙。譚暢在柔軟的大床上翻滾、嘶喊。她不必像在公寓裏那樣壓抑自己的聲音了。

快樂是嘶喊出來的。

鍾勵五年前回到北京，一下飛機就發現那裏早已換了人間。老朋友王勝鳴見到他問的第一句話是：還和原來那個老婆過呢？鍾勵看看周圍的同齡男人，不管是離了婚的，還是沒離的，身邊都有個幾乎比他們小一輩的妖氣女孩，不得不感嘆自己的落伍。

鍾勵和王勝鳴合開了一家移民、留學加拿大的服務公司，起名「中加橋」。當時鍾勵和珉珉合買的第一幢房子在多倫多中城唐人街附近。珉珉把自己的家變成了新移民中轉站，接待「中加橋」的客戶。夫妻倆國內外應合，很快把生意做得風生水起。

當珉珉灰頭土臉地整日開著一輛麵包車奔忙於自己家、飛機場和醫院時，譚暢出現於鍾勵的視野。那時她大學畢業不久，時尚、性感、無所顧忌，旋風般把鍾勵捲入激情風暴的中心。幾個月後，譚暢已開始和鍾勵籌畫未來，表明希望到多倫多定居。通向未來的路從不平坦，總有幾塊石頭，當然其中最大的兩塊是珉珉和麥琪。

鍾勵先回多倫多，賣掉了中城的房子，和珉珉一起買下奧德莉街九十八號，開始平靜得幾乎不真實的家庭生活。鍾勵勸說珉珉多留在家裏關心麥琪的身體和學習，卸下肩上重擔，由自己打理生意，感動她至肺腑。

一年後譚暢悄悄登陸，進入「中加橋」工作。鍾勵在情人、太太中間盪了兩年鞦韆，累了，想停下來。他告訴珉珉，「中加橋」在競爭中屢失客戶，瀕臨倒閉，唯一的辦法是把房產抵押給富商女兒譚暢，貸款維持公司運作。其實譚暢的父親是個朝不保夕的修鞋匠。不久，鍾勵提出離婚，珉珉發現他們的欠款已超過在房子上的投資，除了把房權轉給譚暢，她別無選擇。珉珉請會計師查了「中加橋」的帳目。帳面上連續虧損兩年，找不出破綻。鍾勵和珉珉的其他財產，比如汽車、傢俱、電器等，值七、八萬加元。珉珉不要家當，只要五萬元現金。最後雙方達成了協定。

在加拿大對於男人，似乎沒有什麼比離婚更昂貴的了，但幸運的鍾勵以少有的低廉代價重獲自由。

譚暢終於結束嘶喊，說：「珉珉挺會享受的，這床很舒服。」

鍾勵仍費力地調整自己的喘息，斷斷續續地說：「不要在這個時候提她，好不好？」

「你是不是覺得內疚？」

鍾勵搖搖頭：「這兩年又不是她付的房屋貸款。」

「但首期款是她賺的，再說，你們共同生活這麼多年，所有財產她至少該得一半。」

「算了，不要提這些陳芝麻了。你要內疚，就不要搬進來！」

「哈，」譚暢不溫不火地笑了一聲，伸直自己的長腿，欣賞了一下新修的大紅腳指甲。「我不搬進來，誰更有資格搬進來？」說罷她跳下床，赤裸著身體巡視每一個房間，像獲勝的女王檢審戰利品。

她撿起餐室窗臺上兩截殘剩的蠟燭，把它們丟進了垃圾桶，然後坐到餐桌旁，從桌面上模糊地看到自己俏麗的臉，果決地說了一句：「新生活開始了。」

麥琪從國內回來之後，對珉珉新租的只有一個房間的單身公寓，並沒有流露出明顯不滿，甚至對鍾勵的消失，也沒有表現出太多驚訝。麥琪是一個大腦發育不甚健全的孩子，對外界變化的反應有些遲鈍。不像其他十一、二歲左右的孩子能瞭解、甚至評判大人之間的關係，麥琪似乎還是生活的局外人。

一張書桌和一張床，幾乎就占去了公寓的大部分空間。珉珉在窄小得幾乎不能轉身的廚房裏做飯，然後和麥琪在一張小圓桌上用餐。

很少和外界來往，公寓變成了異國他鄉的監牢，而把麥琪也拖進來，讓珉珉歉疚。再看看麥琪順受的神情，珉珉的心，甚至連呼吸都變沉重了。

珉珉幾經周折，在一家專門救助殘疾兒童的非營利組織找到了一份做檔案員的工作。雖然薪水微薄，但這這對於既沒有加國工作經驗，也不能說流利英語的她，算是很理想了。

維多利亞日前一天，許多同事提前回家過長週末，她有了一兩個小時的輕閒，就從圖書館借了一本關於殘疾兒童心理輔導的書來讀，並用英漢電子詞典查生詞。

「書很難讀嗎？」一個男人溫和的聲音從她背後傳來。

珉珉轉過頭，看到一位大約三十幾歲的白人。男人的相貌、打扮是在街上常見的：栗色頭髮、棕色眼睛、藍襯衣配牛仔褲，身上飄散出橄欖牌香皂的香草氣。聞香也可以識男人嗎？珉珉用同一種的香皂。

珉珉有些窘迫地點點頭。

「怎麼會對這本書感興趣？」男人接著問。

「因為我女兒。」

「哦。」男人很理解似地點點頭。

「我是一個母親，你知道……。」珉珉說，立即覺出這是一句廢話，便又多了幾分尷尬。

男人從口袋裏拿出一張名片，遞給珉珉，「我是兒童心理醫生，每星期四在這裏做免費心理諮詢，有問題你來找我好了。」

珉珉看了看名片：伊恩・布朗，驚訝地揚揚手裏的書：「你就是作者？」

這次輪到伊恩窘了，他點點頭：「其實我該把書寫得淺顯些，這樣你就不用查字典了，以前沒考慮到移民讀者。」

「我慢慢讀，讀得懂。」珉珉的口氣像在安慰伊恩。

伊恩笑了，釋然地、心無芥蒂。

珉珉幫伊恩取出他要的檔案，他就道別了。

「我差點兒忘了問你的名字。」伊恩說。

「珉珉。」

「有什麼意義嗎？我知道中國人的名字都有涵義。」

「含玉的石頭。」珉珉聳聳肩膀。「我大概永遠都是一塊石頭，頑石。」

「你不把石頭砸開，怎麼能找到玉呢？」

是不是心理醫生說話都有暗示，或是預示？望著伊恩的背影，琨琨想。

奧德莉街九十八號在新女主人譚暢手上產生了無形變化。起初只是隱隱約約地，廚房裏有了腥腥的氣味，不料氣味迅速地由腥轉臭。譚暢幾乎不敢做飯了，把垃圾桶放進了車庫裏。接著臭氣在餐室裏也出現了，然後病毒般傳染到起居室、主臥室、洗手間……。

鍾勵和譚暢翻天覆地般打掃整幢房子，甚至連地下室、車庫的角角落落都不放過。他們檢查了空調出口、抽油煙機，又忍痛出了大價錢，通了下水道，請來專業洗滌公司，把地毯徹底清洗一遍。

所有的嘗試都無濟於事。氣味飄渺，卻有記憶，無法捕捉，卻無所不在。這幢房子的臭名聲慢慢地傳遠了。鍾勵和譚暢請人來家裏做客，每次都被婉言拒絕；甚至水管工都不肯再上門了。他們似乎把自己關進了一座與世隔絕的城堡，與氣味進行無休無止的戰爭，看不見敵手，只聞得到。氣味彷彿隱身的皮影戲大師，牽引著他們上竄下跳，左右翻飛，直至把他們折磨得筋疲力盡。

到了夜間，臭氣像一群無形的蒼蠅在他們的頭上盤旋，一刻不停地騷擾他們的神經。對比其他房間，客房裏的臭氣似乎小一些，譚暢就到客房裏去睡，鍾勵緊隨其後。

「你不要跟著我好不好？」譚暢說。

「我怎麼忍心讓你一個人睡？」

「不要甜言蜜語了，我被你害死了，搬到這麼一棟臭房子裏。」

鍾勵被惹怒了。「你以為你是公主嗎？你以前住的公寓就不臭嗎？」

「我住那個地方，還不是為了等你離婚？」

「誰要你等了？」

「是你哭喊著下跪讓我等的！」譚暢叫嚷起來。

「當初你勾引了我！」

譚暢從床上坐起來，盯著鍾勵看了很久，最後從牙縫裏擠出一句話來：「你給我滾！」

如果言語是一堆刀，兩人都恨不得撿了最鋒利的來刺傷對方。

他想自己和譚暢是被詛咒了。

鍾勵跳到地上，赤著腳離開了客房。

他走進廚房，想給自己找一瓶啤酒，結果發現冰箱是空的。廚房裏的臭氣一天比一天更讓他難以忍受了。以前那廚房裏充滿食品香氣的日子一去不返了。

麥琪在珉珉的請求下，答應接受伊恩的心理輔導。

珉珉第一次帶麥琪走進伊恩的辦公室，精神有些緊張，彷彿接受輔導的是她自己。她從窗玻璃中瞥了一眼自己的腰身。時光是一塊魔鏡，一轉身之間，就把「楊柳枝條」

變成了「水桶」。如果她預料到年近四十還要重回單身市場，早就設法保持體型了。

一炷香在辦公桌上散開嫋嫋的霧，在霧中朦朧出現的是中國南方的一座小島，島上有一座廟。當年她在一個寂靜的午後，在白燦燦的陽光下推開廟門，上一炷香，求了一個簽。簽上只有兩句詩：黃連樹下嚶嚶泣，幸虧隔牆有知音。

「麥琪是你的英文名字嗎？」伊恩問麥琪。

麥琪點點頭。

「是你起的嗎？」伊恩側過頭問珉珉。

珉珉說：「我以前在中國時讀過一篇美國小說，叫《麥琪的禮物》。」

伊恩的目光告訴她，他也讀過這篇小說。

「我很受感動。」

「為什麼？」

「講的像是我和勵的故事，只不過小說中的麥琪有金色頭髮。」

「勵是誰？」

「我的前夫。」

「哦——。」伊恩的語調似有些惋惜，又有些恍然。

「大學剛畢業時，我和勵當北漂兒？你知道什麼是北漂兒嗎？」

伊恩迷惑地搖搖頭。

「漂在北京的人，沒有北京戶口。」珉珉有些費力地解釋，隨後忍不住微笑了。「你大概也不懂什麼是戶口，那是中國特色的東西。」

麥琪也笑起來，似乎教這位白人叔叔一些課程，是一件有趣的事兒。

伊恩立即捕捉到了空中來自珉珉母女的幾縷暖暖的、信任的，甚至稱得上甜蜜的氣息。他幾乎有些討好地說：「我對中國的事兒，非常感興趣，但你們一定得對我耐心一點。」

在後來的半個多小時裏，珉珉講了她和鍾勵的故事。他們大學畢業後，厭倦小城市捉襟見肘而又枯燥的生活，就一起到北京尋找機會。他們找不到工作，只好在街頭賣羊肉串，至今她聞到羊肉的膻氣都還想吐。她懷孕時蹬板車去上貨，在一個暴雨天跌進了陰溝，女兒被保住了，可大腦發育不全。他們存下一些本錢，開始做藝術品生意，後來移民了加拿大。

珉珉最後說：「一夢醒來，丈夫就變成了前夫。」

她如釋重負般舒口氣，用英語講故事實在是一項勞動。

「你前夫愛麥琪嗎？」伊恩問。

「應該愛吧。你說呢？」珉珉問麥琪。

麥琪點點頭，又搖搖頭。

「鍾勵見到別人家的又聰明、又活躍的男孩，總是很羨慕。」珉珉說。

珉珉不明白自己為什麼這麼信任伊恩，講了這麼多私人的事情。

三個人沉默了片刻。

香燃盡了，氣味還流連在房間裏。氣味沒有翅膀，從來都不會飛遠，珉珉想。

珉珉站起身告別時說：「對不起，我佔用了你和麥琪談話的時間。」

「其實，對麥琪的輔導，要從和你交談開始。」伊恩說。

「我英語不好。」

「你講得很好！我完全懂你的意思，而且我知道你有一顆善良的心。」

珉珉小心地移開目光。善良是很大一頂帽子，她不知道這帽子是否對自己合適。

伊恩禮節性地吻了珉珉和麥琪的額頭，但在吻珉珉時，似乎又比禮節性多幾分親昵，有一些安慰，一些許諾。珉珉的腰忽地軟下來，像是承受不了頭和上身的重量，直想把這些重量一起交給他。

一個月後，鍾勵和譚暢對臭氣忍無可忍，精神面臨崩潰，終於決定賣房。許多人來看過，但剛走進廚房就止步了。雖然他們在每個房間都裝了空氣清新器，還是遮蓋不住氣味。他們咬牙把房價一降再降，仍然找不到買主。百般無奈，只好把公司股份賣了大半給王勝鳴，又從銀行申請高利息貸款，買了一幢新房子。明知以後為償還債務必須勒緊腰帶度日，但只要能逃出這座臭窟，他們已不惜代價。

麥琪過生日那天，鍾勵來到珉珉的公寓，給麥琪送禮物：一套最新版的《哈利・波特》。

麥琪留鍾勵一起吃晚飯，鍾勵搖搖頭說：「家裏還有事。」

珉珉問：「你過得怎麼樣？」

「別提了，家裏臭得要命，想賣房又賣不出去。」

「那套房子多好啊，這些人不識貨！」珉珉似乎替鍾勵憤憤。

「你住過，你知道的。我把價錢降了一半，還沒人買。」

「如果有錢，我第一個買下來。」珉珉感傷地說：「其實我很懷念過去的家。」

鍾勵捕捉到了珉珉的脆弱氣息，立即說：「如果你想買，我還可以把價錢再降一些。」

「你知道我只拿到五萬塊，即使東湊西借，最多能出到七萬五。」

「你不能到銀行貸款嗎？」

「貸不到，工作時間短，收入太低，信用不夠。」

「那我和譚暢商量一下。」

鍾勵回到家，向譚暢彙報了珉珉的出價。譚暢有氣無力地說：「把這個臭房子賣給她吧，只要她立刻付現金，你馬上打電話讓地產商起草合同。」

轉天，珉珉以市場價百分之十五的價格買回了自己的夢想屋。

一星期後，珉珉作為主人回到奧德莉街九十八號，鍾勵和譚暢租了卡車搬家具。譚暢被這棟房子折騰得憔悴了，頭髮蓬亂，眼圈發黑，喋喋不休地抱怨，像個棄婦。而珉珉一身清爽氣息，神色舒展自如，倒像新蒙了愛情雨露。珉珉簡短地和譚暢寒暄之後，便逕自走進餐室，從手提袋裏掏出兩支蠟燭放到窗臺上：一支香草味的，一支百合味的。

珉珉透過視窗看到譚暢把所有的窗簾杆都裝上了卡車，忍不住發出幾聲輕笑。在搬離那天晚上，珉珉把半盤基尾蝦分別裝進了每個窗簾橫杆的管道裏，使臭氣控制了整棟房子。現在這些蝦又要隨他們的主人到新居裏去了。

這時珉珉突然發現譚暢的腹部已經隆起，她臉上的笑容消失了。

發表於《世界日報》北美版副刊二〇〇八年三月五～六日

趙廉

出生於中國杭州。一九八四年到加拿大留學，一九八六年獲英語文學碩士學位；一九九五年獲英語文學博士學位。現為加拿大亞裔作家工作坊（Asian Canadian Writer's Workshop）和加拿大作家協會會員，多倫多中國筆會副主席。

主要著作有：英漢兩語詩集《楓溪情》和《切膚之痛》；英語長篇創作性回憶錄《虎女》。主編過《敲響：加拿大當代華裔英語短篇小說集》、英語短篇小說集《中國結》、《北京中加友誼雕塑園》、《馬鵬水墨畫作品集》和《王德惠畫集》等。其作品《不再沉沒：加拿大華裔英語文學》獲一九九七年 Gabrielle Roy 加拿大文學最佳文學評論著作獎。

水土

波音七四七空中巴士在三萬一千英尺的高空飛行。艙外陽光燦爛，機下雲層如銀，客機越過了北冰洋、白令海峽、安克雷奇市，又跨過了國際日期更換線，朝著亞洲，向著目的地北京飛去。王雪麗看了一眼鑲在前排座椅背後的小電視螢幕，飛行全程：六千六百六十英哩；預計飛行時間：十三小時四十分鐘。

這是雪麗出國留學後第一次回中國，她不自禁地想起了十五年前的情景。

那時她二十七歲，到加拿大攻讀學位。可是，來到多倫多不久卻變得病病恙恙，心裏時常作湧，像個孕婦似的，有時甚至在教室裏或公共汽車上嘔吐起來。醫生也診斷不出她的毛病。一天，在多倫多大學圖書館的「東亞研究中心」，雪麗遇到了一位名叫陳珍妮的熱心人。

「清晨反應?」珍妮問。

「全天反應，從我來到加拿大，就一直在反應，」雪麗苦笑著指了指胃部。「可能是這裏出了毛病。」

「從中醫學的角度來看，你的生理系統可能受了新的地理環境和自然條件的影響，導致了暫時的陰陽失調。」珍妮似乎很在行，說得有條有理，好像在診斷病人。「這種症狀叫『水土不服』。」

「水土不服？」雪麗抬頭看了看這位身著長裙套裝的中年華裔婦女。「請問，這種病中醫怎樣治療？」

「你來加拿大的時候，有沒有帶一小袋泥土來？」珍妮關切地問。

「泥土？」

「是啊，一小袋中國家鄉的泥土，」珍妮解釋說。

「治病要用泥土嗎？」

「對了，用家鄉的泥土！」珍妮慎重地回答。

「還用別的嗎？」雪麗從書包裏拿出筆紙。

「用生薑，」珍妮認真地開出一帖「生薑療法」的中國民間偏方。

那天放學後，雪麗去 Spadina 和 Dundas 街交叉口的唐人街，買了五磅新鮮生薑。當晚，她熬了一大鍋薑湯，沒有家鄉的泥土，她便從校園裏挖了一小包土。也沒有甘蔗糖，她就往湯裏滴了些楓糖漿。儘管是替代品，雪麗覺得她對珍妮的偏方所作的修改應該說得過去，她想應該盡快地適應加拿大的環境，把新元素吸收到自己的身體裏來。想到這裏，雪麗充滿信心，端起熱乎乎的薑湯，一飲而盡。就這樣，她天天喝，一天喝好幾遍，堅持了一段日子後，她的腸胃果真好了，以後再也沒有出現過那種翻江倒海的難受了。

機艙裏的照明燈亮了。兩位空姐推著食品車送來了盒式速食麵，雪麗心裏頓時湧起一股懷舊感。速食麵曾經是中國大學生宿舍裏最好的消夜。雪麗彷彿聽見同學們晚自習回到宿舍後，坐在床邊，呼拉嘩拉吃速食麵的聲音。

旅客們熟練地打開速食麵湯碗的紙蓋，空姐依次給碗裏斟滿開水。一會兒，雪麗的四周便響起了熟悉卻久違了的吃喝聲。她偏過頭，兩邊看了看，身邊的西方旅客們若無其事地吃著碗裏的湯麵，聽著爵士和古典樂曲，翻閱著《時尚雜誌》、《今日美國》或《經濟新聞》，怡然自得的樣子。沒有人像她這樣大驚小怪的。雪麗想，既然速食麵已經跨越了國界，或許中國人喝湯出聲的習慣也被西方人接受了。不過，如果她的老師詹姆斯在此，目睹如此吃法，又會作何感想呢？雪麗想起詹姆斯曾教給她喝湯不發出聲響的訣竅。

「關鍵在於，湯到嘴之前，不要用嘴去吸。喝湯發出噪音，很不禮貌。湯到嘴裏，要無聲地吞下去。」詹姆斯完成了示範動作。他們正在吃用土豆、西蘭花和牛奶做的法式湯。

詹姆斯正瞇著眼睛，雙唇微合，無聲地往下吞嚥著。雪麗想，漢語說「喝湯」，而英語說「have some soup」——兩種說法對眼前的這個動作似乎都不合適。於是，她悄悄地轉了個話題：「那麼，怎麼表達感謝呢？」

「說謝謝呀！」

「光說個謝謝多平淡哪，在中國文化裏，我們採用一種擬聲法的修辭手段。用舌尖發出嘖嘖的響聲，表示稱讚這湯十分鮮美。」

詹姆斯忍不住笑了起來。「這麼說，如果北京市市長請我們到人民大會堂赴宴，我們應該吃出聲來嗎？」他摹仿了一下咂舌頭的吃聲，老師誇張的表情讓雪麗笑得眼淚都流了出來。

談到政治，詹姆斯持左翼觀點，雪麗玩笑地給他取了個雅致的綽號叫「學壇社會主義者」。二十世紀八〇年代，中國對外開放初期，他應中國教育部的邀請到武漢的一所大學任外教一年，當時雪麗正是英語系四年級的學生。詹姆斯認為中國的體制比西方好，但使他困惑不解的是，他的學生對到北美留學充滿了濃厚的興趣。他反覆強調到北美留學需要支付昂貴的學費，並毫不客氣地批評美國把毒害人的可口可樂和建立在物質財富之上的美國之夢兜售給了全世界。

「難道你們不知道資本主義是建立在富人剝削窮人的基礎上嗎？從整體上看，中國的制度更加優越。在中國，人人有工作，男女平等，同工同酬。」作為一個熱愛中國的加拿大人，詹姆斯在學生面前毫不隱諱自己的觀點，公開為他們的國家辯護。在課堂上，他講的是各種諷刺的修辭手段，有時他覺得自己是個難得的例證。

雪麗還記得幾次和老師辯論的情形。她批評詹姆斯的邏輯充滿矛盾：他一方面希望幫助中國發展，另一方面似乎希望中國保留在不發達國家的範圍之內。雪麗說詹姆斯忘記了一個事實，如果中國人繼續處在貧困和落後的狀態，西方遊客到了中國就一直會享有優越感。而這種優越感不僅拉開兩者之間的距離，更加證明他們之間的不平等。如果說中國學生普遍對出國留學有興趣，那是因為他們希望學習西方先進的東西為己所用，而以前卻沒有這樣的機會。

幾年以後，在詹姆斯的幫助下，雪麗來到多倫多留學。來加後的第二年的一天，老師約她到著名的丹麥餐飲「哥本哈根室」吃飯。

「我已經定了明天早上飛中國的機票，去昆明大學教英語，時間是一年，今天向你辭行了。」詹姆斯一邊往酒杯裏斟酒，一邊說。

雪麗深知詹姆斯對中國的熱愛，尤其現在，他已經退休了，怎麼會輕易失去再次去中國教授英語的機會呢？但是，他為什麼遲遲不把這個決定告訴朋友們？很顯然，他不希望別人干擾他的決心。

透過詹姆斯沉靜的眼神，雪麗看見「哥本哈根室」入口處的那座美人魚鑄銅雕塑。她隱隱約約地意識到詹姆斯選擇他們臨別見面地點的涵義。眼前的他，正像一條在大海裏顛簸的小船，無法抗拒遠方港灣裏傳來的美人魚動聽的歌聲，哪怕是粉身碎骨，他也會不顧一切地，開足馬力向著歌聲升起的地方駛去。

面對著滿頭白髮的老師，雪麗想起了一句中國俗語：「老不出關」。儘管它源於久古，而今天的時代已大不相同，但是詹姆斯畢竟年過花甲，一次又一次萬里奔波，真要是有個三長兩短，如何是好。

「雪麗，你聽說過嗎，據統計，每年死在家裏浴缸中的加拿大人遠遠超過死在國外歷險的？」詹姆斯用爽朗的笑聲掃滌了雪麗心裏的愁雲，看來她是多慮了。

回到故鄉武漢一個星期了，雪麗一直在渴望那種魚得清水鳥歸林的感覺，然而，這種感覺卻遲遲沒有出現。所有歡迎她回國的聚會並沒能使她體會到回家的親切感，相反，她卻真切地覺得自己是家鄉裏的外國人，一個手提包裏裝著本市地圖的旅遊者。

第二個星期，雪麗大學時代的同學和老師邀請她回校共進午餐。出租車駛進學院大門時，她突然有一種滄海桑田，人是天非的感覺。

「校門口的包菜地呢？」雪麗環顧四周，不見一棵包菜，也不見那些在阡陌間忙碌的農人。展現在她眼前的是一幢幢的新樓房。從校園內的深處，不時地傳來刺耳的口哨聲和水泥攪拌機低沉的轟隆聲。

「詹姆斯，您在哪兒？我回來了！」對著陌生的校園，雪麗大喊了一聲。

主持餐會的是雪麗過去的老師，現任外語學院的院長。席間，大家頻頻舉杯，談學校、談社會、談十多年來的變化，顯得其樂融融。然而雪麗卻感到客氣的成分居多，昔日師生間和同學間的那種親情友情淡薄了。飯後，同班同學王梅和張琳主動帶她在校園裏轉轉。

一出貴賓樓，王梅迫不及待地告訴雪麗：「詹姆斯去世後的那個星期裏，整個校園裏懸掛著悼念他的黑色和白色的布幔。他教過的畢業生們紛紛回校向老師的遺體告別，同學們回憶起當年老師的教誨，猶如失去一位慈父，無不痛哭流涕。」

「詹姆斯安寧地躺在棺木裏，穿的是那件深藍色的中山裝。雪麗，你還記得他平時最愛穿的那件前面有四個口袋的毛服嗎？」張琳問。

雪麗點點頭。

她忘不了詹姆斯在多倫多的「哥本哈根餐室」和她告別時的情景和她當時心中的不安，那年冬天，她憂慮的事情終於發生了。一個夜裏，噩耗從遠方傳來，雪麗顧不得零下二十度的嚴寒，衝出家門，她只想到詹姆斯最喜歡的「哥本哈根餐室」去一醉方休。可是當她走下通往餐館入口的樓梯時，才發現多倫多市這家唯一的丹麥餐館不知道在什麼時候已經永遠地關閉了。

雪麗坐在骯髒冰冷的樓梯上，失聲痛哭。頂著凜冽的寒風，她在馬路上轉悠了三個多小時，一路尋找美人魚，一路和嗚嗚的北風一起悲泣。

詹姆斯是因腦溢血去世的。

寒假期間，他從昆明趕去武漢和過去的學生團聚。在那裏的最後一夜，按原計劃安排，他先去看望雪麗的父母，和她的一家人吃餃子。接著，他又去和最後一批同學們團聚。據說，他喝了好幾盅中國的茅臺酒，又吃了些著名的「四季美」湯包。午夜後，詹姆斯回到學院的招待所，在泡熱水澡的時候，腦溢血突發，他就再也沒有醒來。

詹姆斯逝世的消息震驚了整個校園和有關部門。市公安局和學院外事辦公室組織了聯合調查。把這天與詹姆斯有過接觸的人都被叫去談話，雪麗家也不例外。她的父親把他們請詹姆斯吃飯的全過程的所有細節回憶起來，寫成書面材料，從詹姆斯和翻譯步入他家公寓開始，到全家人站在路邊向客人乘坐的出租車揮手告別的細節都作了交代，其中包括詹姆斯和雪麗五歲的小外甥女的一段對話：

「餃子長在樹上嗎？」詹姆斯和小姑娘逗趣。「我想在加拿大種幾棵中國的餃子樹。」

「不對，」小姑娘咯咯地笑了，「是我外婆用手捏的。」

「詹姆斯的遺體是火化的，學院徵得了他的家屬同意，留下了他的一部分骨灰埋葬在校園裏。」王梅的悲傷的聲音打斷了雪麗夢幻般的回憶。

「能帶我到安葬他骨灰的地方去看看嗎？」雪麗懇求地問。

兩位同學相視無語，似乎有些為難。

結果出乎雪麗的意料，她們竟然不知道詹姆斯的骨灰葬在哪裏。

「我聽說安葬的地方種著一棵紅楓樹，作為標記，」雪麗提醒老同學說。

張梅馬上用手機和院辦公室聯繫。辦公室秘書說，在新的行政大樓破土之前，院辦曾通知過英語系遷移詹姆斯的骨灰。至於遷移到哪裏去了，秘書也說不清楚。

站在一旁的雪麗十分焦急，她想說，詹姆斯是那樣地愛我們！直到生命的最後一刻，他一直把我們學校這裏當作他在中國的家。

兩位同學不停地撥打電話，幾經波折後，王梅興奮地告訴雪麗，她們終於找到了一個知道這件事情的人。雪麗落下心中一塊懸著的石頭，長長舒了口氣。

這個人是雪麗不同學年的同學，姓李，來自農村，讀書時沉默寡言，坐在教室的最後一排。大學畢業後，留在系圖書室工作，現在是大學國際事務學院的院長。

雪麗跟著李院長朝校園的另一個方向走去。

「是我把詹姆斯的骨灰遷移出來的，」李院長回憶著當時的情景。「那裏正在施工，挖掘機的大爪子差點把詹姆斯骨灰刨了！」他邊走邊說，做了一個有驚無險的表情。「可能當時事情太多，學院領導沒有來得及提供另外的安葬地，我只得悄悄地把他遷到在一棵灌木下面了。」李院長心情有些沉重，卻也顯示了官場磨礪出來的世故與練達。走到一個用鐵路舊枕木圍成的方形小花壇前，他停下了腳步。

雪麗無法相信，在眼前這些枝枝丫丫上滿是灰塵的無名灌木下，埋葬著他們敬愛的老師、中國人民的偉大朋友——詹姆斯的骨灰。

作為加拿大人，雪麗為詹姆斯驕傲，在她心目中，詹姆斯的名字和另外一位為中國人民獻身的加拿大人——諾爾曼白求恩醫生一樣，使她有一種高山仰止的崇敬。

李院長走近一叢灌木，雙手撥動枝葉。「在這兒！你看——」他高興地對雪麗說。

雪麗走了過去，雙手托起一塊用細鐵絲掛在樹枝上的小木牌，她輕輕地抹掉上面的灰塵，這是一塊手掌大小的橢圓形木板，塗著深藍色油漆的底色，幾行淺黃色的小字隱隱約約地呈現在她的眼前：那是詹姆斯的名字，出生和逝世的年月日。

雪麗默默地對自己說：就是這個地方！詹姆斯就在這兒，他就在這裏啊！頓時，似乎霹靂夾著暴雨從她的頭頂傾瀉而下，她凝聚在那裏，盼望這刻的團聚能到永遠。

雪麗強壓下胸中的悲動慟。

「那棵紅楓樹呢？」稍後，她問李院長。

「不幸的是，紅楓樹沒能活下來。那天，也是我把它移到這個花壇裏的，令人遺憾的是，它死了。或許，是因為水土不服吧。」文靜的李院長慢條斯理地敘說著。

「呵，詹姆斯，你可聽見了，這是獻給你的，是你最優秀的學生獻給你的幽默。」

雪麗注意到幾顆纖細的、毛絨絨的蒲公英籽粘在掛著詹姆斯的名字的小木牌的樹枝丫上。

她打開背包，取出一個仔細包紮過的水瓶和一小袋泥土。她把來自詹姆斯家鄉，多倫多市中心島的黑土撒在灌木叢的根部，再擰開塑膠水瓶的蓋子，把加拿大安大略湖的湖水緩緩地澆在泥土上。

二〇〇八年

張金川

出生上海，一九八一年移民加拿大。具有加拿大大專會計及商業管理文憑。目前從事互惠基金管理工作。業餘愛好寫作，曾有數篇散文登載《世界日報》及《北美生活報》。作品被收入《楓情萬種》和《旋轉的硬幣》。現任安省山東同鄉會《齊魯鄉訊》年刊編輯。加拿大筆會會員。

裘娣的週末

這是十多年以前的事了。那時我在某一信託公司按揭部（指管理貸款抵押部門）工作。

每星期一的上午，我們按揭部按例召開職工會議。那天清晨我上班途中，路上發生了交通意外，我遲到了。當我輕輕推開會議室的門時，大家的目光一致地射向了我，我不知喃喃自語地說了些什麼，就立即走到會議桌的角落坐了下來。我發現大家的臉色是凝重的，一掃平時自由論述的氣氛。難道是因為我遲到了？我低下了頭，不敢注視主管的目光。不一會兒，只聽得一聲「散會」，我如釋重負地走回自己辦公室屬於自己的座位。

我發現鄰座裘娣的辦公桌格外地「整潔」，像是剛進行過一趟大掃除。桌上除了電腦，沒有任何東西，甚至連文件夾中的紙張都不見了，靠背椅子已縮進在辦公桌的空間，顯然裘娣還未到公司。

我問了另一位同事芬妮，「裘娣呢，今天她請假了嗎？」

芬妮的回答讓我大吃一驚：「她被公司開除了。今天的例會上主管宣布了這一消息。」

「什麼原因？」我急切地問。

「她隱瞞了真相。」芬妮回答。

「倒底是為什麼？」我窮追不捨。

「說來話長。現在是工作時間，等午餐時我再告訴你。」

我怎能安心工作呢？我的思緒一直未能離開裘娣。

我的鄰桌叫裘娣，年紀在三十至四十之間。這個年齡的女人，已褪除了少女的稚嫩，增添了女人的嫵媚。裘娣長得很漂亮，身材頎長，穿著時髦。如果說歐洲女人的膚色給人以白淨素雅的感覺，裘娣的膚色則是富有彈性的健美棕櫚色，而她的臉龐卻富有白種人的輪廓。

她曾問過我，「你的原居地？」

「中國，你呢？」

「英國。」她答道。

我心中納悶，明明她是有色人種或混血兒，為何偏要把自己說成是英國人呢？殊不知英國人最講究以盎格魯薩克遜為高貴血統的。

她有一個習慣，就是從不在公司吃午餐，午餐時間她喝一杯咖啡而已。

我常問她：「你不吃午餐，是否履行減肥計劃？你並不需要減肥啊！」

她笑著回答：「早餐我吃得很飽。再則，我省下午餐的時間來工作，可以提前半個小時下班，以避開下班時車輛的高峰時刻。」

我心中盤算，提早半小時下班，即是四時半離開公司，這對避開車輛高峰時刻並沒有多大幫助。而她每天提前半小時上班，卻是實足少睡了半個小時。

裘娣給大家的印象是工作非常努力，她除了用午餐時間來補償早退的半小時外，她總是第一個來到公司。我常開玩笑地說她的工作時間是「直通車」。對於她的早退，主管和同仁們都沒有半點意見。儘管每個週末，她一過下午四時就立馬走人，也從未有人提出質疑。

使我好奇的是：英語是她的母語，她人緣也佳，但公司的聯誼活動她是從不參加。不管是夏天的野餐燒烤，還是歲末的聖誕派對，她總會呈上不參加活動的某種理由：她兒子的學校有夏季籃球聯賽，或是她丈夫的公司在同一天舉辦聖誕舞會等等。

有一年聖誕前夕，我對她說：「我媽媽在香港替我訂做了一件絲絨旗袍，非常華貴，我想在聖誕晚會上亮相。今年你一定要來參加公司舉辦的聖誕舞會。」

她婉言解釋：「真是不巧，今年公司的舞會又與我先生公司舉辦的聖誕派對相撞，我沒有分身術。」

又一次拒絕！我本想說，「難道你非得年復一年陪著你先生去參加他們公司的活動，而放棄自己與同仁們一年一度聖誕聯誼的機會嗎？反過來，難道你先生就不能陪著你來參加我們公司的聖誕舞會嗎？」這話到了喉嚨口，但我沒說。莫非她有難言之隱嗎？

好不容易挨到了午餐休息時間，我迫不及待地向芬妮打聽。她告訴我：

「裘娣是一個有汙點的女人，就因為犯錯，她付出了沉重的代價，丈夫離她而去，她成了單親母親。」

「什麼汙點？」

「她在某一銀行任職時，曾利用工作上的便利，擅自動用了一筆資金。」

「後來呢？」

「她被銀行開除了。因這一案件，她還被判決坐監兩年。但是法官考量到她是單身母親的緣故，為了照養孩子，允許她每個週末和假日才去服刑坐監，直至二年的刑期滿止。」

「這是真的？」我簡直不敢相信。我無法把我所熟悉的漂亮的裘娣與一個曾經犯罪女子等同起來，更何況她的業績出眾，時常得到公司的表揚。

我不禁感嘆，可憐的裘娣！一年三百六十五天她除了工作就是坐牢。她沒有週末，沒有娛樂，在人前又不能流露出半點異常的感受。每天下班她火急火燎地趕回家準備晚餐，作為一個母親在非常時期為孩子付出的唯一丁點愛。原來她週末提前下班，是趕去服刑啊！

「那麼公司為何至今才知道的？」我有些忿忿不平。

芬妮說：「裘娣的一位熟人數日前向公司披露這一狀況，而公司開除她的原因並不是由於她曾有過失足，而是沒有在第一時間向公司坦白解說。」

我想起來了，當我被公司人事部的人員召見會晤時，她曾問我這麼一個問題：「Are you bind?」，這句話是我在英語學習中從未見過的。我望著眼前這位操縱我命運的女士，一時不知怎麼回答。她又問了一遍，我用極輕的語調說：「我不懂您的意思。」她打量了我一下說，「我們進行下一個提問吧。」

回家後，我忐忑不安地查了英漢字典，它有一種解釋是：「因契約、允諾或處以懲罰而（使人）負有義務。」我被公司錄用後，就將此事忘得一乾二淨。

加拿大是法治社會。而法治社會是既嚴厲也通融，法律在懲罰人的同時也給人以出路。裘娣如能早先認識到這一點，就不會遭到第二次被開除的後果。

我為裘娣痛心和婉惜。這麼多年過去了，想必她一定會從「隱瞞」中接受教訓。其後我不曾與她聯絡過，但默默祝願她從困境中走出，開始新的生活。

張翎

浙江溫州人。畢業於復旦大學外文系。一九八六年留學加拿大，獲英國文學碩士和聽力康復學碩士。現定居加拿大多倫多。

九〇年代中期開始發表作品：長篇小說《郵購新娘》（臺灣版書名《溫州女人》）、《交錯的彼岸》、《望月》（海外版書名《上海小姐》），中篇小說集《雁過藻溪》、《盲約》、《塵世》等。曾獲第七屆和第八屆十月文學獎、第四屆人民文學獎、第二屆世界華文文學優秀散文獎，以及首屆加拿大袁惠松文學獎等。

母親

母親要來多倫多探親，蘇偉請了半天假，在家收拾房間。

蘇偉已經好些年沒見過母親了。前次見面，是臨出國的時候，他帶了女兒月亮回老家辭行。從那時至今的八年裏，蘇偉的生活裏已經有了很多新的內容。首先，他和妻子曉燁都已經讀完了學位，找到了工作，在多倫多定了居。他在一家製藥廠當藥檢師，曉燁在一家石油公司做電腦網路管理。再者，他們的女兒月亮已經從一個流清鼻涕的三歲小丫，長成一個十一歲的半大姑娘了。而且，他們的住處，也從一個兩室一廳的小公寓，變成了一所四室兩廳的二層洋樓。

關於母親的住處，蘇偉兩口子有過一些激烈的討論。蘇偉覺得母親的眼睛不好，怕上下樓梯摔跤，應該住在樓下進門的那間房。曉燁說樓下這間房是她的辦公室，先不提辦公桌搬起來極是笨重，電話傳真電腦印表機重新佈線，也要費事。兩人爭執了半天，結果是蘇偉的意見勝出。蘇偉的意見勝出，是因為蘇偉的一句話。蘇偉說母親來探親，沒有醫療保險，若真摔了，醫療費用將是一筆碩大的開銷。這句話一下子把曉燁鎮住了。曉燁沉吟了半天，才說：「要搬你搬，我不管。」蘇偉知道這就是同意的意思了。

蘇偉找了個朋友來幫忙，花了三四個小時把曉燁的辦公室搬妥當了，這才來收拾母親的房間。母親的房間其實沒有什麼好收拾的，只有一個小茶几，一張沙發床，白天收攏來當椅，晚上撐開了當床。被褥都藏在壁櫃裏，倒都是新買的。收拾完了，屋子極是簡單潔淨，沒有一樣花俏的物件，正是母親平日喜歡的樣子。

機場裏接了母親，母親的模樣倒沒什麼大變，只是身架更是矮小了一些。母親自然是完全不認得月亮了。蘇偉對月亮說：「這是奶奶，小時候你在奶奶家裏住過的，滿屋瘋跑追奶奶家的貓，記得不？」月亮茫然地搖著頭。母親把鼻子湊得近近地打量兒子，不像是看人，倒像是貓在聞食。「頭髮哪兒去了？瘦成這個樣子。」母親摸著兒子的手，嘖嘖地嘆氣：「還是你媳婦比你強，腰圓肚圓的，一看就是身體好。」蘇偉捅了母親一下，讓母親住嘴。曉燁這些年一直在嘗試各種各樣的減肥秘方，最聽不得人說她胖。

母親的眼病，已經有很多年的歷史了。至今回想起來，蘇偉總覺得是自己偷了母親的眼睛，自己的那份光亮，原是踩在母親的肩膀上得來的。

蘇偉的父親去世很早，他和兩個哥哥都是靠著母親在皮鞋廠工作的微薄工資養大的。母親基本不識字，幹的是全廠最髒最低下的工種——橡膠車間的剪樣工。母親日復一日的任務，就是把剛從滾筒裏撈出來的熱膠皮，按固定的尺寸剪出鞋底的雛形。這個工種是母親自己要求來的，因為生膠有毒性，橡膠車間的工人，每個月可以拿到四塊錢的營養費。生膠一碰就粘色。母親下班回到家，脖子是黑的，手是黑的，一笑，額上的淺紋也是黑的。洗了又洗，洗出好幾盆墨汁似的水來，潑了，就操持一家人的晚飯。飯很簡單，幾乎全是素的，卻有菜有湯。吃完飯，收拾過碗筷，母親就坐下來，開始織毛衣。母親會織很多種的花樣，平針、反針、疊針、梅花針、元寶針。母親的毛衣都是替別人織的，母親自已的毛衣，卻是拆了勞保手套的紗線織的，穿在身上，顏色雖然黃不黃白不白的，樣式倒是合身新穎的。母親給別人織毛衣，織一件的工錢是兩塊錢。遇到尺寸小花樣簡單的，一個月可以織五六件，當然是那種馬不停蹄的織法。

蘇偉生在亂世，那個年代幾乎所有的食品都憑票供應。江南魚米之鄉，竟也開始搭配百分之二十的粗糧。家裏三個男孩，齊齊地到了長身體的時候，口糧就有些緊缺起來。母親只能用高價買下別人不吃的粗糧，來補家裏的缺。每天開飯的時候，母親總讓兒子先吃。等到母親最終摘下圍裙坐下來的時候，那個盛白米飯的盆子已經空了。地瓜粉做的窩頭雖然抹了幾滴菜油，仍然乾澀如鋸末。母親嚼了很久，還是吞不下去，直嚼得額上、脖子上鼓起一道道青筋。蘇偉看得心縮成緊緊的一個結，可是到了下一頓，依然無法抵禦白米飯的誘惑。

母親常年營養不良，又勞累過度，身體就漸漸地垮了。有一天晚上，三個孩子正圍著飯桌做功課，突然聽見母親嚷了一句：「怎麼又停電了？」蘇偉說：「沒停電呀。」母親那邊半晌無話。再過了一會兒，蘇偉就聽見了一些窸窸窣窣的聲音，才發現母親哭了——母親的眼睛突然看不見了。

母親的眼睛壞了，不能再做剪鞋底的工作了，就調去了最不費眼力的包裝車間，給出廠的鞋子裝盒。母親也不能再織毛衣了。失去了營養費和織毛衣這兩項額外收入，家境就更為拮据了。三個孩子就是在那個時候才真正懂事起來的。每天做完作業，就多了一項任務——糊火柴盒。糊兩個火柴盒能得一分錢，每天糊滿一百個才睡覺。糊火柴盒的收入，孩子們只上交一部分，另一部分自作主張拿去給母親買了魚肝油。

母親的眼睛時好時壞，卻終究沒有全瞎。

後來三個孩子都成了家，大哥、二哥搬出去住，蘇偉也大學畢業去了省城。母親這些年始終自己一個人過，卻不願和任何一個兒子住在一起。蘇偉是母親最疼的一個老兒子，所以當蘇偉提出要母親來多倫多探親的時候，母親雖有幾分猶豫，最後還是來了。

母親是個節省的人，到了哪裏都一樣。在蘇偉家，母親捨不得用洗衣機和烘乾機。母親自己的衣服，總是手洗了掛在衛生間裏晾乾。走進衛生間，一天到晚都能看到萬國旗幟飄揚，聽見滴滴噠噠的水聲。曉燁說地磚浸水要起泡的，衛生間總晾著衣服，來客人也不好看。曉燁說了多次，母親就等到早上他們都上了班才開始洗衣服，等下午他們快下班了就趕緊收拾起來。地上的水跡，母親是看不清的。母親自己看不清，就以為別人也看不清，曉燁的臉色就漸漸難看了起來。

母親操勞慣了，到了兒子家裏，也是積習難改，每天的頭等大事，就是做上一桌的飯菜，等著兒子兒媳下班。母親做飯，還是國內的那種做法，蔥蒜八角大料紅綠辣子，旺火猛炒，一屋的油煙彌漫開來，惹得火警器嗚嗚地叫。做一頓飯，氣味一個晚上也消散不了。傢俱牆壁上，很快就有了一層黏手的油。

曉樺說：「媽您把火關小些。」蘇偉也說：「媽您多煮少炒。」母親回嘴說：「你們那個法子做出來的還叫菜嗎？」勉強抑制了幾天，就又回到了老路子。後來，曉樺就帶著月亮在外頭吃飯，吃完了帶些外賣回來，給蘇偉母子吃，才算勉強解決了這個問題。只是母親無飯可做了，就閒得慌。母親不僅不懂英文，母親連普通話也說得艱難。所以母親不愛看書、看電視，更不愛出門，每天只在家裏巴巴地坐著，等著兒子回來。蘇偉下班，看見母親一動不動地坐在黑洞洞的客廳裏，兩眼如狸貓熒熒閃光，就嘆氣，說：「媽這裏電費便宜，開一盞燈也花不了幾個錢。」

母親近年學會了抽煙。母親在諸般事情上都節省，可是母親卻不省抽煙的錢。母親的煙是國內帶來的。兩隻大行李箱裏，光煙就占了半箱。母親別的煙都不抽，嫌不過癮，母親只抽雲煙。母親還愛走著抽煙，煙灰一路走，一路掉。掉到地毯上，眼力不好，又踩過去，便是一行焦黃。曉樺一氣買了六七個煙灰缸，每個角落擺一個，母親卻總是忘了用。母親的牙齒熏得黃黃的，一笑兩道粉紅色的牙齦。用過的毛巾茶杯枕頭被褥沒有一樣不帶著濃烈的煙臭。

母親一輩子想生閨女，結果卻一氣生了三個兒子。大兒子和二兒子生的也是小子，只有老兒子得了個閨女，所以母親很是稀罕月亮，見了月亮就愛摟一摟、親一親。月亮說：「不要碰我。」月亮說的是英文，母親聽不懂，卻看出月亮是一味地躲。母親伸出去的手收不回來，就硬硬地晾在了空中。蘇偉豎了眉毛說：「月亮你聽著，你爸爸都是你奶奶抱大的，你倒是成了公主了，碰也碰不得？」曉燁不看蘇偉，卻對母親說：「月亮不習慣煙味，從小到大，身邊沒有一個抽煙的。」母親聽了，神情就是訕訕的，從此再也不敢碰月亮。

母親的簽證是六個月的，可是母親只待了一個半月，就提出要走。其實母親是希望兒子挽留的。可是曉燁沒說話，蘇偉就不能說話。母親雖然眼力不好，母親卻看出了在兒子家裏，兒子得看兒媳婦的眼色行事。

兒子得看兒媳婦的眼色行事，是因為兒子事事都比兒媳婦落後一截。兒媳婦先出的國。兒媳婦先得的學位。兒媳婦先找的工作。兒媳婦的工資，也比兒子高出幾個臺階。兒媳婦倒也不是自行走在前面，丟了兒子不顧的。兒媳婦總是先走幾步，停一停，伸手拉兒子一把，等兩人並行了，才又接著往前走。兒媳婦沒有嫌兒子慢，母親就已經謝天謝地了。

母親來的時候剛過了新年，走的時候是開春了。航班是大清早的，天還是冷，曉燁和月亮都睡著，蘇偉一個人開車送母親去機場。一路上，蘇偉只覺得心裏有一樣東西硬硬地堵著，氣喘得不順，每一次呼吸聽起來都像是嘆氣。

泊了車，時間還早，蘇偉就領著母親去機場的餐館吃早飯。機場的早飯極貴，又都是洋餐洋味。蘇偉一樣一樣地點了一桌子。母親吃不慣，挑了幾挑就吩咐蘇偉打了包。

母親連茶也捨不得留，一口不剩地喝光了。母親的手顫顫地伸過飯桌，抓住了蘇偉的手。母親的手很是乾癟，青筋如蚯蚓爬滿了手背，指甲縫裏帶著沒有洗淨的泥土——那是母親昨天在後院收拾隔年落葉留下的痕跡。

「娃呀，你聽她的，都聽。媽年輕的時候，你爸也是順著我的。」母親說。

母親在將近四十的時候才懷了他，小時候母親從不叫他的名字，只叫他娃。母親的這個娃字在他堵得嚴嚴實實的心裏砸開一個小洞，眼淚無聲地湧了出來。他跑去了廁所，坐在馬桶上，扯了一把紙巾堵在嘴裏，啞啞地哭了一場。

走出來，他從口袋裏掏出一個信封，塞在母親兜裏。

「兩千美金。大哥二哥各五百，您留一千。」

蘇偉陪著母親排在長長的安檢隊伍裏，母子不再有話。臨進門的時候，他遲疑了一下，才說：「哥寫信打電話，別提，那個，錢，的事。」

送走母親，走出機場，外邊是個春寒料峭的天，早晨的太陽毫無生氣冰冷如水，風颳得滿樹的新枝亂顫。蘇偉想找一張手紙擤鼻涕，卻摸著了口袋裏那個原封不動的信封，母親不知什麼時候又把錢還給了他。

那天蘇偉坐進車裏，啟動了引擎，卻很久沒有動身。汽車噗噗地喘著粗氣，白色的煙霧在玻璃窗上升騰、聚集、又漸漸消散。視野突然清晰了。就在那一刻，蘇偉覺出了自己的不快活，一種不源於曉燁的情緒的，完全屬於他自己的不快活。

詩恆

出國前任職於北京政府部門經濟研究所。一九九二年赴日本，在早稻田大學經濟系任客座研究員，一九九七年後定居多倫多。一九九九年開始文學作品的寫作，已有小說、散文、文學評論數十篇發表於國內的《現代文學》雜誌和北美的《世界日報》等刊物。現在北京從事商務活動。

臨別禮物

我和他相識在東京地鐵的車廂裏。

那時我剛到日本，正為讀書、找工傷神，睜著一雙好奇的眼睛奔波在東京都內。十幾年前出國的人，口袋裏沒有幾個錢，可這光怪陸離的社會百態還是要用心去體味的。

無論去哪裏，我都要乘地鐵的千代田線在一個名叫「龜有」的小站上車、下車。就在離開車站的不遠處，有一棟已屆風燭殘年的老舊木樓，爬上一段吱嘎亂響的室外樓梯，有一套小的如同木籠一般「公寓」。「公寓」的主人見我們都是窮學生，爽快地只要兩萬八千日元一個月的租金。幾天之後，當我們欣喜若狂地搬進了「公寓」才發現，原來廉租屋裏沒有衛生間，整個木樓都沒有。木樓的全體租客如行「方便」之事，還要去附近公園的公共衛生間，令我倍感煩惱。

那天我去六本木的一家拉麵店做招工面試，幾句問話下來，便已覺察到老闆客氣中的推辭，自知又是因我日語不靈，連這份端盤子的活兒也幹不成。乘地鐵返家時，心中的那份沮喪無可言狀。

我的鄰座是個中年男人，身著一件過時的黑色棉呢嘰外套，滿是皺摺的黑色布褲子，從側面掃一下他的臉，像極家鄉常見到的鄉鎮幹部。他手上正捧著一本新華小學生漢語字典，神態專注認真。那漢語字典忽然拉近了我和他的心理距離，難以抑制的交流慾望使我忘記了矜持，我試著用中文問他是不是正在學習漢語。他抬起頭來，神態兼和厚道，反應迅速熱情，用一種帶著濃重日本口音的中文，緩慢但是準確地告訴我，他叫青木兼司，在葛飾區區役所（區政府）國際交流委員會工作，學習漢語已經有二十年了。共同的語言讓我們毫無拘束聊了起來。

我們正談在興頭上，車停在龜有車站，他還要繼續西行，要了我的電話號碼後，他道了別，我們便分手了。我想在這一千多萬人口的東京巧遇了一個會說中文的「鬼子」，也是緣分吧！人在這個世界上能否相識全在一個緣字，擦肩而過的人真是太多了。

幾天後，我就收到了青木桑的電話。他說他正在籌辦一個免費的日語學習班由他擔任教師，問我願不願意參加。這個求之不得好消息對於我來說無疑是峰迴路轉、柳暗花明，我立刻興奮地答應了。

日語班上的同學都是日本侵華戰敗後，遺棄在中國的戰爭孤兒。他們回到了日本，但不會說日語，日本政府不得不撥款對他們進行培訓。我在課間休息時悄悄地走到青木桑的身旁，調侃地說：「你把我這個拿探親簽證的人冒牌塞進這個班裏，算不算走後門呢？」我知道日本人做事是很講規矩的。青木一臉誠懇地說：「區裏撥給了我經費，我能多招就多招一些，總比學員來得少，空著位子要好。」其實我心裏是很感激他能別開一面，為我和後來的幾個中國同學提供了學習日語的機會。

班裏很多同學都要打工養家，沒有一次上課能準時開始。青木就利用這段時間與我們拉開了家常。他出身於農家，家境不寬裕。家中兄弟姐妹七人，他行二，六〇年代末，畢業於東京的中央大學，攻法律，畢業後就一直在這個區役所工作。

我們不滿足於他的這些泛泛的介紹，總拿話去探究他的家庭瑣事，他也總像是說相聲似地捂著包袱含而不露，直到那天課講到家庭成員的日語稱謂時，他帶來了一本自家的相冊，然後翻開指著相片上的人一一告訴我們日語妻子、兒子、父親、母親的讀法，這樣我們才在照片上認識了他的一家人。他的奧庫桑（妻子）：一個相貌普通的日本家庭主婦，從身著豔麗和服的新娘，到一身家居便裝手挽兩個幼兒的母親，一幅幅照片展示了一個女人在家庭中身分的變化。翻到相冊的後面，雖然她的臉上增加了眼角的皺紋，而那溫良恭順、心滿意足的笑容卻始終是不變的。我們都誇青木一定是找了個好太太，賢慧能幹又文雅順從，沒想到青木卻趕緊著表白，說他自己才真正是個模範丈夫呢！

我們又追著問他此話怎講？他自知失言，卻經不住幾個女人嬉笑打趣執著的盤問，於是順水推舟老實道出。他說他每月的工資都是由區役所直接打到太太的銀行帳戶上，一分一厘也逃不過太太的眼睛，太太管理著一家子的所有開銷，再返給青木每月三萬日元的零用錢，他晃了晃兩指間夾著的香煙說：「這就是我每個月買煙的零用錢。」

聽他言過，心裏暗暗吃驚：三萬日元只合區區三百多美元，在東京街上吃一頓平常的午餐也要花費十美元，原本滿心看不起的日本家庭主婦竟是「帳中軍師」，運籌家庭帷幄，丈夫不過是她手中牽出線兒的大玩偶，舉手投足都要經過太太的精心算計。

青木除了在課堂上教我們日文發音及語法外，還請來了幾個正在熱心學中文的日本人與我們學教互動。其中有一個叫高村太郎的農夫，他受到北京豐臺區政府的邀請，剛從中國訪問歸來，見到我們只會反反複複地說：「你好！」還以日本式鞠躬輔佐語言致意。他的一雙粗造的大手總在不停地搓動，臉上的皺紋似乎都堆滿了誠意。

高村那天帶給我們幾個中國學員每人一顆大蔥做見面禮。那些蔥都選的是長蔥白，短綠葉，茁壯瓷實，仔細地用花花綠綠的紙包好，外紮一條紅綢條帶。授蔥儀式猶如授獎典禮般地隆重。高村站在前臺，一一呼喚我們的名字，將大蔥舉至胸前，雙手鄭重地放到我們手上，於是一連串道謝的話語剛起，立刻淹沒在劈劈啪啪掌聲中，接著，照相機又在周圍響起了一陣按快門的哢嗟哢嗟聲，此起彼落好不熱鬧。

我把那顆玉石般潔白、碧綠、透亮的大蔥，供在冰箱裏好長時間都捨不得吃掉。要知道一顆蔥在超市的價格是一百日元，折合一個多美元，這對於當時留學生一家來說還是挺珍貴的禮品了。到了日本後，我差不多忘記了用蔥花熗鍋這個中式料理的烹飪細節了。

後來的事情更是出乎我的意料，也讓我喜出望外。大概是我說一口道地的北京話受到眾人的青睞，沒過多久，青木又介紹我去教高村太郎他們幾個中文，於是，我在日本有了不期而遇的第一份工作和收入。

日語培訓班結束後，我很快地找到了一份工作，過起了朝九晚五的上班族生活，與青木的來往就少了很多。

每天我依然要在龜有站進進出出，只是住房已換了一套，省去了早早晚晚去公園行「方便」的麻煩。

那晚我如常在傍晚時分走下車站的臺階，隨人流向站旁的超市湧入。我已經學會了日本主婦的精打細算，每日黃昏去超市等待食品降半價的時刻；然後像她們一樣挎著超市的塑膠籃子，爭先恐後地把一盒盒打過折扣的油炸雞翅、魷魚圈、海鮮壽司和三文魚紫菜糰敏捷地放入自己的籃中。那個時間的日本女人是沒有溫恭儉讓的，有的只是無言的，伸出手和收回手的速度，快得讓人眼花繚亂，快得讓我自嘆弗如，但我依然快樂地與她們分享黃昏購物瘋狂時光。女人天生喜購物，何況，這又是個省時省力省錢過日子的好法子。

唯一不同地是，我既要上班，還要下班後操持家務，工作壓力大時，真希望像她們一樣，待在家裏當個操縱「大玩偶」的家中掌門人呢！

我在急急趕路的人群中，又看到了那個黑衣黑褲的背影，在一片西服革履之中是那麼的醒目。我再一次遇到青木兼司，他還是一樣地不修邊幅。

青木聽到我的呼喚，露出了久別重逢後的喜形於色，立刻拉我去卡拉OK廳唱上幾首歌。我無法推辭，但當我和他走進了昏黃模糊，袖珍的舉手投足都會碰撞到物件的卡拉OK「箱」時，就知道今晚我是別想早回家了。

他唱了一首又一首，有日本的演歌、鄧麗君的情歌，還有很多的是我熟悉的老歌，這讓我興致極高地去與他合唱。真沒想到青木天生一副好嗓子，他唱演歌時如醉如癡，又把小鄧的歌唱得柔腸寸斷；當螢幕轉到〈長征組歌〉時，他開口第一句「雪皚皚，野茫茫，高原寒，催斷糧」唱得情深意切，我不由地熱淚盈眶。

我見天色漸晚起身去給家裏打電話，問青木要不要也給他的奧庫桑說一下，他不以為然地說沒有日本男人會在十二點以前回家的，手中依然抓著麥克風拉開了架子準備唱那首〈送紅軍〉。我大笑地說：「你這身老黑棉襖還真像陝北的老農哎！」

青木說他每週都會有一、兩次來唱歌：下班早了為消磨時間而唱；工作緊張為紓緩壓力而唱；高興了唱，鬱悶了也唱，喜怒哀樂的心情都可以在這個幾平米的小天地裏得到發洩和舒發；而且大部分的時間都是他一個人來唱，無人干擾，能和我一起分享歌唱時光是他的榮幸。

那次分手後，我成了青木正式聘請的中文教師。

青木說好每週三晚上八點來我家上課。他很準時，從不遲到；如遇有事耽擱，一定會打電話說明。除了付給我授課的酬金外，他每次也都不會空手而來：一盒豆沙餡小饅頭、糯米蓮蓉青糰子或是手工烘製的米餅菓子，總是靜靜地放在我家門廳的小桌子上。

我知這是日本人的行事風格，雖然繁瑣但禮貌周全，且嚴守著「一日為師終身相報」的古訓，便也不客氣地照單全收，只是漸感到教青木中文卻不是我想像得那麼容易。

起初我給他念念《人民日報》海外版，談談時事，測試他的漢語能力，發現沒有什麼是他不知道的。接著我就拿唐詩宋詞去難為他，沒想到他又把李白的七律《朝辭白帝城》和《靜夜思》背得抑揚頓挫。我這才領略到，他二十年來堅持自學漢語已經有了很好的基礎。

後來我們漫無天地的聊天。我問他為什麼最近調到區教育委員會了？青木告訴我，政府職員每四年一次的調動是日本公務員制的一項規定，目的一是為了讓公務員能夠全面地熟悉不同業務部門的工作，二是為了避免在同一個部門工作時間久了容易產生拉幫結派、營私舞弊的情況；或者因上下級之間意見相左，下屬易受到上司的排擠打擊。人員經常性的在部門間變動，無論對誰都是一個放棄前嫌，重新調整人際關係的新契機。他的一席話，讓我頓覺受益匪淺。我當時就想，如若國內也能夠實行這樣的公務員輪換制，又該省去多少內耗，節約多少人力資源。

有一次上課，我們談起了中國歷史，青木要與我一起背誦中國歷代年鑑表。我背到五代十國的戰亂時期就有些含糊起來，那些過去學過的知識，在我的記憶中早已經荒疏了。再看青木，一幅神清氣爽，淡定自負的模樣，輕鬆地背的一字不差。他搖頭晃腦，微閉雙眼的勁頭，讓我想起了我的中學歷史老師。

他意猶未盡，接下來又提議背誦中共歷屆黨代會的代表。我自覺汗顏，便耍了個花招，拿出「先生」的輩分，要「學生」青木先於我來背誦，他又清晰自信地娓娓道來。我越聽越佩服，好奇心大增，一個日本的小官吏為何會對中共黨史瞭若指掌，熟記在心？他，又該有著什麼樣信仰和背景呢？我迫不及待地打斷了他的得意之舉，向他發問。

青木笑了：「你知道嗎？中國的『文化大革命』對六〇年代的日本大學生也曾有過很深的影響呢！」

青木在大學時加入了一個學生組織。他們讀紅寶書、戴紅袖章，高呼的口號也同樣是造反有理。他們認為日本也應該搞「文化大革命」才有出路。在日本著名的東京大學、早稻田大學和青木所在的中央大學，都鬧得很凶；學生佔領校舍、罷課、罷考，給老師胸前掛牌子，把打人罵人看作革命行動。

青木就在那時開始了中文學習。他查字典通讀了毛選四卷和中共黨史，不是一遍，而是四遍。他對中國各階段的革命運動作過深入的研究。他越談越激動，越發地滔滔不絕。回首往事的興奮使他原本就咬字不清的中文發音更加含混了，我只好憑藉感官和知識去理解他所說的內容。

此時我才恍然大悟，原來青木的中國情結萌生於那個動盪的時代，也是他求知慾最強的青年時期。我和他的交談恰好勾起了他對青年時代理想的追憶，觸到了他人生中的一段難以磨滅的「革命」情懷。

談久了嚴肅的話題，為了放鬆，我們又聊起了共同認識的友人。這時他的眼睛裏有層霧樣的柔情浮了上來，若有所思，朦朧的目光後面閃爍著探究的光點。我疑惑著，略感不安，但仍沒有停止閒談。他突然在我的話語間插入一句問話：「已經十點了，你先生每天都那麼晚回來嗎？」

我不假思索地答道，「還不是和你們日本男人一樣每晚加班嗎！」

他卻一反平日的沉穩，說了一句讓我感到難堪的話：「你丈夫在外面有沒有Lover」？我故作坦然地牽動唇邊的肌肉做出輕鬆的表情說：「青木桑，晚上回去，奧庫桑是不是也要問你到哪裏去了？你如何回答呢？」他似乎有些尷尬，一時無語。

那天，我比平時都早地結束了授課。

兩年後，我辦好了移民加拿大的手續後，向我在日本的朋友們道別。

隨後，照例是一連串地告別宴會、互贈禮品、攝影留念。臨別之際漸近，青木不合常理地卻什麼也沒有送給我。出乎意料，他卻執意要在我離開日本的前兩天和我一道去區役所辦理註銷居住手續。

那應該是我們最後的一次見面了。他開著車，表情少有的凝重，空氣中顯出些沉悶。快到一個交叉路口時，他突然地問：「你，有沒有去過Lover Hotel？」

我對於這個日文外來語的發音很不熟悉，反問：「你說什麼？」

「我問你有沒有去過Lover Hotel？」隨後他在他的煙盒上寫下了英文。

「當然沒有。」我不知所措地答道

「你現在想和我一起去嗎？」話問得那麼突兀，坦率地不需要任何遮掩和鋪墊，我覺得受到羞辱般的惱怒騰地竄起，用從來沒有過的粗魯語氣說：「不，我只去區役所辦公事。」

我怎麼也沒有想到，去lover Hotel竟是他想送給我的臨別「禮物」。

時隔兩天後，他保持著一如既往的平和誠懇，如約到機場給我送行，與我和我的丈夫一一握別，像什麼事情也沒有過一樣。

是啊！是沒有什麼特別的事發生過！我拒絕了他的臨別「禮物」，只想保留師生的情誼。

以後我常常回憶起我和青木的這一段交往，他對我在東京生活的傾心相助，他豐富的中國文化知識，以及他的那個典型的日本男人的念頭，都可用一句話來概括：性情中人。

只是這臨別的「贈物」，我從來沒有在丈夫面前提起過。

阿木

本名劉慧琴，出生在上海一個醫生家庭，母親是加拿大華工的女兒。畢業於北京大學西語系，曾在中國《世界文學》雜誌任編輯。一九七七年移居加拿大，曾任加拿大大溫哥華中華文化中心理事，加拿大華裔作家協會會長，為多家報刊撰寫專欄。

定居加拿大後出版：散文集《尋夢的人》。翻譯作品：電影、電視劇本：《白求恩》、《宋慶齡的兒童》、《中國邁向二十一世紀》等。一九八六年撰寫了在中港臺三地出版發行的《胡蝶回憶錄》。在中港臺、北美報刊雜誌發表小說、散文、隨筆、評論等作品，並被收入北美、中港臺多部文集。近年參與編輯、主編多種文集。

一個士兵之死

短暫的一生

柯林從加入軍隊那一天起，他短暫的一生連同他的愛情都是和戰爭連在一起的。

選擇到巴黎去度蜜月是多少新婚夫婦的首選地點，而柯林和他同居的情侶相約在巴黎見面，卻只是因為那裏離阿富汗較近，方便於柯林利用休假和情侶卡特利娜相聚，還因為柯林想利用休假之便去憑弔第二次世界大戰的歐洲戰場。那是他在歷史書裏讀過而又是一直想去的地方。

和法國交界的比利時伊普爾是第一次也是第二次世界大戰的戰場，在第二次世界大戰中有五萬八千八百九十六名士兵和平民在此喪生，其中也包括參戰的加拿大官兵。在這裏，德國法西斯第一次在西線戰場使用了毒氣彈，黃綠色的有毒氣體在剎那間殺死了成千上萬的盟軍官兵。這是一場正義與邪惡、文明與野蠻的殊死戰。

在這裏，柯林和卡特利娜憑弔了在這裏犧牲的加拿大士兵，從紀念碑的生卒年月看來，他們都很年輕，他們的勇氣和犧牲贏來了戰爭的勝利，給柯林這一代青年士兵樹立了英雄主義的榜樣。站在伊普爾戰場遺址，柯林熱血沸騰，這就是他要的：光榮、責任、國家乃至犧牲。

柯林的戰場夥伴取笑柯林：「沒見過這樣和情侶度假的，柯林，這哪叫度假，你欠卡特利娜一個像樣的假期。」

卡特利娜是個愛玩的姑娘，向來無拘無束，和柯林相識同居甚至有了孩子，她的性格都沒有變。永遠像一個長不大還需要親人呵護的姑娘，柯林的犧牲卻逼得她在一夜之間成熟了。現在夜晚對卡特利娜來說是最難熬了。再也聽不到柯林從電話線上傳來的聲音，再也收不到他的電郵。只有五個月大的女兒在她懷裏，天真無知地看著卡特利娜給她看她父親的相片，一個她永遠也見不到的父親。

卡特利娜從來就沒想過會和一個軍人相戀，更不要說嫁給一個軍人了。軍人的生命是不屬於自己，也不屬於他的家庭的。她的親友間，有軍人的遺孀、失去父親的孤兒。英雄的夢想是實現了，但作為一個家庭的希望也就喪失了。柯林只是他一群男女青年朋友中的一個，既不起眼，也不浪漫，甚至還有點憨，和卡特利娜完全是兩路人。但是憨人也有他可愛的一面，他認定卡特利娜後，就不再向其他女孩子示好，只是默默地等待卡特利娜接受他。他記得他們第一次相遇的日子，第一次手牽手的日子，第一次接吻的日子，所有他們倆的第一次都好像刻在他腦子裏一樣清楚。她真的很感動，但也還沒有感動到要以身相許。

那是在他們相識兩個月後的一個初秋夜晚，他邀她到河邊散步，雖只是初秋，但夜晚的河邊還頗有幾分涼意。卡特利娜只穿了一件單薄的襯衫，顯得有點冷。柯林馬上脫下他的運動衣，披在他身上，而他自己也只是穿了一件薄的短袖衣。他不冷嗎？卡特利娜感到他在微微發抖，但柯林卻說，「我身體好，沒事的。」也許是從那時卡特利娜開始愛上他了。一個呵護她的人，一個肯在別人需要時付出的男人。他沒有那麼多浪漫的甜言蜜語，但他心像他寬厚的肩膀一樣可以包容她，做她安全的避風港。她已經忘了他作為一個軍人會面臨的挑戰和危險。

他們的感情發展的很平穩，幾個月後他們就同居了。柯林已在波斯尼亞服役完，有一段休整的日子。那些日子過得很溫馨，讀書、看電視、週末會朋友。

柯林計劃再過些日子，就申請轉為預備役軍人，然後做個儲蓄計劃，存錢買房子、結婚成家。但現實的轉變卻讓他們來個措手不及。

柯林還在愛蒙頓駐防中，卡特利娜懷孕了。而且，還有另一個更意外的消息，柯林所在的團隊將會被派往阿富汗。

懷孕的消息是對他們愛情的第一個考驗，柯林覺得孩子來得太意外，他還沒有籌畫好，還在服役，還沒有為孩子做好準備。

「卡特利娜，先不要孩子，再等等好嗎？」電話那頭傳來的是柯林焦急不安的聲音。

「親愛的，流產不是唯一的選擇。」卡特利娜這時反倒冷靜了。「不要緊的，你的父母、我的父母都會幫著照顧孩子的。既然孩子要在這個時候來，我們怎麼能拒絕呢！我和孩子都會好好的，等你服役回來。」她一直在期盼柯林的退役，卻又深深理解柯林作為一個軍人的理想。她每天都為他的平安祈禱，但內心深處又逃脫不了有可能失去他的陰影。她不想流產，因為這是他們愛情的結晶。她不願意流產，是因為萬一柯林有什麼意外，她將永遠無法原諒自己這個決定。她太愛柯林了。

柯林漸漸接受了卡特利娜「不流產」的想法，他們開始籌畫新生命的到來。他們舉行了一個簡單的訂婚儀式。新生命的即將到來和柯林即將被派往阿富汗維和部隊幾乎是同時的。

加拿大部隊尊重軍人家庭的完整和家庭的需要。

「如果你一個人照顧小貝貝有困難，這次柯林就不用去了。我們也要考慮到你們的實際困難，不希望因此使得你們的婚姻出現問題。」柯林所在的部隊人事部門諮詢官很誠懇地向卡特利娜提出來。他們從愛蒙頓來到阿博茲伏家探訪。卡特利娜已是大腹便便，預產期不遠了。為了便於照顧，卡特利娜已經搬來和柯林父母暫住。「為民主、為人類的和平而戰，一直是他的理想，我不能拖他的後腿。」卡特利娜平靜地回答，儘管她心裏有過很多想法，她腦子裏轉過千百次念頭，希望在孩子最初的日子裏有爸爸在身旁。但臨到要決定命運的一刻，她說出來的竟是這樣一句話。

在比利時伊普爾的日子又出現在她眼前。

雖然已經是二月了，冬天的殘雪還沒有完全融化，按照卡特利娜的預產期，柯林獲准回家三個星期，好和卡特利娜一起迎接他們新生的嬰兒。眼看柯林的假期只剩下四天了，還沒有動靜，卡特利娜急了，要求醫生引產。

「嬰兒早晚幾天出生是正常的，引產對產婦身體總有些影響。」醫生在勸說。

「親愛的，不要做引產，還是自然分娩好，我還怕沒有機會見到我們的孩子嗎？」柯林也是這樣勸慰卡特利娜。

一向對柯林依順的卡特利娜，這次卻是意外的固執，她一定要柯林走之前見到孩子出生。引產手術就這樣定了，而且是立即進行。

引產手術開始了，在藥物的催引下，陣痛起動，由慢到緊。每一次陣痛、卡特利娜的每一個呻吟都深深地揪著柯林的心。

「上帝保佑，一切順利！」柯林暗暗地在祈禱。

「嘩！嘩！」孩子的初啼聲比任何音樂都要悅耳。

「是女兒，很健康，體重七磅十盎司。」醫生滿意地放下聽診器。

「親愛的，謝謝你。」柯林深情地握著卡特利娜的手，疲累的卡特利娜報以滿足的微笑。柯林第一次感受到卡特利娜這個柔弱的小女人固執起來也是很厲害的。她想要做的事沒有不能做到的，有她是他今生的幸福。他低下頭深深地親吻她，是感激，是欣慰，是愛戀。在那一刻，卡特利娜就是他的一切。卡特利娜感應到柯林加速的心跳。

四天，在柯林下次回家前他們只有四天相聚的日子。

卡特利娜尚未從分娩的疲累中恢復過來。維多利婭，柯林給孩子取的名字，象徵著勝利，象徵著希望，象徵著他們愛情的新篇章。他是這樣說的。也許維多利婭對於提前問世不習慣，總是在半夜哭醒，柯林起身，將孩子抱在懷裏，輕輕地哼著他小時候媽媽哄他入睡唱的歌。

四天就這樣過去了。蓋里使勁拍拍兒子的肩膀就算是道別了。卡特利娜帶著初生的維多利婭、柯林的媽媽安妮堅持要到機場送行。機場螢屏顯示飛往愛蒙頓的航班正點飛行。該進閘了。柯林這次回去就即將隨團隊去阿富汗，就像幾年前去波斯尼亞一樣，有危險，但他相信他會平安歸來的。不同的是那時他是單身一個，無牽無掛，現在是個有家室的人了。

「等我從阿富汗回來，我們就結婚。」他擁吻著卡特利娜和他們的維多利婭，在卡特利娜耳邊悄悄地說。

卡特利娜有很多囑咐的話要說，卻只會說：「千萬小心！」

加拿大的軍隊關懷每一個士兵的個人生活。在並無緊急的戰況間隙中，允許軍人以書信、電話、電郵和家屬保持聯繫。

柯林每天都有電郵給卡特利娜，每天凌晨的電話成了卡特利娜的起床鈴。柯林也可以從電話裏聽到女兒的哭啼聲。雖然有隱憂，日子還是一天天過去了。除了有過幾次，中間隔了三、五天，沒有音信。那是因為有緊急情況或是部隊有重大傷亡，通訊系統需要暫時關閉。有四、五天沒有柯林的電話和電郵了。最初兩天還不太在意。到第三天卡特利娜開始不安，到第四天他開始著急了。

加拿大的軍隊原來是做為維和部隊來阿富汗的。塔利班失敗後，轉入地下，阿富汗成了恐怖分子的一個基地。塔利班殘餘勢力利用阿富汗複雜的地形，不斷製造自殺式爆炸，在坎大哈空軍基地周圍三百米以內是安全地帶。三百米以外就難說了，那塵土飛揚的黃土地就可能深埋著隨時有可能爆炸的炸彈。柯林是步兵，還隨時有可能和塔利班或是阿爾開達頑抗分子打遭遇戰。

這裏是活躍的戰區。他們在日常的巡邏中，看是無事平靜的鄉村和街道都潛伏著巨大的危機。在來往的車輛中，有穿著殉難白袍的司機，你就得格外留意或避開。你得仔細觀察周圍群眾的神色。當嬉戲打鬧的孩子突然四散逃走，你就得格外留意，這裏正潛伏著巨大的危機，孩子們會預先獲得消息。但有時敵人也是很殘酷的，為了達到他們的「聖戰」目的，他們也會不惜犧牲無辜百姓和孩子們的性命。儘管柯林在和卡特利娜的通訊中不斷安慰她，他不會有事的，但傷亡的事情不斷在發生。實際上柯林卻是在一條艱難的人生道路上行走，他們不僅僅是巡邏，還會有零星的遭遇戰。士兵的生命是堅強的，也是脆弱的。那年的六月，和他的同一個排的三名士兵去軍營不到三百米的地方打水回來洗澡，半路上，只聽得一聲巨響，剛才還在說笑的三個活生生的生命就這樣結束了。柯林久久不能接受這樣的事實，這條路是他常走的。在這條路上他似乎真真切切地看到了死亡的影子。他還有三個星期就可輪換回家了。他比任何時候都急切地等待著回家的日子到來。

這是二〇〇七年的七月一日，加拿大的國慶日，但他的心情比他一生中任何一個國慶日顯得悶悶不樂。他對自己來阿富汗的使命開始疑惑。他們是為幫助這裏的居民來的，為幫助他們重建家園而來的，但他們為什麼卻天天生活在死亡的邊緣。這裏的人民真的需要他們嗎？他們在這裏的生命價值是什麼？他找不到答案。他只想回家守著卡特利娜和維多利婭，看看父親羊圈裏的小羊羔，和貝利一起騎馬，在山道上馳騁。

每天的生活還是巡邏、戰鬥。他們這個排一早就被派到班華里地區，又是和塔利班分子做迷藏式的戰鬥。他們坐的是重型裝甲車，車身由防彈鋼板細心緊密焊接，保護性能良好，裝甲車重八千四百公斤。車座離開地面有一定距離，具有良好的保護性能，再加上掃雷車前導，應該是比較安全的。塔利班的地雷是以手機遙控。掃雷車以微波遙控測探儀測出地雷，並將遙控連接波切斷。戰鬥結束，他們排無一傷亡。十一輛裝甲車浩浩蕩蕩返回基地。裝甲車跟著前導的掃雷車行駛，第一輛、第二輛、第三輛、第四輛安全駛過。

柯林坐的是第五輛，除了他，還有一名阿富汗翻譯。

「回到基地第一件事先洗澡，然後給卡特……」柯林的話湮沒在巨大的爆炸聲中。

第五輛車被炸了。厚重的裝甲車竟抵擋不住地雷的威力。事後的探查發現這些地雷是早已埋好，有人在遠處觀察、等待，直到目標出現方始遙控感應引響爆炸。

三個星期，柯林期待的三個星期、他的夢想、和妻女的團敘、一切的一切，都隨著這聲爆炸碎裂了。

坎大哈基地全部通訊系統關閉，緊急措施啟動。

喪鐘敲響了

在太平洋的這一邊，黎明前的黑暗依然籠罩著整個大地。巴森農場格外寧靜，是小貓的走動驚醒了還在朦朧中將醒未醒的安妮。安妮輕輕掀開一邊窗簾，卻發現遠處隱隱綽綽有兩個穿著制服的人朝她家的方向走來，心裏格登一下，她完全清醒了，腦海裏閃現了不祥的預兆，柯林出事了。

她推醒她丈夫：「蓋里，快起來，柯林可能出事了。」

那一刻，她一下子沉入了一條黑暗的隧道，四周的黑暗壓得她喘不過氣來。那一刻，她深深地理解了軍人犧牲所帶給家屬的沉重的打擊。沉默寡言的蓋里和被悲傷麻木了的安妮打開了那扇沉重的大門。

安妮用顫抖的雙手給報訊的軍官奉上茶水，她是強忍著才沒有讓奪眶而出的淚水掉進茶水裏。

他們靜靜地聽完了為首的軍官敘述完柯林犧牲前後的經過、代表軍團的慰問。那聲音似乎是從遠方飄過來的，似虛似幻。他們好像聽懂了，又好像沒有聽懂。他們沒有說什麼？也沒有提出問題和要求。空氣似凝固般沉重。

卡特利娜在等待柯林如鬧鐘般叫醒她起床的電話鈴聲。維多利婭還在睡夢中，睡容安詳而甜蜜。卡特利娜禁不住輕柔地吻吻她的小臉。

有人敲她的房門，「卡特利娜，安妮來看你呢。」是她父親的聲音，帶有哭音的沙啞聲。

當卡特利娜看到站在房門口臉色凝重的安妮不發一言地擁抱她，輕輕地拍她的背時，她就明白了。客廳裏傳訊軍官、軍人牧師站了起來，卡特利娜被突然而來的悲痛壓倒了。她掉進了他們話語的汪洋大海，時浮時沉。她看到柯林朝她微笑，卻夠不著他。他聽到人們在呼喊她，剛要張口，一個浪頭過來又把她給湮沒了。

在坎大哈的軍事基地，正準備將陣亡士兵的遺體運送回國，每一名陣亡士兵都有一名他們生前的夥伴陪同他們。他們的遺體將運送到安大略省特臨頓的空軍基地，在那裏，他們的親人將迎接他們，帶他們回到他們的故鄉。

去多倫多的是安妮、卡特利娜和維多利婭。蓋里沒有去，他說他要照看家裏的羊，還有其他雜事，安妮知道個性木訥的蓋里內心巨大傷痛，他走不了這段路程。也許是護士的職業，讓安妮見到太多的死別，她是全家最堅強的人，她只能收拾起母親的悲傷，帶領全家走出低谷，生活下去。

特臨頓空軍基地離多倫多很近，所有在海外殉職、犧牲的軍人遺體都是運送到那裏，由親屬接靈，然後經四〇一公路送到多倫多法醫中心進行屍檢，這之後才運送回軍人故里。

巴森一家，還有和柯林同時犧牲的五名軍人家屬都已在特靈頓空軍基地等候。來自阿富汗的軍用飛機緩慢地降落在停機坪。後機艙打開，覆蓋著楓葉國旗的靈柩，按軍人的軍階先後抬下飛機送上靈車。接靈的家屬每人將一支玫瑰花放在他們親人的棺木上。親人們的悲痛終於爆發了，停機坪上一片哭聲。

四〇一公路是多倫多最繁忙的一條公路，這條公路也被稱作「英雄公路」，因為在海外殉職、犧牲的軍人都是沿著這條公路回來的。

七月的那一天，中午時分，四〇一公路通向法醫中心的大路，長長的靈車隊伍，緩緩地駛過。公路兩旁站滿了手持國旗和手寫的向犧牲者致敬、向家屬慰問的標語牌。他們是自發組織起來的，他們中有的人也是軍人遺屬，他們曾經歷過同樣的傷痛；有的是臨時自動加入的，他們要向這些獻出生命的年輕人致敬，他們所獻身的事業也有他們的一份。所有這些愛心的表示多少緩解了遺屬們內心的傷痛。

在多倫多最後一個晚上，護送柯林靈柩回國的同排軍士科爾向巴森一家講述了柯林在坎大哈的生活，年輕人在戰爭間隙裏的嬉鬧。這個排是柯林在坎大哈的家。

「柯林很會講笑話，有他在，生活也變得輕鬆些。」科爾湛藍的眼睛露出憂鬱的神色，他今年二十二歲。他說他們排六月犧牲了三個夥伴，七月和柯林一起又少了六個。「我和他們就像自家兄弟一樣。而柯林更像我的大哥哥。」

「我們家只失去一個，而科爾的大家庭卻失去那麼多。」安妮在想，他們經歷的傷痛不會比我們少。這場戰爭甚麼時候才能結束，甚麼時候才能撤軍。有人說，『**加拿大士兵是為守護輸油管而去的**』，這些傳言曾深深地刺傷在阿富汗的加拿大士兵。刺傷了安妮和其他軍人家屬。阿富汗的事務我們是否介入太多了。柯林是犧牲在阿富汗的第七十七名①，我們還要繼續把我們的青年人送去嗎？安妮感到迷茫。柯林的死讓她想了很多，太多的問號在腦子裏徘徊，卻沒有答案？

她望著科爾年輕的臉龐，暗暗祈禱：「上帝，請您照看這個孩子，讓他平安歸來。」

巴森一家真正見到柯林的遺容是在他們回到卑詩省以後。這裏才是柯林旅程的終點。

七月是卑詩省天氣最好的月份，天氣晴朗，萬里無雲。可就在載有柯林靈柩的飛機到來的那一刻，天地突然變色，就像有誰向天空潑去一桶黑墨，烏雲覆蓋了整個天空，雨點灑落在候機家屬的身上。本已沉寂的人們，臉色更加陰暗。只是一瞬間，烏雲又突然散去，天空又是一片晴朗。

穿出雲層的飛機平穩地降落在卑詩省阿博士福德機場，機艙打開了，在哀樂聲中八名加拿大衣著整齊軍服的軍人抬起覆蓋楓葉國旗的靈柩送上靈車，靈車駛向蘭里市教堂。

在那裏，五百多人參加了追思悼念，有軍團代表，有護送柯林回來的科爾、有柯林的同學、朋友，更多的是柯林的鄉親，他們看著他由嬉鬧頑皮的男童成長為一名他們可信賴的軍人。他們一個個走上講臺，向柯林表達他們的敬意，他們懷念柯林曾和他們一起度過的歲月。你從他們的敘述描繪中感到了柯林的存在，他似乎就靜靜地坐在他們中間，好像他會像往常一樣，突然站起來說：「哈，你們誤會了。我只是睡著了。」

悼念儀式結束，是親人最後向柯林告別。

靈柩打開，柯林身著綠色軍服安詳地躺在柔軟的奶黃色的錦褥上。

「這不是我的柯林！」安妮撕心裂肺地叫了起來，要不是蓋里在後面托住她，她就倒在地上了。多少天來硬撐起來的堅強一下子崩潰了。

「是他，是我們的柯林，」蓋里淚流滿面，卡特利娜抱著維多利婭泣不成聲，蓋里的臉色更陰沉了。

是他，是柯林，爆炸毀壞了柯林的容貌和四肢，這是整容師根據柯林生前相片修復的容貌，也許他更像省蠟像館裏的蠟人。

卡特利娜撫摸著柯林的頭髮臉龐，呆呆地吶吶自語：「這頭髮是柯林的。」

葬禮結束前，軍團代表向遺屬贈送兩顆小松樹，代表生命的延續、生命的永存。安妮和蓋里將這兩棵樹種在柯林墓前兩側。

墓園極為寧靜，楓樹、楊樹的樹葉都已凋零，只有松樹還是翠綠的，安妮扶著蓋里離開墓園，安妮說：「他沒有死，他還在我們身邊。你說是嗎？」

蓋里沒有回答，只是默默地望著天空，一架剛起飛不久前往阿富汗的軍用機在他們的上空呼嘯而過。

二〇〇九年四月二十九日於溫哥華

① 截至二〇〇九年四月，已有一一八名加拿大軍人在阿富汗喪生

朱小燕

臺灣政治大學新聞系畢業。現定居加拿大。加拿大註冊會計師、加拿大移民顧問學會會員、CSIC會員。曾任加拿大國稅局高級稽核、加拿大多元文化部長顧問等職。也從事自由寫作，作品包括《煙鎖重樓》、《翠冷紅斜》、《青春》、《天涯夢迴》、《追逐》、《浪中人》、《我的靈魂不在家》、《與上帝合作的人》、《情凋》、《住在溫哥華時光飛逝》等書。

海外華人女作家協會第八任會長。曾榮獲加拿大總督頒贈一二五建國紀念章。

二〇〇〇年中國文藝學會頒贈文學創作海外工作獎章。

哭泣的小蜜麗

親愛的小蜜麗，不要哭泣！奶奶不是生妳氣才決定搬去養老院的，若是那樣，奶奶就未免太小氣了。事實上，我早就有獨居的念頭，雖然作出這樣的決定我也曾有過一番掙扎，但到底我接受的是傳統中國文化，書讀得不多，可也師範畢業，三代甚至五代同堂的念頭，在我們古老的農業社會裏雖被視為福氣，不少人卻也為這觀念付出了代價，因此現在國內，也流行小家庭的生活方式。

過去一年來，我的動作更緩慢了，耳朵也沒先前靈光，那天一早，我以為妳已去麥當勞打工，不知妳從早班換成晚班，我才會先用廁所，在裏面多花了些時間，害妳內急得在外面團團轉，因此才會生氣地對妳母親嚷叫說，若是奶奶再不搬。妳就要離家出走啦！」妳父母孝順，急得他們不但立刻制止妳往下說，還堅持要妳跪下來向奶奶道歉。

當妳不住抽泣解釋說：「奶奶，那是一時氣話……」時，我就知道妳是愛奶奶的。後來，妳父母還在午休時間，特地從公司趕回家接我到中國城附近，我最喜歡的餐廳「萬福樓」用餐，妳知道的，奶奶到現在還改不了偏愛江浙口味的毛病。

餐廳吳老闆見了我們，立刻殷勤地迎了過來，自我手中接過拐杖客氣地說：「老祖宗呀，終於盼到您啦！正好有個好消息要向您報告，記得我們後面新起的華人養老院嗎？剛開張，裏面設備又新又好，用的還是華人護理和工作人員，現在還有空位。這裏方便，什麼都有，不用麻煩您少爺媳婦駕車，隨時都可以過來坐坐，附近不但有美容院、女裝店，還有唐人超市和臺灣來的醫生，加上說國語的比說英語的多，走到哪裏都沒溝通困難的問題。」

我是這樣被他說動了心的，住在你們家固然好，可你們家在郊區，到哪裏都得麻煩別人，奶奶不會駕車、不會英文、也不會搭巴士，住在郊區，就像沒長腿似的，加上白天你們都不在家，想找個人說話都不容易，只有看錄影帶，那些連續劇看多了，看得眼睛發花，久了，就悶得慌。住養老院就不同，都是些老人家，談天說地不怕找不到伴，又有二十四小時護理值班，發生個意外也有個呼應。因此那天坐定後，我就故意逗趣說：「吳老闆，你還忘了一個好處，就是你們每天都會準備上好的金門高粱，讓老太太過癮！」

吳老闆笑得雙眼瞇成一條線回答：「那自然啦！老祖宗喜歡的還少得了？」

奶奶貪杯，是小時候帶我的奶娘教的，奶娘喜歡喝酒，每逢她自己舉杯時，總會用筷子沾點小酒給我嚐，日子久了，就嚐成了習慣，連我父母也不知道。後來嫁到妳爺爺家，沒有酒喝怎麼辦？只好請奶娘幫忙啦！她打了酒來，藏在廚房裏，趁我婆婆不注意時就喝它一口過癮。有天回到房間，被妳爺爺聞到了氣味，他問，是不是喝酒啦？我騙他說不是，他只是笑笑，沒有追究，不然我這新媳婦就難當啦！

要不是妳爺爺走得早了些，而妳母親又同情我老人家獨居的難處，說什麼也不肯讓奶奶單獨住在國內，不然我從頭就不會麻煩兒子媳婦搬來與你們住的。這些年，妳母親裏裏外外打點，多辛苦呀！再說，奶奶當了幾十年家，這大年紀，當然懂得自愛，不想為人添麻煩，能不出去就不出去，但每天坐在家中，像隻在空中自由翱翔慣了的老鷹，忽然被剪去了翅膀，被關在鳥籠裏，要多沮喪，就多沮喪！看現在多好，住在養老院裏，不但護士醫生隨傳隨到，我又重新有了自己的家，可自由自在地逛街訪友，多麼快樂！妳應當為奶奶高興，哭個什麼？

倒是妳今年還沒滿十七歲，卻總吵著要休學，要搬出去自立門戶，又以為到麥當勞打工的那點收入，就可打點妳的食衣住行，未免有點不切實際。年輕人若不好好唸書，不努力為前途打拼，將來怎麼辦？奶奶才該為妳急得哭泣呢！

妳在外國生長，對中國歷史文化瞭解太少，而妳父母又都是第一代的移民，每天忙於生活，不僅沒空說這些給妳聽，對你這個獨生女的要求總是有求必應，以補償他們不能好好照顧妳而產生的罪惡感，才對妳不知不覺地接受了淺薄的享樂文化，交上些貪玩不上進的小洋人這事上，沒有責怪。

前些時，奶奶在報上讀到一段至理名言，說父母的家永遠都是兒女的家，但兒女的家永遠都不是父母的家時，難免心有戚戚焉，雖然你們都十分孝順，我卻無法忘懷自己在兒子媳婦家中的客卿身分，只有心痛地看著自己心愛的小孫女，逐漸被西方的低俗文化淹沒，卻沒有加以勸說。

現在我有了自己的家，有勇氣來問妳一個問題，為什麼妳不喜歡唸書呢？奶奶小時候跟妳不同，想盡心思要唸書，只因我是個女孩，被我們古時重男輕女的觀念耽誤了。那年代，我們讀四年初小和三年國小，在我唸完這七年後，家中就不准報考初中再升學了，而我們還是書香世家呢！

奶奶祖先在江蘇鹽城老家很有名望，大約九百多年前，北宋時金兵入侵，為求避亂，才自祖居的山西省南遷，經過多次流離遷徙，終於落戶蘇州，又經歷南宋及元朝兩代，再於六百多年前遷往鹽城，從那時到我這一代，已是第二十代。奶奶至今還記得老家附近有座香火鼎盛、百年不衰的泰山古寺，還記得奶奶外婆家大堂內，高高懸掛的「經魁第」金字匾，那是因為我外曾祖父是鹽城「經魁第」鄉試前五名的舉人，朝廷頒贈的。

就因為我功課好，一家富有的親戚養了個不會唸書的兒子，想請我去教他唸書，卻又不好意思開口，因為那男孩比我大，還是我的長輩，後來他家知道我愛吃西瓜，就以邀我吃西瓜為名，去為那男孩補習功課。那時我在家裏每次只能分到一片，但他們的半個西瓜卻由我吃，有時我嘴饞，就給自己製造機會，以查他功課作藉口，不請自來，大飽口福。

書唸得好的好處，在那時除了有西瓜吃外，還受親戚尊重，那真比中了大獎還有成就慼，但家裏古板，卻偏偏不許我升學，我就放話說，誰家供我讀書，我就嫁給誰家當媳婦！

老師知道了，叫我去，給了我一塊錢報名費去考初中。直到現在我還在埋怨父親，他自己在外面多少錢都捨得花，為什麼對女兒卻這麼吝嗇？要不是老師幫忙，我會有多少遺憾！當時我就對老師發誓，將來有了工作，一定會將錢還給她，但老師卻搖頭說，只要考取了，不用還錢。我立刻撲倒在地，流著淚，叩謝老師，那情景這輩子都銘記在心。

考期到了，要去外埠應試。那時交通不便，路途又遙遠，應試當天不能來回，因此我決定說謊，就騙父母要去姨母家玩，第二天傍晚才回來，他們就答應了。後來考取了南京初中，卻在這時，有個同村的姑娘到南京唸書，卻因懷孕被送了回來，給全村都帶來了羞辱，自那以後，誰也不敢再送女兒去南京唸那家中學，況且父親說：「嫁妝多，人家看得見，學問多誰能看見呢？」

幸好這時老師告訴我，唸女子師範不要錢，可師範畢業後要教書，這就是我後來當了老師的原因。教書的時候，我盡心盡意培植後代，學生們都喜歡我。

唸完師範後，有天老師叫我去她辦公室，原來有個男孩在那裏，只見了那短短一面，他家就找人來說媒，正好他也是個喜歡唸書的人，我們很快就結婚了。婚後，他到美國學航太工程，不但幫助自己國家發展航太科技，還到大學教書，當了一家著名大學的工學院長。

雖然妳爺爺聰敏，事業也好，但脾氣壞，算不上個好丈夫。奶奶對你說這些，不是要貶低妳爺爺在妳心中的印象，而是與妳分享奶奶自己走過婚姻的心得。美滿的婚姻與豐富的知識，都不是唾手可得的。許多外國女孩，以為戀愛結婚後，就像童話故事所說，從此王子公主就會過著幸福快樂的生活，假若不幸，一旦美夢幻滅，就一蹶不振，自暴自棄，真是可憐！

還記得我們從大陸撤退剛到臺灣時，住在政府配給的宿舍裏，隔個天花板就是另一個人家，因此夫妻吵架時，我永遠是吵不過妳爺爺的，因為他喉嚨大，而我偏偏怕人聽到夫妻吵架會笑話，只有凡事忍耐，總是讓他一步。

有天，他腿抽筋，我跪在地下為他按摩，誰知他竟用腳將我踢開。反過來，又有天我們出門，上臺階時，我不小心，滾了下去，趴在地上起不來，他卻不來拉我一把。妳爺爺雖受的是現代教育，卻有古代中國大男人的思想，既獨裁又專權，不懂得什麼是愛，只在要人與他做愛時，才好言相向。其實，嫁個獨裁專權的男人並不要緊，只要他肯講道理就好，偏偏妳爺爺是個不大講道理的人，讓我這一生過得很辛苦。

還有一次，妳爺爺生氣，怪我沒按時開晚飯，他就當著兒女面，甩碟子還大聲罵人，讓我丟盡了臉，讓我自尊受到極大的傷害。我氣急之下，就離家出走。走著走著，我在附近電線桿上看到一則招聘保母的廣告，立刻就去應徵。當時那家雇主用了我，還給了我一碗白飯，卻不給筷子，也沒有菜，我看著白飯就哭了。後來妳大伯打聽到我在幫傭，就來接我回家。我向那家人道歉，承認是嘔氣跑出來的。那家人說，難怪，一看就不是個幫傭的樣子。

回去時，妳爺爺老遠站在街上，笑容滿面地相迎。回家後，我要求他道歉，他就低著嗓子說對不起。我不接受，要他高聲道歉，就像他罵我那樣高聲，好讓鄰居也聽見，他卻回答：「我又沒瘋！為什麼我要讓鄰居聽見我的道歉？」我問：「那你為什麼要讓鄰居聽到你罵我？」

妳爺爺也和一般男人一樣，雖然結了婚，可還是喜歡結交女友，而他膽子特大，知道我怕被鄰居恥笑，對他只有採取放任政策。有段時間，他同時交上了兩個女友，給她兩人寫信前，還要我替他磨墨，寫完信，又命令我去郵局寄信。我越想越氣，就將兩封信的信封互相交換了一下，才將信寄出，就這樣，使他同時失去了兩個女友。

小蜜麗呀，妳我都知道，說謊是不對的，可我沒辦法，頭一次是為了要參加考試好繼續唸書，不得不欺騙父母說，要去姨母家過夜，這樣我才考取了，有機會接受師範教育，才能嫁給妳爺爺，假若當時只是小學畢業，他絕不會娶我，也就沒有妳了。

自那以後，對於說謊，我有與眾不同的看法，我重視的是兩件事，一是動機，一是結果。若說謊出於不得已，既不曾心存歹念，又無害人之意，在被命運所迫，由不得你時，偶爾用個謊話來度過難關，通常都是可以原諒的。

譬如對妳爺爺，為了孩子，為了婚姻，我盡量委屈，這是我的選擇，怨不得人。當他叫我跑腿為他寄信給女友時，我若反抗，豈不又會吵架？夫妻老吵架讓人笑話，多沒顏面！於是我只好說謊，使個小心眼，讓他同時丟了兩個情人，這件事上，我原諒了自己，相信老天也會原諒我。

後來每次妳爺爺罵我，我就會對當時妳還在唸高中的大伯說，媽媽請你去看電影，你想看哪家就看哪家。妳大伯說好呀！誰知他買了電影票來給我就走人，說散場後再來接我，因為他不喜歡看電影，我這就上了兒子的當。我是因為心情不好，剛到臺灣，人生地不熟，不敢自己看電影，為了散心，才請大兒子來陪，沒想他竟靠不住。

作母親的人都很勇敢，奶奶也不例外，二次世界大戰時，我們在四川，日本飛機再三來轟炸，每次聽到那嗚嗚如泣如訴的警報聲時，各家都偕老扶幼地往防空洞裏去躲避。那時只有妳大伯一個孩子，逃空襲時，我總是打開衣衫，將妳大伯緊緊抱在胸前，也不顧寒風吹進胸口有多寒冷，就怕他被炸死，奶奶寧可自己死去，也要保他的小命。有些不幸的母親，將孩子揹在背上，逃到防空洞後，才發現孩子已被流彈打死，做母親的哭得死去活來，也不濟事。那漢奸汪精衛實在太壞了，他將紅色的標誌放在防空壕上，供日本飛機去轟炸，多少人都被炸死，又有多少人在防空洞裏被悶死。

奶奶說這些，無非是想告訴妳，朋友、丈夫、兒女都靠不住，只有自己才靠得住，可自己若沒學問、沒工作、沒金錢，怎麼靠？在奶奶看來，工作有丟掉的可能，金錢有被偷被搶走的可能，唯有學問永遠是丟不掉、搶不走的，此外，當妳失去工作時，學問可使妳東山再起，當妳的金錢被搶走時，妳還可再賺回來。

以後當妳再鬧著要休學時，請認真想想奶奶這番話，奶奶可不願見到妳成為一個終身哭泣的小蜜麗呀！

杜杜

加拿大華裔作家協會會員。大量散文、小說、詩歌散見於海內外報刊雜誌。出版散文小說作品集《青草地》，詩集《玻璃牆裏的四季歌》，散文集《杜杜在天涯》。作品被收入多部文集。

杜杜以「閱讀世事滄桑，鍾情一草一木，品味人生百態，抒寫凡人小事」為樂。置身繁華卻嚮往小橋流水人家的寧靜田園生活。現為加拿大渥太華《加華僑報》撰寫「杜杜之窗」專欄。

腳甲

美玉長得嬌小玲瓏，一雙纖纖玉足白皙光滑，十根蔥段似的腳趾頭張揚地露在涼鞋外面，粉嫩透明，像名牌時裝店的玻璃櫥窗一樣吸引人的目光。史前在電影院排隊買票時站在美玉前面，低頭時不小心看見了白塑膠涼鞋裏的這雙腳，眼睛就定住了，然後目光順了腳趾往上移。史前僅在霎那間就樹立了讓腳趾的主人變成自己媳婦的理想。這理想經過兩年的奮鬥，終於圓滿實現。

熱戀時美玉最陶醉的一項活動就是史前幫她剪腳指甲。美玉說：「前天剛剪過，怎麼又剪呢？」史前會賴嘻嘻地纏著美玉說：「你看它們長得多快呀，來吧來吧，讓我來剪吧。」然後史前就會坐在床邊，讓美玉躺得舒舒服服的，把腳伸在史前懷裏，史前小心翼翼地像捧著個怕碎怕破的玻璃腳似的捧起那雙玉足，一根一根細細地剪來。每根指甲都是一毫米一毫米輕輕地、圓圓地剪過去，美玉的心就被那清脆的卡擦、卡擦，一毫米一毫米地征服了。

二人婚後的小世界裏，剪腳甲一直是美玉最沉迷的時刻，頻率雖然比熱戀時降低了，也基本可以保持一週一次。美玉在日記裏寫道：「史前，看著你捧著我這雙腳的那副表情，多麼沉醉啊！這一刻我感覺自己是世界上最幸福的女人！感謝人的腳指甲會沒完沒了地生長，我們這個愛情的見證才可以永遠地延續下去，直到生命結束。」

兩年以後，女兒小魚出生的時候，美玉和史前的剪腳甲活動保持著兩週一次的規律。史前說：「對不起對不起，都兩週了，趕緊趕緊，該剪腳甲了。」美玉就興高采烈地把孩子哄睡著，把一雙疲憊不堪因懷孕發了胖的腳，伸到史前懷裏。史前打著哈欠，揉了揉滿是血絲的眼睛，剪起來，一毫米的細緻變成了五毫米，沒幾下，就剪完了。然後把美玉的腳重重地放下，歪在床上，說：「哎，好累呀，想不到多一個小孩，多這麼多事兒。」

美玉坐起身來，端著自己的腳看了看，果然，大腳趾甲肉邊的死皮沒剪掉，美玉看了一眼身邊已經開始發出鼾聲的史前，嘆了口氣，拿起腳剪，自己把那多餘的甲肉小心翼翼地剪了去，自言自語地嘟囔了一句：「唉，今非昔比啦！」

小魚三四歲時，美玉除了上班下班、洗衣燒飯，就是帶孩子學這學那。那時史前已經在單位當上了部門主管，每天工作緊張，應酬不斷。一家人的小日子過得蒸蒸日上，成了人人羨慕的幸福家庭。剪腳甲的活動雖沒有停頓，史前的主動卻已成為歷史。

美玉說：「都一個月了，穿絲襪指甲長得都快把襪子戳破了，我們晚上剪吧？」史前笑著說：「好好好，晚上一定剪！」到了晚上，小魚纏著媽媽講故事，美玉講著講著，一天的疲勞就把她推進了夢鄉。美玉早上醒來就忙著拾掇小魚洗臉梳頭穿衣吃飯，早把剪腳甲的事兒忘得一乾二淨，臨出門穿襪子的時候，才發現十根腳指甲長得像十把小勺子，她猶豫了一下，心想，是留著晚上讓史前給剪呢，還是現在自己三下五除二地剪了呢？一邊想著，手上已經握著腳剪了，兩分鐘過後，小勺子都成了細碎的小月亮進了垃圾桶。美玉看著自己乾乾淨淨仍然白嫩圓潤的十根小蔥段，笑了笑，嗯，這下襪子不會破了，她的心卻忽然傷感起來，像蒙著一層霧一樣說不出的朦朧滋味。

小魚是八歲時學會剪指甲的。剛學會那陣，每天纏著要剪媽媽的手指甲。美玉說：「我這手都被你剪禿了，你願不願意剪媽媽的腳指甲？」小魚說：「好呀好呀，媽媽，你快脫了襪子讓我剪剪。爸爸不是有時候給你剪嗎？好像很容易的。」

那天晚上美玉寫日記時掉了淚，她寫道：「小魚那小小的身體捧著我的腳，我本來小巧的腳丫在她懷裏顯得那麼大。她剪指甲的樣子那麼專注認真，和當年的史前多麼相像呀！腳剪小心翼翼一毫米一毫米地剪過去的時候，每卡擦一下，我的心就軟軟地跳一下，腳尖的幸福電流一樣倏地抵達心臟。那一刻，我知道自己是世界上最幸福的媽媽！我告訴小魚我的幸福是多麼的富足時，這孩子竟說：『媽媽，我很喜歡給你剪腳指甲，你的腳多小多好看呀，你覺得幸福，我也覺得幸福。』」

小魚給媽媽剪腳指甲一剪就是七年。美玉的幸福就在這七年的卡擦聲裏繁忙而快樂地延續著。

十五歲的小魚美麗動人，忙功課，忙交朋友，給媽媽剪腳甲的頻率越來越低。終於有一天，小魚說：「媽媽，我知道你喜歡我給你剪腳甲，可我都不好意思跟朋友說，說出來人家一定會笑話我，誰家的媽媽要女兒給剪腳甲呢？」美玉很吃驚，說：「你覺得碰媽媽的腳是丟人的事嗎？可這是媽媽這些年為你們操勞，唯一你可以為媽媽做的事呀，而且那是媽媽最陶醉的時刻呀！」小魚不耐煩地說：「媽媽，我們換一個能讓你幸福的事情做吧，我不喜歡幹這個了，有時候你腳指甲裏有髒東西時，味道並不好聞，我不想剪了。對不起！」美玉從女兒身邊轉身走開，她拿著腳剪的手有點抖。坐在床邊，她低頭看著自己已經添了許多皺紋的腳，它們仍然白皙滋潤，她「哎！」了一聲，蜷起腿來，喀擦喀擦地剪了起來。

此後三十年，美玉的腳甲再沒有什麼特殊待遇了。

有時美玉正在剪腳的時候，史前在旁邊，卡擦聲中，美玉會念叨念叨：「當年你對我多好呀，捧著我的腳像捧著個寶貝似的。」史前放下手裏的書，說：「現在我不捧你的腳了，不等於我對你不好了。要不，再給你剪剪？」美玉趕緊說：「得得得，心又不誠，誰要你剪！」史前就寬厚地笑笑，繼續看書。

時光如梭，史前和美玉幾乎是同時退休的。兩個老人每天晨練之後，都去上老年大學，有時也幫幫小魚帶帶外孫。日子平平靜靜地過著。

美玉過六十五歲生日的時候，小魚全家回來給媽媽祝壽。晚上小魚蹭到媽媽房裏，看見媽媽正在桌前寫日記。美玉回過頭來，手指伸出來擦掉眼角掛著的一滴老淚。小魚說：「媽，您好好的幹嘛又哭呢？媽，你來你來，您躺到床上去，我想給您剪剪腳甲。」說著，把媽媽從桌前拉了起來。美玉剛乾了的眼睛又濕了，說：「好孩子，不用了！媽媽給你看！」美玉伸出自己那雙皺巴了很多但仍然白淨的腳，十根美麗的蔥段整整齊齊乾乾淨淨的，指甲剛剪過，打磨得圓滑漂亮。「是爸爸今天早上起來給媽媽剪的，他說從今以後，兩週一次幫媽媽剪腳，只要他的手還能動，就再也不要媽媽碰腳剪了。」

小魚握緊手裏的腳剪，伸出手輕輕地把媽媽攬進懷裏，緊緊地。暈黃的燈光下，母女倆擁抱的身影在牆壁上輕輕地晃動著，像風輕吹著一幅水墨畫。那幅剪影畫裏看不見母女倆滿眼的淚光。

夜，已經深了。

陳麗芬

出生於廣卅。一九八三年移民溫哥華，一九八七年十月「加華作協」成立，為創會五位註冊理事之一。作品曾發表於《羊城晚報》、《香港文學》、《大漢公報》、《星島日報》及《世界日報》等。散文收入加華作協出版之《楓雪篇》文集。

尋夢園之軍墾農場

薇姐的一隻腳才踏進門來就高聲地說：「你們信不信？我說人來加拿大，來的時間越長就越蠢。」

我納悶薇姐怎麼能這樣說話呢，明知道店裏的幾個人就數我在加拿大過的日子最長了，這樣說不是要損人嗎？

薇姐不看我，繼續用她高分貝的聲音說：「半年來，我做生意都做不到八百元，那傢伙就收了我一千六百元的會計費，什麼道理？我還真給他錢，你們說，我蠢不蠢？蠢不蠢？若換回幾年前在廣州的那個我？」薇姐指著自己的鼻子瞪著眼狠狠地「哼！」了一聲。

我鬆了一口氣，提高聲音拉長調子迎著薇姐說：「蠢，薇姐你當然蠢啦，我來加拿大這麼久還真的沒見過有你這麼蠢的。你呀，蠢到家啦。」我故意地多說幾個「蠢」字，誰叫她剛才嚇著我了。

三年半前，薇姐一家三口從廣州以企業移民的身分來加拿大，抵埠才半年就在與溫哥華有一水之隔的列治文市的一個商場，也就是在我工作的商場內開了一家專賣工藝品的小店，而且一開就是三年。由於薇姐新來，很多法令條例都不懂，常碰釘。像這次會計收費的事，其實本地的會計師行對做一盤帳是有大致的收費標準的，該收多少就收多少，會計師是不管該門生意是賺還是賠。何況有些商戶，在生意上明明賺了錢，卻會用各種各樣的辦法，把盈利在帳面上搞成虧損，就是為了逃稅。會計師當然知道這點了，但新來的薇姐可能還不知道。

薇姐，五十多歲的人，卻有一頭令人羨慕的自然黑亮的短髮，臉圓、眼大、神足、體態豐盈，而薇姐脖上常戴的那串珍珠項鏈的中央還穿顆翡翠，非常耀眼，薇姐看上去十足就是一個事業有成的現代富姐。如果一定要說，薇姐在外觀上有什麼不足的話，只是薇姐那不甚整齊的下牙齒有點礙眼。

薇姐煩事多，藏不住話，一煩，薇姐就來訴說，但奇怪的是，薇姐會把那些煩事說得很有趣，所以我們樂意聽，後來還讓我們聽出了一個規律來。陳述的開始，薇姐是義憤的，事情嚴重的話，義憤還會升級（不知時下的「憤青」是不是也是這格式？），接著薇姐會有一段不容打斷的激昂的陳詞，當陳詞進行時，絕不容許別人的安慰或同情，完了，薇姐就會用以下的話作結：

「哼，這又有什麼大不了呀，最多我不就是……」

等把這段「最多我不就是……」的話也發表完，薇姐就會仰頭向天，哈哈一陣大笑。每至此，我就會想到那個「嘯」字，當然，用「大嘯」來形容薇姐是不太貼切的。

而只要一笑過，薇姐所言的那些煩事就不煩了。但她之前的：「最多我不就是什麼……」的那句話到底是什麼意思呢？其中所言又指何物呢？這只要一參考薇姐當時所講的具體的內容就可以知道了。

半年前的一天，我閒逛到薇姐開的店門前，無意間往店內看去，只見那裏面燈光昏暗，薇姐彼時正端坐椅上，盤膝閉目並合十胸前，她背後的牆上高掛著一幅觀音大士像。當時我想該是個修行的人吧。信步進入店內瀏覽起來。但見貨架上是些奇石、水晶、舊瓷、木雕之類的東西，靠門口的地方還放張小桌，桌上是些珍珠項鏈、玉石手鐲、半寶石吊墜等物品。可能當時薇姐感覺店內有人，睜開眼，見到我就對我說：「隨便看看有什麼喜歡的吧，挑兩件。」

也許是看出我不像個要買東西的人，薇姐就指著玻璃飾櫃內有瑩彩的海螺化石對我說：「買發達螺吧，它可以助你發達的。」

我轉目看螺，薇姐又說：「我這裏有一本書專門介紹發達螺的，拿給你看看？」薇姐邊說邊從抽屜裏拿了一本皺巴巴的小書來，翻開其中的幾頁並把有畫線標記的句子指給我看。我順著微姐的指頭看那些文字，覺得真是可笑死了。薇姐此時又說：「你看，我自己也戴著一枚呢。」說著薇姐從她的胸口的位置拉出一塊扁圓型的有奧運金牌大小的化石螺來。我正驚奇那裏面怎可以容得下這麼一大塊東西。薇姐又說：「今早呀，我一戴上這塊發達螺，就連續賣出了三串珍珠項鏈，剛才我默禱的時候，就預感到今天還會有生意要來的，你不可不信呵，發達螺的能量可大啦。噯，這件發達螺原價要四百的，我也不多收你的，就兩百吧，兩百殺你（意思僅兩百就可交易了）。」

我可真的忍不住了，一下子笑出來說：「這麼神奇的東西，哇，一個怎麼夠呀，起碼要多戴幾個啦。」

自那以後，薇姐每次在我的店門前經過，頭總是仰得高高的，好像我們都不存在。薇姐所說的那些發達螺其實不過是從中南美洲出土的海螺化石，受地熱作用，螺紋就會發出七色的暗彩。這些螺有大有小，大的放於案頭作擺設，中小型的可作吊墜。那些搞批發的商人想發達可能想得腦袋發熱，於是胡編出一本書來，乾脆把那些石螺核功能化，能量之說貫通全書。大概意思是說：由於化石螺集天地之氣，億萬年來不斷儲入能量，現在正到了它們釋放能量的時侯。所以無論是誰只要一擁有化石螺，誰的能量就會因翻倍而無往不利。譬如，要考試的，肯定名列前茅；要營商的，只賺不賠；要求子的，只要能懷得上八胞胎，胎胎都是兒子；問姻緣嘛，只要你人走到哪，桃花就會在哪裏爭相為你即時綻放。總言之，要是每個人都能戴上一塊發達螺的話，次貸這個詞壓根不出現，金融危機就更沒有！而戰爭？都是那些不戴發達螺的國家領導人搞的。

再後來，我還是在薇姐的店裏買了一對價值兩百多元的小豬玉雕，薇姐才跟我熟起來。

列治文市住著大部分的都是華人，但這間由華人投資建成才幾年的新商場卻人丁不旺，薇姐就是其中的一位付了貴租又簽了長約的小業主，境況簡直是苦不堪言，幾年下來，薇姐的店最終還是欠了商場四萬多元的租金以倒閉收場。今天，薇姐終於找到會計師把政府的那筆稅也清了，以為從此一了百了，想不到最終還讓會計師啃了一塊，怪不得薇姐生氣。

我嘆口氣算是同情地說：「薇姐，你也是的，開什麼奇石店呢，經濟衰退，人家連飯都快吃不上了，那會有閒錢來買你的石頭呵。」

薇姐不聽猶可，一聽還真的來氣了，幾乎是咆哮著地說：「你以為是我要開這個店的嗎？還不是我那個死鬼老公。這種生意，不要說經濟衰退，就算經濟暢旺了都不成，想我在廣州拚服裝生意的時候，家裏有兩個錢了，他就去搜購石頭，幾千元一塊的，幾萬元一塊的，甚至幾十萬元一塊的他都買回來，說什麼奇石是無價之寶，太平藏古董，盛世藏石不用藏金。那個時候他買石都買瘋了，有一塊天然躍魚狀的安徽靈壁石，他不惜花上天價買了回來，比兒子還寶貝似地藏著，想讓他拿出來多瞧兩眼都說不行。到後來我們要辦企業移民來加拿大，廣州的生意帶不來，東方樂園旁邊的那兩幢別墅帶不來，到了要進入加境的最後限期，產業只好賤賣，帶得來的也只有那些石頭了。到這裏一來呀，真是除了石頭什麼都沒有。本來呢，帶著錢來還是可以過上幾年好日子的，但加拿大政府又有規定；要我們這些企業移民在本地開辦生意才能取消我們的移民條件，這個店就是為那些石頭開的，幾年下來，帶來的錢都給搭進去了，大大話話（並不誇張地說）

出國前我的身家過千萬呵，哼！現在還真如我老公說的，奇石無價。什麼無價？不就是無人出價的價、無價值的價嗎？這裏誰會欣賞你的石頭呵，你說，要是現在我餓起來，這石頭能當飯吃嗎？人家有說：『時來運轉鐵似金，運去才會金如鐵』。我呀，卻是時來了，金錢都變石頭，運去呵，石頭不如鐵。廢鐵都有人回收，我這些千金換來的好石，有那個部門回收呀？你說我冤不冤呵！前年，我老公他一患癌撒手就走了。」薇姐說到這裏，頭一低，有點哽咽：「連我的兒子都問我說：『媽媽，你說爸爸到底有沒有留下什麼財產給我們？』我跟他說：『兒呀，就這些石了。』你猜我兒子說什麼？他說，『媽媽，這些石頭砸到腳會流血哎。』」

這次薇姐的眼圈也紅了，越說越傷心。我忙轉了個話題說：「薇姐，你店不開了，以後有什麼打算呢？」

薇姐的眼還含著淚光，但衝口而出說：「找工呵，我現在才五十幾歲，有什麼不能做的？你想想，文化大革命那年我才十五歲，就去了粵北山區的軍墾農場，當時不懂事，還以為是去參軍，有軍裝穿呢，去之前，天天都歡天喜地的，巴不得早點去，到了那裏才知道什麼叫苦呵；上山砍竹，下田插秧，天寒地凍的，吃不飽，穿不暖，那些山一座接一座的，要回家呵；連方向在哪都不知道，當時人又小活又重，以為死定了，後來幾年一過，我不照樣一刀就把那根毛竹從上到下整整齊齊一劈兩半？現在呵，我已經跟自己說了，就算加拿大是個軍墾農場，又有什麼大不了呀，最多我不就是重頭來過，你看我不照樣能活得下去，不照樣能活得好好的。哈哈哈，哈哈哈。」薇姐仰起頭來發自肺腑的仰天一陣長笑。笑聲裏有悲愴、有淒涼、有自信、也有希望。隨著哈哈的一陣大笑，薇姐的煩事該也不煩了。

我不得不感嘆，薇姐真不愧是一個不向命運低頭的偉大的中國人。哦！其實，不向命運低頭的偉大的外國人也有。

但無論如何，我想薇姐是不相信命運的。

二〇〇九年四月十四日

涯方

倫敦政治經濟學院社會學碩士。記者，先後服務的媒體機構包括《明報》、新時代電視臺、城市電視臺和加拿大國際廣播電臺。其散文作品多見於《世界日報》副刊，在《星星生活報》發表過詩歌專版，曾為《北美週末》副刊撰寫散文專欄一年。

瓶

瓶之語（前世）

哐，我，一個白色細瓷花瓶，落地，碎了。極其快速，看著我落地的三個人，男人、女人和他們的女兒，都驚呆了。

我從男人手中飛出，他的眼裏閃現著發洩後的痛快、暴怒後的故作鎮靜和之後難以抑制的空虛。

女人的眸子裏攙雜著複雜的情緒：難以置信、驚恐、絕望、風暴過後剎那間的痲木和之後持續的心的疼痛。

女兒的目光裏，有傷痛，也有憤怒。

我落地的速度飛快，但我的身體碎片飛濺的過程，卻像電影裏的慢鏡頭，在六隻眸子裏展現了令人痛苦的緩慢。碎片緩慢地穿越我和主人共度的十七載歲月的每個日子、每寸光陰。

我出生於中國那個著名的瓷都。百科資料說我的故鄉「千年窯火不斷，其瓷器以『白如玉，明如鏡，薄如紙，聲如磬』的獨特風格蜚聲海內外」。淡雅的顏色、簡約的造型、細膩的質地，構成我素雅的風格。在一個女子用靈巧的雙手將我包裝好後，我離開了我的出生地，來到中國那個最大、蘊藏著無數故事的城市。我棲息在一個鮮亮購物中心漂亮的工藝品展櫃裏。和我那些琳琅滿目、五彩繽紛的鄰居相比，我是最素雅的一個，但我堅信：我有超越時尚風潮的獨特美麗。我等待著一雙懂得欣賞的眸子。

這一天終於來了。

一對年輕男女，來到我的面前，準確地說，是那位年輕的女子被我吸引住了，她輕輕地牽著男子的手來到我的面前。這位年輕女子婷婷玉立、皮膚白皙、細膩如我，身穿一條白底帶淡藍色花紋的連衣裙，和我的素雅風格一致。

「我很喜歡這個花瓶，它的風格是永恆的。我們把它放在我們的新房裏吧！」女子溫柔地對男子說。

就這樣，我來到了一對新婚夫婦的公寓裏。

女人很愛美。我的口中常常含著花兒。女人最愛的是百合花，各種顏色的百合花，還有美麗、熱烈的天堂鳥花。花兒微笑著，我也微笑地看著這對男女的新生活。女人是一名會計師，男人在一家外企做資訊系統工程師。新婚生活甜蜜、溫馨。女人覺得生活就如我口中含著的百合花般美好。

但是，後來，一曲如百合花般美麗的生活之歌，出現了不和諧的音符。男人有時會沉默無語，女人關切地詢問，男人會顯得不耐煩，言詞和語氣都有些粗糙，有時甚至是粗暴。女人感到委屈，但往好處想：也許，他工作上碰到了壓力，但不想讓我擔心，寧可獨自承擔。

生活繼續。

一年後的一天，女人笑得和我口中的花一樣燦爛。她告訴男人：他們將迎來一個女兒。女人依偎著男人，眼中是憧憬。她望著我口中含著的天堂鳥花，想像著他們的女兒，將是一隻美麗、快樂的小鳥。

小女嬰降臨了，在女人眼裏是一隻美麗的天堂鳥。哺乳是幸福的，也是辛苦的。女人的睡眠被小女嬰的哭聲切成一段一段的。女兒的哭聲就是召喚，女人聽到哭聲，就起來餵奶。

男人為公司的項目忙著，早出晚歸。工作的壓力，化為男人緊鎖的眉和陰鬱的臉。深夜，女兒的哭聲把他吵醒了。

「我有一個項目要趕，這樣下去我休息不好，這幾天我先住到我爸媽那兒去。」第二天，男人對女人說。

「你為什麼要在我們最需要你的時候躲開我們？」一向溫柔的女人，一邊餵奶，一邊幽怨地望著他。

「你希望我失去工作嗎？」男人反駁道。

在後來的日子裏，男人語言中出現粗糙和粗暴的頻率越來越高。有一次，煩躁的男人舉起了手，落在了女人的身上。

那手的陰影，投射到我口中的百合花上，咬噬著女人的心。女人懷抱著幼小的女兒，望著我流淚。怎麼辦？離開他？望著女兒熟睡的小臉，女人對自己說：孩子需要父親，需要一個完整的家。

我口中的花開了謝，謝了又開，小女嬰長成了一個少女。

有一天，家裏收到了加拿大駐中國大使館寄來的一封信。女人指著地球儀上一塊蔚藍色的湖對女兒說：「媽媽以前在地理課上認識了五大湖，想不到有一天我們會有機會到安大略湖畔的多倫多去生活。」

女兒問：「我們為什麼要去一個陌生的地方生活？」

女人說：「為了讓你在一個更輕鬆的環境裏成長。」

屋裏的東西，被分成兩類：一類將留在地球的這一邊；另一類將去地球的另一邊。我的鄰居們的命運都已明確，或被放入將留下的箱子裏，或被放入即將漂洋過海的箱子裏，但我仍留在原處——一個櫃子上（這個櫃子將留給公寓的新主人）。我的命運撲朔迷離，我很惆悵。

直到啟程的前一天，女人用紙小心翼翼地把我包好，將我放入她隨身帶的手提包。這時，我才知道：女人將帶著我和她一起進行跨洋之旅，和她一起飛去多倫多。我為我在女人心目的重要性感動。

在飛機上，女人呵護著我，就像呵護著她的一個夢。

到了多倫多，朋友帶他們到提前為他們租好的房子。通過窄窄的樓道，朋友幫他們將行李提到地下室。地下室顯得空盪盪的：主人臥室有一張床、一張桌子和一張椅子，另一個臥室裏有一張單人床，起居室、客廳、廚房連成一體，放著一張飯桌和四把椅子。那一刻，女人感到，那樓道是一個殘酷的隱喻：從地球的那一邊來到地球的這一邊，他們從高處來到了底層。

女人將我從手提包裏拿出來，褪去包裹在我身上的紙，把我放在主人臥室的桌子上。

晚上，大家睡下，將度過他們在加拿大的第一個夜晚。女人正準備關燈，突然聽到臥室外有窸窸窣窣的聲音，接著傳來女兒的驚叫聲。女人和男人走出臥室查看，見一隻老鼠剛從水槽上穿過。

女人對男人說：「你先睡吧，我去陪一下女兒。」

女兒睡著後，女人回到主人臥室。男人不勝旅途疲憊，已睡著了。

地下室有一個小小的窗子，女人想看看加拿大的月亮，但窗子實在太小了，看不見月亮的倩影，只看到幾縷月亮清冷的光。

女人走到桌子前，撫摸著我光滑的表面，然後將我貼在她的臉上，彷彿觸摸著一個夢。

我怎會想到，兩年後，我會在這個地下室裏粉身碎骨。

那天，男人接到一個壞消息：考試還是沒通過，拿工程師執照的希望又成了泡影。來加拿大後，他決定申請這邊的工程師執照，繼續從事工程師的工作。這個過程很難、很漫長。他修讀了一些這邊的課程，參加了幾次考試，但還是沒通過。

他很煩躁，開始發脾氣。他又舉起了手，像以前一樣。但這一次，他的手舉在空中，沒能落下去，因為女兒的聲音傳來：「打人是犯法的！」

男人感到震驚和憤怒：無法控制自己職業的命運，家庭是他能控制的最後一個領域。現在，女兒告訴他：他連控制這塊領域的權利也沒有了。

他為他的憤怒尋找出路。他環視著房間，最後將目光落在了我的身上，抓起我，往地上砸去。

我痛，是痛在身上，痛在一瞬間。

女人痛，是痛在心上，是持續性的痛。

兩年後

女兒給母親的電郵

媽媽：生日快樂！

對不起，在外地的我，今天無法為你點蠟燭、和你一起慶祝你的生日。

媽媽，我通過快遞公司給你寄了一份禮物，今天會到。是什麼禮物？暫時保密，想給你一個驚喜。

媽媽，在你生日的這一天，我要告訴你：你是我心目中的英雄。

我記得，我們來多倫多的第八天，你步行一個多小時，去一家手工餃子店應聘，我覺得你好勇敢。工作是手工包餃子，這和你原來從事的專業根本不相干，但你為了讓爸爸集中精力修讀課程、申請工程師執照，為了我們一家人的生活，你自己去幹體力活。那年除夕夜，我們在家裏包餃子，我發現你的一個大拇指因平時工作量太大，不再抬得起來。我很傷心，也敬佩媽媽的堅韌。

媽媽，你為我們犧牲得太多了。

我現在上大學了，從不同管道獲得了幾份獎學金，加上我這兩年學習之餘打工的收入，你不用再為我的生活操心了。我希望你能修讀會計課程，重回你原來的專業工作。

我很喜歡我選的社工專業，對現在修讀的「社會性別學」一課特別感興趣。中學時，我在學校組織「婦女問題學社」，和同學提出和討論了許多和女性相關的社會議題，現在這門課給了我繼續探討這些議題的機會，並為我提供了新的角度去思考女性群體的境遇和兩性關係問題。這個課程對我今後從事的社工工作、對我個人的成長，都會是一塊很好的基石。

媽媽，我盼望著下次回家時和你分享我的心得。

愛你的女兒

母親給女兒的電郵

親愛的女兒：

謝謝你的禮物。打開禮物盒時，看到這個蔚藍色的瓷花瓶，我驚喜地流下了眼淚。她的顏色，讓我想到安大略湖湖水的顏色。

你知道，兩年前，那個白色細瓷花瓶碎裂後，我的心也碎了，但也成了我命運的轉捩點。

我忍氣吞聲那麼多年，是為了維持一個完整的家。你的一句「媽媽，我要保護你」令我醒悟：我一直在維護一個不切實際的夢。孩子，你的那句話，給了我勇氣和力量走出那段早已破碎的婚姻。

孩子，你說媽媽是你心目中的英雄，其實，你才是引領媽媽走出黑暗隧道的天使。

這兩年，你為了減輕我的負擔，在課餘打工，我曾經擔心你的學業受到影響，但你做到了兩不誤，而且取得了優異的成績。讓我感到驕傲的是：你還那麼有愛心，去幫助其他新移民孩子和學習上有困難的同學。你還選擇了社工專業，準備將來為社會的弱勢群體服務。

我已註冊了會計課程。你是對的，我要重新回到我的專業。多倫多的一個華人社團，將組織一個「婦女大使」培訓計畫，畢業後的「婦女大使」將向社區宣傳如何預防家庭暴力、受虐婦女如何求助。我決定參加這個計畫。我有過切膚之痛，我希望人們能認識家庭暴力的後果，避免家庭暴力；也希望那些在痛苦中掙扎的女性能走出陰影。這對我來說，也是一種療傷。

女兒，移民生活給了我們磨難，但我為你的成長和我的新生活感到驕傲。

愛你的媽媽

瓶之語（今生）

我，一個蔚藍色的花瓶，是那個白瓷花瓶的浴火重生。

那藍色，是湖水的顏色。曾經是眼淚，如今是女人眸子裏的一泓清水，幽深，但清澈。那裏面，有前世的疼痛，也有今生的微笑。

生命的瓶，裝得滿滿的。

我的口裏含著一束花，其中一枝是火紅的天堂鳥。

秋萌

本名趙曉紅，畢業於中國人民大學經濟管理系。中學起酷愛文學，大學時加入校文學社，開始系統地學習寫作小說、散文、詩歌等。移民加拿大後，先後從事過中文教育、保險業及報業。

所寫移民生活的真情實感、人物專訪及文學作品見之於《星島日報》、《環球華報》、《神州時報》、《大華商報》等多家中文報刊。多次獲徵文比賽中的一等獎、二等獎、優秀獎和佳作獎。

遲來的醒悟

二〇〇九年春。一切來的太遲。已是四月初，百花仍未綻放。雅詩的心如同陰冷的氣候，沒有絲毫暖意。出國二十年，只有最初幾年幸福時光，其餘都彌漫著離婚的硝煙。當一切歸於平靜，傷痕累累的婚姻終於也走到了頭。

雅詩驅車前往社區公園。按離婚協議，每兩個星期的週五晚上，前夫接走孩子，周日下午再送回來。雅詩來早了，找張長椅坐下。

夕陽西下，晚霞變換著瑰麗的色彩在天邊漂浮。遠處綠茵茵的草地上一對情侶手牽手漫步。多美的畫面！雅詩觸景生情，思緒久遠。

（一）

雅詩是美女，公認的。姐妹三個她排行最小，也最漂亮。白皙皮膚，瓜子型臉，大大的眼睛鑲在深深的眼窩中。高挑的個子，勻稱的身材，加上一頭自然捲曲的秀髮，從來都是被注意的焦點。

雅詩又是才女，名副其實的。中學畢業時，以全校最高分考上北方工業大學。在女生本不多的學校，這樣一位才貌出眾的美女，自然成為賞心悅目的校花。

大學期間，獻殷勤的男生不在少數，買花的、送書的、寫情詩的，她無動於衷。雖然爸媽一點不愁漂亮女兒的婚嫁大事，卻也旁敲側擊：「有合適的，別錯失良機！」誰知雅詩自有主張：「理工科男生懂感情為何物？決不嫁那些書呆子！」

畢業前夕，去北京美術館看畫展，雅詩結識了後來成為她丈夫的那個人。數十個展廳，上下好幾層，雅詩兩次和他不期而遇。當第三次在同一幅畫前駐足時，雅詩悄悄瞟了這個和自己有相同欣賞品味的人一眼：五官端正，身高標準，體格健碩，一時沒發現缺點。雅詩決不主動結識陌生人，可離奇的是，當雅詩觀賞完畫轉身離去時發現地上有個遺失的證件。打開一看，失主正是剛才的他——宇軒，工作單位：北京大學。雅詩想，他應該還沒走遠。

之後發生的跟天下所有的戀愛故事差不多，他們相識、相知，最終相愛。宇軒學古典文學，畢業後留校任教，擅長寫詩，《詩刊》上發表過作品。戀愛的年代浪漫而幸福。他們牽著手、擁著肩，漫步在北京長安街頭的華麗燈火裏，沉醉在音樂廳的優美韻律中。當宇軒詩興大發、出口成行時，雅詩簡直陶醉至極，她自覺是世界上最幸福的女人。再後來，雅詩帶宇軒見父母，順利通過審查。一切，上帝似乎都已安排好。八五年，他們舉行了婚禮，婚後的日子愜意而溫馨。

時光飛逝。雅詩在工業部機關工作到第三年，開始厭倦那令人窒息的空氣，萌生了出國留學的念頭。宇軒不同意：他一個教文學的，將來到國外怎麼生存？但也沒認真：「出國？談何容易！」半年後，當雅詩拿到加拿大BC大學錄取通知書時，他才傻了眼，再試圖說服雅詩，為時已晚。雅詩對新生活的憧憬和說一不二的性情，使她決不放棄這機會。宇軒妥協了。雅詩懷揣幾十元美金，攜兩大箱行李飛越太平洋。一到溫哥華，就給宇軒辦理赴加手續。

一切如願。一年半後，宇軒帶著雅詩寫給他的幾十封信和中外文學名著，追隨愛妻，飛往楓葉之國。

分離的一年多，雅詩白天除了上課，還幫教授做研究賺取學費。晚上給中學生補習數理化、暑期去餐館打工掙得生活費。如此滿負荷的上課、工作，雅詩仍然學業優異，第二年起獲得全額獎學金。宇軒很感動，也很慶幸自己有這麼完美的妻子。

（二）

初到溫哥華，宇軒開始第二次蜜月。美麗的山水，清潔的空氣，良好的人文，他情不自禁地愛上了這裏。要生存，先過語言關，他開始在一個政府移民機構學英文。上午上課，下午則重溫讀過的經典名著，寫讀書心得。週末，雅詩帶他去購物和熟悉異國風情。長週末假期，他們便去稍遠的地方遊玩：洛磯山脈、維多利婭島、長灘……。第一年，玩遍西部名勝，看遍優美風景。宇軒靈感頻頻，賦詩不斷，他感謝雅詩帶給他的一切，就像戀愛時雅詩感覺是世界上最幸福的女人一樣，此時的宇軒覺得是世界上最幸福的男人。

美妙的日子持續一年多，雅詩碩士畢業，進入令人羨慕的政府交通部門工作。第二年，雅詩懷孕，兒子降生。第三年，貸款買房，遷入新居。

生活本應從此變得更美好。然而，來了煩惱。不知何時開始，雅詩對宇軒上午學英文、下午讀名著略顯不悅了。一次，雅詩說：「你學英語快兩年了，應該實踐一下，找份工作吧！」宇軒也想擔負養家的重任，但他總覺自己還沒準備好，也想不出他能幹什麼。最現實的倒是做飯，讓雅詩下班回家就能吃上可口的飯菜。既然雅詩說出了口，他還是試著找了幾家華人餐館，沒結果，因他不會講廣東話。而洋人公司都要本地工作經驗，他沒有。只有個大樓清潔的工作，可是需夜間做。他放心不下雅詩和孩子，最終不了了之。

雅詩可不願宇軒一輩子在家做飯。她和他談，一定要學個專業，拿個本地文憑，找個好工作。她認為，會計是個收入頗豐而又相對穩定的職業，便到專業學校報了名。然而她不知，宇軒最恨那些枯燥乏味的數字。為了不讓雅詩失望，宇軒硬著頭皮去學。結果，別人學九個月拿到的結業證，宇軒用了一年，而後便是找不到工作。宇軒明白，與其說找不到，不如說他根本不想做這行。所以每當接到拒絕信時，他甚至感到欣慰。

宇軒的不順利，開始影響雅詩的情緒。雅詩越優秀，就越羞於在人前談及自己丈夫。白天，雅詩在工作上受上司賞識，受同事稱讚，春風得意。可晚上回家看到無所事事的宇軒，情緒一落千丈。雅詩絞盡腦汁想辦法。宇軒做中文老師總沒問題吧？雅詩找來兩個學生讓他教，又落空了。宇軒不願教早已被大陸淘汰了的繁體字。而且，宇軒覺得自己堂堂的北大詩詞賦專才，教那些小學生初級識字，大材小用！不到一個月，兩個學生就被本地所謂的中文老師搶走了。

（三）

第一次提離婚是在兒子滿三歲時。最初雅詩只想嚇嚇宇軒。雅詩說：「你想過沒，如果我現在和你離婚，你將怎樣生活下去？」宇軒說：「不會！你不會讓兒子沒爸的。」「可是你也活出個樣子給我看看啊?!」雅詩慍怒。

於是，又一輪找工。正巧，一家中文報紙招編輯，宇軒得到了這份工作。他自己著實興奮了一番。不管怎樣，跟文字打交道，算是專業對口。這幾年在家吃閒飯的日子終將結束，他很快就會恢復一家之主的地位。

可是他錯了。新張的報紙經費不足，每月工資一千多元，而工作量卻滿負荷，每天連路上時間需耗十個小時。以前，雅詩下班回來能吃上熱騰騰的飯菜，孩子去幼稚園也有人接送。現在一切都要重新安排。緊張的工作使宇軒疲憊不堪，回家後再無心做家務。沒多久，雅詩就因一點小事和宇軒大吵了一次。那是他們結婚十年，宇軒第一次看到雅詩的另一面。再美的面孔，當露出猙獰時也是醜的。雅詩發洩幾年胸中的鬱悶，歷數宇軒的種種無能，甚至用了「廢物」這樣的字眼，宇軒的心被深深刺痛。有了第一次吵架，就有了第二次、第三次……。此後，「離婚」成了日常生活中出現頻率最高的詞語。

儘管雅詩的話很難聽，但宇軒自覺負疚於她。無可否認，因自己的無能，造成今天的局面。對漂亮、能幹的妻子，宇軒還是愛著的，那就忍吧。宇軒開始變得沉默、忍讓。可是忍讓的結果，招致雅詩變本加厲。直到有一天，雅詩勒令他從主人房搬到小睡房去。

雅詩也不知自己怎麼了。過去宇軒不工作，雅詩不滿意。現在他工作了，雅詩還是不滿意。因為她又發現了許多問題，比如他沒在情人節送她玫瑰，而辦公室的洋人同事送了；比如他老愛穿同一件衣服，不講衛生、整潔；比如在商店門口，他沒給自己開門，缺乏紳士風度等等。總之，一身的毛病。過去的瀟灑、浪漫全不復存在。她懊悔當初去美術館看畫展。如此生活一輩子，何時出頭?!

宇軒更覺屈辱。他後悔當初同意雅詩出國。不然，今天他早就是大學教授了！他為愛放棄一切，換回的是雅詩要離婚。他想過回國，但雅詩幹得這麼好，決不會同意和他回去的。而離婚，他既捨不得妻子又捨不得兒子。怎樣才能解決目前的危機呢？苦思冥想，有了下策。他設想如果雅詩懷孕了，他們的關係定有轉機。再強的女人帶兩個孩子生活，也會有難，也需要男人。只要不離婚，怎麼都行。這樣想了，宇軒便實施周密的計畫，在安全套上做手腳。

當雅詩得知自己又懷孕後，深深地陷入矛盾中。她是喜歡孩子的，但宇軒目前的狀況和他們現在的感情，哪有要孩子的基礎？雅詩打電話向媽媽求助。媽媽心疼女兒，不同意拿掉孩子。對婚姻出現的問題，媽媽提醒雅詩說，當初是她自己選擇了宇軒，宇軒義無反顧地隨她出國，個人做了很大的犧牲。這些話說得雅詩無語。

（四）

女兒的降臨確給他們帶來無盡的歡樂，也讓宇軒勞累至極。每天，他早兩小時上班，為的是早兩小時下班接兒子放學、照看女兒、給全家做飯。

雅詩因在工作中表現出色，已升任部門主管，年薪七萬有餘。而宇軒，工作三年，華人老闆從未加薪，年薪仍是一萬五千多。如此大的懸殊，宇軒只有多做家務來補償。他倆除日常生活必需，基本上沒什麼交流。雅詩工作之餘買漂亮衣服，參加各種各樣聚會，但從不請宇軒同行。有時在家給孩子辦生日，朋友、同事前來，都讓宇軒迴避。自從有了女兒，宇軒就搬出了主人房，婚姻雖暫時保住，卻也成了無性婚姻。彼此相安無事，生活如同死水，只有孩子們的笑聲打破沉寂。

轉眼到了二〇〇五年。因母親身體原因，宇軒回了趟中國。這次回國給他帶來巨大震撼。二十多年的老同學聚會，有的已經發表數部作品，有的是出版社老總，有的改行成房地產大亨、股票經紀人。除了病逝的一個同學，活著的數宇軒混得最慘，他開始深思：難道真要這樣鬱悶後半生嗎？離婚有什麼可怕？現在的婚姻已經名存實亡。他要改變一切！他想有尊嚴地活著！

他和雅詩談，要去學地產、拿牌照。可雅詩聽了一點也沒興趣。先是譏諷說他看別人發財眼紅，而後又說學地產花一千多元，太貴！最後還提到當年學會計的事。總之一句話，他什麼也做不成。宇軒不多說，寫了張字據，先從家裏借學費，日後奉還。

從此，宇軒除了工作、照顧家和孩子，又多了一項內容：學地產。這期間兩件事幫了他：兒子考上私立中學住校，雅詩先後三個月被部裏派往歐洲和日本交流、學習，這使宇軒有了較多的時間學習。三個月後，他通過英文考試，九個月後拿到地產牌照。這時已經到了二〇〇七年，宇軒真正走了一次大運。剛剛入行的他趕上房地產業二十年不遇的大景氣。他一路順風，一年內竟買賣二十多棟房屋，收入近二十萬。他本以為雅詩會對他刮目相看，本以為瀕臨完結的婚姻會有轉機。然而雅詩不以為然，雖然內心多少有些安慰，但嘴上仍是不屑於顧：「今年做地產，傻子都賺錢，不過是讓你撞上了。」

（五）

再次提離婚是一年前的事。這次他們好像都知道將是什麼結局，沒有爭吵，在一個極為平常的下午，自然而然。

「你覺得我們還有在一起生活的可能嗎？」宇軒最先切入主題。

「無所謂。」」雅詩懶洋洋的回答。

「那我準備手續。」

「隨便吧。」

雅詩簡短的六個字，給他們二十三年的婚姻劃上句號。

表面看，宇軒已走出人生谷底，一切該開始好起來。但一切都來得太遲。雅詩的愛在對宇軒的期望到失望再到絕望中早已丟失，而宇軒的愛也在雅詩的歧視和冷漠中一點點泯滅了。多年來照在雅詩頭上的光環，一直是宇軒心中揮之不去的陰影。無論怎樣，雅詩永遠是對的，宇軒永遠無能。在孩子們面前，媽媽最棒，爸爸最笨。過去宇軒所做的所有日常生活瑣事，在雅詩心裏沒有任何價值。如今宇軒有了點成就，還被認為是靠運氣。

雅詩恨宇軒不爭氣。當初，如果按她所想，宇軒做了會計師，他們早已跨入中產階級的行列。在她眼裏，宇軒缺乏責任感，缺乏變通，缺乏一種男人該有的鬥志，生活中處處被動。最讓她不平的是，宇軒改變自己的動力不是源自一個男人、丈夫、父親的責任，而是大學同學聚會別人成功的刺激。雅詩事業有成，職場上呼風喚雨，但生活中，對自己曾經最愛的人，勸導不了，幫助不成，讓她竟有一種挫敗感。這種挫敗感使宇軒的改變沒有給她帶來任何興奮。再說，看宇軒賺錢就對他換成笑臉，豈不低俗?!歧視和冷漠慣性地繼續著。

宇軒對他們的婚姻已經徹底絕望。他反省自己，無論當初為得到雅詩設局讓她撿到工作證的靈機一動，還是後來為保婚姻設法讓雅詩有了女兒的不擇手段，這一切都為一個「愛」字。然而他放棄自我，甘願服侍雅詩、照顧這個家，換來的是雅詩的不滿、憤怒。他的遷就造成雅詩的獨斷專行，他的容忍使雅詩越發不善解人意。他終於想明白了：一個男人，其實最重要的是事業上的成功，這是男人履行責任的基礎。再崇高的愛情，在男人的字典裏，也該排在次位。既然雅詩永遠不看好自己，既然他在雅詩面前永遠無法超越，宇軒選擇放棄。有時，選擇放棄其實就是選擇重新開始。他要開始一種新的人生。

草地上的情侶不知何時消失，取而代之的是遠處出現的宇軒和孩子們。已經十五歲的兒子，走在最前頭，悠閒自得。後面是蹦蹦跳跳的七歲的女兒，邊走邊回身向爸爸招手再見。宇軒站在遠處，也揮著手。雅詩突然覺得那手是向她揮的，心顫抖了一下，淚水湧入眼眶，只是，被她強忍住沒有掉下來。

夕陽，已經完全消失了。

二〇〇九年四月於溫哥華

申慧輝

祖籍山西垣曲。先後就學於遼寧大學、北京大學及美國哈佛大學，主修現當代英語文學和戲劇。曾任教北京大學，擔任過《世界文學》常務副主編。是中國作家協會，中國翻譯家協會，加拿大華裔作家協會會員、理事以及中國美國文學研究會理事。

主編過《斯泰因文集》、《影響世界的百部書》、《加拿大女作家作品集》、《世界戲劇，美國戲劇卷》等書。多篇散文、隨筆及文學評論，被收入《世界文壇潮汐錄》等文集。翻譯、編輯的作品有：《文學講稿》、《最長的一天》、《聖女貞德》、《蝴蝶夢》等。其論文〈斯泰因的語言實驗〉曾獲全國第一屆青年社科成果優秀獎。

風箏

暑期裏的一個大晴天，小梅帶女兒去科學世界（Science World），參觀「中國五千年發明展」。打那兒以後，展覽上那些圖案典雅、製作精美的絹製風箏，便總是縈繞在小梅的腦海裏，並且一次又一次地把她帶回到童年。

夢中的她，在努力地放飛兒時用舊報紙做的風箏，可是，每一次她都沒能把風箏放飛起來。

夢醒後，小梅不甘心地想：明明從科學世界買回來一個漂亮的絹製風箏，可為什麼我總是夢見用廢報紙做的那個舊風箏呢？而且還飛不起來？小梅忍不住地自語道：「小時候，我年年都放風箏，哪年沒飛起來過？尤其是在哥哥的幫助下，風箏還能飛得很高呢。」

哥哥會拉著風箏的線繩，沿著家門口的柏油路飛快地向前跑。這時候，風就彷彿在哥哥的身後聚集起來，變成一雙看不見的手，把風箏輕輕地托起來，送上天空。一開始，風箏會左搖右擺，好像在猶豫不決，不知道是不是應該起飛。然後，隨著哥哥的奔跑越來越快，風箏好像也下定了決心，搖擺的速度也快起來，似乎也在用勁兒。這時候，往往就在一瞬間，風箏會突然一抖，向上揚起頭來，便真的飛起來了。飛起來的風箏可好看了，長長的尾巴在風中抖動著，同時還上下左右地悠盪，彷彿在空中舞蹈。

在小梅的記憶裏，這是童年的快樂時光。

小梅第二次夢見風箏時，正好是個星期六的早上，一個大晴天。不過，用不著趕去上班，小梅便不急著起床。她在床上舒服地伸展著四肢，然後闔上眼，朦朦朧朧地回憶著夢境，獨自想著：兒時的風箏到底飛得有多高？她懷疑兒時的記憶不夠準確，把風箏的高度誇大了。要知道，兒時的風箏不過是用舊報紙做的，質量肯定是不夠好的。可是，小梅清楚地記得，風箏的確飛得起來，因為風箏曾經掛到了楊樹上，還掛到過電線上，高得沒辦法拿下來。

不過，風箏拿不下來也並不特別令人沮喪。因為街坊鄰里的孩子們都會指著風箏說，那個風箏是大龍的——大龍就是小梅的哥哥。能把風箏放得掛到了樹上，便成了一件值得驕傲的事。

只是如果他們還想繼續放風箏，就還得再做一個。

每年夏天，他們做的第一個風箏肯定由哥哥先放。看著哥哥奔跑的身影和悠盪在空中的風箏，小梅的心就按捺不住地興奮起來。她會一邊給哥哥叫好，一邊暗暗地盼望哥哥快些停下來，好輪到自己放。哥哥有時會討厭小梅的喝采，有時則顯得很容忍。這要看一旁是不是有人，也要看風箏飛得高不高。沒人的時候哥哥總是比較寬容的，風箏飛得高，哥哥就更寬容。

輪到小梅放風箏時，哥哥總會很快就失去了蹤影，只留下小梅一個人放。小梅沿著家門前的小路，來回地跑著，風箏在她身後時而上升，時而下降。很快，小梅的臉蛋兒就開始發紅發熱。這不僅是因為出汗，也是因為緊張。因為小梅總想把風箏放得像哥哥那麼高，可是每當她回頭去看風箏飛得夠不夠高時，她的腳步就會慢下來，風箏立刻就像被抽去了筋，軟軟地耷拉著腦袋往下墜，嚇得小梅趕緊轉回頭接著向前跑。所以，小梅從來也沒看見過自己放的風箏到底能飛多高。

放風箏的時候，時間過得特別快。很快，天色就暗下來，小梅會感到有點兒累，奔跑的腳步也越來越慢。每當小梅猶豫著是不是要歇口氣兒時，姥姥的聲音就傳過來了：「大龍小梅，回家吃飯。」姥姥的呼喚很有節奏，四個字一頓，不緊不慢地，很好聽。小梅總是馬上就答應到：「哎，來了。」然後就放慢腳步，蹓蹓躂躂地往家走去。

這時候，鄰居家姥姥奶奶們的叫聲也此起彼伏地響起來，大胖、小肥、小五、小四、黑子和躍進，就會不知從什麼地方一下子全冒了出來，各顧各地往自己家走去，那是姥姥或奶奶的召喚，也是家裏餐桌上飯菜的召喚。

哥哥通常比小梅慢一拍。不過也不總是慢。有時候哥哥會在姥姥叫他們之前就回家了。等小梅到家時，哥哥已經在有滋有味地吃著剛出籠的菜包子了。哥哥總比小梅會算計哪天有好東西吃。而在正式吃晚飯前讓他們先吃上一點兒，也是小梅記憶中兒時的奢侈。

從風箏想到童年，想到哥哥，又想到姥姥，這不禁牽出了小梅的鄉思。兒時的生活儉樸、單純，可一家人相親相愛，童年生活還是快樂的。只是，小梅遺憾地想到，童年雖好，只是太短暫了。一九六六年，小梅還不到十歲，文化大革命就開始了。她不再有學上，爸媽也一東一西地下放勞動，哥哥也下了鄉。風箏自然不再做了。文革那幾年，小梅和姥姥相依為命，直到姥姥病逝。

小梅的童年，大概在那時候就悄然結束了。

「時間過得多快呀。現在女兒都比我那時候大了。」想到這裏，小梅輕輕呼出一口氣。她開始起床穿衣，打開窗戶。唉，我這幾十年，大概就和那個舊報紙糊的風箏一樣吧。我曾經飛得挺高，還飛到了加拿大的溫哥華，這個全世界最適合居住的地方。可是，一旦我開始回頭看了，風箏就開始往下掉，不再高飛了。

回憶過去，不就是在回頭看嗎？

想當初剛到溫哥華，為了在這個新的家園建立新生活，小梅放棄了文學專業，改學會計。多年的半工半讀，終於使小梅當上了會計師。丈夫家昌三年前畢業，找到了這份電子工程師的工作，他們很快貸款在西區買了這棟屋。如今小梅一家的生活是衣食無憂的。

可是，來加的最初幾年裏，學習、工作和生活的壓力，使小梅每天都必須像上足了弦的鐘錶，從早到晚一刻不停地東奔西跑。在唐人街打工，去ＢＣＩＴ上學，節日季節還找額外的 Part-time 工作做，為的是多掙些錢。Zellers、Safeway、乃至漁場、餐館、雜貨店，小梅幾乎都去試過工。憑著對新生活的憧憬，小梅從未想過自己的得失。她的身體也挺爭氣。最忙碌的幾年裏，她沒生過一場大病。她還一直支持丈夫讀學位，關心女兒的學習，儘管女兒上課都是由丈夫當「車夫」。不過女兒平日的練琴和每次的考試，可都是小梅親自「監督」的。

小梅還和許多白人同學和同事交了朋友。胖胖的「快樂」南茜常和小梅交換各式西式菜譜。「浪漫」安娜總會向小梅介紹近期的流行小說。「美人兒」戴西最會打扮，小梅關於化妝的秘訣大都是從戴西那兒學來的。每逢同學或同事聚會，小梅總要花很多心思準備一種中國菜，因為她實在太喜歡聽到讚美之詞了。事實上，無論小梅做什麼菜，都會得到白人朋友的由衷稱讚。說起來，小梅對故國文化的認識和欣賞，大約有一半是這些白人朋友的功勞。若不是他們對中國文化的濃厚興趣，對中國餐飲的由衷喜愛，小梅說不定就完全西化了。

小梅剛來加國時，真是恨不能天天吃西餐，立馬兒學會所有做西餐的本領。那時候，在小梅的眼裏，西方的一切都是好的，而她也真心地想把西方文明中的一切都學到手。西式速食也好，西式大菜也罷，彷彿都蘊涵著西方文明的精華，甚至連民主、平等的觀念也都包含其中。吃速食不僅是因為女兒的喜好，也是小梅的喜好，因為它乾淨、方便，而且是上至富翁、下至平民都喜愛的「平等」食品。

不過，隨著時間的流逝，小梅對西方文化的好奇心漸漸減少了，而對故鄉的一切卻越來越著迷。一開始，小梅不喜歡這種變化，覺得這是一種思想上的後退，不大正常，起碼意味著自己老了。後來，小梅發現很多與她同期移民的「老華僑」都有著類似的情感，她才不再那麼緊張。去年，朋友菲菲從國內帶回一本暢銷書，叫《近距離看美國》。小梅看後的感覺是，她更想看一本海外華人寫的「遠距離看故鄉」。而且她相信，會有許許多多的海外華人和她一樣，想讀這樣的一本書。

就在昨晚，小梅還和家昌議論「落地生根」的說法。近幾年，加國華人熱情地主張用「落地生根」代替「葉落歸根」的觀念。起初小梅十分認同。可是，看了「中國五千年發明展」之後，小梅開始覺得，風箏的意象彷彿更能體現海外華人的境地——起飛；飛得又遠又高；既使斷了線，既使掛住了，卻仍然在空中飄著。生活中的一切從來都不是那麼決斷、明瞭的。落地生根也好，葉落歸根也罷，都太肯定、太絕對了。而實際上，生活的狀態經常是變化著的、不穩定的，就像飄盪在空中的風箏，隨時都可能轉向。

家昌當時說：「你呀，總是想得天真幼稚、不切實際。不過嗎，風箏的意象和落地生根的觀點並不矛盾。一個是狀態，一個是結果。」

小梅不理會家昌口吻裏的安撫，認真地說：「風箏的比喻才好呢。想想看，那種擁有變化的自由狀態，是一種多麼好的感覺呀。」

小梅心裏明白，如今，十多年的加國生活已經使她能夠平靜地面對兩種文化，並且對中、加文化同樣欣賞與喜愛。女兒也和大多數的華裔加人子女一樣，週末在中文學校裏學中文，並把它看得很重要。小梅自己在加強中餐廚藝的同時，還學會了做幾樣義大利菜、希臘菜、甚至印度菜。她認為，她現在已經能夠真正欣賞「多元文化」的內涵了，那是一種寬容，一種接納，是相互理解與和平共處。加拿大平靜祥和的生活，也使她真正有了家的感覺。

只是這幾年生活安定富足了，小梅的懷舊情緒卻越來越濃。尤其是在看了「中國五千年發明展」之後。這幾天，小梅不僅總是想到兒時的經歷，甚至還想起了三年前的入籍宣誓儀式。

當時她為入籍曾經是多麼地興奮！

雖然一家人沒有像國慶日入籍的人們那麼幸運，可以在五帆酒店裏舉行，還能上電視。不過那個社區中心的禮堂也很是體面莊嚴。臺上插著加拿大國旗，坐著身穿大法官袍子的移民官。前來入籍宣誓的人們個個都穿著整齊漂亮的衣服，連小朋友也穿上了平時不穿的皮鞋。他們在禮堂入口處的長桌上，曾看到印在一張張厚厚的紙上的加拿大憲法，甚至還有許多摞了好高的袖珍《聖經》。當時每人都規規矩矩地每樣拿起一份，小梅便也模仿著，一樣拿了一個。此時，站在教堂裏，隨著法官的引領，一句一句地重複著入籍宣誓詞，小梅突然明白了為什麼要向入籍人士派發《聖經》——人人手捧《聖經》，才更加顯示出宣誓的嚴肅與正式。這令小梅禁不住心裏暗笑：不信教的我竟然迷迷糊糊地向上帝宣誓了，真是不可思議。

事後小梅對家昌說起宣誓時的一時走神，對入籍本來就有過多次正反兩方面論證的家昌就逗她：「如果你不信教，那你對上帝的誓言還有效嗎？」

小梅對這個玩笑頗不以為然，便也開玩笑地警告說：「不許你解構我人生最重大的決定！」

然而，此刻，當風箏不停地在小梅的心中和眼前搖晃的時候，入籍的儀式彷彿傳達著另外一種資訊。成為加拿大公民似乎不再僅僅是一個人生的起飛，也許還是一個定格，就像飛得高高的風箏，報紙做的也好，彩絹製作的也罷，總之是掛到了另外一棵樹上。也許它比故鄉家門口的樹更高大、更美麗、更健碩，不過，也只是一棵樹而已。

窗外的陽光射到了小梅的臉上，熱呼呼的，明晃晃的，把小梅帶回到現實。小梅走過去，輕輕推開女兒的房門。

已經醒來的女兒從被子裏露出頭來，衝著朝她俯下身的媽媽笑著叫道：「媽媽！」看到媽媽沒有被她嚇到，就撒嬌地說：「嗯，你怎麼一點都不幽默。」

小梅看著活潑的女兒，笑呵呵地一邊拉她起來，一邊說：「就知道淘氣。不記得了嗎，今天咱們要和爸爸去海邊放風箏。快起床吧。」

一聽說放風箏，女兒馬上跳起來，去拿掛在床頭的那個絹製風箏，嘴裏還歡呼著，為自己的快樂製造著熱烈氣氛。

女兒的快樂感染了小梅，她心情也變得輕鬆起來。女兒在加拿大成長得健康快樂，這讓小梅感到特別安慰。說到底，女兒的幸福是最重要的。女兒的童年比自己的童年平安美好，說明自己的努力沒有浪費，既使為此而放棄了許多，也是值得的。

女兒興奮地舉著風箏說：「媽媽，你看，風箏多漂亮！」

小梅疼愛地回應道：「漂亮得很，和你一樣。」

窗外，九月的艷陽早已經將光芒灑向人間，明亮而充滿熱情。蔚藍的天空，看不見一片雲朵，乾淨得就像剛剛用水沖洗過。

這是典型的溫哥華夏日：純淨、溫和、天高地厚。

正是放飛風箏的好時候。

跋——天高任鳥飛

每一次人類的遷徙，不僅給遷徙地帶來新的文化衝擊和震撼，也給遷徙者本身的文化注入新的內容和活力。如此的互補交融，推動著人類文明不斷向前演進。從這個意義上講，人類的一部生存遷徙史，也是一部文化遷徙史。

一八五七年，加拿大的不列顛哥倫比亞省發現金礦後，約有四千名華工從舊金山還來淘金，也因此揭開了加拿大華人移民的序幕，而最盛的移民潮應始於上世紀的八〇年代。有一百多年遷徙史的華人，在加拿大文壇發出聲音卻是遲至上世紀的九〇年代，土生的一代華裔開始作為一個群體以英文創作進入主流文壇。與此相呼應的是來自大陸、臺灣、港澳和東南亞的移民以中文創作，開闢了加拿大華文文學的文壇。這些以兩種不同文字創作的華裔作家，將一部加拿大華人遷徙史用文學的筆觸濃墨重彩地繪製了出來。

有人說美國的文化是個大熔爐，加拿大的多元文化則似馬賽克拼圖。《漂鳥》這本文集呈現給讀者的正是這樣一幅彩色繽紛璀璨奪目的文學畫板，也是第一部以加拿大華文女作家為焦距，展現加華「新移民文學」風貌的作品集。有她們的努力，華族的文學種子得以繼續在域外扎根，與居住國其他多元文化互補交融，一起成長。

來自兩岸三地以及東南亞的女作家們，雖然各有不同的生活背景、不同學歷、不同社會工作經歷，但同種同文的共同文化傳承讓他們在楓葉的國土上結下了文學的善緣，開出了多姿多采的纍纍花果。

她們的作品，已沒有早期移民漂泊的自憐與哀傷，取而代之的是一種對新環境冷靜的審視，以樂觀積極進取的態度，解決移民生活與心理上的許多適應問題。作品中有對加拿大自然生態的謳歌，對新生活的接納與對開創美好未來的憧憬。漂「留」是代替了漂「流」。

女性的話題，女性的感受，女性的超越性別的訴求，在社會新形勢新環境下產生裂變，這些話題在這部作品集都有了淋漓盡致的發揮。女性的生存狀態已不再是傳統的留守，出走也成了男性的精神欲求，尋找和諧則是女性的探索。感謝徐學清教授的精闢評論，畫龍點睛地烘托出本書有異於以往的移民文學題材。

她們是漂鳥，卻是如展翅翱翔探測廣袤藍天的鵬鳥，俯瞰美好山河大地，秉持著「天地一沙鷗」的精神與毅力，自由飛翔，找到了棲息的精神家園。感謝葉嘉瑩教授從對宋代女詞人李清照的評論中，為我們指出了李清照詞作的重要成就在於她的「想像和理想，實在已突破了現實中一切性別文化的拘限，而是對普世人生究詰的反思，作出了飛揚的超越。」葉教授藉此向女性作者提出了創作的新思考，也為讀者打開了另一扇文學閱讀的窗戶。

文字是文學創作的依託，有著六千年歷史的漢文字歷久彌新，瘂弦先生以生動活潑的語言闡述了漢文字的魅力，與時代俱進的漢文字使自先秦以往的古近代文學作品成了中華民族的瑰寶，滋養著一代又一代的華文文學創作。瘂弦先生還從宏觀的角度，首次提出世界華文文壇的奠基工作從二十世紀初中國留學生留學日本、歐美的年代，就已經開始了，他們那一代人的文學活動催生了五四的新文化運動；第二次世界大戰後，遠赴南洋辦報辦雜誌的港臺作家，和當地文學界相互配合，開啟了東南亞文學的新時代。瘂弦先生追溯了海外華文文學與原鄉文學血緣關係的歷史淵源，更憑藉著他縱橫文壇多年的閱歷，培養過一代又一代新人的廣闊胸懷，高瞻遠矚地提出了「使華文文壇成為世界的大文壇」的構想。為加拿大的華文女作家，也為飛翔於世界各地的華文作家提出了更高的目標，更遠大的理想。向您致敬，瘂弦先生！

《漂鳥》能夠順利出版，要衷心感謝臺灣商務印書館總編輯方鵬程先生在文學書籍出版的困境下大力促成，並親為作序，鼓勵之美意，躍然文中。

加拿大華人文學學會的策劃，林楠和文野長弓兩位先生在編輯工作上，給了我們許多寶貴的意見和協助，功不可沒，謹表謝忱。

自《漂鳥》徵稿通知發出後，來稿數量之多是我們前所未料，加拿大東西兩岸女作家的踴躍投稿，實令我們深為感動和感激。儘管臺灣商務印書館增加了篇幅，仍然未能容納更多的佳作，遺珠之憾，在所難免，謹期待另一次合作的機緣。

我們還要感謝讀者，希望你們會喜歡這本書，也了解到在大洋彼岸那群雖然漂離家鄉，卻心懷故土的人們的生活，也許他們的喜怒哀樂會得到你們友情的回應。

文章的排列以稿件收到的先後為序，如有不到，尚祈作者諒鑒，並望讀者、作者提出寶貴意見，使我們今後的編輯工作能做得更好，謝謝。

林婷婷・劉慧琴於二〇〇九年十一月
溫哥華二〇一〇年冬奧前兩個月

新萬有文庫

漂鳥——加拿大華文女作家選集

主編◆林婷婷・劉慧琴
策劃◆加拿大華人文學學會
發行人◆王學哲
總編輯◆方鵬程
叢書主編◆葉幗英
責任編輯◆徐平
美術設計◆吳郁婷

出版發行：臺灣商務印書館股份有限公司
台北市重慶南路一段三十七號
電話：(02)2371-3712
讀者服務專線：0800056196
郵撥：0000165-1
網路書店：www.cptw.com.tw
E-mail：ecptw@cptw.com.tw
網址：www.cptw.com.tw

局版北市業字第 993 號
初 版 一 刷：2009 年 12 月
定價：新台幣 390 元

ISBN 978-95705-2416-1

漂鳥——加拿大華文女作家選集／林婷婷．劉慧琴
主編. --初版．--臺北市：臺灣商務，2009.12
面；公分．--（新萬有文庫）

ISBN 978-957-05-2416-1（平裝）

885．33 98017731

讀者回函卡

感謝您對本館的支持，為加強對您的服務，請填妥此卡，免付郵資寄回，可隨時收到本館最新出版訊息，及享受各種優惠。

■ 姓名：__________________________ 性別：□ 男 □ 女

■ 出生日期：_________年_________月_________日

■ 職業：□學生 □公務(含軍警）□家管 □服務 □金融 □製造

□資訊 □大眾傳播 □自由業 □農漁牧 □退休 □其他

■ 學歷：□高中以下（含高中）□大專 □研究所（含以上）

■ 地址：

____

____

■ 電話：(H) _________________________ (O) _______________________

■ E-mail：____

■ 購買書名：____

■ 您從何處得知本書？

□網路 □DM廣告 □報紙廣告 □報紙專欄 □傳單

□書店 □親友介紹 □電視廣播 □雜誌廣告 □其他

■ 您喜歡閱讀哪一類別的書籍？

□哲學・宗教 □藝術・心靈 □人文・科普 □商業・投資

□社會・文化 □親子・學習 □生活・休閒 □醫學・養生

□文學・小說 □歷史・傳記

■ 您對本書的意見？（A/滿意 B/尚可 C/須改進）

內容 ____________編輯_________校對_________翻譯_________

封面設計_________價格_________其他____________________

■ 您的建議：____

____

※ 歡迎您隨時至本館網路書店發表書評及留下任何意見

臺灣商務印書館 The Commercial Press, Ltd.

台北市100重慶南路一段三十七號 電話：(02)23115538

讀者服務專線：0800056196 傳真：(02)23710274

郵撥：0000165-1號 E-mail：ecptw@ecptw.com.tw

網路書店網址：www.cptw.com.tw 部落格：http://blog.yam.ecptw